# 民國文化與文學 研究文叢

十四編

李 怡 主編

## 第 6 冊

1912～1949 年民國詞社研究（上）

吳 嘉 慧 著

國家圖書館出版品預行編目資料

1912～1949 年民國詞社研究（上）／吳嘉慧 著 -- 初版 -- 新
北市：花木蘭文化事業有限公司，2021〔民110〕
目 8+226 面；19×26 公分
（民國文化與文學研究文叢 十四編；第6冊）
ISBN 978-986-518-517-6（精裝）
1. 中國文學史 2. 詞史 3. 詞論
820.9                                    110011209

ISBN-978-986-518-517-6

9 789865 185176

民國文化與文學研究文叢
十四編　第六冊                  ISBN：978-986-518-517-6

1912～1949 年民國詞社研究（上）

作　　者　吳嘉慧
主　　編　李　怡
企　　劃　四川大學中國詩歌研究院
總 編 輯　杜潔祥
副總編輯　楊嘉樂
編　　輯　許郁翎、張雅淋、潘玟靜　美術編輯　陳逸婷
出　　版　花木蘭文化事業有限公司
發 行 人　高小娟
聯絡地址　235 新北市中和區中安街七二號十三樓
　　　　　電話：02-2923-1455／傳真：02-2923-1452
網　　址　http://www.huamulan.tw 信箱 service@huamulans.com
印　　刷　普羅文化出版廣告事業
初　　版　2021 年 9 月
全書字數　347464 字
定　　價　十四編 26 冊（精裝）台幣 70,000 元

# 1912～1949 年民國詞社研究（上）

吳嘉慧　著

## 作者簡介

吳嘉慧，香港新亞研究所碩士，臺灣私立東吳大學中國文學系博士，現為黃岡師範學院文學院講師。主要研究方向為中國古代詩詞和詞學理論。主要著作有《陳洵及其《海綃說詞》研究》，並於期刊發表了〈民族意識與愛國情懷：論南社詩詞中晚明歷史的書寫〉、〈歷史感懷與遺民心聲：民國時期宜興白雪詞社之唱酬〉、〈以史入詞，以詞存史：《春蟄吟》詞史精神之探究〉和〈論朱庸齋《分春館詞話》之詞學觀〉等論文。

## 提　　要

　　民國時期（1912～1949）作為中國詞學最後的輝煌階段，承接清代詞學的繁榮，不論在詞學流派、詞人群體、詞社、詞學理論、詞選、詞學文獻等方面，均出現了空前的系統和盛況。雖然在五四運動的影響下，舊體詩詞處於邊緣化的狀態，幾乎被逐出主流文壇。然而，經過近二十年來學者們對民國詞文獻發掘和整理，顯示出民國詞的論題和視野，均相對前代廣闊和深入。詞社是文人們同聲相應、切磋詞藝的組織。本文擬從地域方面切入，深入討論1912～1949年間的民國詞社，以期凸顯同一地區詞社之間的傳承和流變，理解整個民國詞社的發展軌跡，甚至有利於民國詞壇、民國詞史以至中國詞史的研究。

　　本文分為七個部分，重點在探討上海、南京、天津、江蘇（南京以外）、四川、安徽和溫州，共七個地區十六個詞社，並詳述四大範疇：（一）詞社緣起；（二）發起時間、創社人、社名及社員；（三）社集活動；和（四）詞作主題，目的是透過梳理各個詞社的活動狀況，呈現在新舊交替的政制和文化思想下，民國傳統文人的生活、心態和面貌，凸顯在國家飽受軍閥戰亂的困擾，又遭受日本侵略的困境下，詞人們的愛國情懷、民族精神和心境的轉變。

# 研治文學史的方法與心態——代序

李　怡

　　我曾經以「作為方法的民國」為題討論過中國現代文學研究的「方法」問題，最近幾年，「作為方法」的討論連同這樣的竹內好 - 溝口雄三式的表述都流行一時，這在客觀上容易讓我們誤解：莫非又是一種學術術語的時髦？屬於「各領風騷三五年」的概念遊戲？

　　但「方法」的確重要，儘管人們對它也可能誤解重重。

　　在漢語傳統中，「方」與「法」都是指行事的辦法和技術，《康熙字典》釋義：「術也，法也。《易・繫辭》：方以類聚。《疏》：方謂法術性行。《左傳・昭二十九年》：官修其方。《注》：方，法術。」「法」字在漢語中多用來表示「法律」「刑法」等義，它的含義古今變化不大。後來由「法律」義引申出「標準」「方法」等義。這與拉丁語系 method 或 way 的來源含義大同小異——據說古希臘文中有「沿著」和「道路」的意思，表示人們活動所選擇的正確途徑或道路。在我們後來熟悉的馬克思主義哲學中，「世界觀」與「方法論」的相互關係更得到了反覆的闡述：人們關於世界是什麼、怎麼樣的根本觀點是「世界觀」，而借助這種觀點作指導去認識世界和改造世界的具體理論表述，就是所謂的「方法論」。

　　在我們的傳統認知中，關於世界之「觀」是基礎，是指導，方法之「論」則是這一基本觀念的運用和落實。因而雖然它們緊密結合，但是究竟還是以「世界觀」為依託，所以在「改造世界觀」的社會主潮中，我們對於「世界觀」的闡述和強調遠遠多於對「方法」的討論，在新中國改革開放前的國家思想主流中，「方法」常常被擱置在一邊，滿眼皆是「世界觀」應當如何端正的問題。這到新時期之初，終於有了反彈，史稱「1985 方法論熱」，

一時間，文藝方法論迭出，西方文藝社會學、心理學、語言學、原型批評、接受美學、結構主義、解構主義、新批評、現象學、存在主義、解釋學、以及借鑒的自然科學方法（系統論、控制論、信息論、模糊數學、耗散結構、熵定律、測不準原理等等），這些令人眼花繚亂的「新方法」衝破了單一的庸俗社會學的「舊方法」，開闢了新的文學研究的空間。不過，在今天看來，卻又因為沒有進一步推動「世界觀」的深入變革而常常流於批評概念的僵硬引入，以致令有的理論家頗感遺憾：「僅僅強調『方法論革命』，這主要是針對『感悟式印象式批評』和過去的『庸俗社會學』而來的，主要是針對我們把握世界的『方式』而言的。『方法論革命』沒有也不能夠關注到『批評主體自身素質』的革命。」〔註1〕

平心而論，這也怪不得 1985，在那個剛剛「解凍」的年代，所有的探索都還在悄悄進行，關於世界和人的整體認知——更深的「觀念」——尚是禁區處處，一切的新論都還在小心翼翼中展開，就包括對「反映論」的質疑都還在躲躲閃閃、欲言又止中進行，遑論其他？〔註2〕

1960 年 1 月 25 日，日本的中國研究專家竹內好發表演講《作為方法的亞洲》。數十年後，他已經不在人世，但思想的影響卻日益擴大，2011 年 7 月，溝口雄三《作為方法的中國》在三聯書店出版。〔註3〕 此前，中文譯本已經在臺灣推出，題為《做為「方法」的中國》。〔註4〕而有的中國學者（如孫歌、李冬木、汪暉、陳光興、葛兆光等）也早在 1990 年代就注意到了《方法としての中國》，並陸續加以介紹和評述。最近 10 年的中國思想文化與文學批評界，則可以說出現了一股「作為方法」的表述潮流，「作為方法的日本」、「作為方法的竹內好」、「亞洲」作為方法，以及「作為方法的 80 年代」等等都在我們學術話語中流行開來，從 1985 年至 1990 年直到 2011 年，「方法」再次引人注目，進入了學界的視野。

這裡的變化當然是顯著的。

雖然名為「方法」，但是竹內好、溝口雄三思考的起點卻是研究者的立場和研究對象的特殊性。中國何以值得成為日本學者的「方法」總結？歸

---

〔註1〕吳炫：《批評科學化與方法論崇拜》，《文藝理論研究》，1990 年 5 期。
〔註2〕參見夏中義：《反映論與「1985」方法論年》，《社會科學輯刊》，2015 年 3 期。
〔註3〕溝口雄三：《作為方法的中國》，孫軍悅譯，北京：三聯書店，2011 年。
〔註4〕林右崇譯，國立編譯館，1999 年。

根結底，是竹內好、溝口雄三這樣的日本學者在反思他們自己的學術立場，中國恰好可以充當這種反省的參照和借鏡。日本學人通過中國這樣一個「他者」的來參照進行自我的批判，實現從「西方」話語突圍，重新確立自己的主體性。竹內好所謂中國「迴心型」近現代化歷程，迥異於日本式的近代化「轉向型」，比較中被審判的是日本文化自己。溝口雄三批評那種「沒有中國的中國學」，其實也是通過這樣一個案例來反駁歐洲中心的觀念，尋找和包括日本在內的建立非歐洲區域的學術主體性，換句話說，無論是竹內好還是溝口雄三都試圖借助「中國」獨特性這一問題突破歐洲觀念中心的束縛，重建自身的思想主體性。如果套用我們多年來習慣的說法，那就是竹內好–溝口雄三的「方法之論」既是「方法論」，又是「世界觀」，是「世界觀」與「方法論」有機結合下的對世界與人的整體認知。

事實上，這也是「作為方法」之所以成為「思潮」的重要原因。在告別了 1980 年代浮躁的「方法熱」之後，在歷經了 1990 年代波詭雲譎的「現代—後現代」翻轉之後，中國學術也步入了一個反省自我、定義自我的時期，日本學人作為先行者的反省姿態當然格外引人注目。

如果我們承認中國當代學術需要重新釐定的立場和觀念實在很多，那麼「作為方法」的思潮就還會在一定時期內延續下去，並由「方法」的檢討深入到對一系列人與世界基本問題的探索。

在中國現當代文學的領域中，我堅持認為考察具體的國家社會形態是清理文學之根的必要，在這個意義上，「民國作為方法」或「共和國作為方法」比來自日本的「中國作為方法」更為切實和有效。同時，「民國作為方法」與「共和國作為方法」本身也不是一勞永逸的學術概念，它們都只是提醒我們一種尊重歷史事實的基本學術態度，至於在這樣一個態度的前提下我們究竟可以獲得哪些主要認知，又以何種角度進入文學史的闡述，則是一些需要具體處理、不斷回答的問題，比如具體國家體制下形成的文學機制問題，國家觀念與民族意識的互動與衝突，適應於民國與共和國語境的文學闡述方法，以及具體歷史環境中現代中國作家的文學選擇等等，嚴格說來，繼續沿用過去一些大而無當的概念已經不能令人滿意了，因為它沒有辦法抵近這些具體歷史真相，撫摸這些歷史的細節。

「民國作為方法」是對陳舊的庸俗社會學理論及時髦無根的西方批評理論的整體突破，而突破之後的我們則需要更自覺更主動地沉入歷史，進

入事實，在具體的事實解讀的基礎上發現更多的「方法」，完成連續不斷的觀念與技術的突破。如此一來，「民國作為方法」就是一個需要持續展開的未竟的工程。

對文學史「方法」的追問，能夠對自己近些年來的思考有所總結，這不是為了指導別人，而是為自我反省、自我提高。自我的總結，我首先想起的也是「方法」的問題，如上所述，方法並不只是操作的技術，它同樣是對世界的一種認知，是對我們精神世界的清理。在這一意義上，所有的關於方法的概括歸根到底又可以說是一種關於自我的追問，所以又可以稱作「自我作為方法」。

那麼，在今天的自我追問當中，什麼是繞不開的話題呢？我認為是虛無。

在心理學上，「虛無」在一種無法把捉的空洞狀態，在思想史上，「虛無」卻是豐富而複雜的存在，可能是為零，也可能是無限，可能是什麼也沒有，但也可能是人類認知的至高點。是一個複雜的概念。在今天，討論思想史意義的「虛無」可能有點奢侈，至少應該同時進入古希臘哲學與中國哲學的儒道兩家，東西方思想的比較才可能幫助我們稍微一窺前往的門徑。但是，作為心理狀態的空洞感卻可能如影隨形，揮之不去，成為我們無可迴避的現實。這裡的原因比較多樣，有個人理想與社會現實感的斷裂，有學術理念與學術環境的衝突，有人生的無奈與執著夢想的矛盾……當然，這種內與外的不和諧本來就是人生的常態，對於凡俗的人生而言，也就是一種生活的調節問題，並不值得誇大其詞，也無須糾纏不休。但對於一位以實現為志業的人來說，卻恐怕是另外一種情形。既然我們選擇了將思想作為人生的第一現實，那麼關乎思想的問題就不那麼輕而易舉就被生活的煙雲所蕩滌出去，它會執拗地拽住你，纏繞你，刺激你，逼迫你作出解釋，完成回答，更要命的是，我們自己一方面企圖「逃避痛苦」，規避選擇，另一方面，卻又情不自禁地為思想本身所吸引，不斷嘗試著挑戰虛無，圓滿自我。

這或許就是每一位真誠的思想者的宿命。

在魯迅眼中，虛無是一種無所不在的「真實」，「當我沉默著的時候，我覺得充實；我將開口，同時感到空虛」（《野草》題辭）「絕望之為虛妄，正與希望相同」（《希望》）「於浩歌狂熱之際中寒；於天上看見深淵。於一

切眼中看見無所有；於無所希望中得救。」(《墓碣文》)所以，他實際上是穿透了虛無，抵達了絕望。對於魯迅而言，已經沒有必要與虛無相糾纏，他反抗的是更深刻的黑暗——絕望。

虛無與絕望還是有所不同的。在現實的世界上，盼望有所把捉又陡然失落，或自以為理所當然實際無可奈何，這才是虛無感，但虛無感的不斷浮現卻也說明在大多數的時候，我們還浸泡在現實的各自期待當中，較之於魯迅，我們都更加牢固地被焊接在這一張制度化生存的網絡上，以它為據，以它為食，以它為夢想，儘管它無情，它強硬，它狡點。但是，只要我們還不能如魯迅一般自由撰稿，獨自謀生，那就，就注定了必須付出一生與之糾纏，與之往返。在這個時候，反抗虛無總比順從虛無更值得我們去追求。

於是，我也願意自己的每一本文集都是自己挑戰虛無、反抗虛無的一種總結和記錄。

在我的想像之中，每一個學術命題的提出就是一次祛除虛無的嘗試，而每一次探入思想荒原的嘗試都是生命的不屈的抗爭。

回首這些年來思想歷程，我發現，自己最願意分享的幾個主題包括：現代性、國與族、地方與文獻。

「現代性」是我們無法拒絕卻又並不心甘情願的現實。

「國與族」的認同與疏離可能會糾結我們一生。

「地方」是我們最可能遺忘又最不該遺忘的土地與空間。

「文獻」在事實上絕不像它看上去那麼僵硬和呆板，發現了文獻的靈性我們才真的有可能跳出「虛無」的魔障。

如果仔細勘察，以上的主題之中或許就包含著若干反抗虛無的「方法」。

2021 年 6 月於長灘一號

目

次

## 表目次

## 圖目次

# 第一章 緒 論

## 第一節 研究動機與目的

### 一、研究動機

　　本文題目是「1912～1949 年民國詞社研究」,討論的範圍是 1912～1949 年這段時期出現在大陸地區的詞社作品。民國時期（1912～1949 年）是一個新舊文化交替的複雜時代。隨著五四運動（1919 年）所鼓吹的白話文正式上場,陳獨秀（1879～1942）、胡適（1891～1962）等新文化運動的倡導者,以《新青年》為刊物為陣地,提倡創作白話詩、新詩,取代重視對仗、格律、音韻的舊體詩。這一些極端片面的主張,瞬間得到大批激進文人的響應,促使舊體文學的詩詞,在文壇迅速被邊緣化,甚至被刻意遺忘。儘管還有一定數量的學人堅持以舊有體式創作,而且也有不少作品,但卻幾乎被逐出主流文壇和當代文學史的視野。歷史學家周策縱（1916～2007）曾說:

> 民初新文學運動興起以來,國人述論當代中國詩者,多不舉舊體詩
> 詞之創作,似從茲以降,舊詩已無詩人可言。〔註1〕

又漢學家宇文所安（1946～）說:

> 五四一代人對古典文學的重新評價,改變著文學史的價值觀,也重

---

〔註 1〕周策縱撰:〈小桐陰館詩詞序〉,載蕭公權著:《小桐陰館詩詞》（臺北:聯經出版事業公司,1983 年）,序頁 3。

寫了文學典律。〔註2〕

可見在新文化運動的浪潮下，舊體文學在近現代文學史的著作中，近乎銷聲匿跡。民國詞的命運與舊體詩一樣，呈現缺席的狀況，確實是一個巨大的缺陷。在這種被忽略的背景下，二十世紀對於民國詞的研究可謂嚴重缺乏，僅有零星一兩篇論文。〔註3〕雖然近十多年來，中國陸續出版了幾本研究民國詞的專著，如曹辛華《民國詞史考論》、〔註4〕李劍亮《民國詞的多元解讀》，〔註5〕還有一系列研究民國詞不同範疇的單篇論文：曹辛華〈民國詞社考論〉、〔註6〕〈論民國詞的新變及其文化意義〉、〔註7〕〈民國詞群體流派考論〉；〔註8〕朱惠國〈民國詞研究的回顧與展望〉、〔註9〕查紫陽〈民國詞人集團考略〉等，〔註10〕具有填補空白的意義。然而，相對於之前任何一個朝代，當今民國詞的研究方面，不論是著作篇章的數量上，還是研究的廣度和深度，都顯見嚴重的不足。因此，為了進一步掘發民國詞的研究價值，本文以民國時期（1912～1949 年）中國大陸的詞社為研究對象。

　　1912～1949 年的中國詞，作為從傳統走向現代的關鍵時代，雖然遭受新文化運動的打擊，但民國詞的總體創作，以至於詞人、詞選、詞話、詞的總集、別集、詞社社集和詞籍序跋，數量仍然非常可觀。據曹辛華《民國詞史考論》一書，在這短短三十七年間，民國詞人（連同女詞人）的數量就超過一千七百多人，詩詞社團合共四百七十六個，詞學流派十三個，詞話三百八十四種，宋詞選本二百二十二種，清詞選本二百二十二種，〔註11〕可見民國詞的鼎盛。辛亥革命爆發，清皇朝與封建制度崩潰，原先繁華鼎盛的政治重心——北京，在詞學活動上一片蕭條。文人學士在國變後，出於避免被民國政府逼

〔註2〕宇文所安撰：〈過去的終結：民國初年對文學史的重寫〉，載《他山的石頭記：宇文所安自選集》（南京：江蘇人民出版社，2003 年），頁 306～335。

〔註3〕例如施議對撰：〈百年詞通論〉，《文學評論》，1989 年，第 5 期和胡明撰：〈一百年來的詞學研究：詮釋與思考〉，《文學遺產》，1998 年，第 2 期。

〔註4〕曹辛華著：《民國詞史考論》（北京：人民出版社，2017 年）。

〔註5〕李劍亮著：《民國詞的多元解讀》（杭州：浙江大學出版社，2012 年）。

〔註6〕曹辛華撰：〈民國詞社考論〉，《2008 年詞學國際學術會議論文集》，呼和浩特，2008 年。

〔註7〕曹辛華撰：〈論民國詞的新變及其文化意義〉，《江海學刊》，2008 年，第 4 期。

〔註8〕曹辛華撰：〈民國詞群體流派考論〉，《中國文學研究》，2012 年，第 3 期。

〔註9〕朱惠國撰：〈民國詞研究的回顧與展望〉，《清華大學學報》，2010 年，第 6 期。

〔註10〕查紫陽撰：〈民國詞人集團考略〉，《文藝評論》，2012 年，第 10 期。

〔註11〕曹辛華著：《民國詞史考論》（北京：人民出版社，2017 年）。

害，紛紛流寓上海、天津和青島的租界，尋求西方列強的庇護，南方地區自然成為詞學發展的重鎮。政治方面的考量，尤其是晚清詞壇巨擘朱祖謀（1857～1931），以及與其交往的文人遺臣們遷移上海，觸發了民國上海詞壇的盛況。另一方面，南京詞壇作為民國詞社唱和的重地，得以與上海詞壇分庭抗禮，則主要得力於二十世紀初近現代高等學府的興起。民國八年（1919），吳梅（1884～1939）來到南京東南大學出任詞學教席，響應了「學衡派」倡導文學復古的宗旨，於校園內掀起一連串舊體詩詞唱和活動，公然針對新文化運動。此後，南京詞壇環繞吳梅、汪東（1890～1963）和仇埰（1872～1945）等高等學府的教授，以及其弟子與寓居當地的文人展開，呈現出南京詞壇獨特的風采。鄉邦傳統和地域文化的鼓吹，更牽連民國時期眾多詞社組織的出現，例如宜興白雪詞社、蘇州的琴社和六一社、成都的春禪詞社、以及溫州的甌社，雖然都是較為鬆散的社團，但他們各自用詞體來書寫鄉邦文化、地理景觀和歷史人物，這種高度重視地域的特色，不但起到了振興當地詞學的作用，甚至很大程度凸顯出民國時期詞社，以至詞人群體和詞學流派的主要特色。作為舊體詩詞傳播的媒介，現代報刊雜誌的盛行，確實促進了詞的創作唱和與交流。龍沐勛（1902～1966）所編纂的《詞學季刊》（1933～1936）和《同聲月刊》（1940～1944）是當時詞學專門刊物，既廣泛團結詞界同仁，推動詞學交流，又保存了詞學文獻，有力地使詞學研究變得更具系統和規模。天津的玉瀾詞社和夢碧詞社，其社集作品得以流傳至今，就與天津本土報刊出版業的繁榮息息相關。玉瀾詞社在《新天津畫報》刊載宣傳文稿，記述社集唱酬的熱鬧情景，並攝影留念，招來不少當地文人的參與。夢碧詞社又借《中南報》刊登徵友啟事，促使天津在八年抗戰前後詞壇的興盛。總括來看，民國政權的成立，近現代學制的出現，「學衡派」與五四新文化運動的對抗，鄉邦地域文化的傳承，報刊雜誌的流通，再加上民國政局波譎雲詭，內憂外患此起彼伏：內部有袁世凱稱帝、張勳復辟、軍閥割據和混戰、國民革命軍北伐、國共內戰等亂事，外又遭受日本侵佔的脅逼，先後發動九一八事變、一二八事變、扶植偽滿洲國傀儡政權、七七事變和八年抗戰；均促成了各地詞社的出現，他們組織雅集唱和，互通聲氣，以史入詞，以詞存史。由此可見，民國詞社處於邁向現代的進程，相對前朝傳統，實有其獨特創新的一面和存在意義，值得當今學人們再深入梳理文獻，闡發微妙之處，使民國詞學發展趨勢和脈絡，更為清晰和分明。

## 二、研究目的

綜合上述所言，基於重新重視一直為近現代文壇所忽略的民國詞，以及凸顯民國詞的研究價值，本文以 1912～1949 年的民國詞社為研究對象，意圖深入探討以下問題：

一、從地域的角度來看，民國詞社風起雲湧，組織頗盛，然而多分布在上海、南京、蘇州、天津和北京，原因何在？

二、從社團活動來看，民國詞社如何透過組織唱和活動，並將作品流傳後世，使傳統詞學在新文學盛行的時代，得以保留一席之地？

三、從文學表現來看，不同地區、不同時期的民國詞社，所關注和書寫的內容大相徑庭，這與民國時局的發展，以至地域鄉邦的傳統，有何關係？

四、從整個詞學史以至文學史地位來看，研究民國詞社的價值和意義何在？

下文擬針對這四項問題，彰顯民國詞社的特色及其研究之重要性。

# 第二節　研究範圍和方法

## 一、名詞義界與研究範圍

本文研究對象是民國詞社，首先，筆者要界定民國詞的範圍，定出其上限和下限的時間，給予讀者一個清楚的界說。關於民國詞的定義，本文乃按照中國的說法，就是指大陸民國時期（1912～1949），即在辛亥革命之後，中華民國建國（1912 年 1 月 1 日）直至中華人民共和國成立（1949 年 10 月 1 日）這段時期出現的詞作。而本文討論的詞社，則是指專門填詞唱和的詞社，主要不包含詩詞兼作或詞學研究、詞作詞籍編輯的社團。綜合而言，本文的研究範圍則是 1912～1949 年中國大陸地區專門填詞的詞社。根據曹辛華所撰〈論清末民國舊體詩詞結社文獻及其意義〉，〔註12〕共考得民國詩詞社共四百七十六個。其《民國詞史考論》一書，將詞社分為廣義和狹義兩種定義，廣義的詞社包括文社、詩社和吟社等，而狹義則為專門填詞的社團：

---

〔註12〕曹辛華撰：〈論清末民國舊體詩詞結社文獻及其意義〉，載《民國詞史考論》，頁 304～321。

> 狹義的詞社指專門以「詞社」二字命名者，而廣義的詞社則包括以
> 文社、詩社、吟社等命名，不專門以填詞為主，而是兼及詩、詞、
> 文、詩鐘等文藝形式創作的文學社團組織。〔註13〕

其書採用了廣義詞社的定義，用了廣蒐博取的方式，將麗澤文社（1912 年）、
梯園詩社（1913 年）等各種名為「詩社」、「文社」的社團都加入〈民國詞社
考論〉這一大題目來考索。雖然他提出的理由是民國時期的社友大多詩詞兼
工，而且這些社集即使沒有刊刻詞作亦不能否定他們是有填詞。筆者理解《民
國詞史考論》作為一部對於民國詞研究拓荒的巨著，盡可能包攬更多的文獻
和內容，為後來的研究者提供線索，但是始終覺得在探討民國詞社時，將沒
有刊載任何詞的社集，尤其是以「詩社」、「文社」甚至「律社」、「詩鐘」命名
者，把它們歸入「詞社」之列，並與專門詞社夾雜討論，似乎不太得當。

　　另外，曹氏以是否有「詞社」二字作為狹義詞社的定義似乎略欠妥當，
主要理由是須社（1928 年）、漚社（1930 年）並沒有以「詞社」二字命名，
卻是專門填詞的社團，其出版的社刊完全沒有其他文體。因此，本文僅以狹
義的詞社作為研究對象，且範圍規劃在詞的唱和團體，諸如詞學研究社、詞
學季刊等編輯詞集的社團都不列入考慮範圍。尤其是筆者在查考曹辛華文章
所列的狹義詞社後，發現其所敘述的「夷門詞社」和「雍園詞社」，根本不
具有社團的性質；曹氏在「夷門詞社」一則的簡介為「民初成立於河南大學，
由邵瑞彭、盧前與眾多學生組織而成。主要成員有……該社團屬典型的大學
師生型。有《夷門樂府》。」〔註14〕但筆者閱覽《夷門樂府》後，發現《夷
門樂府》只是一部收錄二十九位河南大學學生合共二百三十二首詞作的總
集。集中所載每人所填的詞作數量，以至詞牌和創作題材也迥異，而且邵瑞
彭（1887～1937）的序言說：「大學諸生，治經餘暇，偶效樂府歌曲，每以
遠師北宋，近法三公（周稚圭、王鵬運、朱祖謀），交相敦勉，託興造端，
動中型篌，才及二祀，積稾盈篋，因隨錄若干首，最而刊之，名曰《夷門樂
府》。……論其義例，略仿曾氏《雅詞》之編；而述其情事，雅近鳳林書院
之集，必使文史足用，然後小技可程。」〔註15〕明確提出《夷門樂府》是仿

〔註13〕曹辛華著：《民國詞史考論》，頁 73。
〔註14〕曹辛華著：《民國詞史考論》，頁 80。
〔註15〕邵瑞彭編選：《夷門樂府》，載曹辛華主編：《民國詞集叢刊》（北京：國家圖
　　　　書館出版社，2016 年），第七冊，頁 454～455。

宋代曾慥（？～1155）的《樂府雅詞》而編成，並不是河南大學學生的結社唱和之集。至於「雍園詞社」，曹辛華嘗說：「楊公庶輯《雍園詞鈔》內收葉麐、吳白匋、喬大壯、沈祖棻、汪東、唐圭璋、沈尹默、陳匪石等八人的詞作九種（沈尹默二種），則其社員當亦如此數。」〔註16〕意謂《雍園詞鈔》是輯錄八位詞家的作品，又說雍園詞社是較鬆散的社團。〔註17〕然今人許夢婕〈論民國時期雍園詞人群體創作及其意義〉一文，卻清楚以理據分析《雍園詞鈔》不是社集，《雍園詞鈔》的作者們並沒有形成標準的詞學社團，只能稱為「雍園詞人群體」，而不能視為「雍園詞社」。〔註18〕除了這兩個非詞社者不列入討論範圍外，筆者尚發現由何振岱（1867～1952）組成的壽香社，是詩詞兼作的團體，所刊刻的作品也不是社團唱和集。其編輯的《壽香社詞鈔》八卷，依次收錄了王德愔《琴寄室詞》三十五闋、劉蘅《蕙愔閣詞》九十三闋、何曦《晴賞樓詞》三十七闋、薛念娟《小懶真室詞》十二闋、張蘇錚《浣桐書室詞》三十六闋、施秉莊《延暉樓詞》二十闋、葉可羲《竹韻軒詞》八十九闋、王真《道真室詞》四十闋，合共三百六十二闋。然而，《壽香社詞鈔》卻不是社團唱和的作品總集，反而與《夷門樂府》的情況類同，是八位女性的詞集。而且，據郭毓麟的〈鼓樓區傳統詩社紀要〉所載，壽香社是由福建的魁岐協和文學院（即福建師範大學前身）學生組成的舊體詩詞社，並不只限女性參與，還有數位老年人以至二十到三十歲的青年參加。〔註19〕而北京的延秋詞社則是一個詩詞並作，而且僅有一次唱和的社團。〔註20〕總結來看，筆者統計專門詞社（不包含詩詞並作的詞社），合共二十六個，並以地區來劃分，表列如下：

---

〔註16〕曹辛華著：《民國詞史考論》，頁 116。
〔註17〕曹辛華著：《民國詞史考論》，頁 116。
〔註18〕許夢婕撰：〈論民國時期雍園詞人群體創作及其意義〉，《江淮論壇》，2018 年，第 2 期，頁 171～172。
〔註19〕郭毓麟撰：〈鼓樓區傳統詩社紀要〉，載福州市鼓樓區政協文史資料委員會編：《鼓樓文史》（福州：中國人民政治協商會議福州市鼓樓區委員會，1988 年），第四輯，頁 36～38。
〔註20〕詳參袁一丹撰：〈別有所指的故國之悲——延秋詞社〈換巢鸞鳳〉考釋〉，《中國詩歌研究》，2013 年，頁 259～288。

## 表一：民國各地區詞社表

| 地　區 | 詞　　　　　社 | | | | | 數量 |
|---|---|---|---|---|---|---|
| 上海 | 春音詞社 | 漚社 | 聲社 | 午社 | | 4 |
| 江蘇 | 白雪詞社<br>（宜興） | 琴鶴山館詞社<br>（東臺） | 琴社<br>（常熟） | 六一社<br>（蘇州） | | 4 |
| 南京<br>（江蘇） | 潛社 | 梅社 | 蓼辛詞社 | 如社 | | 4 |
| 北京 | 聊園詞社 | 趣園詞社 | 稷園詞社 | 庚寅詞社 | 咫社 | 5 |
| 天津 | 須社 | 瓶花簃詞社 | 玉瀾詞社 | 夢碧詞社 | | 4 |
| 成都 | 春禪詞社 | | | | | 1 |
| 蚌埠 | 戊午春詞社 | | | | | 1 |
| 溫州 | 甌社 | | | | | 1 |
| 廣州 | 夏聲社 | | | | | 1 |
| 青島 | 掘社 | | | | | 1 |

　　在這二十六個詞社當中，北京的庚寅詞社和咫社成立時間在 1950 年，超過了本文討論的界限。其餘二十四個詞社，現存作品者僅有十九個詞社，筆者在表格中以粗體字來標示，包括春音詞社、漚社、午社、白雪詞社、琴社、六一社、潛社、梅社、蓼辛詞社、如社、聊園詞社、趣園詞社、稷園詞社、須社、玉瀾詞社、夢碧詞社、春禪詞社、戊午春詞社和甌社。上海的聲社、江蘇東臺的琴鶴山館詞社、天津的瓶花簃詞社、廣州的夏聲社和青島的掘社，因為缺乏作品而無法置於正文討論。另外，北京的聊園詞社、趣園詞社和稷園詞社，因為創社時間相近，而且成員幾乎相同，個別社員詞集大多沒有註明是哪一詞社的社集，所以無法辨明和判斷所謂社集的作品，到底屬於哪個詞社的唱和；因此在辨明之前暫時也無法作進一步探究，只於緒論概述。總括而言，本文的研究並未涵蓋上述三個詞社，正文內容主要深入探究以下十六個詞社——春音詞社、漚社、午社、白雪詞社、琴社、六一社、潛社、梅社、蓼辛詞社、如社、須社、玉瀾詞社、夢碧詞社、春禪詞社、戊午春詞社和甌社。每一章都以地域為主，再按照詞社建立的先後次序，分別對每個詞社論述四大範疇：（一）詞社緣起；（二）發起時間、創社人、社名及社員；（三）社集活動；和（四）詞作主題，目的是透過梳理各個詞社的活動概況，呈現在新舊交替的政制和文化思想下，民國傳統文人的生活、心態和面貌，同時反映出當時內政的混亂，外侵的逼迫和困擾。從地域方面著手，亦隱約可窺探

同一地區的詞社之間的傳承和流變，容易掌握整個民國詞社的發展軌跡，實有利於後學研究民國詞、民國詞史以至歷代詞社和中國詞史。

## 二、研究方法

　　對於民國詞社這一課題的研究，本文採用外部研究和內部研究兩個方向探討。首先，從外在原因上，筆者主要由對詞社影響最大的三個角度來切入：（一）民國政局的歷史發展；（二）地域文化的傳承和發揚；和（三）新文化運動與文學復古思潮的對立；來探討每一個地區各個詞社的成立、發展過程、唱和主題的選擇以至解散結束的原因經過。其次，從內在原因上，因為社團研究與社員的行狀、個性、學術見解、創作風格和美學追求有密切的關係，本文乃著重研究以下三方面：（一）詞社成員的籍貫和身分：是外地流寓而來，還是當地文人？是前清遺民、文化遺民，文人學者還是民國政府的擁護者？（二）詞社成員之間的關係：朋友、師生、同鄉還是親族？（三）詞社成員的關注話題：例如國家內政、日本侵華、文人前途、鄉邦發揚、填詞聲律等；探討這些方面都可反映在整個民國歷史和文化思想的背景下，民國各個詞社的類型、詞社之間的關聯程度和詞社的特色、價值和意義。

# 第三節　文獻回顧、研究步驟和章節架構

## 一、文獻回顧

　　筆者將現存關於民國詞社研究概況（不包含個別詞社研究）的書籍、學位論文和文章，分為（一）地域詞社研究；（二）詞社的科學性統計；（三）詞社的創作特色；合共三類，羅列如下：

### （一）詞社的科學性統計

　　1. 曹辛華〈民國詞社考論〉（載於《民國詞史考論》，北京：人民出版社，2017 年）。

　　2. 曹辛華〈晚清民國舊體詩詞結社文獻的類型、特點及其價值〉，《復旦學報》（社會科學版），2015 年，第 1 期。

　　3. 查紫陽〈民國詞社知見考略〉，《長春工業大學學報》（社會科學版），2014 年，第 26 卷，第 6 期。

　　4. 馬大勇〈近百年詞社考論〉，《文藝爭鳴》（社會科學版），2012 年，第

5 期。

　　5. 查紫陽〈民國詞人集團考略〉,《文藝評論》,2012 年,第 10 期。

　　6. 袁志成〈民國詞人結社綜論〉,《玉林師範學院學報》(哲學社會科學版),2011 年,第 32 卷,第 6 期。

　　7. 袁志成〈晚清民國詞社的地理分布、成因及影響〉,《湖南城市學院學報》(哲學社會科學版),2011 年,第 32 卷,第 2 期。

　　8. 查紫陽〈民國詞社的傳承以及發展〉,《名作欣賞》,2010 年。

### (二)地域詞社研究

　　1. 尹奇嶺《民國南京舊體詩人雅集與結社研究》(北京:中國社會科學出版社,2011 年)。

　　2. 李康化《近代上海文人詞曲研究》(上海:上海人民出版社,2009 年)。

　　3. 張文昌《民國金陵詞壇研究》,南京師範大學碩士論文,2018 年。

　　4. 謝燕〈晚清民國文人集社與詞學傳統——論京津詞壇的形態、功能及影響〉,《中國韻文學刊》,2013 年,第 27 卷,第 3 期。

### (三)詞社的文學現象

　　1. 林立〈同聲相應:詞社與清遺民詞人的集體唱酬〉(載於《滄海遺音:民國時期清遺民詞研究》,香港:香港中文大學出版社,2012 年)。

　　2. 陳水雲〈守律辨聲・重塑詞統——民國詞社的創作理念與詞學研究〉,《廈大中文學報》,2016 年,第 1 期。

　　3. 李劍亮〈民國教授與民國詞社〉,《浙江工業大學學報》(社會科學版),2012 年,第 11 卷,第 4 期。

　　從上述的統計結果,可見在民國詞社的研究大範圍裡,詞社的科學性統計和地域詞社研究均已有一定的研究成果。第一,是詞社的科學性統計方面,包括考索民國詞社的數目、類別和地理分布。最先發表的是查紫陽〈民國詞社的傳承以及發展〉,當時查氏僅根據《同聲月刊》、《詞學季刊》的記述,將民國詞社分為三個階段,並概述每個階段一些主要詞社的特色,總結了十個詞社,並無引用社刊和討論社作。後來袁志成先後發表了〈晚清民國詞社的地理分布、成因及影響〉和〈民國詞人結社綜論〉,前者綜合了晚清至民國兩個時期詞社的地理分布與政治經濟、詞學文化傳統和詞人領袖的關係,後者統計出民國專門詞社有二十個,然只涉及上海、南京、北京、天津和福建地

區，甚至指出「安徽、雲南、貴州、陝西、湖南、廣東，甚至文化底蘊深厚之浙江也無詞人結社」〔註21〕，考述欠詳盡真確，可見開拓民國詞社研究有一定的困難，尤其是資料蒐集方面。馬大勇〈近百年詞社考論〉一文，亦以晚清至民國時期為主，探索近百年來專門填詞的十三個詞社，然而一些重點的詞社例如如社、白雪詞社也沒有提及。後來查紫陽〈民國詞人集團考略〉一文，統計出四十四個民國詩詞文社團，並歸結為四個類型：唱酬型、師徒授業型、家族型和閨秀型，並有階段性（以二、三十年代唱酬最盛）、集中性（詞社集中於京滬津和江浙閩川）、開放性（詞人先後甚至同時加入幾個社團）和匯聚性（大部分由流寓詞人組成）的特色。雖然文章考索了大部分的詞社，後來他發表的〈民國詞社知見考略〉更進一步考得五十八個民國詞社；然而，筆者發現當中有些並不是詞社，例如倉庚唱和；又有將同一詞社的不同名稱或不同的唱和階段，混淆為兩個甚至三個詞社，例如丁巳詞社、春禪詞社和錦江詞社都是同一詞社，查氏則分為三個；六一社和消寒詞社是同一詞社不同的酬唱階段，查氏又分作兩個論述，得見民國詞社研究之困難。最後，曹辛華〈晚清民國舊體詩詞結社文獻的類型、特點及其價值〉和〈民國詞社考論〉兩篇，為近年來考索最勤者，統計出廣義連同狹義的民國詞社共總計一百八十七個，並對每個詞社作一簡介，最後更總結了民國詞社的主要特色和意義，為學界進一步研究提供了非常重要的文獻線索。

第二，在地域詞社研究方面，尹奇嶺《民國南京舊體詩人雅集與結社研究》一書，有兩節專門探討南京的潛社和梅社。張文昌《民國金陵詞壇研究》則將金陵（南京）詞社分為純粹型詞社和兼作型詞社，前者簡介了倉庚唱和、蓼辛詞社、梅社和如社，後者則概述了七個詩詞文兼作的詞社。李康化《近代上海文人詞曲研究》一書，也有概略提及上海春音詞社的特色。而謝燕〈晚清民國文人集社與詞學傳統──論京津詞壇的形態、功能及影響〉一文，則以北京和天津兩個地區為主，著重探索京津詞人群體的組成和集會地點，也概述了京津兩地的詞社。由此可見，以南京詞壇為探討對象的書籍已有兩本，上海詞社的文章也有相關的研究，京津詞壇於詞社一環僅羅列每一個詞社唱和概況和參與者，並無深入探討。

第三，在詞社的文學現象方面，如林立〈同聲相應：詞社與清遺民詞人

〔註21〕袁志成撰：〈民國詞人結社綜論〉，《玉林師範學院學報》，2011 年，第 6 期，第 32 卷，頁 82。

的集體唱酬〉一篇，主題是遺民詞人，並以天津的須社為主要研究對象，亦
簡述了上海春音詞社及漚社的特色。陳水雲〈守律辨聲・重塑詞統——民國
詞社的創作理念與詞學研究〉則討論了民國詞社的成員身分，尤其是針對民
國詞壇對嚴守聲律的爭論。杜運威《抗戰詞壇研究》一文裡有一章節專門探
討午社和四聲之爭。至於李劍亮〈民國教授與民國詞社〉則以三位民國大學
教授——吳梅、汪東和夏承燾，以及他們和潛社、如社與午社的關係為考察
對象。四篇文章均清晰地整理民國詞社內部的一些主要論題，為本文提供了
重要的研究線索。

## 二、研究步驟和章節架構

　　全文共分五章，以地域來劃分，每一個地域為一章，分別區分為上海詞
社、南京詞社、江蘇地區的詞社（南京以外）、天津詞社和其他地區（成都、
蚌埠和溫州）的詞社，每一章再按照詞社成立的先後次序為一節。本文選擇
先以地域來安排章節，而不根據詞社成立的時間次序，主要的考慮是民國詞
社有很強的地域性。袁志成〈晚清民國詞社的地理分布、成因及影響〉一文，
嘗統計出晚清民國時期，上海詞社有十五個，江蘇地區的詞社有十四個，北
京詞社有九個，為詞社數量最多的三個集中地。〔註22〕民國詞社之所以有濃
厚的地域特色，最主要是緣自詞人領袖的群體效應。例如朱祖謀移居上海租
界，圍繞其身邊的前清遺臣文人，自動組成了詞社，致使上海在民國興起的
三個詞社——春音詞社、漚社和午社，其成員都與朱祖謀有或多或少的關係。
又如南京的地區，與詞人領袖吳梅的更是密不可分。以吳梅為首的高校學府
的師生以至文人，組成了一個個的詩社詞社，唱和的內容圍繞著六朝懷古、
金陵地景遊覽和秦淮河畔的佳話，呈現濃厚的南京特色，成為民國詞社最具
地域風采的詞社。其他的地區例如江蘇省的詞社，包括宜興白雪詞社、蘇州
的琴社和六一社，都深受江蘇地域文化的薰陶，不但這三個詞社社員幾乎全
部原籍江蘇的地區，甚至唱和內容都圍繞遊覽江蘇的文化地景以及歷史記憶。
再如天津的玉瀾詞社和夢碧詞社，社員大部分都由天津當地的名流和士紳組
成，社作的流通和保存更與天津報刊業息息相關；溫州的甌社情況也相近，
社員由溫州的官員、當地鄉紳和學子組成，唱和主題亦涵蓋溫州歷史人物和

〔註22〕袁志成撰：〈晚清民國詞社的地理分布、成因及影響〉，《湖南城市學院學報》
（哲學社會科學版），2011 年，第 32 卷，第 2 期，頁 80。

山水文化景觀。這樣的狀況看來，筆者不由得驚嘆，民國詞社的地域風貌是如此濃厚和壯觀。這也是為何筆者在章節的安排上不以時間為主線，將民國詞社分為數個階段時期，而是強調以地域作為章節標題的考量，就是為了凸顯民國詞社濃厚的地域色彩。

本文擬依次探討上海詞社、南京詞社、江蘇地區的詞社（南京以外）、天津詞社和其他地區（成都、蚌埠和溫州）的詞社，在安排上把上海詞社置於各地詞社之首，主要原因有二：一是上海的春音詞社乃民國最早成立的專門詞社，二是上海詞人群體主要由前清遺民組成，他們很大程度是繼承清代中後期的常州詞派，並再進一步發展，甚至有「後常州詞派」之稱。因為是繼承並發揚清代詞學觀念，於是置於眾章之首。再而將南京從江蘇地區的詞社裡分開論述，並置之在前面，則是由於南京是民國政府的首都，乃政治、經濟、文化、學術發展的重心，也是江蘇省內詞社最多的城市，其詞社數目相等於江蘇省其他城市詞社的總和。因此，本文將南京詞社置於正文第二部分，再而則是江蘇地區的詞社。由於江蘇省裡的白雪詞社地處宜興，位於江蘇南面無錫市，又鄰近另外兩個蘇州的詞社——琴社和六一社，於是筆者經過考量，就以省分來標示，而不用城市名稱歸納在其他地區的詞社。然後，將天津詞社安排在後，其中最主要的原因是該區第一個詞社的成立時間，相對於上海、南京和江蘇稍晚，在民國十七年（1928）才正式成立須社。其次，在地理位置上也有由南到北的考慮，於是將天津詞社置於文中第四部分。最後，因為一些地區，如四川的成都、安徽的蚌埠和浙江的溫州，分別各有一個詞社，筆者僅按這三個詞社成立的時間來排列，並歸納為最末的章節，命名為其他地區的詞社。

除了上述的詞社之外，尚有很多沒有出版社集，也沒有足夠的資料記載的詞社，難以延伸討論，所以本文暫時擱置，並在下文作一概述，以待日後學術界整理和出版民國詞人詞集及其相關資料，更能全面地反映民國各地不同階段詞社唱和的詳細情況。

正文各個章節，將探討以下四大範疇：（一）詞社緣起；（二）發起時間、創社人、社名及社員；（三）社集活動；（四）詞作主題；茲概述如下：

## （一）上海詞社

上海詞社原本有六個，依時間的先後次序是：春音詞社（1915年）、漚社（1930年）、詞學季刊社（1933年）、蓮韜詞社（歲寒詞社）（1933年）、聲社

（1935 年）和午社（1939 年）。然而，詞學季刊社成立的目的，並不是唱酬
詞作，而是「約集同好，研究詞學，發行定期刊物」〔註 23〕，社員主要負責
定期撰稿、搜集資料和籌募經費以辦《詞學季刊》，平日並無集會，僅以通信
交換意見，只遇必要時才約定舉行大會。〔註 24〕由於其性質是匯刊關於詞學
的論文，又沒有固定的社員和舉行雅集，因此，本文並沒有將之納入研究範
圍。至於蓮韜詞社（歲寒詞社），是由龍榆生在民國二十二年（1933）於暨南
大學組織的「詞學研究會」，會址設於蓮韜館，故稱蓮韜詞社。後因遷往他處，
遂易名為歲寒詞社，但社集以編輯《詞調索引》一書為主。因為社集目的不
是填詞，本文亦不加論述。〔註 25〕至於聲社，在《詞學季刊》裡「詞壇消息」
載曰：

> 聲社以本年（1935）六月十八日成立於滬西康家橋夏映庵宅。主其
> 事者為夏敬觀映庵、高敏澎潛子、葉恭綽遐庵、楊玉銜鐵夫、林葆
> 恒訒庵、黃浚秋岳、吳湖帆醜簃、陳方恪彥通、趙尊岳叔雍、黃孝
> 紓公渚、龍沐勛榆生、盧前冀野，亦以十二人為限。〔註 26〕

因為沒有社刊出版，又沒有較多可供查考的資料，所以本文也不加探索。總
的來看，本文深入討論上海地區的詞社有三個：春音詞社、漚社和午社。

### 1. 春音詞社（1915～1918）

春音詞社是民國成立以還，全國最早成立的詞社。關於詞社的作品，雖
然沒有社集刊刻，但現存詞作還有一定的數量，散見於《南社叢刻》、〔註 27〕
《文星雜志》〔註 28〕和各人的詞集裡。現存可供參考的資料有王蘊章〈春音
餘響〉、楊柏嶺〈春音詞社考略〉、〔註 29〕汪夢川〈〈春音詞社考略〉補正〉

---

〔註 23〕龍沐勛主編：《詞學季刊》（上海：上海書店，1985 年），創刊號，頁 225。
〔註 24〕關於詞學季刊社簡章，詳參龍沐勛主編：《詞學季刊》，創刊號，頁 225。
〔註 25〕關於蓮韜詞社，曹辛華記 1933 年《中國語文學刊》第一期有收錄社員們的作
　　　　品，然筆者未見《中國語文學刊》，上文僅據章石承撰：〈榆師在暨南大學及
　　　　其後情況之零星回憶〉，《文教資料》，1999 年，第 5 期，作一概述。
〔註 26〕龍沐勛主編：《詞學季刊》（上海：上海書店，1985 年），第 2 卷，第 4 號，
　　　　頁 210。
〔註 27〕《南社叢刻》（揚州：江蘇廣陵古籍刻印社，1996 年）。
〔註 28〕詳參王蘊章著，楊傳慶整理〈梅魂菊影室詞話〉，載詞學編輯委員會編輯：《詞
　　　　學》（上海：華東師範大學出版社，2013 年），第 28 輯，頁 281。
〔註 29〕楊柏嶺撰：〈春音詞社考略〉，載詞學編輯委員會編輯：《詞學》（上海：華東
　　　　師範大學出版社，2007 年），第 18 輯，頁 159～167。

〔註 30〕和林立〈同聲相應：詞社與清遺民詞人的集體唱酬〉。〔註 31〕本文主要根據這些資料，凸顯上海詞人們經歷辛亥革命後，流寓租界的悲苦和歷史滄桑、人事變遷的感慨。

### 2. 漚社（1930～1933）

漚社乃繼春音詞社後，上海成立的另一鼎盛之詞社。由於早有社集流傳的關係，近年研究漚社者具見成就，主要有：林立〈同聲相應：詞社與清遺民詞人的集體唱酬〉〔註 32〕及馬強《漚社研究》。〔註 33〕後者除了漚社的詞作以外，尚探討了漚社二十一位社員個人詞集之特色、社員的詞學理論、詞選及詞話等，可以說將漚社之詞人、詞作及詞學作了一個全面的研究，為研究漚社提供了重要的資料。本文根據《漚社詞鈔》，進一步深入分析詞作，可見上海詞人們久經漂零後，慢慢適應租界的生活；又因為經歷淞滬戰爭，他們從前朝滅亡的陰霾中走出，一起唱和著反對戰爭的哀曲。

### 3. 午社（1939～？）

午社是中華人民共和國（1949 年）成立之前，在上海興起的最後一個大型詞社。有關午社的研究，近年頗有成就，分別有袁志成（1977～）〈午社與民國後期文人心態〉〔註 34〕和焦豔《午社研究》。〔註 35〕後者除了探討了午社的社集、詞作外，尚深入分析午社詞人群體的詞學理論，而且從眾集中輯錄社員們的作品，研究較為全面，為研究午社提供了重要的資料。本文主要根據《午社詞》，著重呈現上海公共租界被日軍四面包圍，成為「孤島」時，詞人們如何藉助創辦詞社來鼓吹民族意識，並以填詞與同道者排遣抑鬱苦悶的心情。

### （二）南京詞社

南京詞社合共四個，依時間先後次序是：潛社（1926 年）、梅社（1931

---

〔註 30〕汪夢川撰：〈《春音詞社考略》補正〉，載詞學編輯委員會編輯：《詞學》（上海：華東師範大學出版社，2011 年），第 26 輯，頁 140～147。

〔註 31〕林立撰：〈同聲相應：詞社與清遺民詞人的集體唱酬〉，載林立著：《滄海遺音：民國時期清遺民詞研究》（香港：中文大學出版社，2012 年），頁 256～263。

〔註 32〕林立撰：〈同聲相應：詞社與清遺民詞人的集體唱酬〉，頁 263～276。

〔註 33〕馬強撰：《漚社研究》，華東師範大學博士論文，2014 年。

〔註 34〕袁志成撰：〈午社與民國後期文人心態〉，《湖南人文科技學院學報》，2015 年，第 3 期。

〔註 35〕焦豔著：《午社研究》，華東師範大學碩士論文，2013 年。

年）、蓼辛詞社（1931 年）和如社（1934 年）。

## 1. 潛社（1926～1937）

潛社是民國時期南京國立中央大學成立的詞曲社。由於潛社主盟吳梅交遊廣闊，參與各地雅集和修禊的活動非常多，所以潛社知名度很高，近年研究也具有一定成果，主要有：尹奇嶺〈民國南京舊體詩詞的雅集與結社——潛社〉〔註 36〕和徐有富〈吳梅與潛社〉〔註 37〕兩篇。前者主要概述潛社社員、社集的三個階段及其影響，後者則除了探討潛社的三個階段外，〔註 38〕尚有述說社集緣起和經過。兩篇文章皆為後學研究潛社提供基本的資料，惜未對社集作品作一窺探。潛社雖然是詞曲社，但在四個階段的集會中，僅有一個階段（1928～1932）改為作曲，其餘三個階段都是填詞，並出版了社集《潛社詞刊》和《潛社詞續刊》。（部分詞作散見於刊物《小雅》）本文擬深入討論，梳理有關潛社的資料，並深入探索詞作主題，可見民國時期南京的大學校園內填詞的風氣和學習的題材。

## 2. 梅社（1931～1932）

至於梅社，因為屬於大學校園內的唱和，僅由南京國立中央大學的五個女學生發起，知名度稍遜，而且沒有正式出版社集；因此，相關資料記載並不多，連曹辛華的《民國詞史考論》也沒有提及梅社，甚至在〈民國女詞人考論〉一章裡，除了沈祖棻之外，完全沒有提到尉素秋和曾昭燏等社員。〔註 39〕筆者從尹奇嶺〈民國南京舊體詩詞的雅集與結社——梅社〉〔註 40〕一文發現梅社，於是納入討論範圍。文中主要根據尉素秋（1914～2003）《秋聲集》和沈祖棻（1909～1977）《沈祖棻詩詞集》等資料，模模糊糊拼湊出詞社緣起、發起時間和社員等重要資料，凸顯社員之間的友誼和她們與老師的師生情誼。

## 3. 蓼辛詞社（1931）

蓼辛詞社雖有刊刻社集《蓼辛詞》，然因流傳不廣，社員亦只有四位寓居

---

〔註 36〕尹奇嶺著：《民國南京舊體詩人雅集與結社研究》（北京：中國社會科學出版社，2011 年），頁 110～125。

〔註 37〕徐有富撰：〈吳梅與潛社〉，《古典文學知識》，2011 年，第 5 期，頁 91～96。

〔註 38〕兩篇文章均針對在南京成立的潛社，並未將上海光華大學同學時段之潛社列入研究範圍。

〔註 39〕曹辛華著：《民國詞史考論》，頁 45～71。

〔註 40〕尹奇嶺著：《民國南京舊體詩人雅集與結社研究》，頁 96～110。

南京的學人，因此，至今尚未有相關的研究。本文根據《蓼辛詞》，〔註41〕深入討論上述四個範疇，以補前賢之不足，同時展現詞人們對於晚明歷史和南京地景的熱愛，體會他們既有歷史家國的情懷，亦有隱逸出世、悠然自在的心態。

### 4. 如社（1934～1937）

如社是民國時期南京最負盛名之詞社，也是當地最後一個詞社。有關如社之研究，最可靠的是吳白匋（1906～1992）之〈金陵詞壇盛會——記南京如社詞社始末〉。〔註42〕因吳氏為如社社員之一，其所撰寫的文章可說是第一手資料。另外，近年以如社為研究題材的文章還有尹奇嶺〈民國南京舊體詩詞的雅集與結社——如社〉〔註43〕和李桂芹〈如社與民國金陵詞學〉〔註44〕兩篇。前者主要概述如社社集的人物、經過和《如社詞鈔》目錄，後者則針對如社與晚清金陵詞學的關係，以及其對晚清四大家詞學觀念之傳承，來作深入的探討，上述三者均為今人研究如社提供了重要的資料。本文根據《如社詞鈔》，藉著探索詞作主題，呈現他們在緬懷古代的繁華盛世、風流事蹟之餘，也有憂慮國事日非、外敵侵華的悲傷情調。

### （三）江蘇地區的詞社（南京以外）

除了南京地區以外，江蘇省還有五個詞社，依時間先後次序是：江蘇南部宜興市的白雪詞社（1920 年）、江蘇東南部常熟市的詞學研究社（1920 年）、江蘇東部東臺市的琴鶴山館詞社（約 1920 年）、常熟市的琴社（1926 年）和江蘇東南部蘇州市的六一社（1929 年）。然而，詞學研究社和琴鶴山館詞社都沒有出版社刊，相關記載亦零星一兩條。詞學研究社的發起人是鄭北野和鄭南屏，社員還有唐忍庵、金病鶴和鄭抱真。琴鶴山館詞社由周應昌創立，根據《霞棲詩詞續抄》的序言，社員有周應昌、戈銘猷、陳星南、汪作舟、夏濟岑、劉蔚如、吉崇如和吉曾甫。由於這兩個詞社沒有社集作品，因此筆者沒有在正文討論。下文依次簡介白雪詞社、琴社和六一社如下：

---

〔註41〕仇埰、石凌漢、孫濬源和王孝煃著：《蓼辛詞》，民國二十年（1931）刻本。

〔註42〕吳白匋撰：〈金陵詞壇盛會——記南京如社詞社始末〉，載南京市秦淮區地方史志編纂委員會、政協南京市秦淮區文史資料研究委員會編印：《秦淮夜談》，第六輯，頁 1～9。

〔註43〕尹奇嶺著：《民國南京舊體詩人雅集與結社研究》，頁 138～152。

〔註44〕李桂芹撰：〈如社與民國金陵詞學〉，《社會科學研究》，2013 年，第 6 期，頁 195～201。

## 1. 白雪詞社（1920～1923）

民國時期的白雪詞社，是一個具有地域特色的家族詞人群體。他們將社集作品結集為《樂府補題後集甲編》和《乙編》傳世。現今相關的研究依次有查紫陽〈民初白雪詞社考論〉、[註45] 袁志成〈白雪詞社與民初詞人心態〉[註46] 和林立〈鄉邦傳統與遺民情結：民初白雪詞社及其唱和〉[註47]。筆者亦嘗撰寫〈歷史感懷與遺民心聲：民國時期宜興白雪詞社之唱酬〉一文，[註48] 本文據此略作補充和修正，著重從文化地景的書寫和托物吟詠的寓寄兩方面，看出詞人們如何藉助古蹟、遺物和自然景物，表達歷史記憶和遺民情懷。

## 2. 琴社（1926）

琴社是由吳梅在蘇州發起的詞社，唱和僅一個月，社員亦只有六位江蘇籍的文人。詞社雖有彙刊社集為《琴社詞稿》，然因藏於蘇州圖書館，又流傳不廣，至今未見有相關的研究。本文根據《琴社詞稿》，[註49] 深入研討上述四個範疇，補充前賢之匱乏，凸顯詞人們對時局的關注，並用詞體寫下了軍閥混戰和國民革命軍北伐的戰亂情景；又藉著節慶和詠物，表達昔盛今衰、時局變幻的感嘆。

## 3. 六一社（1929～1932）

六一社是民國蘇州成立的一個藉以消夏和消寒的詞社。[註50] 詞社雖然舉行了五次消夏或消寒的唱和，然而只有第一階段消夏唱和的作品，彙刊為《六一消夏詞》，餘下四個階段的唱和，都沒有出版社刊。現今相關的研究只

---

[註45] 查紫陽撰：〈民初白雪詞社考論〉，《文學評論叢刊》（南京：南京大學出版社，2008 年），第 10 卷，第 1 期，頁 306～328。

[註46] 袁志成撰：〈白雪詞社與民初詞人心態〉，《蘇州大學學報》，2015 年，頁 143～148。

[註47] 林立撰：〈鄉邦傳統與遺民情結：民初白雪詞社及其唱和〉，《中國文化研究所學報》，2015 年，第 60 期，頁 261～297。

[註48] 吳嘉慧撰：〈歷史感懷與遺民心聲：民國時期宜興白雪詞社之唱酬〉，《有鳳初鳴年刊》，2013 年，第 10 期，頁 371～392。

[註49] 吳梅等撰：《琴社詞稿》，民國十六年（1927）油印本。

[註50] 曹辛華嘗將六一社消夏和消寒階段的活動，視為兩個不同的詞社，分別名為「六一消夏詞社」和「消寒詞社」，然而卻忽略了詞社的消夏和消寒的唱和是交替式進行，而且只將吳梅日記所載民國二十年（1931）的消寒活動，列作消寒詞社，並沒有注意到前面尚有兩個階段的消寒活動。詳參曹辛華著：《民國詞史考論》，頁 106、109。

有余意的〈民國蘇州六一詞社考論〉一篇，〔註51〕文中概述了六一社唱和的五個階段、各社員在填詞以外的活動和吳中填詞傳統。筆者以《六一消夏詞》及相關社員詞集的資料為據，見出詞人們對於蘇州文化地景的熱愛，還有描摹鄉村生活的景況，抒發閒適自在的情懷。

## （四）天津詞社

天津地區的詞社原本有四個，依時間的先後次序是：須社（1928 年）、瓶花簃詞社（1937 年）、玉瀾詞社（1940 年）和夢碧詞社（1942 年）。然而，瓶花簃詞社既沒有刊刻社集，相關唱和資料也未見記載，因此筆者沒有歸納正文討論，今所知的僅據曹辛華的敘述，詞社由郭則澐主盟和備饌，社員有二十餘人，其中有夏枝巢仁虎、傅治鄉岳棻、陳蓴良宗藩、張叢碧伯駒、黃公渚孝紓、黃君坦孝平、關賡麟穎人、楊秀先、黃嘿園畬、瞿宣穎和壽璽，前後社集共六次，郭則澐去世後（1947 年）解散。其餘三個詞社——須社、玉瀾詞社和夢碧詞社的概況如下：

### 1. 須社（1928～1931）

須社是辛亥革命以後天津成立的一個鼎盛的遺民詞社。因有社集《煙沽漁唱》刊刻和流傳，相關研究有楊傳慶〈清遺民詞社——須社〉〔註52〕和林立〈群體身份與記憶的建構：清遺民詞社須社的唱酬〉〔註53〕兩篇論文，前者主要探討須社標榜「汐社」的遺民色彩和詞學旨趣，後者則除了詳盡述說須社的聚散、成員、詞學趣味、社集外，還運用了西方文學評論家克里斯蒂娃（Julia Kristeva）提出的「互文」學說，剖析須社詞人的遺民身分和故國之思。本文根據《煙沽漁唱》，凸顯詞人們因為時局的艱難，隱退避世，在作品中抒發對故國的追思，以及流落租界的複雜心情。

### 2. 玉瀾詞社（1940～1941）

玉瀾詞社是天津淪陷時期，由張異蓀聯同王禹人、王伯龍諸天津紳士名流組成的。雖然沒有出版社刊，然而部分詞作刊載於《新天津畫報》和《立言

---

〔註51〕余意撰：〈民國蘇州六一詞社考論〉，載《中國詞學國際學術研討會論文集》，下冊，2015 年開封詞學研討會，頁 446～453。

〔註52〕楊傳慶撰：〈清遺民詞社——須社〉，《北京社會科學》，2015 年，第 2 期，頁 34～40。

〔註53〕林立撰：〈群體身份與記憶的建構：清遺民詞社須社的唱酬〉，《中國文化研究所學報》，2011 年，第 52 期，頁 205～244。

畫刊》上。相關研究有余意〈民國玉瀾詞社發覆〉一文，〔註54〕內容大致將雅集時間、地點、流程和作品整理出來。本文參考余氏文章，並根據《新天津畫報》和《立言畫刊》所載的相關資料，探討了詞社緣起，盡量補充社員的生平資料和分析作品主題，凸顯詞人們在節慶時思念故鄉的愁緒，以及在懷古詞裡詠懷天津古蹟的特色。

### 3. 夢碧詞社（1943～1948）

夢碧詞社是繼玉瀾詞社之後，天津最具影響力而且唱和時間最久的文學團體。它經歷了三個階段，以填詞為主，還有寫詩、詩鐘，並出版了《夢碧詞刊》十期。可惜因文革動亂而散佚，現存作品僅見於寇夢碧《夕秀詞》和《天津文史叢刊》等記述。雖然無法將當時酬唱的盛況呈現出來，然而通過上述這兩種資料，以及寇夢碧自撰的〈四十年代的天津夢碧詞社〉、〔註55〕學人章用秀〈天津夢碧詞社及作品〉〔註56〕和楊傳慶〈寇泰逢與夢碧詞社〉〔註57〕等文章，均可概略得知詞社的基本資料。本文據此重新整理各種資料和探索詞作主題，凸顯天津淪陷時期社會的艱困，光復後又遇上國共內戰的悲苦。詞人們藉助填詞唱和相濡以沫，共同寄託亡國哀音、時局的憂慮和前路茫茫的苦困，展現出時代變異下文人們複雜的心靈世界。

### （四）其他地區的詞社

### 1. 北京詞社

北京地區詞社的數目，並不比上海、江蘇少，共有六個詞社，依時間先後次序是：聊園詞社（1925年）、趣園詞社（1925年）、稊園詞社（1928年）、延秋詞社（1941年）、庚寅詞社（1950年）和咫社（1950年），然而這五個詞社均沒有被筆者納入正文討論，主要原因是詞社沒有刊刻社集。先看聊園詞社。它由譚祖任於自己寓所聊園發起，唱和時間雖長達十年之久，卻無社刊。〔註58〕

---

〔註54〕余意撰：〈民國玉瀾詞社發覆〉，載馬興榮、朱惠國主編：《詞學》（上海：華東師範大學出版社，2017年），第37輯，頁207～218。

〔註55〕謝草撰：〈四十年代的天津夢碧詞社〉，載《天津文史叢刊》（天津：天津市文史研究館，1987年），第七期，頁142～148。

〔註56〕章用秀撰：〈天津夢碧詞社及作品〉，載於《天津地域與津沽文學》（天津：天津社會科學院出版社，2000年），頁158～165。

〔註57〕楊傳慶撰：〈寇泰逢與夢碧詞社〉，載馬興榮、朱惠國主編：《詞學》（上海：華東師範大學出版社，2016年），第36輯，頁203～216。

〔註58〕陳聲聰撰：《填詞要略及詞評四篇》（廣東：廣東人民出版社，1986年），頁101。

相關的研究雖然有方慧勤〈聊園詞社考論〉〔註59〕和余意〈聊園詞社考論〉〔註60〕，但內容裡卻沒有作品分析，即使從社員詞集中，搜尋到有「社集」二字的作品，卻因與趣園詞社以及稷園詞社社員相同，又據陳聲聰〈北京詞社〉所載，「趣園（詞社）則係汪曾武主持，客均為聊園中人，其吟詠散見各家詞集，集中所謂社題者，可徵一二」，〔註61〕更說明了兩個詞社的作品出現混淆的情況，至今仍難以確證。至於稷園詞社也由汪曾武主持，僅於汪氏詞集的詞題小序提及一次，記載極少。而延秋詞社由張伯駒創立，現存社作僅有一集，有詩有詞，兩者並作，並不算是專門詞社。又庚寅詞社和咫社，則因為詞社發起時間已超過了中華人民共和國成立（1949 年）的界限，因此本文不作討論。關於上述各詞社的簡介，讀者可參考曹辛華《民國詞史考論》一書。

### 2. 成都詞社

民國時期四川成都的詞社只有一個——春禪詞社（1916 年）。春禪詞社是一個和作的詞社，由趙熙唱和已故詞人胡延的〈八聲甘州〉十二首組詞而起，促成了社員們各人和作這十二首，並彙刊為《春禪詞社詞》。雖然社集流傳不廣，然現存毛欣然〈成都詞社考——兼談趙熙在成都詞社中的地位與影響〉〔註62〕一篇，概略探討了詞社的緣起、社名、唱和活動及詞作的傷亂情懷。文中以社集《春禪詞社詞》為主，〔註63〕並參考各社員的別集詞作，歸納出詞人們既有反映四川軍閥割據，相爭奪權的內容，又有寫傳統男女相思離愁、戀愛情深和女子嬌媚的情態，呈現出詞體的多元化，既可表達愛情的豔科小道，也可以寄託國家大事，以史入詞。

### 3. 溫州詞社

民國時期的溫州，只有一個詞社——甌社（1921 年）。甌社是民國初年由林鵾翔以及當地鄉紳和學子組成的詞社，舉行雅集時間約十個月，並鏤版《甌

---

〔註59〕方慧勤撰：〈聊園詞社考論〉，《國學新視野》，2017 年，頁 105～109。

〔註60〕余意撰：〈聊園詞社考論〉，中國詞學會第八屆年會暨國際學術研討會論文，頁 1292～1301。

〔註61〕陳聲聰撰：〈北京詞社〉，載《兼于閣雜著》（上海：上海古籍出版社，2002 年），頁 69。

〔註62〕毛欣然撰：〈成都詞社考——兼談趙熙在成都詞社中的地位與影響〉，《蜀學》，第十五輯，頁 178～189。

〔註63〕趙熙等撰：《春禪詞社詞》，載南江濤選編：《清末民國舊體詩詞結社文獻彙編》（北京：國家圖書館出版社，2013 年），第七冊，頁 383～439。

社詞鈔》兩卷。現今相關的研究主要有李藝莉《甌社研究》，〔註64〕簡單介紹了甌社的發起原因、社員、詞作特色和三位主要社員（林鵾翔、梅冷生和夏承燾）的詞事，為研究甌社提供了重要的資料。本文根據《甌社詞鈔》，著重凸顯他們熱愛遊覽和書寫溫州文化地景，並對古聖先賢的歌頌，從中連繫到民國政府積弱，以及表達對時局的憂慮。

### 4. 蚌埠詞社

民國時期的安徽蚌埠，成立了一個戊午春詞社（1918年）。它是一個小型詞社，成員只有三位。因為社員們在同一時間擔任軍閥倪嗣沖（1868～1924）的幕府，相聚唱和結成詞社。現存的研究有李鶴麗〈民國社集《戊午春詞》述略〉一篇，〔註65〕概略探討了社員的生平、詞作及詞作的風格特色。文中以社集《戊午春詞》為據，〔註66〕發現社員們因為同時追隨倪嗣沖，因此在作品裡不但反映了當時政局的整體環境，還凸顯了安徽地區的政治鬥爭，從中抒發出在國事飄搖的景況下，即使有報效國家的志向，也難有作為，甚至有工作不穩，前途黯淡的憂慮。

### 5. 廣州詞社

民國時期的廣州，有一個由龍榆生成立的夏聲社（1936年）。據〈夏聲社之發起〉一文，夏聲社的成立原因是國勢衰微，士風澆薄，意欲將詞體發揚光大，並擬先出版《夏聲月刊》一種，與《詞學季刊》相輔而行。〔註67〕然而，最終因為龍榆生離開了廣州，返回上海，因此夏聲社終究沒有成立。

### 6. 青島詞社

民國晚期的青島，出現了一個詞社——掘社（1947年）。據黃為憲〈六醜〉一詞有序曰：「丁亥，家大人（黃孝紓）避暑海濱，與括厂、林圃諸子倡為掘社詞課。侍座賓末，授簡命賦，撫時感事，不知其言之哀也。」〔註68〕

〔註64〕李藝莉撰：《甌社研究》，華東師範大學碩士論文，2016年。
〔註65〕李鶴麗撰：〈民國社集《戊午春詞》述略〉，《南京師範大學文學院學報》，2017年，第3期，頁158。
〔註66〕袁天庚等撰：《戊午春詞》，載南江濤選編：《清末民國舊體詩詞結社文獻彙編》（北京：國家圖書館出版社，2013年），第二冊，頁228～267。
〔註67〕龍沐勛主編：《詞學季刊》（上海：上海書店，1985年），第三卷，第一號，頁177～178。
〔註68〕載林葆恒編、張璋整理：《詞綜補遺》（上海：上海古籍出版社，2005年），卷四十七，頁1770。

得知詞社的發起人是黃孝紓，地點是青島海濱，社員有兒子黃為憲、括厂和林葆等人，填詞酬唱。然而，因為沒有社刊，且未見其他資料有關於掘社的記載，本文亦沒有再作研討。

總括而言，現存二十四個專門詞社中，筆者擬在正文裡深入討論的詞社合共十六個，分為五個部分：（一）上海詞社，依次為春音詞社、漚社和午社；（二）南京詞社，依次為潛社、梅社、蓼辛詞社和如社；（三）江蘇地區的詞社（南京以外），依次為白雪詞社、琴社和六一社；（四）天津詞社，依次為須社、玉瀾詞社和夢碧詞社；（五）其他地區的詞社，依次為春禪詞社、戊午春詞社和甌社。至於其餘的詞社，上面已提及過，主要因為沒有出版社刊與缺乏與詞社相關的資料，筆者只好在正文從略。

## 第四節　民國詞史的概況

民國詞社作為民國詞的一個重要構成部分，在進入正題之前，首先簡介民國詞史、民國詞史的分期和民國詞人群體分類，最後始簡述民國詞社的整體狀況和特色，以期給讀者們對於民國詞有一個概括的印象。

### 一、民國詞史概述

關於民國詞史的說法，最早見於嚴迪昌（1936～2003）先生的《清詞史》：

> 朱（祖謀）、鄭（文焯）、況（周頤）以及王國維皆一直生活到辛亥革命（1911）之後，朱孝臧卒年尤晚，其對現當代詞學界的澤被甚廣。關於辛亥年後的詞作，應有「民國詞史」的纂著，以完收歷代詞史的餘緒，所以本章（論述晚清詞人）對各家入民國時期的創作情況從略。〔註69〕

民國詞史，涵蓋的是範圍是民國時期的詞人、詞作、詞社、詞學理論、詞選、詞作評點、詞群運動、詞壇發展等與詞有關的事蹟、現象和活動。民國詞史，與過去已奠下一定研究基礎的唐五代詞史、兩宋詞史、金元詞史、明詞史、清詞史等斷代詞史，性質也是相同的，雖然僅有短短三十八年，學術界也應當予以同等的對待，著手編寫民國詞史。

至於民國詞史的特色，曹辛華《民國詞史考論》提出了四項：短、近、

---

〔註69〕嚴迪昌著：《清詞史》（北京：人民文學出版社，2011 年），頁 542。

雜、難。〔註70〕第一，與宋、明、清時代相較，民國詞史僅有三十八年，時間雖然短暫，但卻有易於聚焦研究的優點。第二，民國詞史下限距今才近七十年，當中有些民國詞人都生活到當代，例如唐圭璋（1901～1990）、吳徵鑄（1906～1992）、夏承燾（1900～1986）等，他們的生平和詞學資料較易搜尋。第三，民國詞史甚為複雜，因為它前期處於封建皇朝與內閣制的交替，中間經歷過二次革命（1913年）、袁世凱稱帝（1915年）和張勳復辟（1917年）這幾場圍繞恢復帝制和建立共和之間的鬥爭；後期又出現國民黨與共產黨的交替時代，其間兩黨第一次合作（1923～1927）、第一次內戰（1927～1936）、面對日本嚴峻侵略再次合作（1936年）和抗戰結束後兩黨爆發內戰（1946～1949），可見民國時期內憂外患此起彼伏，是一個動盪不安的時代。加上在思想上處於中西交匯、以及新文化運動（1919年）的影響，對詞的觀念、詞體的存留又有不同的意見。再進一步說，民國詞人的身分相當複雜，既有前清遺老，也有革命黨人；既有復古的提倡者，又有新文學家；還有新政府官員、外交官、報刊編輯、大學教授、大學生、書畫家、商人、名醫和漢奸，促使民國詞壇更趨複雜。第四，由於民國詞的傳播僅通過報紙雜誌刊載，加上文化大革命的十年浩劫，不少刊物遭到損毀，這使民國詞的搜輯出現困難。縱使民國距今才一百年左右，卻因戰事頻仍，不少詞人的生平都難以考證，以致學人朱德慈《近代詞人考錄》一書，所載錄的民國詞人，亦不乏生平未詳者。〔註71〕以上均是民國詞史的特色。

　　民國詞史雖然不足四十年，若果我們將之分為幾個不同的階段，實有助於理解民國詞的發展狀況及其歷史環境。較早對近代詞進行分期的是施議對編纂的《當代詞綜》。施氏將近一百年的詞史劃分為三個時期：清朝末年至民國初期；五四新文化運動至抗日戰爭時期；中華人民共和國誕生至改革開放新時期。〔註72〕然而，由於他探討的時期是近一百年的詞史，並非專門針對民國時期，這對民國時期詞的劃分細緻程度不足。最近，曹辛華出版的《民國詞史考論》，就明確將民國詞史分為三期：第一是新變期（1912～1923年）、第二是精深期（1924～1937年）和第三是悲慨期（1938～1949年）。第一時期的詞人以前清遺老、反清排滿的南社成員和新文學的擁護者為主，他們都

〔註70〕曹辛華著：《民國詞史考論》，頁7～9。
〔註71〕朱德慈著：《近代詞人考錄》（北京：中國社會科學出版社，2004年）。
〔註72〕施議對編纂：《當代詞綜》（福州：海峽文藝出版社，2002年），頁5～23。

經歷過民國政府的建立與五四新文化運動,各自對詞體都有不同的詮釋。遺老仍然抒發孤臣孽子的亡國之悲,音調沉痛,例如朱祖謀、陳曾壽;南社成員則既有憑弔烈士、報效國家的慷慨悲歌,也有用現代西方器物和現象入詞,出現創新的局面,如陳去病、王蘊章、林庚白等;新文學的擁護者就嘗試以白話的形式填詞,甚至以新意境、新理想、新感情、新觀念對詞體進行更多的開拓,以胡適最具代表性。第二時期的詞人大多是光緒年間出生或在民國成立後剛步入文壇者,如吳梅、龍榆生,他們對於詞藝、詞境以及詞學理論等方面精益求精,這從兩方面可見之:其一是詞學教授於校園內舉辦詞社,例如潛社、梅社等,著意培育詞學專才。其二是詞學刊物的出現,如龍榆生創辦專門以詞為研究對象的《詞學季刊》和《同聲月刊》,促使這一時期詞的創作和理論趨向精深。第三時期的詞人主要在民國成立前或後數年出生,因為面對抗日戰爭的爆發,有識之士意識到國家和民族存亡的危機,於是藉著詞體呼號吶喊,唱出山河破碎、人民流離失所的悲慨,音調慷慨悲涼,所以稱作悲慨期,主要代表有盧前《中興鼓吹》、唐圭璋《南雲小稿》和喬大壯《波外樂章》。

## 二、民國詞人群體概況

　　民國詞社是民國詞人群體一個主要的組成和分類,筆者認為如果對民國詞人群體有概要的認知,必然有助於理解本文研究的主體——民國詞社。民國詞社這一課題看似簡單,但所涉及的問題卻是複雜而且多元化。它所牽涉的有分期、地域、理論、學院、身分等範疇,因此,下文先概述民國詞的群體。群體與流派的關係非常密切,必須先有一個群體,才能夠發展成為流派。學人張宏生嘗指出流派的四項準則,說:

> 所謂流派,大致上應該具有以下幾個要素:第一,有著明確的文學主張;第二,有著公認的領袖;第三,在這個領袖周圍有一個創作群體;第四,這個群體有著相同或大致相同的風格。〔註73〕

意思就是說當一個群體,能夠推許出公認的領袖,而且這一群體在創作過程中有明確的文學主張,成員之間的作品有著相近的風格和旨趣時,就已經不局限為群體,可以晉升為流派。然而,由於群體是流派的基礎,本文主要探討的是詞社,不是流派,為免使重點複雜化,下文僅根據曹辛華《民國詞史

---

〔註73〕張宏生著:《清代詞學的建構》(南京:江蘇古籍出版社,1998 年),頁 140。

考論》一書，概括民國詞人群體的特色，至於流派部分則從略。〔註74〕

　　民國詞壇可劃分為六個主要詞人群體，分別是社團型、期刊型、地域型、學院型、陣營型和宗尚型。第一，所謂社團型詞人群，就是本文研究的對象——詞社，詞社是由一群同聲相應、同氣相求的詞人，共同組織社團和舉辦雅集唱酬活動而形成的群體。而民國時期專門填詞的詞社，有二十四個。第二，期刊型詞人群體，此處主要指以詞學期刊為中心聚集起來的詞人群體。他們以期刊為紐帶，使更多志趣相投的詞人藉著期刊互相品評詞作，例如《詞學季刊》雜誌，其編輯有葉恭綽、龍榆生等，其作者則有吳梅、汪東、劉永濟、陳洵、蔡嵩雲等。〔註75〕第三，地域型詞人群，則根據地區的劃分，把聚居同一地方又有較為緊密和頻繁的詞學活動者，歸納為一個地區的詞人群，例如上海詞人群、江蘇詞人群、京津詞人群、三蜀詞人群等。第四，學院型詞人群體，有以大學教授為主，也有以學生為主。以南京的國立中央大學為例，吳梅、汪東、黃侃、王易、胡小石等教授學人，組織了數次的酬唱活動；而吳梅在校園內又組織潛社，專門教導學生們填制詞曲，培育不少當代詞曲領袖。第五，陣營型詞人群是按照當時社會的文化、思想或政治立場形成的詞人群體，他們往往隨著時代政治、文化環境的變遷而有所改變，例如民國初年有前清遺老詞人群、鼓吹革命的南社詞人群，在新文化運動期間出現以新文學家為首的新變詞人群，抗戰時期則又出現親日詞人群等，基於他們對於各項立場的取捨，形成不同的陣營。第六，宗尚型詞人群，曹氏認為可以按照民國詞人在填詞時的創作態度、宗法對象和風格追求等來劃分。如以填詞的態度來看，可分為研創結合型詞人群體、只創不研型詞人群體、專業型詞人群體、業餘型詞人群體；若以宗法對象來分，民國詞壇則出現過宗北宋詞人群、尚南宋詞人群。而以師法對象不同，還出現尚夢窗群體、效清真詞人群體等。當然，除了以上六種類型外，還可以用家族劃分、以題材劃分、以身分來劃分等等，有些規模是承襲前代而來，如社團型、地域型、陣營型和宗尚型，有些區分則是民國時期才出現的，如期刊型和學院型，因為前代尚未形成期刊的觀念，學堂式的院校也在清末始出現，這均顯示出民國詞人群體的複雜性。

〔註74〕關於民國詞史流派部分，請參考曹辛華著：《民國詞史考論》，頁30～44。
〔註75〕龍沐勛主編：《詞學季刊》（上海：上海書店，1985年）。

## 三、民國詞社的特色

曹辛華《民國詞史考論》一書，將詞社分為廣義和狹義兩種定義：

> 狹義的詞社指專門以「詞社」二字命名者，而廣義的詞社則包括以
> 文社、詩社、吟社等命名，不專門以填詞為主，而是兼及詩、詞、
> 文、詩鐘等文藝形式創作的文學社團組織。〔註76〕

其書採用了廣義詞社的定義，考得之詞社由清末王鵬運（1850～1904）、況周
頤（1859～1926）等人所結成之詞社——薇省同聲集開始，至中華人民共和
國成立以後創辦的健社（1951 年），一共分為三個階段：（一）清末至民國初
期（1920 年），合共七十一個社；（二）民國中期（1920 年至 1937 年），合共
七十四個社；（三）民國後期（1937 年至 1949 年），合共四十二個社（當中包
括 1950 年創立之庚寅詞社、咫社和 1951 年創立的健社），總計一百八十七個
廣義的詞社。

至於筆者所採用的分期，則在曹氏的區分基礎上，剔除清末和 1949 年以
後成立的詞社，仍分三個階段：（一）民國初期（1912～1920 年），有春音詞
社、春禪詞社和戊午春詞社，合共三個社；（二）民國中期（1920～1937 年），
有白雪詞社、琴鶴山館詞社、甌社、聊園詞社、趣園詞社、琴社、潛社、須
社、穮園詞社、六一社、蓼辛詞社、漚社、梅社、如社、聲社和夏聲社，合共
十六個詞社；（三）民國後期（1937～1949 年），有瓶花簃詞社、玉瀾詞社、
午社、夢碧詞社和掘社，合共五個詞社，總計二十四個民國詞社。

民國詞社可以深入探討的問題甚多，曹辛華為我們提供了幾個可開拓的
面向：〔註77〕如按詞社的規模，可分為大型、中型與微型。筆者略作補充，
大型就如須社、漚社、午社這些酬唱有二至三年，社員有二十多人或以上者；
中型則如白雪詞社，有八位社員；微型則如蓼辛詞社或戊午春社，社員僅有
三至四人。又可以按詞社的成因與功能分有娛樂休閒型、交遊邀名型、昌明
詞學型與同仇敵愾型；也可根據社友的身分劃分為遺老型（如須社）、志士型
（春音詞社）、學子型（如梅社）、學者型（如午社）與苔岑型（蓼辛詞社）。
每一個類型都值得再深入探究，以便從更宏觀和微觀的角度理解民國詞社。

曹辛華的著作還為讀者們總結了民國詞社的九大特點和十項研究意義，
說：

---

〔註76〕曹辛華著：《民國詞史考論》，頁 73。
〔註77〕曹辛華著：《民國詞史考論》，頁 125。

　　再如民國詞社的總體特徵問題，需要我們細緻而深入的考察。總的
　　來看有九大特點：（一）複雜；（二）多樣；（三）有規律；……（四）
　　「現代」（郵寄、社刊、Party）；（五）地域性、鄉邦性；（六）詞社
　　組織的民間性；（七）社友詞作的民族性與娛樂同在；（八）社友的
　　「傳幫帶」特點；（九）社事傳承的特點。研究民國詞社具有多方面
　　的意義：（一）有利於深入瞭解民國詞壇特點。（二）有助於研究詞
　　人群體、地域和流派。（三）有利於探究詞人心態、心靈。（四）有
　　利於把握民國詞藝、詞風、詞心的成因。（五）有助於民國時期詞學
　　史的細化研究。（六）有利於民國詞的整理與輯佚。（七）有利於民
　　國詞論的輯佚。（八）有利於民國詞人生平、事蹟的考求。（九）有
　　助於民國其他藝術的深入研究。（十）有利於民國文化研究的深入，
　　如民國歷史文化、社團文化、都市文化、地域文化、民國文人的生
　　活方式等等。〔註78〕

文中並沒有就上述內容作進一步的解說，筆者於此以例證略為補充說明。第
一，複雜。它可以指很多方面，例如詞社成員的身分駁雜，以春音詞社為例，
有眷戀前清的遺老舊臣，也有鼓吹革命的南社成員；又可以指型態和成因的
複雜，比如說潛社，斷斷續續共唱和了十一年，中間一度轉型為曲社，又一
段時間因為吳梅出任上海光華大學國文系教授，潛社從南京國立中央大學轉
移至上海光華大學，這均顯示出詞社受著創社人的影響而出現複雜的問題。
第二，多樣。如果從詞社的運作過程來看，以午社為例，既有學人之間的詞
藝切磋，又有詞論觀點的爭相論辯；內容有對北京古都的追憶，也有國家遭
受戰火蹂躪的悲憤。又如夢碧詞社，雖以填詞為主，還有寫詩、詩鐘等文字
遊戲。第三，有規律。概括言之，民國詞社大部分都有成立的緣起、固定的社
員、雅集日期、甚至有社規和社作的刊刻。第四，「現代」。曹辛華提出有郵
寄、社刊和 Party 三項的特色，例如蓼辛詞社的社員們，雖然相毗為鄰，但因
遇上水災，他們的居室或遭淹沒，於是間中或以郵筒傳遞詞作。而春禪詞社
的唱和更是以郵寄方式傳遞社作。至於社刊，主要是指天津夢碧詞社，他們
將社集作品匯輯，出版一本合共十期的刊物；又如玉瀾詞社，社作由作者本
人投稿於報刊上發表。而 Party，即中文的派對、宴會，是針對午社這一類以
宴會的形式，每次由兩人作東，席間社友們喝茶吃點心，討論詞學、拈出詞

─────────────

〔註78〕曹辛華著：《民國詞史考論》，頁 125～126。

調和談及名家軼事，並不會當筵填詞。第五，地域性、鄉邦性。地域性是指同一地方有很多詞社組織，如上海地區，依次有春音詞社、漚社、詞學季刊社、蓮韜詞社、聲社和午社；北京有聊園詞社、趣園詞社、稷園詞社、延秋詞社、庚寅詞社和咫社；蘇州有琴社和六一社。至於鄉邦性，就如白雪詞社，所有社員均原籍江蘇宜興，並有家族血緣的關係；又如蓼辛詞社，社員都是原籍江蘇江寧，只有一位石淩漢來自安徽，但亦久居南京。第六，詞社組織的民間性。這主要是指民國時期的詞社，大多是民間自由組成，與清末咫村詞社（1898）、庚辛唱和（1900～1901）由王鵬運、張仲炘、朱祖謀、左紹佐這些擁有朝廷官職的人組成者不同。第七，社友詞作的民族性與娛樂同在。以如社為例，酬唱的內容既有敘述一二八事變，日本炮轟南京，社員們發出抗日救亡的聲音；又有與詞人們結伴同遊秦淮河，造訪明末秦淮名妓李香君的媚香樓，體現出救國愛民的民族性和遊覽填詞的娛樂性。第八，社友的「傳幫帶」特點。「傳幫帶」的意思是指前輩親自傳授知識和技術給後輩，培育和成就後一代的優秀詞家。雖然民國時期很多詞社均有師徒傳承的關係，如漚社成員林鵾翔、楊鐵夫、王蘊章和龍榆生，都是朱祖謀的弟子，但主要還是指吳梅在大學校園組織潛社和支援梅社，親身指導和批改學生的作品，不但提高了學生們的興趣，還培養出一群當代出色的詞曲專家。第九，社事傳承的特點。如上海的春音詞社、漚社和午社，這三個在上海成立的詞社互有關連，例如夏敬觀、林鵾翔既是春音詞社的社員、漚社社員，又是午社社員。又如石淩漢、仇埰是南京蓼辛詞社社員，也是如社社員，後者亦是上海午社社員。廖恩燾是如社社員，也是午社社員，先參與南京社集，後又參與上海的唱酬。林葆恆更跨越三個地方參與社集，先在天津參加須社，再於須社解散後赴上海，成為漚社社員，最後又往南京參與如社。

　　至於十項研究意義：第一，有利於深入瞭解民國詞壇特點。詞社作為民國詞學一個主要的部分，涉及的問題深而廣，如果系統地梳理出各個詞社的發展和創作內容，就可以窺見民國政治社會的狀況，如春音詞社寫出漂泊上海租界的感受，漚社提及社事因一二八事變（1932 年）日軍侵略上海而被逼中斷，潛社又因盧溝橋事變（1937 年）爆發，吳梅離開蘇州避難而解散。第二，有助於研究詞人群體、地域和流派。詞社作為流派的基礎，當發展到有清晰的文學主張和相近的風格和旨趣時，就可稱作流派。又流派通常與地域有關，例如曹辛華在探討民國詞的群體流派時，就將上海春音詞社、漚社和

午社等歸納為海上詞派；南京的潛社、蓼辛詞社、如社統歸為金陵詞派；天津的須社、瓶花簃詞社、玉瀾詞社和北京的聊園詞社、趣園詞社、延秋詞社匯聚為京津詞派等。〔註79〕第三，有利於探究詞人心態、心靈。民國作為一個傳統封建帝制倒臺，民主共和政制開展的時期，加上國家屢屢經歷內戰和外侵，詞人的心態矛盾而複雜。例如白雪詞社創社人徐致章（1848～1923），本來熱衷推翻滿清政府，卻因民國政府帶來混亂的時局，於是激發對前朝的眷懷。須社的情況亦如是，軍閥割據促使國家四分五裂，國力疲弱，社員們隱居天津，表達對故國的忠愛。第四，有利於把握民國詞藝、詞風、詞心的成因。詞社作為一個有具體組織的群體，有些更有著師徒傳承的關係，容易發展出相近的詞風，例如漚社、白雪詞社和須社；又因為政治歷史的因素，詞人們均流露與時代相應的真情實感。第五，有助於民國時期詞學史的細化研究。據筆者對詞社的狹義定義，民國時期合共二十四個詞社。詞社是民國詞史的其中一個重要部分，因此，系統地研究民國詞社，實有助於民國詞史的分期研究。第六，有利於民國詞的整理與輯佚。由於參與詞社者，部分只是業餘的詞人，例如春音詞社的周慶雲（1864～1934）的身分是一位出色的商人，漚社的謝掄元（1872～？）和蓼辛詞社的石凌漢（1872～1947）是醫生，漚社的吳湖帆（1894～1968）、鄭昶（1894～1952）都是書畫家，漚社的梁鴻志（1883～1946）和如社的吳錫永（1881～？）俱為賣國投敵政治家。他們全部都不是詞學家，並沒有刊刻詞集。如果沒有這些社集流傳，他們的詞作就會散佚，所以研究民國詞社及社刊，對於輯佚、整理和彙刊全民國詞極有助益。第七，有利於民國詞論的輯佚。雖然詞社是以填詞為主，但個別有一兩個詞社有關於詞學理論的記載，例如午社，吳庠和仇垛對於填詞守四聲的問題各有爭議；又如梅社社員，得到吳梅傳授先難後易的道理，這些短短的文字都屬於珍貴的詞論話語，對於民國詞論有補苴罅漏之用。第八，有利於民國詞人生平、事蹟的考求。由於部分參與詞社的社員並非詞學或古典文學的名家，例如如社程龍驤（1897～？）和楊勝葆（1907～？）、梅社杭淑娟和張丕環等人，朱德慈《近代詞人考錄》和曹辛華《民國詞史考論》都沒有相關的記載，研究詞社就能或多或少蒐得一些詞人生平佚事。第九，有助於民國其他藝術的深入研究。因為參與詞社的社員並沒有規定是詞家，只需懂得聲韻和填詞，部分更是書畫家，如如社社外詞侶壽鐦（1885～1950）、午社吳湖帆

〔註79〕曹辛華著：《民國詞史考論》，頁30～41。

（1894～1968）、鄭昶（1894～1952）和陸維釗（1899～1980）均是當時非常著名的藝術家，可見深入探討詞社甚至有助於民國其他藝術的理解。第十，有利於民國文化研究的深入，如民國歷史文化、社團文化、都市文化、地域文化、民國文人的生活方式等等。這一項實在無庸置疑，尤其在民國這樣一個經歷帝制崩潰、共和成立，內戰外患不絕，新舊思想文化交替的大背景下，各社員的作品都自然而然流露出政治歷史的變遷，例如午社，成立於淞滬會戰後，上海租界的「孤島」時期，寫下不少與戰爭時局相關的「史詞」；又各詞人生活於同一地域，都會將地方文化和都市文化的特色寫入詞作裡，如漚社寫出了上海租界的繁華局促、當時張園、檀園及猗園這些公共花園的景色，如社展現了最具地域特色的金陵懷古和秦淮感舊，潛社和梅社都呈現了民國大學校園生活和師生交流的情誼。總括來說，深入研究民國詞社，是一個別具意義的課題，因為詞社並不單牽涉社團文化，還涵蓋了政治歷史、思想文化、地域都市、詞論詞心、詞人心態、文獻輯佚等多方面，因此亟待我們仔細探索。

# 第二章　上海詞社：晚清遺民詞人的心聲

　　民國時期的上海，主要有三個詞社：春音詞社（1915～1918）、漚社（1930～1933）和午社（1939～1942）。自道光二十年（1842）第一次中英戰爭起，英國根據《南京條約》，在上海設立英租界。此後，美租界、法租界相繼闢設。直至辛亥革命爆發、滿清政府倒台後，出於避免投降民國政府，或遭受政治迫害，一眾前清遺臣文人們，紛紛移居租界，以期得到列強的庇護。來到這個華洋雜居，充滿摩登氣息的十里洋場，身為恪守傳統價值理想、刻意生活於封建世界中的遺民和文人，他們深感無所適從，完全無法投入其中。上海租界對他們來說，似乎只是一個能夠帶來安全的避難場所，或是較佳的營生之地，於是以晚清四大家之一的朱祖謀為領袖，與同道們組成詞社，互通聲氣，風格意旨承接清代常州詞派的餘緒，唱和著租界漂零、國家破亡的哀音。

## 第一節　春音詞社（1915～1918）：晚清遺民的漂泊之思

　　王西神（蘊章）（1884～1942）在〈春音餘響〉一文說：「海上詞社，以民初春音為最盛。」[註1] 春音詞社是民國最早成立的詞社。其發起時間為民國四年（1915年），地點在上海。雖然春音詞社的社員和詞作的數量頗多，但並沒出版社集。據王西神的記載，最初周慶雲（1864～1934）嘗裒輯社集之作，

---

〔註 1〕西神撰：〈春音餘響〉，《同聲月刊》，創刊號，1940 年，頁 178。

打算鏤版問世，並囑咐王蘊章編排整理，但事情尚未完成前，周氏忽然以癬疥之疾去世，於是社稿亦逸失，僅存零篇。〔註2〕現存者散見於《南社叢刻》、〔註3〕《文星雜志》〔註4〕和各人的詞集裡。

## 一、詞社緣起

### （一）文人流寓租界

　　西元 1911 年 10 月 10 日晚，革命黨人打響武昌起義的第一槍，當晚武昌即時被革命黨掌控。這一突如其來的勝利，促使全國十五省紛紛響應，最終推翻了滿清二百六十八年的統治，結束中國沿襲二千多年的帝制，開啟民主共和新紀元。支持革命的國粹派和南社等團體在大聲高呼萬歲之際，一群故國舊臣如陳三立（1853～1937）、瞿鴻禨（1850～1918）、朱祖謀（1857～1931），則彷如遭遇前所未有之厄運，在進退維谷的心理掙扎中，陸續離開了帝京，風流雲散漂泊於全國各地，最後選擇退居租界。在清朝之前的國運鼎革，遺臣逸民們的命運，或死、或降、或隱，幾乎無路可走。然而，辛亥革命有一個獨特之處，就是清帝溥儀（1906～1967）沒有被殺害，也沒有被俘獲囚禁或脅逼殉國，僅僅以退位的方式和平交移政權。這不免為民國政府，建構了正面的形象。國民更為出仕新政府，造出冠冕堂皇的理由：

> 今之改仕民國者，亦皆藉口於為斯民公僕，救中國之危亡。且國無專屬，並無事二姓之嫌。正朱子所謂「自有一種議論也」。〔註5〕

因為民國政府不專屬於一家一姓，擔任新政府授予的官職，只算是為國家和人民服務，與貳臣變節迥然不同。前清破亡之日，甚至有一文士在達官門前書曰：「君在，臣何敢死？寇至，我則先逃。」〔註6〕雖屬譏諷君臣淡薄之語，然亦正正由於遜帝仍然存活在世，所以歷朝鼎革時常上映一幕幕的死節忠臣，至晚清易屋則罕有聽聞。如果不想選擇殉國、投降或歸隱，前清舊臣還有另一條出路，就是到租界裡去做遺老。

---

〔註2〕西神撰：〈春音餘響〉，《同聲月刊》，創刊號，1940 年，頁 178。
〔註3〕《南社叢刻》（揚州：江蘇廣陵古籍刻印社，1996 年）。
〔註4〕詳參王蘊章著，楊傳慶整理：《梅魂菊影室詞話》，載馬興榮、鄧喬彬等編：《詞學》（上海：華東師範大學出版社，2013 年），第 28 輯，頁 281。
〔註5〕惲毓鼎著，史曉風整理：《惲毓鼎澄齋日記》（杭州：浙江古籍出版社，2004 年），頁 584。
〔註6〕徐珂編撰：《清稗類鈔》（北京：中華書局，1984 年），冊四，頁 1670。

自道光二十年（1842）第一次中英戰爭起，英國根據《上海租界章程規定》取得第一塊租界，至光緒二十八年（1902）奧匈帝國設立天津租界為止，中國領土內前後共有二十七塊租界。而較多遺臣聚居的，主要有三個地方：上海、天津和青島。其中上海是英、法和美國的共同租界，天津為九國租界（英、法、美、德、俄、意大利、奧匈、比利時和日本），青島膠州灣則是德國的租借地。王國維（1877～1927）〈彊村校詞圖序〉嘗指出士大夫流寓天津和上海的原因：

> 光、宣以來，士大夫流寓之地，北則天津，南則上海，其衽席豐厚，耽游豫者萃焉。辛亥以後，通都小邑，桴鼓時鳴，恆不可以居。於是趨海濱者，如水之赴壑，而避世避地之賢，亦往往而在。……是誠無所樂於斯土，而顧沉冥而不反者，蓋風俗人心之變，由都邑而鄉聚，居鄉者慮有所掣曳，不能安其身與心，故隱忍而出此也。〔註7〕

租界最大的特色，就是相當於一個外國人在中國建立地方自治政府，擁有治外法權。它拒絕清廷或民國政府的干預，不受中國律法的束縛，更不許中國政府的軍隊隨意進入租界。〔註8〕因此，一眾前清遺臣，出於避免成為民國政府的臣民，或遭受其迫害與牽制，逼於無奈離開他們的原居地，並選擇移居租界，以期得到列強的庇護。他們或流寓天津，以親近廢帝溥儀，籌謀復辟，如郭則澐、曾習經、張勳；或寓居青島，倚德人之保護，恭王、肅王、勞乃宣、吳郁生等重臣皆居此地，以便遠走日本、朝鮮、東三省；或暫居滬上，尋求租界的庇護，瞿鴻禨、沈曾植、陳三立即是；或仿宋、明遺民之跡，逃遁廣東及港澳地區，如梁鼎芬、吳道鎔和汪兆鏞。〔註9〕謀劃復辟、潛逃海外、尋求庇護和遠避塵世四項，就成為辛亥革命以還，文人雲集各租界的主要原因，也促使民初上海第一個詞社——春音詞社的興起。

## （二）「國中之國」的庇護

春音詞社得以醞釀而成，最關鍵者是辛亥革命以降，一眾文人雲集上海。

---

〔註7〕王國維撰：〈彊村校詞圖序〉，載王國維著，周錫山編校：《王國維集》（北京：中國社會科學出版社，2008 年），頁 101～102。

〔註8〕關於「租界」的特色和上海開埠的影響，可參考陳伯海、袁進主編：《上海近代文學史》（上海：上海人民出版社，1993 年），頁 16～28。

〔註9〕關於辛亥革命後士大夫流寓京津、青島、上海、廣東、港澳及其他海外地區，詳參林志宏著：《民國乃敵國也：政治文化轉型下的清遺民》（北京：中華書局，2013 年），頁 32～60。

趙尊嶽（1898～1965）《蕙風詞史》嘗云：「蓋國變以還，流人多寓海上。」〔註10〕胡思敬（1869～1922）《吳中訪舊記》就列出了當時從各地移居上海的文人，說：

> 予既蒞滬，則從陳考功伯嚴訪故人居址。伯嚴一一為予述之曰：梁
> 按察節庵、秦學使右衡、左兵備筠卿、麥孝廉蛻庵，皆至自廣州。
> 李藩司梅庵、樊藩司雲門、吳學使康伯、楊太守子勤，皆至自江寧。
> 趙侍郎堯生、陳侍御仁先、吳學使子修，皆至自北京。朱古微侍郎，
> 新自蘇州至。陳叔伊部郎，新自福州至。鄭蘇庵藩司、李孟符部郎、
> 沈子培巡撫，皆舊寓於此。〔註11〕

他們之所以選擇移居上海，主要因為上海作為「國中之國」，能夠得到列強的庇護。首先，租界相對於其他地方，其中之一項特色就是存在著治外法權，使得居留者享有更多的言論和活動自由。它不承認大清的報律和民國的新聞出版規定，又不許中國官員（包括清和民國）逮捕居住在租界內的華人，上海頓時成為維新黨派的避難所、革命黨人宣傳的據點和反對民國專制統治的重要場地。蔡元培（1868～1940）曾說：

> 蓋自戊戌政變後，黃遵憲逗留上海，北京政府欲逮之，而租界議會
> 以保護國事犯自任，不果逮。自是人人視上海為北京政府權力所不
> 能及之地。演說會之所以成立，《革命軍》、《駁康有為政見書》之所
> 以能出版，皆由於此。〔註12〕

所謂「北京政府權力所不能及」，正正說出「國中之國」的特色。這使一些重要的改革社團，如「中國教育會」、「愛國學社」、「光復會」和「同盟會中部總會」等，無不以上海租界作為根據地。南社骨幹成員陳去病（1874～1933）、柳亞子（1887～1958）、高旭（1877～1925）等人，亦將上海視為宣傳新思想和謀劃起事之地。其中一位春音詞社社員——龐樹柏（1884～1916），同樣是南社發起人之一，就曾因為策劃反清舉事，只好逃遁上海，避開追捕。此見蕭蛻（1876～1958）〈龐檗子傳〉說：

---

〔註10〕趙尊嶽撰：〈蕙風詞史〉，載龍沐勛主編：《詞學季刊》（上海：上海書店，1985年），第一卷，第四號，頁85。

〔註11〕胡思敬撰：〈吳中訪舊記〉，載《退廬全集》（臺北：文海出版社，1969年），頁216。

〔註12〕蔡元培撰：《讀章氏所作〈鄒容傳〉》，載高平叔編：《蔡元培全集》（北京：中華書局，1984年），第1卷，頁400。

樹柏具革命思想，武漢軍興，他主講上海聖約翰大學，和宋漁父、徐
天復等，參與上海光復事宜。是年九月十八日，常熟響應，樹柏實為
首謀。……邑中奸徒，平素倚仗官府，恨樹柏刺骨，欲殺之以為快。
一天，樹柏坐茶館中，縣吏大猾數百人，手炷香，偽作請命狀，一擁
而入，炷香炙樹柏額，正危急間，有人挾樹柏越窗遁走，才得脫險。
便移家上海而不返，任課澄衷、愛國等校，造就人才很多。〔註13〕

由於龐氏在武昌起義後，曾協助策劃上海和常熟光復，結果遭到鄉中惡紳所
害，最終逃至上海租界。

如果說反清組織是為了避開滿清政府的通緝和追捕而奔走上海；那麼，
原先身為前清帝國的官員，則是避免新政府的騷擾和迫害，而選擇移居上海
租界。當時，遺民遭到暗殺的事件屢有聽聞，鄭孝胥（1860～1938）就曾在民
國五年（1916）八月二十日日記說：

陳（子範）為革命黨，造炸彈，欲殺菊生及余，乃自炸斃。子杞撫
其婦、子，即居樓中。亂時無知少年殆如病狂，陳與余初未謀面，
但以余有時名而辟革命頗力，是以忿忿耳。〔註14〕

因鄭孝胥力行反對革命，幾乎遭到革命黨人暗殺。又如一向標榜忠清立場的
瞿鴻禨（1850～1918），曾遭受某位商人控告，理由是涉及不法集資營商。〔註
15〕陳三立更險遭剪辮，鄭孝胥民國元年（1912）五月二十八日日記載：

陳伯嚴來談。陳猶辮髮，嘗至張園，有革黨欲強剪之；伯嚴叱曰：
「必致若於捕房，囚半年乃釋！」其人逡巡逸去。〔註16〕

春音詞社社長朱祖謀，社員袁思亮（1880～1940）和況周頤（1859～1926）
等，就是為了避免出仕民國，以及受新政府的逼害而隱居上海。夏孫桐（1857
～1942）在〈清故光祿大夫前禮部右侍郎歸安朱公行狀〉這樣敘述朱祖謀：
「辛亥國變後，不問世事，往來湖、淞之間，以遺老身分終矣。……海濱避
世，賞析之樂，足慰桑榆。」〔註17〕到了袁世凱（1859～1916）出任大總統，

〔註13〕鄭逸梅編著：《南社叢談：歷史與人物》（北京：中華書局，2006年），頁228。
〔註14〕鄭孝胥著、勞祖德整理：《鄭孝胥日記》（北京：中華書局，1993年），第三
　　　　冊，頁1623。
〔註15〕瞿鴻禨著：《止盦年譜》（北京：北京圖書館出版社，2006年），頁12。
〔註16〕鄭孝胥著、勞祖德整理：《鄭孝胥日記》，第三冊，頁1417。
〔註17〕夏孫桐撰：〈清故光祿大夫前禮部侍郎朱公行狀〉，載卞孝萱、唐文權編著：
　　　　《民國人物碑傳集》（南京：鳳凰出版社，2011年），頁537。

欲羅致朱祖謀，且急致書聘為高等顧問，朱氏卻始終未與通一字。〔註18〕李國松則在〈湘潭袁君墓誌銘〉說袁思亮在國變後，曾經有掌權者強逼他出任印鑄局長，他即說：「吾豈能更事二姓哉！」並棄官歸奉母僑居上海，終身不復出。〔註19〕至於況周頤，馮玕（1873～1931）說其「辛亥而後，棲遲海濱，憂生念亂，但有喟息。……春秋六十有八，以丙寅（1926 年）七月十八日病歿上海寓次。」〔註20〕他們同樣都在鼎革前後遷往上海。租界裡相對安穩的生活，不受民國政府的騷擾，令遺老們能夠以文會友，促使了春音詞社的出現。

## （三）租界營生的優越

帝國主義用鴉片貿易和戰艦大炮打開中國的大門，上海被列為最早開放的五個通商口岸之一，促使大量人口從中國各地移民到上海，振興了當地經濟、商業和文化事業。作為半殖民化的城市，因著遷移自由和稅項穩定，吸引了很多中國及外國大商家來此地設立工廠、創辦洋行企業，並將先進的科學技術、管理方式和機器工具帶入上海。一時之間，上海成為中西交匯點，出現很多標誌著現代化進程的事物，例如銀行、百貨公司、大廈等建築物，煤氣燈、電燈等照明用具，輪船、電車等交通工具，甚而自由、平等、博愛的思想精神。至於在文化方面，因得益於印刷技術的進步，以及文人們的需求，使清末民初交替之際，上海的報刊業出現飛躍的發展。詩、詞、小說和戲曲等，出版量佔全國總數的百分之五十，〔註21〕遠遠超越明、清以來一直是中國傳統文化重心的北京。

租界文化和出版業的發達，促使報館需要大量的知識分子編輯和撰稿。一群失意於前清舉業及官場的文人，紛紛往赴上海的報館、書局就職，成為擔任官府幕僚或私塾教書外，另一條報酬較為豐厚的路。例如春音社員徐珂（1869～1928），原籍浙江杭縣（今杭州），光緒二十五年（1889）舉人。他曾擔任袁世凱在天津小站練兵的幕僚，不久離去。二十七年（1901）受董理張

---

〔註18〕夏孫桐撰：〈清故光祿大夫前禮部侍郎朱公行狀〉，頁 537～538。
〔註19〕李國松撰：〈湘潭袁君墓誌銘〉，載卞孝萱、唐文權編著：《民國人物碑傳集》（南京：鳳凰出版社，2011 年），頁 114。
〔註20〕馮玕撰：〈清故通議大夫三品銜浙江補用知府況君墓誌銘〉，載卞孝萱、唐文權編著：《民國人物碑傳集》（南京：鳳凰出版社，2011 年），頁 567。
〔註21〕陳伯海、袁進主編：《上海近代文學史》（上海：上海人民出版社，1993 年），頁 2。

元濟（1867～1959）聘用，擔任《外交報》編輯，復任《東方雜誌》和商務印書館編輯，接管《東方雜誌》「雜纂部」。又如另一社友李嶽瑞（1862～1927），原為前朝重臣，歷任工部屯田司員外郎、總理各國事務衙門章京等要職，卻因為參與維新運動，最終被慈禧大肆蒐捕，被逼逃往意大利，歸國後被清廷革職永不敘用。失意官場之際，只好赴上海商務印書館出任編輯，並在中國公學兼授國文。〔註22〕而王蘊章（1884～1942），原籍江蘇金匱（今無錫），於光緒二十八年（1902）中副榜舉人後，先任職英文教師，至清末應上海商務印書館聘請，主編《小說月報》以及《婦女雜誌》，長達十餘年之久。民國元年（1912），任職南京中華民國臨時政府，因工作不遂意，便辭職遊歷南洋各國。歸國又返回上海，歷任滬江大學國文教授以及《新聞報》編輯，並任正風文學院院長。

　　除了投身報業和出版業外，晚清至民國時期居於上海的讀書人，還有另一個謀生之途，就是任職大學教授。自光緒二十二年（1896）盛懷宣（1844～1916）創辦南洋公學（即交通大學前身）起，上海正式出現第一所正規的國立大學。隨後，復旦公學（1905）、中國公學（1906）、大同學院（1912）、大夏大學（1924）和光華大學（1925）相繼興起，〔註23〕令上海現代大學制度漸趨成熟，需求的人才亦日益增加。春音社員王蘊章、陳匪石（1884～1959）和吳梅（1884～1939），就曾在上海的大學擔任講師或教授。王氏曾於滬江大學任國文教授，陳氏則在中國公學及持志大學兼課，吳氏一度為光華大學的兼任講師，主授詞學。這見租界作為一個多元化的謀生場作，吸引很多文人墨客和知識分子寓居於此。他們或避難隱世，或宣傳革命，或出版報刊，或教導學生，甚至只是因緣際會，在同一時間雲集上海，這均造就了春音詞社在民初的盛況。

## 二、詞社發起人、社長、社名及社員

### （一）發起人

　　關於春音詞社的發起人，共有四種說法：一說是王蘊章、陳匪石二人共同創立。王蘊章〈春音餘響〉云：

---

〔註22〕郎菁撰：〈陝西近代藏書家李岳瑞〉，《收藏》，2010年，第216期。
〔註23〕詳參楊蓉蓉撰：《學府內外——二十世紀二三十年代上海現代大學與中國新文學關係研究》，復旦大學博士論文，2006年，頁13。

> 民元，余遊南洋群島。時江甯陳倦鶴匪石，方主檳榔嶼某報筆政。
> 余旅行中所作詩詞，匪石輒登諸報端，聞聲相思，因以訂交。……
> 匪石時寓滬西，距余寓廬甚近，朝夕過從，因共發起詞社，請歸安
> 朱古微漚尹丈為社長。〔註24〕

二說指周慶雲（1866～1934）才是詞社的創設者。此說緣自周延祁《吳興周夢坡先生年譜》民國四年（1915）一則：「府君創春音詞社。」〔註25〕第三種則指王蘊章、周慶雲、徐珂均為創社人。此見趙尊嶽（1898～1965）《蕙風詞史》說：

> 其時海上有詞社，徐仲可（珂）、王蓴農（蘊章）、周慶雲諸君，奉
> 彊翁為社長。〔註26〕

對於上述三種說法，今人楊柏嶺（1968～）〈春音詞社考略〉一文認為前兩項較不可信，因為前者為王氏自己的說話，後者則為周氏的子孫追述，皆不免為情所限。至於第三種因屬後學追述，相比前二者，較為客觀。〔註27〕後來汪夢川（1976～）為楊柏嶺的文章作補正，提出第四種說法：王蘊章、龐樹柏和陳匪石是詞社發起人。理據緣自王蘊章《梅魂菊影室詞話》：

> 近與虞山龐檗子、秣陵陳倦鶴有詞社之舉，請歸安朱古微先生為社
> 長。〔註28〕

指詞社發起人除了他和陳匪石外，還有龐樹柏。汪氏認為在上述四種說法中，以《梅魂菊影室詞話》記載的最為可信，原因是這段文字所刊載的日期，距春音詞社成立不過數月，而其他說法均是數十年後的追記，而且以王蘊章和各人的友好關係，若然周慶雲和徐珂同是發起人之一，則王氏應該不會隱沒其名。〔註29〕筆者查考龐樹柏《宴香移詩詞叢話》，見其說：

> 乙卯（1915）春日，予偕倦鶴、蓴農結春音詞社於上海，請朱漚尹

〔註24〕西神撰：〈春音餘響〉，《同聲月刊》，創刊號，1940 年，頁 178。
〔註25〕周延祁著：《吳興周夢坡先生年譜》（北京：國家圖書館出版社，2012 年），頁59。
〔註26〕趙尊嶽撰：〈蕙風詞史〉，《詞學季刊》，第一卷，第四號，頁 85。
〔註27〕楊柏嶺撰：〈春音詞社考略〉，載詞學編輯委員會編輯：《詞學》（上海：華東師範大學出版社，2007 年），第 18 輯，頁 159。
〔註28〕西神撰：《梅魂菊影室詞話》，《文星雜志》，一卷一期，1915 年，頁 59。轉引自汪夢川撰：〈〈春音詞社考略〉補正〉，載詞學編輯委員會編輯：《詞學》（上海：華東師範大學出版社，2011 年），第 26 輯，頁 140～141。
〔註29〕汪夢川撰：〈〈春音詞社考略〉補正〉，《詞學》，第 26 輯，頁 141。

師長之。〔註30〕

倦鶴即陳匡石，苊農是王蘊章，與《梅魂菊影室詞話》的記述相同，乃知春音詞社發起人，實為王蘊章、陳匡石和龐樹柏。至於著名儒商周慶雲，則應如楊柏嶺所言，僅是詞社的經濟資助者。因為他在春音詞社成立前一年（1914年），才開始學習填詞，尚未有能力擔任社長之職；但卻一直有出資補助各詩社和詞社的運作，如民國二年（1913）成立的淞社和十九年（1930）創立的漚社，同樣得到周氏的補助。

## （二）社長及社名

根據上述所引用的三段文字（王蘊章〈春音餘響〉、《梅魂菊影室詞話》和趙尊嶽《蕙風詞史》），均一致清楚記述眾人推舉了詞壇巨擘朱祖謀為詞社社長。詞社之名曰「春音」，也是朱祖謀所取的。初時，王蘊章在《梅魂菊影室詞話》說：「（朱祖謀）取然燈之語，以『春音』二字名社」。〔註31〕後來又在〈春音餘響〉云：「漚丈名社曰春音，取互相勞苦之意。」〔註32〕今人汪夢川根據「春音」一詞出自《楞嚴經》，認為詞社或寓有「當日雖時局昏亂，而詞人之詞心仍在；又或雖自謙為春音，而實以詞壇之鐘鼓自任」〔註33〕的意思。

## （三）社員

綜合王蘊章〈春音餘響〉和周延祁《吳興周夢坡先生年譜》所載，參與詞社的社員，合共二十五人，分別是：朱祖謀（彊邨）、王蘊章（西神）、龐樹柏（檗子）、陳匡石（倦鶴）、周慶雲（夢坡）、吳梅（瞿安）、袁思亮（伯夔）、夏敬觀（映庵）、徐珂（仲可）、潘飛聲（蘭史）、曹元忠（君直）、白炎（中磊）、李嶽瑞（孟符）、陳方恪（彥通）、葉楚傖、況周頤（夔笙）、郭則澐（嘯麓）、邵瑞彭（次公）、林葆恆（子有）、葉玉森（荭漁）、楊鐵夫、林鵾翔（鐵錚）、黃孝紓（公渚）、惲毓齡（季申）、惲毓珂（瑾叔）。〔註34〕

〔註30〕龐樹柏撰：《薲香簃詩詞叢話》，《民國日報》，1916 年 10 月 18 日。

〔註31〕西神撰：《梅魂菊影室詞話》，《文星雜志》，1 卷 1 期，1915 年，頁 59。轉引自汪夢川：〈〈春音詞社考略〉補正〉，《詞學》，第 26 輯，頁 140。

〔註32〕西神撰：〈春音餘響〉，《同聲月刊》，創刊號，1940 年，頁 178。

〔註33〕汪夢川撰：〈〈春音詞社考略〉補正〉，《詞學》，第 26 輯，頁 140。

〔註34〕西神撰：〈春音餘響〉，《同聲月刊》，創刊號，1940 年，頁 178。

　　然而，汪夢川卻頗疑上述的成員，有五人並沒有參與過春音詞社，分別是黃孝紓、林葆恆、楊鐵夫、郭則澐和林鵾翔。他指出春音詞社成立之時，黃孝紓（1900～1964）年紀尚小，僅得十五歲，而且他早年僅活動於山東一帶，甲子年（1924）始赴上海。〔註 35〕而林葆恆、楊鐵夫、郭則澐和林鵾翔等，則未見有其他關於加入春音詞社的文獻記載。然而，他們的詞作，卻皆見載《漚社詞鈔》。〔註 36〕因此，汪氏懷疑王蘊章〈春音餘響〉的記述，與王氏新近參與的另一上海詞社——漚社（1930～1933）有混淆之嫌。尤其是漚社的成員，有七人（朱祖謀、潘飛聲、周慶雲、夏敬觀、王蘊章、袁思亮和陳方恪）乃源自春音詞社，由是筆者亦認同汪氏的質疑。因是，在未發現黃孝紓等五人曾經參與春音詞社的理據時，暫不將他們列入社員名單。茲將上述春音詞社社長及各成員之生平資料，據朱德慈《近代詞人考錄》〔註 37〕並徐友春主編《民國人物大辭典》，〔註 38〕開列如下，合共二十人，分別是：

## 表二：春音詞社社員名錄表

| 姓　名 | 生卒年 | 字　號 | 籍　貫 | 備　註 |
|---|---|---|---|---|
| 朱祖謀 | 1857～1931 | 孝臧、彊邨 | 浙江歸安 | 光緒九年（1883）進士；散館授編修，歷官會典館總纂總校、侍講學士、禮部侍郎、兼署吏部侍郎。三十年（1904）任廣東學政，因與總督不和而辭官，寓居蘇州，被聘為江西法政學堂監督。宣統元年（1909），為弼德院顧問大臣，因病未赴。辛亥革命後，隱居上海。漚社社長；逸社、花近樓逸社成員。 |
| 惲毓齡 | 1857～1936 | 季申、靈萱 | 江蘇武進 | 光緒四年（1878）舉人，十五年（1889）考取中書，署安徽安慶府知府、晉道員。辛亥革命後，退隱家鄉。民國三年（1914）五月七日，任肅政廳肅政史，同年七月二十三日辭職。 |

〔註 35〕袁思亮撰：〈匑厂文稿序〉，載黃孝紓著：《匑厂文稿》（臺北：文海出版社，1966 年），頁 17。
〔註 36〕詳參汪夢川撰：〈《春音詞社考略》補正〉，《詞學》，第 26 輯，頁 141。
〔註 37〕朱德慈著：《近代詞人考錄》（北京：中國社會科學出版社，2004 年）。
〔註 38〕徐友春主編：《民國人物大辭典》（石家莊：河北人民出版社，2007 年）。

| 潘飛聲 | 1858～1934 | 公歡、蘭史 | 廣東番禺 | 少時曾赴縣試，光緒十三年（1887）應德國駐華公使巴蘭德（Max von Brandt）之邀，赴德國東方大學院講學，十六年（1890）返國，二十年（1894）出任香港《華字日報》主筆，後又擔任《實報》編輯。三十四年（1908）夏，長居上海，參與南社、希社、漚社、鷗社等上海詩社詞社。南社社員。 |
|---|---|---|---|---|
| 況周頤 | 1861～1926 | 夔笙、蕙風 | 廣西桂林 | 光緒五年（1879）舉人；官內閣中書，二十一年（1895）入兩廣總督張之洞幕府。二十三年（1897）起，主講揚州安定書院，後在武昌掌教白岩書院，進而於常州主講龍城書院。三十二年（1906）往南京入端方幕府，後赴大通掌榷運。辛亥革命後，在上海開設書肆為生。 |
| 李嶽瑞 | 1862～1927 | 孟符、春冰 | 陝西咸陽 | 光緒九年（1883）進士；授工部主事，歷任工部屯田司員外郎、總理各國事務衙門章京，辦鐵路礦務事。積極參與維新活動，變法失敗後逃往意大利駐華公使館避難。歸國後被清廷革職永不敘用。三十一年（1905）秋應好友張元濟之邀，到上海商務印書館任編輯，更一度於中國公學兼授國文。辛亥革命後任清史館編修，民國十一年（1922）返回西安，出任陝西省省長公署祕書長及督辦公署祕書。 |
| 周慶雲 | 1864～1934 | 景星、夢坡 | 浙江烏程 | 光緒七年（1881）秀才，後以附貢授永康教諭、直隸知州，均未就任。從此棄學從賈，隨父輩業絲，後佐理張家鹽務，於上海成立蘇五屬（蘇州、松江、太倉、常州、鎮江）鹽商公會，並擔任會長。積極支持和投資浙江鐵路公司、浙江興業銀行、上海物品證券交易所。民國二年（1913）在杭州開辦天章絲織廠，又投資煤礦、鐵礦、電燈公司等，並興辦學校。淞社、希社社長，漚社社員。 |

| 曹元忠 | 1865～1923 | 夒一、君直 | 江蘇吳縣 | 光緒二十年（1894）舉人，官翰林學士，充值內閣。歷任玉牒官校勘官、大庫學部圖書館纂修、禮學館纂修、內閣中書、內閣侍讀、資政院議員等。民國後為清遺老。 |
|---|---|---|---|---|
| 徐珂 | 1869～1928 | 仲可 | 浙江仁和 | 光緒十五年（1889）舉人，屢試禮部不第，授內閣中書，改同知，未赴任。曾擔任袁世凱在天津小站練兵時的幕僚，不久離去。二十七年（1901）往上海擔任《外交報》、《東方雜誌》編輯，後接管《東方雜誌》雜纂部、並任商務印書館編輯。南社社員。 |
| 夏敬觀 | 1875～1953 | 劍丞、映庵 | 江西新建 | 光緒二十年（1894）舉人，二十八年（1902）入江寧布政使李有棻幕府，並協助兩江總督張之洞辦兩江師範學堂，歷任江蘇提學使、中國公學等校監督。三十五年（1909）辭官。辛亥革命後，擔任涵芬樓撰述，民國八年（1919）任浙江省教育廳長，十三年（1924）辭職閒居上海。漚社發起人；午社社員；須社社外詞侶；淞社社員。 |
| 葉玉森 | 1880～1933 | 荭漁、中冷 | 江蘇丹徒 | 光緒二十二年（1896）考取秀才，宣統元年（1909）至三年（1911）赴日本早稻田大學、明治大學學習法律。民國二年（1913），出任鎮江縣立議會議員，後任蘇州高等法院推事兼檢察庭長。五年（1916），先任安徽和縣厘金局局長，在棄州、舒城等地任稅務官。次年（1917），於倪嗣沖幕府擔任文學秘書。七年（1918）任滁縣縣知事，歷任穎上縣縣知事、當塗縣縣知事、蕪湖市政籌備處秘書長。十九年（1930）後為上海交通銀行總管理處秘書長，又兼國立勞動大學、上海大學課務。戊午春詞社社員；南社社員。 |
| 袁思亮 | 1880～1940 | 蘉庵、伯夒 | 湖南湘潭 | 光緒二十九年（1903）舉人，試禮部未中後，遂絕意於科舉。歷任農工商部郎中兼參議上行走。民國初年，任北洋政府工商部秘書、國務院秘書、印鑄局局長、漢冶萍礦冶股東會董事等職。漚社、須社社外詞侶。 |

| 陳世宜 | 1884～1959 | 匪石、倦鶴 | 南京江寧 | 光緒二十七年（1901）初肄業尊經書院，三十一年（1905）任幼學堂國文教席。次年（1906）赴日本修習法律，三十四年（1908）回國，加入同盟會，出任法政學堂教員。民國元年（1912）往馬來西亞，任《光華日報》記者。翌年先後在上海、北京從事新聞工作達十年，並於上海中國公學、持志大學、北京中國大學兼課。十二年（1923）任農商部秘書，兼華北大學教授，歷任江蘇建設廳秘書、工商部和實業部參事、商標局局長等。南社社員。 |
| --- | --- | --- | --- | --- |
| 吳梅 | 1884～1939 | 瞿安、霜厓 | 江蘇吳縣 | 光緒二十九年（1903）前往上海學習日語，三十一年（1905）秋受聘於蘇州東吳大學堂，宣統二年（1910）先後在蘇州存古學堂、南京第四師範、上海民立中學擔任中學教師。民國六年（1917）擔任北京大學教授、崑曲組導師。十一年（1922）起，先後應聘國立東南大學、南京中央大學、上海光華大學，並兼課金陵大學。南社、如社、適社、琴社、六一社社員；潛社發起人。 |
| 龐樹柏 | 1884～1916 | 檗子、芑庵 | 江蘇常熟 | 肄業於江蘇師範學校，間在江寧、上海、蘇州、常熟等學堂任教。光緒二十六年（1900）加入同盟會。武昌起義時，任上海聖約翰大學中國文學教授，參與擘劃上海光復計畫。民國二年（1913）推動反袁鬥爭失敗，逃亡上海。南社社員。 |
| 王蘊章 | 1884～1942 | 蓴農、西神 | 江蘇無錫 | 光緒二十八年（1902）舉人；早年任職學校英文教師，宣統二年（1910）應商務印書館之聘，創辦並主編《小說月報》及《婦女雜誌》。民國元年（1912），任職南京中華民國臨時政府，後辭職，歷任滬江大學、南方大學、暨南大學國文教授，又任《新聞報》秘書、編輯、主筆，並同時任上海正風文學院院長，主持正風文學院教務工作。南社社員；漚社社員。 |

| 葉楚傖 | 1887～1946 | 卓收、小鳳 | 江蘇吳縣 | 光緒三十三年（1907）畢業於蘇州高等學堂，往廣東汕頭擔任《中華新報》筆政，三十五年（1909）加入中國同盟會。民國後，在上海創辦《太平洋報》、《生活日報》。民國五年（1916），與邵力子合辦《民國日報》，並擔任總編輯。十三年（1924）被選為國民黨第一屆中央執行委員，並任國民黨上海執行部常務委員兼青年婦女部長。南京國民政府成立後，任國民政府委員、國民政府立法院副院長等。南社社員。 |
|---|---|---|---|---|
| 邵瑞彭 | 1887～1937 | 壽籛、次公 | 浙江淳安 | 光緒三十四年（1908）就讀於慈溪浙江省立優級師範學堂，先後加入光復會、同盟會。民國元年（1912），當選為眾議院議員。十年（1921），被聘為北京大學教授，又協修《清史稿》儒林文苑傳，間或為北京、天津諸報紙寫稿。民國十三年（1924）被任命為教育總長，謙辭不就，後出任北京大學教授。二十年（1931）擔任河南大學國文系主任。南社社員。 |
| 陳方恪 | 1891～1966 | 彥通 | 江西義寧 | 宣統元年（1910）畢業於復旦公學，民國元年（1912）起，歷任上海《時報》編輯、上海中華書局雜誌部主任等。九年（1920）起先後擔任江西圖書館館長、景德鎮稅務局局長、田畝丈量局局長、釐金局局長以及地方關口稅務局。十三年（1924）至上海任教無錫國學專修館分校，又在暨南大學、持志大學、私立正風學院等校兼課。二十七年（1938）應汪偽政府教育部編審。陳三立第四子。漚社社員。 |
| 白炎 | 生卒年不詳 | 臥羲、中磊 | 河北宛平 | 南社社員。 |
| 惲毓珂 | 生卒年不詳 | 佩璁、瑾叔 | 江蘇常州 | 光宣年間太學生，工部郎中，浙江候補道。署溫處道、兩浙鹽運使。辛亥革命後，隱居上海。 |

　　從社員名單看來，主要分為兩部分的人：一是前清遺臣或舊臣，二是南社社員或同盟會成員。前者多是忠於前朝，在民國時期或退隱、或從事文化教育事業，例如朱祖謀、況周頤、曹元忠和惲毓珂；即使有些曾一度出任民

國官職，都是被逼或為保生計較多，如袁思亮和夏敬觀，但他們很快就辭去職務。後者則主要來自一群政治與思想的革新者，他們積極推翻滿清，並透過編輯報章、撰寫稿件來宣傳革命思想，例如徐珂、龐樹柏、王蘊章、葉楚傖、邵瑞彭和白炎，部分甚至留學日本、遠赴德國、馬來西亞等地，探索富國圖存的救國之路，如潘飛聲、葉玉森、陳匪石和吳梅。

　　然而，這兩群有著迥異的出仕經歷、不同政治思想的春音社員，在文學上卻不是針鋒相對，反而能夠互通聲氣。筆者認為原因有二：首先，這些南社社友，曾經深受傳統文化的薰陶，熱衷於舊文學，部分政治色彩較淡。例如王蘊章，一生投入於文化和教育，除了編輯《小說月報》、《婦女雜誌》和《新聞報》外，閒時喜歡收藏文物、吟詠詩詞和寫書法。〔註39〕又如潘飛聲，雖然在光緒時期執教於德國柏林大學四年，對西方文化思想有深入的瞭解，但他更為熱愛中國古典文化，歸國後積極參與各種詩詞文社及書畫會，並以詩詞書畫度過餘生。〔註40〕再如徐珂一生致力編輯，陳匪石專於詞學，吳梅獻身詞曲研究與教學，這都使這一群南社成員，能夠與前清遺臣共同發起詞社，互相酬唱。

　　其次，就是參與春音詞社的這群南社成員中，如龐樹柏、陳匪石和葉玉森等，對詞學的宗尚，都奉朱祖謀為圭臬。這使他們與當時南社骨幹柳亞子、陳去病在學詞上意見分歧。晚清以朱祖謀為首的詞壇，在學詞門徑上標榜南宋之吳文英（夢窗），而龐樹柏同樣非常推許吳文英。據柳亞子的回憶，他曾經因為學詞宗尚與龐樹柏發生爭執：

> 在清末的時候，本來是盛行北宋詩（指同光體詩人）和南宋詞（指清末四大家）的，我卻偏偏要獨持異議。我以為……論詞是應當宗法五代和北宋的。人家崇拜南宋的詞，尤其是崇拜吳夢窗，我實在不服氣。我說……夢窗詞如七寶樓臺，拆下來不成片斷，何足道哉！這句話不要緊，卻惹惱了龐蘗子和蔡哲夫。蘗子是詞學專家，南宋的正統派，哲夫卻夾七夾八地喜歡發表自己的主張，於是他們便和我爭論起來。〔註41〕

〔註39〕鄭逸梅編著：《南社叢談：歷史與人物》，頁117～118。

〔註40〕鄭逸梅編著：《南社叢談：歷史與人物》，頁303～305。

〔註41〕柳亞子著、柳無忌編：《南社紀略》（上海，上海人民出版社，1983年），頁14。

由此可見，龐樹柏縱使在政治上支持推翻滿清，宣傳革命，與朱祖謀的身分立場不同，但在詞學上卻是一致的。另外，南社的葉玉森又與朱祖謀過從甚密，「交誼在師友之間」，他所著的《春冰詞》，甚至請得朱祖謀親自校讎。〔註42〕春音詞社的成員熱愛傳統文化，加上詞學觀點一致，使原本政治立場互相衝突的革命支持者與前朝舊臣，都能夠在詞社活動裡融合為一，彼此唱和，互通聲氣。

## 三、社集活動

春音詞社的發起時間為民國四年（1915）二月四日，第一次雅集始於本年初夏，至七年（1918）春止，歷時三年，共十七集。〔註43〕對於每一集所寫的題材，社友徐珂《純飛館詞續》和《南社叢刻》所記最為詳盡，但他只記錄了第一、二集和第十至十七集的內容；而第三至八集，則見王蘊章在《南社叢刻》和〈春音餘響〉的記述。然筆者發現，《南社叢刻》和〈春音餘響〉所載錄的社集題材卻略有矛盾。例如第四集，《南社叢刻》題為〈霜花腴・春音社四集賦菊花〉，〔註44〕〈春音餘響〉則題記為第七集，並將《南社叢刻》第九集的〈水龍吟・崑山謁劉龍洲墓〉誤作第四集。〔註45〕又如第五集，《南社叢刻》詞題是〈燭影搖紅・春音社五集賦唐花〉，〔註46〕〈春音餘響〉則記為〈新雁過妝樓・七月七夕鴛鴦湖聽歌〉；〔註47〕第六集前者的詞牌為〈高陽臺〉，內容是詠銅雀瓦硯〔註48〕；後者則寫作〈紅情・天平山看紅葉〉〔註49〕。至於第七、八集，僅見王蘊章在〈春音餘響〉的記載。汪夢川〈〈春音詞社考略〉補正〉認為〈春音餘響〉乃王蘊章在詞社解散二十年後的回憶，「誤記的可能性較大」，〔註50〕並從其他資料如周慶雲《夢坡詞存》、朱祖謀《彊村語業》等，推敲第七、八、九集的詞題，考證清晰。〔註51〕茲根據各種現存文

---

〔註42〕鄭逸梅編著：《南社叢談：歷史與人物》，頁126。
〔註43〕楊柏嶺撰：〈春音詞社考略〉，《詞學》，第18輯，頁160。
〔註44〕《南社叢刻》，頁4783。
〔註45〕西神撰：〈春音餘響〉，頁179。
〔註46〕《南社叢刻》，頁4784。
〔註47〕西神撰：〈春音餘響〉，頁179。
〔註48〕《南社叢刻》，頁4784～4785。
〔註49〕西神撰：〈春音餘響〉，頁179。
〔註50〕汪夢川撰：〈〈春音詞社考略〉補正〉，頁142。
〔註51〕詳參汪夢川撰：〈〈春音詞社考略〉補正〉，頁143～147。

獻，整理春音詞社唱和活動如下：〔註52〕

## 表三：春音詞社唱和活動表

| 社集 | 時　間 | 地　點 | 主　題 | 限　調 | 現存詞作者〔註53〕 |
|---|---|---|---|---|---|
| 1 | 1915 年 | 古渝軒〔註54〕 | 詠綠櫻花 | 花犯 | 朱祖謀、況周頤、王蘊章、龐樹柏、徐珂 |
| 2 | 1915 年 | 徐園〔註55〕 | 詠河東君妝鏡拓本 | 眉嫵 | 朱祖謀、王蘊章、龐樹柏、徐珂、吳梅、陳匪石、葉玉森、葉楚傖、白炎（3首）、周慶雲 |
| 3 | 1915 年 | 徐園 | 詠周慶雲所藏宋徽宗松風琴 | 不限 | 朱祖謀、況周頤（4首）、王蘊章、龐樹柏、徐珂、陳匪石、周慶雲、夏敬觀、潘飛聲 |
| 4 | 1915 年 | 哈同花園〔註56〕 | 詠菊 | 霜花腴 | 朱祖謀、王蘊章、陳匪石、周慶雲 |
| 5 | 1916 年 | 未詳 | 詠唐花 | 燭影搖紅 | 王蘊章、龐樹柏、周慶雲、徐珂 |
| 6 | 1916 年 | 未詳 | 詠銅雀瓦硯 | 高陽臺 | 王蘊章、徐珂 |
| 7 | 1916 年 | 未詳 | 詠荷花 | 綠意 | 王蘊章、周慶雲、邵瑞彭 |

〔註52〕林立在〈同聲相應：詞社與清遺民詞人的集體唱酬〉一文曾經用表格的形式列出春音詞社唱和活動，但他主要只參考了王蘊章〈春音餘響〉、楊柏嶺〈春音詞社考略〉和周延祁《吳興周夢坡先生年譜》。後來汪夢川〈《春音詞社考略》補正〉一文，則補充了上述各項資料的不足。例如第七和第十六集，楊柏嶺的文章僅註明「不詳」；但汪夢川則再加考證，填補這兩集的內容。另外，汪夢川參考了《小說月報》和各社員的詞集，更正了春音詞社現存詞作的數量。因此，本文根據林立所做的表格，再用汪夢川文章加以補正。詳見林立著：《滄海遺音：民國時期清遺民詞研究》（香港：香港中文大學出版社，2012年），頁 260～261。

〔註53〕楊柏嶺、汪夢川和林立都將部分非春音詞社社員，但有和社集的作品，算作現存篇數。而本文則不予錄入，只將詞社成員的作品計算在內。

〔註54〕古渝軒乃上海著名的川菜館。

〔註55〕徐園又名徐家花園、雙清別墅，是清朝光緒年間的軍機大臣、兵部尚書徐用儀（1826～1900）在上海的私家園林。此園建於清朝道光至咸豐年間，清末民初對外開放，在 1938 年 5 月被日寇縱火燒毀。

〔註56〕哈同花園原名愛儷園，是民國時期上海最大的私家花園，由猶太人富商哈同（Silas Aaron Hardoon）及其夫人興建。1940 年太平洋戰爭，被日本人破壞。1955 年被上海人民政府徵用建成中蘇友好大廈，即今上海展覽中心。

| 8 | 1916年 | 愚園〔註57〕 | 朱祖謀六十壽辰 | 不限調 | 況周頤（2首）、夏敬觀 |
|---|---|---|---|---|---|
| 9 | 未詳 | 崐山 | 崐山謁劉龍洲墓 | 不限調 | 朱祖謀、曹元忠 |
| 10 | 1917年 | 嘉興鴛鴦湖煙雨樓〔註58〕 | 七月七夕鴛鴦湖聽歌 | 新雁過妝樓 | 朱祖謀、徐珂、周慶雲、夏敬觀、李嶽瑞 |
| 11 | 1917年 | 未詳 | 周夢坡題湯貞潛《香雪草堂圖》 | 百字令、六么令 | 徐珂、夏敬觀 |
| 12 | 1917年 | 未詳 | 題彊村校詞圖 | 不限調 | 徐珂、周慶雲、況周頤 |
| 13 | 1917年 | 未詳 | 丁巳中秋 | 秋霽 | 徐珂、周慶雲、夏敬觀、袁思亮 |
| 14 | 1917年 | 蘇州天平山 | 天平山看紅葉 | 霜葉飛 | 徐珂、周慶雲、夏敬觀、袁思亮、邵瑞彭 |
| 15 | 1917年 | 未詳 | 為夢坡題句容駱佩香女士《綺蘭小墨百花長卷》 | 滿庭芳 | 徐珂 |
| 16 | 1918年 | 未詳 | 寒夜 | 徵招 | 王蘊章、徐珂 |
| 17 | 1918年 | 未詳 | 春感 | 雪梅香 | 王蘊章、徐珂、周慶雲、夏敬觀、袁思亮 |

民國四年（1915）初夏為春音詞社第一集。王蘊章《梅魂菊影室詞話》
嘗云：

> 第一集集於古渝軒……酒酣，各以命題請，古微先生笑曰：「去年見
> 況夔笙與仲可有游日人六三園賞櫻花唱和之詞，去年之櫻花堪賞，
> 今年之櫻花何如？即以此為題，調限〈花犯〉，可乎？」時中日交涉
> 正亟也，眾皆稱善。越數日而先後脫稿。〔註59〕

---

〔註57〕愚園位於上海靜安寺東北半里許，在清光緒十六年（1890）由四明張氏創葺，
後屢次易主，民國五、六年後廢。
〔註58〕煙雨樓位於浙江嘉興市南湖湖心島上，建成於五代。
〔註59〕王蘊章撰：《梅魂菊影室詞話》，載《詞學》，第 28 輯，頁 281。這與王蘊章
〈春音餘響〉的記述有差異，〈春音餘響〉記述第一次社集說：「時東事正急，
一日，同遊六三園，睹綠櫻花一株，幽豔獨絕，同社諸人，意忽忽有感，乃
拈是調以寄慨。」載《同聲月刊》，1940 年，頁 178。《梅魂菊影室詞話》撰
於前，〈春音餘響〉刊於後二十年後的追記，所以當以前者為準。

王氏又指出詞社最先有等第之評，並由社長朱祖謀評定甲乙。第一集王蘊章第一，龐樹柏第二。第二集的評定結果則由龐樹柏獲第一。然而，同人認為此舉猶如初唐「盧後王前」之排名，這樣「即鑑空衡平，亦易引起噉名爭勝之心」，所以自第三集起，朱氏僅對作品略加圈點，示以商榷之意，不再按次序排列。〔註60〕雖然王氏沒有清楚道出朱氏的品評準則，但筆者從其論述，推斷朱氏以聲韻格律為重。此見王蘊章說：

> 詞成，由漚丈評閱，明定甲乙。榜發，余列第一，檗子第二。〈花犯〉為澀調之一，其中上去聲不可移易者，共有三十七字。余詞並不佳，特仿方千里和清真詞例，上去聲皆一一遵守原譜而已。〔註61〕

又云：

> 楚傖……詩文豪邁雄俊，不耐作嘔心推敲事，倚聲殊非所長。其賦綠櫻花〈花犯〉一解，拈宋字韻，漚丈甫讀其第一韻，笑曰：「詞之佳否且不論，此韻必請君先一易之。蓋此韻如黃鐘大呂，宜於宮調，不宜於譜清商側徵之詞也。」〔註62〕

見出葉楚傖在第一集填〈花犯〉時，因有一韻不協律，朱祖謀就請他更正，故知朱氏評詞，首重格律。

詞社歷時三年，在第十餘集後，開始意興闌珊，並於民國七年（1918）第十七集後正式解散。王蘊章說：

> 十餘集後，檗子病故，眳盦長浙江教育廳，遂漸呈闌珊之態。〔註63〕

最先是龐樹柏因病逝世，然後夏敬觀又出任浙江教育廳長，加上李嶽瑞、陳方恪二人，一者遠在陝西，一者則在江西，經常不在上海，偶爾蒞臨才入社集，詞社最後正式解散。

## 四、詞作主題

### （一）異鄉異客的漂泊

宣統三年（1911），辛亥革命爆發，中國出現了翻天覆地的變化，溥儀被逼退位，沿用兩千多年的封建帝制正式結束。一群原本效忠清廷的舊臣，承

---

〔註60〕西神撰：〈春音餘響〉，頁 177～178。
〔註61〕西神撰：〈春音餘響〉，頁 178～179。
〔註62〕西神撰：〈春音餘響〉，頁 179～180。
〔註63〕西神撰：〈春音餘響〉，頁 179。

受著國破家亡、身分變異的打擊，紛紛逃離京城。他們最初大都返回故鄉或漂泊各地，最後退居租界。學人陳丹丹在〈十里洋場與獨上高樓——民初上海遺民的「都市遺民想像」〉嘗分析這一現象背後的原因，說：

> 對遺民而言，「革命」猶如「赤化」的代名詞，革命風潮的席捲，則相當於寸寸「皇土」的淪喪。這樣，當原本足以容身的家鄉，也被目為污濁之地而有鄉歸不得，每每被士夫鄙薄為「夷場」的上海，反倒搖身成為聊可立足的淨土。〔註64〕

道出辛亥革命後，前清喪失一切領土，甚至連遺臣們原可安度餘生的故鄉，也被民國政府佔據，這說明了他們何以不選擇落葉歸根，反而不惜離鄉背井，奔赴上海租界。在他們眼中，租界起碼不受新政府的規管，他們仍可高調地保留著「遺臣」或「遺民」的身分，於此夷場安居樂業。

既然上海對他們來說是淨土，是一個可以立足之地，何以在詞人的作品裡，仍然滿紙皆是飄泊無家、流離羈旅的淒酸和哀怨？首先，筆者認為與年老者歸隱故鄉之傳統觀念有關。革命後移居上海的王國維（1877～1927），在〈彊村校詞圖序〉有這樣的說法：

> 古者，卿大夫老則歸於鄉里。……鄉之人尊而親之，歸者亦習而安之，故古者有去國，無去鄉。後世士大夫退休者，乃或異於是。如白太傅之居東都，歐陽永叔之居潁上，王介甫之居金陵，蓋有不歸其鄉者矣。然猶皆其平生遊宦之地，樂其山川之美，而習於其士大夫之情，非欲歸老其鄉而不可得也。至於近世，抑又異於是。〔註65〕

古人在辭官隱退後，大都回歸故鄉，與鄉俚往還安然渡日。即使有退休者不歸故里，而遷移到平生遊宦之地，乃因當地山川秀麗，風景怡人，並非想歸而不得歸。但到了辛亥以還，舊臣們因避民國政府離開故鄉，來到上海租界，就是真正想歸而不得歸了，所以詞中彌漫著飄泊無家的無奈。其次，上海作為東西文化交會、中外互市之所，在長久受著舊文化薰陶的社友們眼中，顯然格格不入，無所適從。王國維對當時的上海就有這樣的看法：

> 光、宣以來，士大夫流寓之地，北則天津，南則上海，衽席豐厚，耽遊豫者萃焉。辛亥以後，通都小邑，桴鼓時鳴，恒不可以居。於

---

〔註64〕陳丹丹撰：〈十里洋場與獨上高樓——民初上海遺民的「都市遺民想像」〉，《北京大學研究生學志》，2006 年，第 2 期，頁 58。

〔註65〕王國維撰：〈彊村校詞圖序〉，頁 101。

是趨海濱者，如水之赴壑，而避世避地之賢，亦往往而在。然二地
皆湫隘卑濕，又中外互市之所，土薄而俗偷，奸商傁民，鱗萃鳥集，
妖言巫風，胥於是乎出，士大夫寄居者，非徒不知尊親，又加以老
侮焉。夫入非桑梓之地，出非遊宦之所，內則無父老子弟談宴之樂，
外則乏名山大川奇偉之觀，惟友朋文字之往復，差便於居鄉。……
夫有鄉而不得歸者，今日士大夫之所同也，而為圖以見意，自先生
（朱祖謀）始，故略序此旨，且以紀世變也。〔註66〕

指出滬濱低濕狹小，風俗鄙薄；不但沒有名山大川可供遊覽，甚且當地人民
不知尊卑，欺侮良民。而「夫有鄉而不得歸者，今日士大夫之所同也」一句，
更直接道出遷居滬上，並不是他們的本願，而是礙於要保留前臣逸民的身分，
或是避亂、隱世和謀生等理由。因是，作品流露著哀怨悲涼的情感，風格沉
鬱頓挫。社長朱祖謀在第四集〈霜花腴・九日哈氏園〉所填的詞就有明顯的
漂泊之感：

異鄉異客，問幾人、尊前忘了飄零。鴻響天寥，菊遲秋倦，池臺亂
倚霜晴。坐無老兵。負舊狂、休泣新亭。鎮填胸、塊壘須澆，釃愁
不與酒波平。多難萬方一概，便知非吾土，已忍伶俜。金谷吟商，
玉山扶醉，消磨半日浮生。畫闌更憑。莽亂煙、殘照無情。要明年、
健把茱萸，晚香尋舊盟。〔註67〕

全詞主要圍繞兩個主題，一是滯留異鄉的悲苦，另一則是前朝滅亡的感慨。
開首的「異鄉異客」，借用王維詩「獨在異鄉為異客」〔註68〕一句，點出自己
滯留異鄉的悲苦，適逢重陽更思鄉。「問幾人、尊前忘了飄零」與下片「多難
萬方一概，便知非吾土，已忍伶俜」，以杜甫〈登樓〉詩「萬方多難此登臨」
〔註69〕和〈宿府〉詩「已忍伶俜十年事，強移栖息一枝安」〔註70〕之句，寫
出自己難以忍受長期漂泊異地的孤寂。後者「便知非吾土」，融會王粲〈登樓

〔註66〕王國維撰：〈彊村校詞圖序〉，頁101～102。
〔註67〕朱孝臧著，白敦仁箋注：《彊村語業箋注》（成都：巴蜀書社，2002年），卷
　　　二，頁273。
〔註68〕王維：〈九月九日憶山東兄弟〉，載王維撰、趙殿成箋注：《王摩詰全集箋注》
　　　（臺北：世界書局，1962年），頁203。
〔註69〕杜甫撰：〈登樓〉，載杜甫著、仇兆鰲注：《杜詩詳注》（北京：中華書局，1979
　　　年），頁1130。
〔註70〕杜甫撰：〈宿府〉，載杜甫著、仇兆鰲注：《杜詩詳注》，頁1172。

賦〉「雖信美而非吾土兮，曾何足以少留」，〔註71〕不但流露流離失所、無依無靠的迷茫，還顯見江山移易、朝代更替之悲。「非吾土」的意思，既指當下的國土，不再屬於清朝，轉移為民國政府所有；又指自己離開舊京，流亡到上海租界，感慨非常深刻。「負舊狂、休泣新亭」句，借新亭對泣的典故，寫背負前朝恩澤，努力輔佐朝廷，可惜神州而失，只能落得像楚囚一樣悲泣。全篇都彌漫著濃厚的愁緒，「倦」、「亂」、「泣」、「愁」、「難」、「伶俜」和「無情」等字眼，帶動著讀者感受他們國破家亡、流落異鄉的心情。

從春音詞社社員名錄觀之，大部分都和朱祖謀一樣，不是原籍滬上，他們的身分僅是一個遷客，暫時寄居於此。因此，各詞友們在社集聚會時的書寫，都不約而同表達飄泊無依之感：

袁思亮〈秋霽・丁巳中秋同彥通作〉：「應念倦旅，悵隔天涯，夜來鄉心，清恨何極。」〔註72〕

徐珂〈秋霽・丁巳中秋，春音詞社第十三集作〉：「千里嬋娟，念倦旅江城，寄與秋色。倚樹孤吟，掩燈遙想，這回臂寒濕。」〔註73〕

徐珂〈新雁過妝樓・春音詞社第十集。席次聞歌。歌者為素娥樓、春宵樓二校書。夢坡所招以侑酒者也〉：「倦旅江關。魂銷處、襟痕燭淚頻年。……惺忪語，比聽歌、還勝身世相憐。」〔註74〕

龐樹柏〈花犯・櫻花〉「浮萍滄海去。好記省、落紅身世，啼鵑心最苦。」〔註75〕

王蘊章〈徵招・寒夜〉「膡雙淚，對花消受。隨處天涯，月殘風曉，酒醒還又。」〔註76〕

每一闋都流露離開故鄉、飄泊天涯、有家而不得歸的愁苦。社友們原本居住在自己的故鄉，或是長久居於京城；但因種種政治原因要逃離熟悉的地方，

---

〔註71〕王粲撰：〈登樓賦〉，載北京大學中國文學史教研室選注：《魏晉南北朝文學史參考資料》（北京：中華書局，1962 年），頁 133。

〔註72〕袁思亮著：《冷芸詞》，載袁榮法主編：《湘潭袁氏家集》（臺北，文海出版社，1975 年），頁 180。

〔註73〕徐珂著：《純飛館詞續》，載曹辛華主編：《民國詞集叢刊》（北京，國家圖書館出版社，2016 年），頁 232。

〔註74〕《南社叢刻》，頁 6140～6141。

〔註75〕《南社叢刻》，頁 4792～4793。

〔註76〕《南社叢刻》，頁 5614。

頓時成為了失所之人。上海租界對他們而言，並不是可以安身立命的居所，而僅僅是暫時寓居之地，所以即使他們已經有了住宅和工作，心靈和精神仍然會感到不安和失落。詞作裡的「倦旅」、「滄海」，就是他們暫居上海的情況，「落紅」、「浮萍」比喻飄泊無依的身世，「鄉心」、「天涯」則表達對故鄉的思念。而「孤」、「苦」和「恨」，就是詞人們離鄉背井的內心寫照。這均顯示他們對於新的生活與環境無所適從，並著意於回顧舊皇朝和傳統的一切，與時代之前進走上相反的方向。

### （二）遺臣遺物的心聲

詠物乃春音詞社唱和中重要的主題之一。在十七次集會中，詠物就佔了七次，而且全部集中在第一至第七次。他們所選之物，大概分為兩類：自然景物和古代遺物。前者有綠櫻花、菊、唐花和荷花；後者則有河東君妝鏡拓本、周慶雲所藏宋徽宗松風琴和銅雀瓦硯，乃詞人酬唱的焦點。遺物是指由從前流傳下來的同一件實物，即使經歷過時間的洗禮，外表或出現剝蝕，顏色或褪減，但基本上本質仍是一樣。由於它是歷史或前塵往事的見證者，所以當我們在接觸、觀察它的時候，就彷彿與從前接觸、觀察過它的人有了精神上的聯繫。對社員們來說，這些遺物最主要的作用是勾起回憶，並借此抒發對前朝的懷念和歷史更替之感慨。清遺民陳洵的〈西平樂・譚瑑卿以怡府角花箋屬書舊詞，感念盛時文物，聲為此調〉一詞，就曾經因為友人譚祖壬帶來了一張嘉慶時期怡親王所製的花箋，想起怡王府的衰落，並聯繫到清王朝覆亡和個人漂泊的身世。[註77] 昔日的怡王府，早已隨著溥儀退位而消失，但其所藏的角花箋，卻有數十箱在光緒年間歸琉璃廠，為京外士大夫爭相分購。陳洵看到這片前朝花箋，有所感觸，思緒霎時回到過去。這次，引起春音社員們興趣的是宋徽宗松風琴。當日朱祖謀、況周頤、王蘊章、龐樹柏、徐珂、陳匪石、周慶雲、夏敬觀和潘飛聲，聚集徐園，觀賞著周慶雲所藏之宋徽宗松風琴，並以之為吟詠的題材。

況周頤曾經學習古琴，對宋徽宗松風琴特別鍾愛，共賦了四首。[註78] 而朱祖謀和王蘊章的〈高山流水・宋徽宗松風琴〉兩首，借物詠史，寄託深

---

[註77] 關於陳洵這首詞作的詳細分析，可參考林立著：《滄海遺音：民國時期清遺民詞研究》，頁130。

[註78] 鄭煒明撰：〈況周頤與古琴〉，《「古琴、音樂美學與人文精神──跨領域、跨文化國際學術研討會」》，2009年。

遠，茲略作分析。

> 故宮法曲冷朱絃。倚龍吟、風雨瀟然。開宴記芳時，南薰韻入流泉。
> 河清慢、徵角重翻。宸游處，仙籟層霄遍徹，仗合蒼官。和春雷別
> 殿，篤耨禦香前。　　無端。青城幾千里，黃鵠譜、應指秋寒。零
> 亂杏花詞，夢落萬水千山。問霓裳、幾度飄煙。知音少、根觸孤臣
> 老淚，怨撥哀彈。恨宮聲不返，淒絕隴禽言。〔註79〕

> 鳳池一勺嘯龍寒。膩紅灰、彈淚春殘。書畫伴宸遊，春雷響答星壇。
> 宮聲犯、碎玉流泉。餘音付，纖指新橙破了，唱徹家山。有南薰解
> 慍，日日醉花前。　　還憐。胡沙譜秋雁，香撥斷、哀感君絃。回
> 首問霓裳，舊曲天上人間。恨匆匆、揮手南冠。徵塵冷、愁入梅花
> 楚弄。玉笛淒然。膌清真絕調，寥落幾千年。〔註80〕

雖然他們沒有親身經歷宋代統治，但看到宋徽宗擁有的松風琴，就引起對宋代歷史的追懷，將兩個不同的時代連接起來。詞中「開宴記芳時，南薰韻入流泉」、「河清慢、徵角重翻」、「書畫伴宸遊，春雷響答星壇」等句，憶述徽宗寫字作畫，宴請群臣，彈琴聽曲的熱鬧情景。「春雷」和「黃鵠秋」，乃當時宣和殿百琴堂之名琴，「篤耨」則是宮中所焚的香，刻劃徽宗朝盛極之情況。王氏詞中「纖指新橙破了，唱徹家山」句，借周邦彥〈少年遊〉「並刀如水，吳鹽勝雪，纖指破新橙」，〔註81〕諷刺徽宗迷戀歌妓李師師，以致蒙塵被虜，國家亦隨之滅亡。而「有南薰解慍」一句，反用〈南風歌〉「南風之薰兮，可以解吾民之慍兮」，〔註82〕暗指徽宗縱情聲色之樂，不顧家國大事。

「無端。青城幾千里」、「還憐。胡沙譜秋雁，香撥斷、哀感君絃」句，憶述靖康之禍，金人攻破汴京，俘虜徽、欽二帝，連同后妃、宗室、百官數千人，押送五國城（今黑龍江省依蘭縣），北宋滅亡。「零亂杏花詞，夢落萬水千山」二句，借徽宗北狩途中所寫〈燕山亭·北行見杏花〉詞之句，抒發山河破碎的悲哀，同時表達眷懷故國，肝腸斷絕。歷史的興盛衰亡，固然令人感嘆，但過去彷彿是現實的寫照，溥儀被逼退位，如同徽宗被擄，二者都面對失去

〔註79〕朱祖謀著、龍沐勛輯：《彊村集外詞》，載《彊村遺書》（揚州：廣陵古籍刻印
　　　　社，1987 年），第十四冊，頁 4 前。
〔註80〕《南社叢刻》，頁 4783。
〔註81〕王強編著：《周邦彥詞新釋輯評》（北京：中國書店，2006 年），頁 185。
〔註82〕鄭竹青、周雙利編：《中國歷代詩歌通典》（北京：解放軍出版社，1999 年），
　　　　上卷，頁 11。

江山的悲劇命運。「知音少、根觸孤臣老淚，怨撥哀彈」三句，訴說清朝覆亡後，一眾舊臣離開京師，流落異鄉。現在只能遙遙望著北面，老淚縱橫。最後「恨宮聲不返，淒絕隴禽言」兩句，怨恨國家無法重來，愁思不斷。

　　再看社員們唱和〈高陽臺・賦銅雀瓦硯〉兩首，雖然都涉及歷史事蹟，但主要借物抒懷，表達對歷史滄桑、人事變異的感慨。據徐珂《清稗類鈔》，銅雀瓦硯為王蘊章所收藏，王氏詞有序云：

> 瓦硯一，長尺半，闊八寸。中為瓢形，背隱起六隸字，甚清勁，曰：建安十五年造，《容齋續筆》所載相同。明都元敬大書「銅臺漢瓦」四字於上。兩旁鑴銘云：「昔為瓦，藏歌童。及舞馬，今為硯，侑圖史，承鉛槧。」烏乎！其為瓦也，不知其為硯也，然則千百年後安知其不復為瓦也？蓋豪雄武人不得而有之，子墨客卿固得而有之也。吾是以喟然，有感於物也。乙卯冬日得於海上，春音社六集擬賦。

簡要敘述了銅雀瓦硯的形狀、大小和上面所鑴刻的字句，表達慨嘆。詞云：

> 膩逼琴紋，潤蒸雨氣，隔林翡翠宵寒。化作鴛魂，東風野火燒殘。蒼苔玉匣前朝字，夢瑤臺、搗麝成團。伴吟毫、橫槊豪情，燃墨餘歡。　　一坏可是西陵土，但香分螺黛，怨訴麋丸。淚滴蟾蜍，向微凹處汍瀾。紅絲不繫珊瑚網，認鐫華、金薤依然。鎮依人，賦寫登樓，詩寫江冠。〔註83〕

徐珂亦有參與這次的社集，其詞曰：

> 橫槊空豪，澄泥自昔，憑誰共話興亡。瓢樣琴紋，月明曾照鴛鴦。苔花依約西陵碧，夢瑤臺、閒過昏黃。檢遺銘、雒誦迴環，楚怨微茫。　　春深待借東風便，奈山河憔悴，門鎖斜陽。銅秋銷沉，還餘賸粉零香。盈盈墨淚含鴝眼，錯鑄成、幾閱滄桑。費摩挲，小匣琉璃，相伴琴窗。〔註84〕

銅雀瓦硯，是魏晉南北朝的宮廷名硯。關於這瓦硯，王蘊章詞開首「膩逼琴紋，潤蒸雨氣」兩句，即介紹其外貌形狀，並自注「《偃曝談餘》：銅雀瓦硯真者上有油紋，曰琴紋。……又宋元詩：墨池蒸雨出滄溟。」〔註85〕徐珂詞「橫

---

〔註83〕《南社叢刻》，頁4784～4785。
〔註84〕《小說月報》，第二十八冊，第九卷，第一號，東豐書店，頁13098。
〔註85〕《南社叢刻》，頁4784。

槃空豪，澄泥自昔」兩句，引《文房四譜》述：「銅雀台瓦陶，人澄泥以縐絺淘過，加胡桃油埏填之，故與他瓦異。」〔註86〕意指銅雀臺瓦的獨特之處，是用漳河澄泥建成，因純淨細膩，外飾以胡桃油，所以可以用來製硯。相傳銅雀臺是建安十三年（208）曹操擊敗袁紹後，在鄴城（今河北邯鄲）修築而成的。王詞最末「鎮依人，賦寫登樓，詩寫江冠」三句，點出銅雀臺築成後，曹植作了〈登臺賦〉，描繪銅雀臺之氣勢和盛況。

然而，隨著歲月的流逝，朝代之更迭，銅雀臺歷盡不同朝代的興盛衰亡和人事滄桑後，最終被摧毀了。詞中「化作鴛魂，東風野火燒殘」、「一坏可是西陵土，但香分螺黛，怨訴麋丸」和「錯鑄成、幾閱滄桑」等句，都點出昔日西陵歌舞不再，銅雀臺已成殘垣敗瓦。「檢遺銘、雜誦迴環，楚怨微茫」數句，寫銅雀臺所剩的瓦片，散失於蓁莽之中，部分被文人鑄成硯臺，流芳後世。北宋王安石〈相州古瓦〉詩嘗稱道：「吹盡西陵歌舞塵，當時屋瓦始稱珍。」〔註87〕見出銅雀瓦硯之珍貴。詞人們眼看這台瓦硯，既經過戰火、兵燹的洗禮，見證過曹氏的功勛偉業，又為明人都穆作為硯台，寫下《鐵網珊瑚》、《金薤琳瑯》等流傳千古的著作，不禁感慨人世事物的變遷，道出「憑誰共話興亡」、「錯鑄成、幾閱滄桑」的話語。昔日的瓦片，現在雕琢成一塊硯台，他們進而推想千百年後，硯台可能再化為瓦片，於是不禁在序中發出「其為瓦也，不知其為硯也，然則千百年後安知其不復為瓦也」的嘆喟。

## 第二節　漚社（1930～1933）：從漂泊淒苦到時局憂慮

漚社乃繼春音詞社後，在上海成立的另一鼎盛之詞社。其發起時間為民國十九年（1930）冬，距離春音詞社足足晚近十五年之久。在這十五年間，文人們往來滬上，參與各個詩社和雅集，最終由夏敬觀（1875～1953）招集於映園，和與會眾人共同倡議詞會，漚社才正式成立。據潘飛聲（1858～1934）〈漚社詞選序〉，社員們在一二八淞滬抗戰後，因懼詞稿散佚，於是共同商議

---

〔註86〕徐珂編輯，無谷、劉卓英點校：《清稗類鈔選》（著述，鑒賞）（北京：書目文獻出版社，1984 年），頁 261。

〔註87〕王安石撰：〈相州古瓦〉，載《王安石全集》（上海：上海古籍出版社，1999 年），頁 546。

付梓，並彙送夏孫桐（1857～1942）先生選定，合為一冊。〔註88〕現存的《漚社詞鈔》，乃民國二十二年（1933）鉛印本，封面有社友王蘊章（1884～1942）「癸酉（1933年）仲秋之月」的題字。〔註89〕

## 一、詞社緣起

### （一）雅集文化盛行

漚社得以繼春音詞社而起，最主要的原因是民國成立以還，滬上盛行雅集文化。胡懷琛《上海的學藝團體》一書，就曾記述了民國時期有一百二十一個學術團體，包括研究中國學術、政治、哲學、文藝、文學、詩詞、小說、戲劇等，其中研究文學的已有三十七個之多。〔註90〕而曹辛華〈民國詞社考論〉，則列出民國上海的文社、詩社、詞社等團體，就有淞社（1912～1914）、超社（1913～1915）、希社（1912～1915）、心社（1914～？）、逸社（1915～1918）、春音詞社（1915～1918）、進社（1916～？）、鳴社（1916～？）、松風社（1917～1924）、鷗社（1919～1933）、白蓮社（1921～？）、花近樓逸社（1925～？）、歷下詩社（約1930～？）、麗則吟社和七襄社等。〔註91〕在漚社的成員裡，不少社友都參加幾個社團的集會；例如漚社社長朱祖謀（1857～1931），他既是春音詞社和漚社的社長，又是遺民詩社逸社和花近樓逸社之成員。而為《漚社詞鈔》撰序的潘飛聲，他雖然是革命團體南社的社員，但同時又參與希社、鷗社，甚至是遺民色彩較為濃厚的淞社、超社和春音詞社。其餘如周慶雲（1864～1934），身兼希社、淞社社長的身分，亦是春音詞社和漚社的成員。這足以見出結社乃民國初年，居住或寓居上海的文人們，開展交往關係的一種重要方式。

何以在辛亥革命之後，上海成立了如此之多的文學團體？葉中強在〈游走於城市空間：晚清民初上海文人的公共交往〉就有這樣的解說：

　　上海自開埠以來，各地的移民如潮水般湧入，當他們脫離自然經濟

---

〔註88〕潘飛聲撰：〈漚社詞選序〉，載龍沐勛主編：《詞學季刊》（上海：上海書店，1985年），第一卷，第四號，頁185。

〔註89〕朱孝臧等著：《漚社詞鈔》，載南江濤選編：《清末民國舊體詩詞結社文獻彙編》（北京：國家圖書館出版社，2013年），第二十冊，頁1～244。本文沿用此版本，下文徵引，僅注明頁碼，不復出注。

〔註90〕胡懷琛著：《上海的學藝團體》（上海：通志館出版，1935年），頁109～123。

〔註91〕曹辛華撰：〈民國詞社考論〉，載《2008年詞學國際學術會議論文集》，呼和浩特，2008年，頁1～22。

的血緣、地緣、政緣關係，進入到一個龐大而複雜的城市社會分工系統時，周圍的人群對他們來說就像是一個陌生的、異己的世界，人與人、人與社會的疏離感十分強烈。因此，通過各種形式的交往，建立新的社群感和人際關係顯得尤為迫切。上海開埠初期，各類鄉會、商會、文會、幫會的紛紛設立，即是這種重構社會關係要求的最初顯形。以後，隨著經濟聯繫的擴大，城市化程度的提高，社會成員間的依賴性越來越強，「同鄉」概念也不斷地為整體性的「市民意識」所取代，各類人群間的交往也不斷逸出原有的小圈子，衍變為一種大社會的交往行為。〔註92〕

說出上海的人民，大多是從其他地方流寓或移民過來。居住在一個陌生的城市，周圍的人和事對文人們來說就是一個異己的世界。他們與上海的原居民，甚且嶄新的社會環境，都十分疏離。因此，他們便藉著結社的方式來拓展社交生活，聚集同類，切磋學問。最初是個別的小圈子團體，漸漸在社員朋友的互相介紹下，他們開始參與超過一個的社團，最終建立以同類為主的龐大團體。漚社就是在民國成立一段較長時間後，成員們充分瞭解自己群體的身分，才醞釀而成的詞社。

## （二）文人雲集滬濱

漚社社員一共二十九人，當中朱祖謀、潘飛聲、周慶雲、夏敬觀、王蘊章、袁思亮和陳方恪七人就來自春音詞社。春音詞社解散後，朱祖謀、潘飛聲、王蘊章和袁思亮一直居於上海。漚社社員裡，除了周慶雲和趙尊嶽（1898～1965）原居上海外，各人都分別在辛亥以後遷入。他們來上海隱居，最多只願賣文為生，如夏敬觀、程頌萬（1865～1932）和陳祖壬（1892～1966）。夏敬觀在民國八年（1919）十二月出任浙江省教育廳長後，一直居於杭州。自十一年（1922）請張元濟（1867～1959）代購地於康家橋，始辭職並定居上海，與徐珂為鄰。〔註93〕程頌萬原籍湖南長沙，主要居於武漢售賣書畫。十六年（1927）來到上海隱居，五年後逝世。〔註94〕陳祖壬赴滬後以賣文為生，

〔註92〕葉中強撰：〈游走於城市空間：晚清民初上海文人的公共交往〉，《史林》，2006年，第4期，頁80。

〔註93〕陳誼著：《夏敬觀年譜》（合肥：黃山書社，2007年），頁96～105。

〔註94〕彭異靜撰：〈程頌萬年譜及其作品繫年〉，《程頌萬詩歌研究》，湖南大學碩士論文，2008年，頁45～48。

並遇到程頌萬及許崇熙，共同參與漚社社集。〔註95〕

　　其次，社員當中有來上海避亂者，如陳方恪（1891～1966）和葉恭綽（1881～1968）。陳氏原籍江西，但在民國十三年（1924）春受到戰火襲擊，局勢不穩，乃在兵荒馬亂中遷往上海，並隨父親陳三立（1852～1937）參加遺老的詩詞集會。〔註96〕葉氏在新政府成立後，嘗出任北洋政府交通總長、孫中山廣州國民政府財政部長、南京國民政府鐵道部長、北京大學國學館館長等要職，卻因十七年（1928）發生的皇姑屯事件，於是星夜赴滬，並暫居上海，與朱祖謀等人參與詞社。〔註97〕

　　另外，部分社員因緣際會，獲聘於上海的教育和文化機構。民國十三年（1924）冬，黃孝紓（1900～1964）應著名藏書家劉承幹（1881～1963）之聘，赴湖州市南潯鎮之嘉業堂藏書樓，出任整理古籍職務，由青島移居上海。由於南潯與上海僅相距二百里路，因是，黃氏經常參與文士間的集會活動，同時又在上海南洋公學和上海暨南大學兼任教席。〔註98〕楊鐵夫（1872～1944）則本在廣東中山師範學校擔任校長，卻於民國十五年（1926）後旋居上海，並拜朱祖謀為師學詞，與當代詩詞大家相往還。後應古文學家唐文治（1865～1954）之請，出任江蘇無錫國學專修學院之詞學教授。〔註99〕龍榆生（1902～1966）則原於福建廈門集美中學任教，民國十七年（1928）應師陳衍（1856～1937）的舉薦，獲聘為上海暨南大學國文系講師，兼教國立音樂院詩詞課，從此定居上海，進而結識陳三立、朱祖謀、程頌萬等。

　　至於最晚來到上海的，為林葆恒和梁鴻志（1883～1946）。林氏赴滬之前，尚在天津參與須社（1928～1931）社集。須社詞集《煙沽漁唱》第一百集記載了一眾社友專門舉行集會為他餞行。〔註100〕梁氏則本為國務院秘書，兼京畿

〔註95〕陳祖壬〈滄江詩餘序〉云：「歲庚午（1930年）鬻文海上，長沙許季純先生亦以避兵來，相見於甯鄉程十發。翁坐上既又與長沙徐君紹周所讀先生所為詩，則挽先君子作在焉。」見許崇熙《滄江詩鈔、文鈔、詩餘》，轉引自馬強撰：《漚社研究》，華東師範大學博士論文，2014年，頁42。

〔註96〕潘益民、潘蕤著：《陳方恪年譜》（南昌：江西人民出版社，2007年），頁87。

〔註97〕葉恭綽撰：《遐庵彙稿：附年譜》（臺北：文海出版社，1968年），頁304。

〔註98〕劉懷榮撰：〈黃孝紓生平、創作與學術成就述略〉，《文史哲》，2008年，第4期，頁1～2。

〔註99〕楊正繩撰：〈嶺南詞人楊鐵夫及其家世〉，《中山文史》，第43輯，2006年5月。

〔註100〕郭則澐等撰：《煙沽漁唱》，載南江濤選編：《清末民國舊體詩詞結社文獻彙編》（北京：國家圖書館出版社，2013年），第十六冊，第一百集，頁414。

衛戍總司令部秘書長。自九一八事變（1931 年）爆發，他離開天津往上海，並在上海居住達八年之久，期間結交滿清遺老和日人，暗中力圖東山再起。其餘社員，皆缺乏資料可考。社友們或避亂隱居，或賣文為生，或從事教育，都在同一時間雲集上海，促使漚社領起了三十年代上海詞社酬唱的興盛。

## 二、詞社發起時間、創社人、社名及社員

### （一）發起時間和創社人

關於漚詞的發起時間和創社人，有以下幾種資料的記載。龍榆生所編撰的《詞學季刊》創刊號，有〈詞壇消息〉云：

> 漚社成立於十九年（1930）冬，為海上詞流所組織，每月一集，集必填詞。初有社員二十餘人，以後續見增益，亦有散之四方者。〔註 101〕

又潘飛聲〈漚社詞選序〉說：

> 辛未（1931 年）之秋，夏君劍丞（敬觀），招集映園，同人議倡詞會，時朱古微（祖謀）先生，以詞壇耆宿，翩然戾止，厥興甚豪，遂推祭酒，是日擬調〈齊天樂〉，有即席成者，會中共十四人。

前者指詞社成立於民國十九年（1930）冬，後者則說是二十年辛未（1931）秋。筆者翻查《漚社詞鈔》第一集，見袁思亮填寫〈齊天樂〉一闋，前有小序云：「庚午（1930）初冬，映庵、公渚續舉詞社，有懷散原師廬山蒼虯津門。」（頁 15）另外，周慶雲《吳興周夢坡先生年譜》在民國十九年庚午（1930）一列載：

> 九月，夏丈劍丞、黃君公渚倡詞會於海上，名曰漚社。每月一會，以二人主之，題各寫意，調則同一。第一集擬調〈齊天樂〉。〔註 102〕

乃知漚社創立時間應為民國十九年（1930）舊曆九月。而詞社發起者，潘飛聲僅記為夏敬觀一人，周慶雲則指除了夏敬觀外，黃公渚（孝紓）亦為發起人之一。《夏敬觀年譜》記曰：

> （庚午）冬，先生與黃孝紓於家宅倡立同人詞社——漚社。〔註 103〕

〔註 101〕龍沐勛主編：《詞學季刊》（上海：上海書店，1985 年），創刊號，頁 220。
〔註 102〕周延礽編：《吳興周夢坡先生年譜》（北京：北京圖書館出版社，1999 年），頁 117。
〔註 103〕陳謐著：《夏敬觀年譜》，頁 131。

得知發起詞社者為夏敬觀和黃公渚。至於漚社社長，除了潘飛聲〈漚社詞選序〉記為朱祖謀，龍榆生〈彊村先生永訣記〉亦載：

> 年來海上詞流，結為漚社，共推先生為盟主。每月一集，每集先生必至，雖多病，而精神不少衰，咸共慶歸然靈光，嘉惠後學，尚未有已時也。〔註 104〕

則知社長確為朱祖謀無疑。

圖一：春音詞社和漚社社長朱祖謀　　圖二：漚社發起人之一：夏敬觀

## （二）社名

詞社名曰「漚社」，各人雖然沒有明確的解釋，但潘飛聲〈漚社詞選序〉曾以水漚，來比喻詞社解散。他說：

> 詎意壬申（1932 年）近臘，東寇乘我不備，突然襲攻滬北。我軍殲敵，敵復集大隊來攻。炮火轟天，遷徙流離，各不相顧。……同年每不通音問，詞社星散，殆如水中漚矣。〔註 105〕

道出民國二十一年（1932）冬，滬北遭到日軍突襲，同人音問不通，詞社星散。又袁思亮在第一集〈齊天樂〉詞中曰：「浮漚江上聚散，眼中人幾換，前度唫侶。」（頁 16）夏敬觀在第二集〈芳草渡〉亦云：「漚聚。兩三勝友，暫泥流人隨合住。」（頁 29）社長彊村在集中取號為「漚尹」，見出眾人都不約

〔註 104〕龍榆生撰：〈彊村先生永訣記〉，載《龍榆生全集》（上海：上海古籍出版社，2015 年），頁 220。

〔註 105〕龍沐勛主編：《詞學季刊》，第一卷，第四號，頁 185。

而同地提及漚字。學人林立〈同聲相應：詞社與清遺民詞人的集體唱酬〉嘗試解釋說：「漚社之名，便隱指同人的聚合有如水上浮泡，隨緣聚散。」〔註106〕是對漚社社名較精確的解說。

## （三）社員

關於漚社各成員之生平資料，茲據〈漚社詞鈔・同人姓字籍齒錄〉，並參考朱德慈《近代詞人考錄》〔註107〕，開列如下，合共二十九人，分別是：

### 表四：漚社社員名錄表

| 姓名 | 生卒年 | 集中所用字號 | 字號 | 籍貫 | 備註 |
|---|---|---|---|---|---|
| 朱祖謀 | 1857～1931 | 漚尹 | 古微 | 浙江歸安 | 見表二：「春音詞社社員名錄表」。 |
| 潘飛聲 | 1858～1934 | 老劍 | 蘭史 | 廣東番禺 | 見表二：「春音詞社社員名錄表」。 |
| 周慶雲 | 1864～1934 | 夢坡 | 湘舲 | 浙江烏程 | 見表二：「春音詞社社員名錄表」。 |
| 程頌萬 | 1865～1932 | 十髮 | 子大 | 湖南寧鄉 | 光緒二十五年（1899）由湖北自強學堂總稽察升任為學堂提調（校長），兼管湖北洋務局學堂所。湖南湘社創立人，淞社社員。 |
| 洪汝闓 | 1869～1944 | 勺廬 | 澤丞 | 安徽歙縣 | 諸生，思辨社社員。 |
| 林鵾翔 | 1871～1940 | 半櫻 | 鐵尊 | 浙江吳興 | 光緒二十八年（1902）舉人，次年（1903）赴日本留學，三十三年（1907）於法政大學畢業後，留日擔任駐日留學生處官員。民國四年（1915）回國，赴長沙湖南省政務廳長。九年（1920）春奉命調任駐日留學生處官員，秋季因病回國。次年（1921）春赴溫州出任甌海道尹。十一年（1922）初離開溫州。慎社、午社、如社、清溪詩社社員。甌社發起人，朱祖謀、況周頤弟子。 |
| 謝掄元 | 1872～？ | 絸廬 | 楡孫 | 浙江餘姚 | 光緒二十九年（1903）舉人，清末醫家。 |

〔註106〕林立撰：〈同聲相應：詞社與清遺民詞人的集體唱酬〉，載林立著：《滄海遺音：民國時期清遺民詞研究》（香港：中文大學出版社，2012 年），頁 247。
〔註107〕朱德慈著：《近代詞人考錄》（北京：中國社會科學出版社，2004 年）。

| 林葆恆 | 1872～1959 | 訒庵 | 子有 | 福建閩縣 | 光緒十九年（1893）舉人，曾任翰林院編修，民國後任駐小呂宋（今菲律賓）副領事、駐泗水領事。輯有《閩詞徵》和《詞綜補遺》。午社、須社社友。 |
|---|---|---|---|---|---|
| 楊玉銜 | 1872～1944 | 鐵盦 | 鐵夫 | 廣東中山 | 光緒三十年（1904）內閣中書，後補授廣西鎮安府知府。民國三年（1914）任廣東揭陽縣長，後棄官從文。朱祖謀弟子。 |
| 姚寰素 | 1872～1963 | 寰素 | 景之 | 浙江吳興 | 王鵬運姪婿，曾任南昌知府。須社社外詞侶。 |
| 許崇熙 | 1873～1935 | 滄江 | 季純 | 湖南長沙 | 曾任民國政府監察員副院長，著有《滄江詩文鈔》、《滄江詩餘》。陳三立弟子。 |
| 冒廣生 | 1873～1959 | 疢齋 | 鶴亭 | 江蘇如皋 | 光緒二十年（1894）舉人，授資政大夫，後任刑部郎中、農工商部郎中。民國期間歷任北京財政部顧問、浙江等地海關監督、廣州勤勤大學、上海太炎文學院等文科教授及國史館纂修。午社社員、清溪詩社社員。 |
| 劉肇隅 | 1875～1938 | 澹園 | 廉生 | 湖南湘潭 | 光緒三十四年（1908）任岳州巴陵縣學教諭，後留日習法律。上海光華大學、正風文學院及群治大學教授。 |
| 夏敬觀 | 1875～1953 | 映庵 | 劍塵 | 江西新建 | 見表二：「春音詞社社員名錄表」。 |
| 高毓浵 | 1877～1956 | 淞潛 | 潛子 | 天津靜海 | 光緒二十九年（1903）進士，授翰林院編修。民國曾出任江蘇督軍公署秘書長，偽滿州國治安部參事。 |
| 袁思亮 | 1880～1940 | 蘉庵 | 伯夔 | 湖南湘潭 | 見表二：「春音詞社社員名錄表」。 |
| 葉恭綽 | 1881～1968 | 遐庵 | 玉虎 | 廣東番禺 | 光緒二十八年（1902）入京師大學堂仕學館，民國時歷任交通部路政司司長、鐵路總局局長、郵政總局局長等。編有《全清詞鈔》。 |
| 郭則澐 | 1882～1947 | 蟄雲 | 嘯麓 | 福建閩侯 | 光緒二十九年（1903）進士，署理浙江提學使。三十三年（1907），赴日本早稻田大學留學。回國後歷任東三省總督徐世昌之二等秘書官、浙江金華知府、浙江提學使、浙江 |

| | | | | | |
|---|---|---|---|---|---|
| | | | | | 溫處道臺等。民國建立後，歷任北洋政府國務院秘書廳秘書、政事堂參議、銓敘局局長、兼代國務院秘書長、經濟調查局副總裁、僑務局總裁。民國十一年（1922）隱居京、津，講學著作。須社社長，發起並組織多次雅集，如寒山詩社、稊園詩社、蟄園吟社等。 |
| 梁鴻志 | 1883～1946 | 無畏 | 眾異 | 福建長樂 | 民國時歷任國務院秘書、執政府秘書長。民國二十六年（1937）任維新政府偽行政院長、偽立法院院長等，賣國投敵，後以叛國罪處死。 |
| 王蘊章 | 1884～1942 | 西神 | 蓴農 | 江蘇無錫 | 見表二：「春音詞社社員名錄表」。 |
| 徐楨立 | 1890～1952 | 餘習 | 紹周 | 湖南長沙 | 詩書畫家、湖南大學教授、湖南省文獻委員會委員。 |
| 陳方恪 | 1891～1966 | 鸞陂 | 彥通 | 江西義寧 | 見表二：「春音詞社社員名錄表」。 |
| 陳祖壬 | 1892～1966 | 病樹 | 君任 | 江西新城 | 陳三立弟子，曾任教師，後潛心著述。 |
| 吳萬 | 1894～1968 | 醜簃 | 湖帆 | 江蘇吳縣 | 書畫家、鑑賞家。民國時任上海中國畫院籌備委員，上海大學美術學院副教授、上海文史館館員等。午社社員。 |
| 彭醇士 | 1896～1976 | 蓴思 | 醇士 | 江西高安 | 詩書畫家。民國時任教於正志中學、心遠大學。後任江西省政府參事、立法委員等職務。 |
| 趙尊嶽 | 1898～1965 | 高梧 | 叔雍 | 江蘇武進 | 民國時任《申報》經理秘書，曾任汪偽鐵道部次長、偽宣傳部長，最高國防委員會秘書長等。況周頤弟子，編《明詞匯刊》。 |
| 黃孝紓 | 1900～1964 | 匑庵 | 公渚 | 福建閩縣 | 民國時在上海南洋公學和暨南大學兼任教席，後任北京大學、青島大學、山東大學教授。寓居上海時曾問詞於況周頤。須社社外詞侶、淞社社員。 |
| 龍榆生 | 1902～1966 | 娛生 | 榆生 | 江西萬載 | 民國歷任上海暨南大學教授、中文系主任，廣州中山大學教授。《詞學季刊》、《同聲月刊》創刊人。朱祖謀弟子，輯《彊村遺書》。午社社員。 |

| 姓名 | 生卒年 | 集中所用字號 | 字號 | 籍貫 | 備　註 |
|---|---|---|---|---|---|
| 袁榮法 | 1907～1976 | 滄洲 | 帥南 | 湖南湘潭 | 民國二十三年（1934）上海持志學院法律系畢業，後於上海執業。三十七年（1948）赴臺，曾任教育部中華叢書委員會委員，行政院參議。1973 年任東吳大學中文系教授。袁思亮從子。 |

## 表五：漚社社外詞侶名錄表

| 姓名 | 生卒年 | 集中所用字號 | 字號 | 籍　貫 | 備　　　　註 |
|---|---|---|---|---|---|
| 汪兆鏞 | 1861～1939 | 憬吾 | 伯序 | 廣東番禺 | 光緒十五年（1889）舉人，湖南知縣。辛亥革命後，以遺民自居，避地澳門。 |
| 趙熙 | 1867～1948 | 香宋 | 堯生 | 四川榮縣 | 光緒十八年（1892）進士，授翰林院庶起士，次年授翰林院國史館編修。後離京回鄉，歷任榮縣鳳鳴書院山長、重慶東川書院山長。二十九年（1903）赴京，擔任國史館協修、纂修等職。宣統元年（1909），轉任江西道監察禦史。辛亥革命後，為了拒絕袁世凱的拉攏，攜眷避居上海租界。民國三年（1914）回榮縣定居，從此以逸民自處，閉門講學，不再出仕。後來主纂《四川通志》和編修《榮縣志》。春禪詞社社員。 |
| 胡嗣瑗 | 1868～1949 | 愔仲 | 琴初 | 四川開州 | 光緒二十九年（1903）進士，任天津北洋法政學堂總辦。民國四年（1915）任江蘇金陵道尹，六年（1917）參與張勳復辟，為內閣閣丞。十四年（1925）任清室駐天津辦事處顧問。須社社友。 |
| 陳洵 | 1870～1942 | 海綃 | 述叔 | 廣東新會 | 光緒間補南海縣學生員。後在廣州設館授徒。曾加入南國詩社，晚歲任教廣州中山大學。 |
| 邵章 | 1872～1953 | 悼庵 | 伯褧 | 浙江仁和 | 光緒二十八年（1902）進士，官至奉天提學使。北京法政專門學校校長，北京政府評政院評事兼院長等，目錄學家、書法家。須社社外詞侶。 |

| 張爾田 | 1874～1945 | 遯庵 | 孟劬 | 浙江錢塘 | 官刑部主事、知縣、江蘇候補知府。民國初年參與撰寫《清史稿》和《浙江通志》。十年（1921）先後在北京大學、燕京大學等任教。 |
|---|---|---|---|---|---|
| 張茂炯 | 1875～1936 | 民廬 | 仲青 | 江蘇吳縣 | 光緒三十年（1904）進士，宣統時期官度支部司長，鹽政院總務所長、民國初年任財政部鹽務署。著有《民廬詞》、《民廬詞續集》、《民廬詞外集》各一卷。六一社社員。 |
| 陳文中 | 1876～？ | 淑通 | 淑通 | 四川長壽 | 不詳。 |
| 陳曾壽 | 1877～1949 | 蒼虯 | 仁先 | 湖北蘄水 | 光緒二十九年（1903）進士，任刑部主事。宣統三年（1911）升廣東監察禦史。辛亥革命後以遺老奉母以居。民國六年（1917）參與策劃復辟。須社社員。 |
| 包安保 | 1880～1949後 | 鶯巢 | 柚斧 | 江蘇鎮江 | 民初小說家。 |
| 路朝鑾 | 1880～1954 | 瓠庵 | 金坡 | 貴州畢節 | 光緒二十六年（1900）舉人，官四川候補知州。民國二年（1913）任北京教育部秘書。十九年（1930），任青島市政府秘書。二十六年（1937）八一三事變後，在四川大學任教，並任四川通志館副總纂，後又任東北大學教授。新中國成立後，擔任上海文史館館員，歷仟北京教育部秘書、青島市政府秘書、南京河海工程專門學校教授、東北大學教授、四川大學教授、北京國史編纂處編纂、遼寧通志館編纂。著有《瓠盦詞》。春禪詞社社員。 |
| 黃孝平 | 1902～1986 | 璽庵 | 君坦 | 福建閩侯 | 民國時期在北洋政府教育、財政、司法、青島特別市衛生局等處任職，後任日偽臨時政府實業部參事兼工商局長等職。黃孝紓弟。 |

　　從上述名錄看來（不計算社外詞侶），他們部分年齡的差距甚大。如朱祖謀在詞社成立時已屆七十三歲，潘飛聲七十二歲，周慶雲和程頌萬亦六十多歲，但趙尊嶽、黃孝紓才三十多歲，未滿三十的還有龍榆生和袁榮法兩人。那些年紀較大的社友，多在前清時考取功名或擔任官職，對前朝有徘徊不去的眷戀。他們步入民國紀元後，喪失了原有的地位，在薪給不繼的情況下，

主要有三條路選擇：一是隱居不仕，以鬻賣書畫為生；二是在學校教書，或參與書籍編纂，成為所謂的「文化遺民」；〔註108〕三是在民國政府統治下出任官職。選擇隱居不仕者，在民國從未參與任何政治活動的，有朱祖謀和潘飛聲。他倆在易屋之後，寓居上海，參與各種詩社詞社吟詠酬唱的活動，並依靠鬻賣書畫、題主過活，閒度餘生。趙尊嶽在〈人往風微錄（五）‧朱祖謀〉就記載了朱祖謀為人題主作畫，動輒千金之事：

> 同時李瑞清、鄭孝胥，鬻書歲入數千金，祖謀笑謂：「公等為人作丈
> 帛書，更數千百番紙，方得此數。吾朱墨兩點，動致千金，且勝古
> 人之一字千金矣！」〔註109〕

朱氏晚年更因抱病外出題主兩次而感染風寒，病情加促。〔註110〕

另外，程頌萬、冒廣生、劉肇隅、夏敬觀、王蘊章、高毓浵和徐楨立等七人主要從事教育和編纂工作。當中程頌萬、劉肇隅和徐楨立在新政權建立後，未見曾出仕之跡。至於王蘊章、高毓浵、夏敬觀和冒廣生則嘗有一段短暫的時期任職於中華民國政府機關。如夏敬觀在民國八年（1919）出任浙江省教育廳長，十一年（1922）辭職。高毓浵與夏氏境況相同，僅當過短時期的江蘇督軍公署秘書長，復又與其他遺民一樣，鬻賣書畫。冒廣生則在辛亥革命後本不想為官，無奈家貧，被逼出仕。冒懷蘇就在辛亥年（1911）一則記述：

> 十二月廿五日，遜位詔下，次日先生（冒廣生）棄官，奉母周太夫
> 人避地天津，住么家店，「以貧也，役不能堅其志。」〔註111〕

後來卻因家貧棄老，被袁克定（雲臺）（1878～1955）再三促駕，赴溫州當交涉員，之後轉鎮江、懷安。〔註112〕在民國被逼出仕者尚有袁思亮。李國松〈湘

---

〔註108〕關於「文化遺民」的定義，今人羅惠縉有這樣的界說：「『文化遺民』是指在因朝代的更替、時序的鼎革等因素導致的民族盛衰、學術興廢、文化價值被凌逼時，堅持以從事學術研究、賡續學術思想或從事文化典籍的考鏡、整理、出版等為職志，借助自己的心智塑造，將固有的文化價值或思想觀念以潛隱或外顯的方式表現出來，從而使學術傳統和文化、思想得到挖掘、傳承、開拓或創造出新的文化產品之遺民。」見羅惠縉著：《民初「文化遺民」研究》（武漢：武漢大學出版社，2011 年），頁 16。

〔註109〕趙叔雍撰：〈人往風微錄（五）‧朱祖謀〉，《古今半月刊》，1943 年，第 27～28 期，頁 10。

〔註110〕夏承燾著：《天風閣學詞日記》，載夏承燾著：《夏承燾集》（杭州：浙江古籍出版社，1997 年），第 5 冊，頁 266～267。

〔註111〕冒懷蘇編著：《冒鶴亭先生年譜》（上海：學林出版社，1998 年），頁 176。

〔註112〕冒懷蘇編著：《冒鶴亭先生年譜》，頁 12。

潭袁君墓誌銘〉說：

> 國體既更，其鄉人有柄政者，頗收集時彥自助，強起君為印鑄局長。
> 已而籌安會興，誦言帝制，君曰：「吾豈能更事二姓哉！」即棄官歸
> 奉母唐太夫人僑上海，遂終其身不復出。〔註113〕

這部分的文人，在易代之際皆不願意出仕，無奈因為生計和被逼為官，但亦
僅出任短暫的時間。他們大都抱著忠清意識，恥事二姓，最多只參與文化、
著述和教學活動。

　　而在袁世凱（1859～1916）、徐世昌（1855～1939）政權下仍然積極參與
國政者則有葉恭綽、郭則澐、林鵾翔、楊玉銜和許崇熙。郭則澐在民國元年
（1912）謁徐世昌，旋任秘書省秘書。他雖一度因袁世凱稱帝而掛冠，然在
民國七年（1918）徐世昌任總統時，再任銓選局局長兼代國務院秘書長。直
至十一年（1922）第一次直奉戰爭爆發，徐氏被迫去職，郭氏始枯淡宦情，隱
居天津、北京家中。而社員中，自始至終均活躍於政壇的，則是梁鴻志。梁氏
在袁世凱死後，依附段祺瑞勢力，出任國務院秘書。在民國九年（1920）段氏
下臺後，乃避居天津，後逃往上海。後來抗日戰爭爆發，梁氏重投政壇，出任
南京偽中華民國維新政府行政院院長兼任交通部長。至如陳方恪、趙尊嶽，
亦曾為勢所逼，被偽滿政府所用。

　　一些年紀較大且在前朝為官的社員們，會在詞作中抒寫孤臣孽子的情懷
並不足為奇；但年紀較輕的如陳祖壬、黃孝紓、龍榆生和袁榮法在鼎革之際
才十多歲，袁氏更未滿十歲，應該對清朝沒有深刻的感情。但他們卻受到詞
社社群的薰染，同樣表現遺民的情懷。然仔細查考，陳、黃、龍和袁氏四人均
受過滿清皇朝的恩惠：陳祖壬乃江西名門陳孚恩（1802～1866）之孫。陳孚恩
為道光年間朝廷重臣，官至禮、兵、刑、戶、吏各部尚書，並受到朝廷嘉獎，
特賞頭品翎帶，賜「清正良臣」匾額。這樣我們就不難理解何以陳祖壬在鼎
革後，只擔任教席，不願為官，後來更拜於陳三立門下學詩古文辭。再看黃
孝紓。孝紓之父黃曾源（1858～1935），在光緒至宣統期間歷任山東道監察御
史、江南道監察御史、安徽徽州府知府、山東濟南府知府等，清亡後退居青
島，不復出仕。黃孝紓身為遺民之後，繼承父志，不仕二朝。與黃氏情況相似
者，還有龍榆生。榆生父親龍賡言（1853～1940），於光緒朝曾任安徽望江、

---

〔註113〕李國松撰：〈湘潭袁君墓誌銘〉，載卞孝萱、唐文權編：《民國人物碑傳集》
　　　　（南京：鳳凰出版社，2011 年），頁 114。

宣城、桐城、靈璧等知縣，湖北安陸代知府，隨州知府等職。後又為江南科舉同考官，協同評閱試卷。辛亥革命爆發後，他「退居鄉里」，顯然不願出仕。〔註114〕龍榆生亦因父親遺民的身分，只願擔任教學和編輯的工作。而袁榮法，以其父袁思亮拒事二姓，亦抱持高潔品格。據說日寇侵華年間，有世交前輩欲薦袁氏出任偽職，袁氏立即嚴詞斥之，旋取唐韋應物「孤抱瑩玄冰」一句，〔註115〕以「玄冰」二字名其室，閉門讀書，以明其志。

　　在一眾社員之中，尤其是年輕一輩，之所以能夠共同建立成一個社群，除了是緣於他們的家世背景，最重要的是對遺臣們身分、品格和學養的認同。這些年輕的社員，從上述表格觀之，大部分都師承陳三立和朱祖謀兩人。師承陳三立者，主要習詩，分別是陳祖壬、許崇熙和袁思亮。而漚社社友中，陳方恪是陳三立之子，袁榮法又是袁思亮之子，故有五位成員直接或間接師於陳三立。而師承朱祖謀者，則主要學詞，分別有林鵾翔、楊鐵夫、王蘊章和龍榆生。林鵾翔在詞學上先師況周頤，後從朱祖謀。夏敬觀為林鵾翔《半櫻詞》題序時，嘗云：「吾友吳興林君鐵尊，朱古微侍郎之高第弟子也。侍郎詞上接兩宋，獨具機杼，在近代突出，為詞壇祭酒，胥人知之矣。……昔君刊所為《半櫻詞》，臨桂況夔笙序之。夔笙亦君所從問字師也。」〔註116〕而林氏《半櫻詞》和《半櫻詞續》裡，就有多首與況、朱唱和的詞作，均尊稱二人為「蕙風師」和「彊村師」。〔註117〕楊鐵夫則在〈夢窗詞箋釋序〉記述從朱祖謀學詞的經過：「及走上海，得執贄歸安朱漚尹師，呈所作，無褒語，止以多讀夢窗詞為勖。……歸而讀之，如入迷樓，如航斷港，茫無所得。質諸師，師曰『再讀之』。又一年，似稍有悟矣，又質諸師，師曰：『似矣，猶未是也，再讀之。』如是者又一年，似所悟又有進矣。師於是微指其中順逆、提頓、轉折之所在，並示以步趨之所宜從』。」〔註118〕至於王蘊章的詞學觀點，主要繼承朱祖謀，他在《秋平雲室詞話》、《詞學一隅》和《詞史卮談》三種論詞的資料中，均強

〔註114〕張暉著：《龍榆生先生年譜》（上海：學林出版社，2001），頁 1。

〔註115〕韋應物撰：〈答徐秀才詩〉，載韋應物著，陶敏、王友勝校注：《韋應物集校注》（上海：上海古籍出版社，1998 年），頁 308。

〔註116〕夏敬觀撰：〈半櫻詞序〉，載林鵾翔著：《半櫻詞》，民國十六年（1927）鉛印本，頁 1 上。

〔註117〕詳參林鵾翔著：《半櫻詞》，民國十六年（1927）鉛印本；《半櫻詞續》，民國二十七年（1938）鉛印本。

〔註118〕楊鐵夫撰：〈吳夢窗詞箋釋原序〉，載楊鐵夫箋釋，陳邦炎、張奇慧校點：《吳夢窗詞箋釋》（廣東：廣東人文出版社，1992 年），頁 10。

調「詞史」、「音律」和「立意」，與以朱祖謀為首的臨桂詞派「以立意為體，以守律為用」之主張完全相同，可知王氏亦師朱氏。〔註119〕龍榆生更是朱祖謀的詞學傳人，他晚年憶述與朱氏交往的經過說：「予年三十，濫竽上海暨南、復旦各大學，為諸生說詞。每於星期日，自真如走虹口東有恆路先生寓廬質疑請益。先生樂為誘導，亦每以校詞之事相委。……予年最少，與先生往還最密。屢欲執贄為弟子，而先生謙讓未遑也。」〔註120〕朱祖謀臨終之前，甚至將自己生平校詞所用的硃、墨雙硯授給龍氏，說：「吾未竟之業，子其為我了之。」〔註121〕見出共同的文化與學術興趣，及師徒同門的關係，令這個詞學群體更趨緊密。

## 三、社集活動

　　漚社在正式成立之前，曾經舉辦過兩次較為重要的聚會，算得上是漚社的前奏。據黃孝紓〈丁卯九日集華安高樓記〉，在民國十六（1927）十月四日，滬上文人在華安高樓聚集，舉行重九登高會，與會者合共四十五人，當中包括寓滬的詩壇巨擘陳三立、王秉恩（1845～1928）、秦炳直、嚴家熾（1885～1952）和陳曾壽（1878～1949），漚社成員朱祖謀、潘飛聲、程頌萬、夏敬觀、袁思亮都有參與，冒廣生、周慶雲和王蘊章則獲邀而未能赴會。〔註122〕集會陣容之鼎盛，促成漚社詞人的聯繫。十八年（1929），海上詩鐘集於晨風廬，先後加入唱和者共二十四人，包括朱祖謀、潘飛聲、程頌萬、夏敬觀、袁思亮、周慶雲、王蘊章、冒廣生、陳方恪和黃孝紓，〔註123〕是漚社促成前，滬上詞人最龐大的一次集會，亦可以說是漚社的前奏。

　　漚社的發起時間為民國十九年（1930），第一次雅集始於是年初冬（農曆九月），至第十六集（1932年）春，因一二八事變曾一度停止，同年夏始再舉行。龍榆生編撰的《詞學季刊》創刊號載曰：

　　　自前年（1931）彊邨先生下世，一時頓失盟主。又值淞滬之變，頗

〔註119〕關於王蘊章在詞學上對朱祖謀及臨桂詞派的繼承，詳參陳水雲撰：〈傳統與現代的雜糅：論王蘊章的詞學研究及其在現代詞學史上的意義〉，中國古典文藝思潮研讀會論文，2014年，頁1～17。

〔註120〕龍榆生撰：〈彊邨晚歲詞稿〉，載龍榆生著：《龍榆生詞學論文集》（上海：上海古籍出版社，2009年），頁568。

〔註121〕龍榆生撰：〈彊邨晚歲詞稿〉，頁569。

〔註122〕黃孝紓著：《匑厂文稿》（臺北：文海出版社，1966年），頁188～192。

〔註123〕周延礽編：《吳興周夢坡先生年譜》，頁113～114。

現銷沈氣象。近時局稍稍安定，社集照常舉行，盛況仍不減於往日云。〔註124〕

潘飛聲〈漚社詞選序〉有更為詳細的記載：

> 詎意壬申（1932年）近臘，東寇乘我不備，突然襲攻滬北。我軍殲敵，敵復集大隊來攻。炮火轟天，遷徙流離，各不相顧。余家且陷賊中，僅以身免。朱古老於亂前已撒手西行。同年每不通音問，詞社星散，殆如水中漚矣。逾歲之夏，滬居始定。同人重集江濱，社事再舉，重拾墜歡，蓋讀白石道人詞「自胡馬窺江去後，廢池喬木，猶厭言兵」。非變徵之語耶？〔註125〕

兩篇文章都清楚指出社事一度中斷的原因：一是由於社長朱祖謀去世，詞社頓失盟主。郭則澐在第十五集〈水龍吟・輓彊村詞丈〉亦道：「海內清才有數，歎滄波漚盟誰主。」（頁185）二是由於滬戰，日軍藉口侵略上海，上海成為中日戰爭的戰場。戰亂持續一個多月，炮火轟天，詞人們遷徙各地，不通音訊。即使後來亂事平定，社集如常，盛況依然；然歷經動亂，加上時局不穩，漚社逐漸步向解體。

　　漚社由民國十九年（1930）冬始，至二十二年（1933）端午終，歷時三年，共二十二集。然因現存的《漚社詞鈔》僅載錄二十集，所以學界多據之而認為漚社只舉行了二十次集會。筆者參考《吳興周夢坡先生年譜》所說，民國二十一年（1932）冬和二十二年（1933）端午節，漚社仍有兩次集會。第二十一次集會，周慶雲約同人攜書畫傳觀，並率先出示王漁洋詩冊、小字蘇文忠帖。是日冒廣生則出示陳迦陵〈洗桐圖〉，葉恭綽攜王晉卿〈蝶戀花〉墨蹟，各人均譜〈塞垣春〉詞。〔註126〕而第二十二次社集，詞人們宴集於周慶雲的藏書樓「晨風廬」，調限和夢窗韻的〈澡蘭香〉。〔註127〕

　　至於社集時間和主題，潘飛聲有這樣的記述：

> 會中共十四人，嗣後每月一會，以二人主之。題各寫意，調則同一，必循古法，不務艱澀。……由是遂成漚社，入會益多，有隔數千里而郵筒寄遞者。〔註128〕

---

〔註124〕龍沐勛主編：《詞學季刊》，創刊號，頁220。

〔註125〕龍沐勛主編：《詞學季刊》，第一卷，第四號，頁185。

〔註126〕周延祁編：《吳興周夢坡先生年譜》，頁123。

〔註127〕周延祁編：《吳興周夢坡先生年譜》，頁127。

〔註128〕龍沐勛主編：《詞學季刊》，第一卷，第四號，頁185。

第一集出席者共十四人，參與酬唱有十七人，乃知其中三人應如潘氏所云，是身在外地而用郵筒寄傳作品的。筆者查閱《漚社詞鈔》之詞題，明確記載在異地投寄詞者，有郭則澐。他分別在第四、第五和第八集詞作，題為「沽上重晤訒盦賦贈」、「寄懷映盦詞丈海上」和「病懷兼寄訊訒盦丈海上」，說明自己身在天津。此外，第十一集袁榮法〈安公子・送公渚丈之青島，用《樂章》八十字調，即次其韻〉，記述黃孝紓將赴青島。葉恭綽亦曾在青島，收到黃氏題為〈渡江雲・公渚用蒼虯韻寄我青島，依韻奉答〉的郵寄詞。故此，我們得知部分社員並非長期寓居漚濱，不能親身參與酬唱，與社友們交流。

再看社集的規定。潘氏指出「每月一會，以二人主之」，即每個月集會一次，每次由兩位負責主持。集會作品大多限調不限題，除了第十、十三和十五集較為特別，設為限題不限調。至於其他集次，或有數人唱和同一題目，或每人各自訂下題目，或無題，純粹抒寫個人懷抱。這種限調不限題的方式，與一般限題限調的詞社不同，令社員們的作品內容較為缺乏一致性。學人林立認為漚社之所以有這一規定，「或是因為某些社友身在外地，不能直接參與社集，目之所見既不同，故不限題目；又或是為了減少創作時的束縛，讓同人可以各抒懷抱」。〔註129〕其說甚是。

圖三：漚社填詞圖

關於這二十二次社集概況，茲根據《漚社詞鈔》及《吳興周夢坡先生年譜》，整理如下：

---

〔註129〕林立撰：〈同聲相應：詞社與清遺民詞人的集體唱酬〉，頁 270。

## 表六：漚社唱和活動表

| 社集 | 時間〔註130〕 | 地　點 | 主要題目 | 限　調 | 唱和詞人〔註131〕 | 作品數目 |
|---|---|---|---|---|---|---|
| 1 | 1930 年 9 月 | 夏敬觀映園 | 無主要題目 | 齊天樂 | 朱（2 首）、夏、龍、林（葆恆）、潘、程、袁（思亮）、黃、陳（祖壬）、徐、趙、王、吳（2 首）、陳（方恪）、冒、郭、周 | 19 |
| 2 | 1930 年 10 月 | 未詳 | 追悼倦知翁下世 | 芳草渡 | 朱、夏、林（葆恆）、潘、程（2 首）、袁（思亮）(2 首)、黃（2 首）、陳（祖壬）、徐、趙、王、吳、陳（方恪）、冒、郭（2 首）、姚、林（鷗翔）、袁（榮法）、葉 | 23 |
| 3 | 1930 年 11 月 | 未詳 | 題映庵所藏大鶴山人詞札 | 石湖仙 | 朱、夏、龍、林（葆恆）、潘、程、袁（思亮）(2 首)、黃、陳（祖壬）（2 首）、徐、趙、王、陳（方恪）、郭、林（鷗翔） | 17 |
| 4 | 1930 年 12 月 19 日 | 上海某川菜館 | 東坡生日集豐樂園／除夕 | 東坡引 | 朱、龍、袁（思亮）、林（葆恆）、潘、程、黃、陳（祖壬）（4 首）、趙、郭、袁（榮法） | 14 |
| 5 | 1931 年人日 | 正風堂 | 超山看梅／春遊 | 瑞鶴仙 | 朱、夏、龍、林（葆恆）、潘、程、袁（思亮）、黃（2 首）、趙、吳、郭、林（鷗翔）、袁（榮法）、周 | 15 |
| 6 | 1931 年花朝日 | 陳方恪鸞陂草堂 | 調頤水／梵王渡公園作／遊葉園 | 三姝媚 | 朱、夏、龍、林（葆恆）、潘、程、袁（思亮）、黃、陳（祖壬）、徐、王、郭、姚、袁（榮法）、周、楊、彭 | 17 |

〔註130〕表中月份均以農曆計算，不再注明。
〔註131〕由於每集參與的詞人頗多，茲主要以社員之姓氏代替。

| 7 | 1931 年立夏後 | 張園 | 遊張園／賦牡丹 | 漢宮春 | 朱、龍、林（葆恆）、潘、黃、王、陳（方恪）、郭、姚、林（鷗翔）（2首）、袁（榮法）、葉、楊、彭（2首）、許（2首） | 18 |
| 8 | 1931 年 5 月 | 未詳 | 無主要題目 | 渡江雲 | 朱、夏（2首）、林（葆恆）、程、袁（思亮）、黃、陳（祖壬）、趙、陳（方恪）、郭、袁（榮法）、葉（2首）、楊 | 15 |
| 9 | 1931 年 6 月 | 未詳 | 無主要題目 | 風入松 | 朱、龍、夏、林（葆恆）、潘、袁（思亮）、黃、趙、郭（3首）、林（鷗翔）、葉、周、楊 | 15 |
| 10 | 未詳 | 未詳 | 壽林訒盦六十 | 不限調 | 龍、黃、趙、林（鷗翔）、陳（方恪）、葉、謝 | 7 |
| 11 | 1931 年 7 月 | 未詳 | 秋感／燭淚 | 安公子 | 龍、林（葆恆）、袁（思亮）（2首）、黃、陳（祖壬）、徐、郭、姚（2首）、林（鷗翔）、袁（榮法）、周、楊（3首）、許（2首）、洪 | 19 |
| 12 | 1931 年重九 | 南翔李長蘅檀園及猗園 | 無主要題目 | 被花惱 | 龍、夏、林（葆恆）、潘、袁（思亮）、黃、陳（祖壬）、郭、姚、林（鷗翔）、袁（榮法）、葉、楊、許、謝（2首） | 16 |
| 13 | 1931 年 9 月 20 日 | 未詳 | 題畏盧西谿圖卷 | 不限調 | 龍、夏、林（葆恆）、潘、程、袁（思亮）（2首）、趙、吳、郭、姚、袁（榮法）（2首）、楊、許（2首）、洪、謝 | 18 |
| 14 | 1931 年 12 月 27 日 | 未詳 | 和柳永 | 洞仙歌 | 龍、林（葆恆）、袁（思亮）、黃、趙、郭（2首）、姚、洪 | 9 |
| 15 | 1932 年 2 月 | 未詳 | 輓漚尹 | 不限調 | 龍、夏、林（葆恆）、潘、黃、郭、林（鷗翔）、周、楊、洪、劉 | 11 |

| 16 | 1932 年 4 月 | 周慶雲晨風廬 | 滬上春暮 | 錦帳春 | 林（葆恆）、潘、林（鷗翔）（2 首）、郭、周、洪 | 7 |
| 17 | 1932 年重午 | 未詳 | 無主要題目 | 大酺 | 郭、林（鷗翔）、洪、謝（2 首） | 5 |
| 18 | 1932 年夏 | 未詳 | 和白石韻 | 一萼紅 | 龍、林（葆恆）、潘、黃、郭、林（鷗翔）、袁（榮法）、洪、謝 | 9 |
| 19 | 1932 年中秋前後 | 未詳 | 題映庵填詞圖／蒼虬試酌突泉 | 石州慢 | 龍、夏、林（葆恆）、黃（2 首）、陳（祖壬）、冒、郭（3 首）、姚、林（鷗翔）、葉、楊（2 首）、洪 | 16 |
| 20 | 1932 年秋 | 未詳 | 詠菊／詠桂 | 天香 | 夏、林（葆恆）、潘、冒、郭、周、林（鷗翔）（2 首）、葉、楊、洪、謝（2 首）、高 | 14 |
| 21 | 1932 年冬 | 未詳 | 題書畫冊 | 塞垣春 | 周、冒、葉 | 未詳 |
| 22 | 1933 年重午 | 晨風廬 | 和夢窗韻 | 澡蘭香 | 未詳 | 未詳 |

　　從上述可見，社長朱祖謀從第一集至第九集都有參與集會，自第十集起再沒有參與，第十四集後三日（12 月 30 日）便下世。社集作品最多的是郭則澐，他雖然身處京津一帶，沒有親自參與聚集，但卻郵寄了二十五首作品。他除了沒有唱和第十集（第二十一和二十二集未明）之外，餘皆有和作。另外和作較多者，還有林葆恆、黃孝紓、林鷗翔和龍榆生。前二人各有十八首作品，後二者則依次有十七首和十五首。而和作最少的只填了一首，分別是高毓浡和劉肇隅。此外，尚有一位社友梁鴻志，其作品並未載錄於《漚社詞鈔》。林立認為他或是沒有繳交任何作品，或是詞作沒被選錄，又或是社集後來再版，與其後來投靠汪偽政府應無關係。〔註 132〕

## 四、詞作主題

　　關於漚社唱和的內容，《中國詞學大辭典》曾指出《漚社詞鈔》是「仿宋

---

遺民之唱和《樂府補題》，〔註133〕又說所收錄的詞作「情調沉鬱幽咽，於往復低回中時見末世情懷，甚近宋季王沂孫諸家風格。」〔註134〕《樂府補題》是宋末遺民詞人王沂孫、周密、王易簡、馮應瑞、唐藝孫、呂同老、李彭老、李居仁、趙汝鈉、張炎、陳恕可、唐珏和仇遠等十四人所填的詞。他們在國家破亡之際，以五個詞調分詠龍涎香、白蓮、蟬、蟹和蓴五物，隱喻元僧楊璉真伽發掘宋帝六陵，斷殘肢體，劫掠珍寶之事，以誌家國淪亡之痛，情感哀怨悲涼。然筆者翻閱《漚社詞鈔》，發現其所載錄的作品，詠物詞的數量並不算多，主要見於第五集詠梅，共五首；第七集賦杜鵑或牡丹，共六首；以及第二十集詠菊及詠桂，共八首，僅佔全本二百八十四首中約百分之七。此外，漚社所詠的詞題亦不局限在亡國的遺民心聲，還有更多是遊園傷春、羈旅飄泊、題畫、追悼和祝壽詞。然因適逢亂世，尤其是一二八事變，上海成為了主要的戰場，社員們的居所受到戰火的蹂躪，甚至詞社活動被逼停止。因是，集中詞作的情調確實如上所說，是「沉鬱幽咽，往復低回中時見末世情懷」。茲以從租界漂零到落地生根和從亡國滄桑到戰爭憂慮兩個主題，概括呈現漚社社員寓居滬上的經歷和情懷。

## （一）從租界漂零到落地生根

漚社成立於二十世紀三十年代的上海。這段期間上海的發展，與二十年代初已經相去萬里。如果說上海在十九世紀中葉就開始有銀行、西式街道、煤氣燈、電、電話和汽車等西方輸入的文明產物；到了三十年代，它已成功發展成一個有「東方巴黎」稱譽的國際大都會——世界第五大城市，與中國其他地區截然不同。正如李歐梵（1942～）在《上海摩登：一種新都市文化在中國 1930～1945》所描繪的，辦公大樓、教堂、俱樂部、銀行、電影院、餐館及豪華公寓林立，甚至有新興的二十四層高國際飯店、二十二層高慕爾禮拜堂、花旗總會等標誌著西方霸權的建築，充滿現代摩登的魅力，是一個冒險家的樂園。〔註135〕。如此多姿多采的娛樂，漚社詞人們何以抗拒這十里洋場？筆者認為主要的原因有二：首先，寓居租界並不是他們自願的，只是因

---

〔註133〕馬興榮、吳熊和主編：《中國詞學大辭典》（杭州：浙江教育出版社，1996 年），頁 295。

〔註134〕馬興榮、吳熊和主編：《中國詞學大辭典》，頁 295。

〔註135〕李歐梵著，毛尖譯：《上海摩登：一種新都市文化在中國 1930～1945》（香港：牛津大學出版社，2006 年），頁 3～51。

為故鄉及租界以外的地方已淪陷民國政府之手，他們無可選擇下才流寓租界。
上述陳丹丹文章說：

> 對遺民而言，革命猶如赤化的代名詞，革命風潮的席捲，則相當於
> 寸寸王土的淪喪。這樣，當原本足以容身的家鄉，也被目為污濁之
> 地而有鄉不得歸，每每被士夫鄙薄為夷場的上海，反倒搖身成為聊
> 可立足的淨土。〔註136〕

他們身在夷場，但內心卻有夷場偷生的喟歎和矛盾。在辛亥後潛逃至天津日
租界、致力於溥儀復辟的鄭孝胥（1860～1938）就曾激動說：

> 各省士紳皆避亂於上海，此即樂於瓜分之現象也。革黨反對君國，
> 於外國則不敢犯，此即甘心受制於外人之現象矣。嗚呼，亡矣！
> 〔註137〕

他們為了對抗新政府而逃往租界，然在租界生活又時時刻刻受制於西方列強，
不免感到委屈和恥辱。第二，租界華洋交雜的風氣，亦是令他們抗拒的重要
理由。上海租界作為幾個種族雜居之所，風俗之鄙薄，使社員們更加感到格
格不入。王國維嘗指出租界的環境惡劣和風俗卑下：

> 然二地皆湫隘卑濕，又中外互市之所，土薄而俗偷，奸商傄民，鱗
> 萃鳥集，妖言巫風，胥於是乎出，士大夫寄居者，非徒不知尊親，
> 又加以老侮焉。夫入非桑梓之地，出非游宦之所，內則無父老子弟
> 談宴之樂，外則乏名山大川奇偉之觀，惟友朋文字之往復，差便於
> 居鄉。〔註138〕

社友們在上海，就像置身錯誤的地方（anachorism）一樣，完全無法融入當地
的生活。「地方錯置」指一個人的行為與其所身處的地方是格格不入的，美國
人文地理學家 Tim Cresswell 說：

> 一個途徑去說明地方與行為之間的關係，就要觀察那些在特定場所
> 被判斷為不恰當行為──從字面上說是「不得其所」的行動。〔註139〕

---

〔註136〕陳丹丹撰：〈十里洋場與獨上高樓──民初上海遺民的都市遺民想像〉，《北
　　　　京大學研究生學誌》，2006年，第2期，頁58。

〔註137〕鄭孝胥著：《鄭孝胥日記》（北京：中華書局，1993年），第三冊，頁1359。

〔註138〕王國維撰：〈彊村校詞圖序〉，載王國維著，周錫山編校：《王國維集》（北京：
　　　　中國社會科學出版社，2008年），頁101。

〔註139〕Tim Cresswell, "In Place / Out of Place: Geography, Ideology and Transgression",
　　　　Minneapolos, MN, USA: University of Minnesota Press, 1996, p9.

因此，社員們在詞作中抒發無家可歸，並不是真正缺乏可供庇護的場所，而僅僅是置身在一個令他們不適的地方。

由於寓居租界只是無可奈何的選擇，所以即使他們已經在這裡購買房屋，過著相對安穩的生活，並聚合同類建構社群關係，作品仍然反覆唱著漂泊無家的哀音。他們的處境，可以用西方關於後殖民研究的「離散」（diaspora）理論來譬喻。詞人們流寓上海公共租界，與洋人雜居，就如同來到「一個被西方資本主義所統治的紙醉金迷的異域」。〔註 140〕他們的心情和處境，與離散理論最初針對被放逐的猶太人，巔沛流離，散居世界各地的悲情、孤寂、漂泊、疏離等景況，非常相似。〔註 141〕據科羅拉多大學政治學教授 William Safran（1930～）所說，離散的特徵有六項：一、他們由故鄉被分散到異地；二、保留對故鄉的集體記憶、想像和與之相關的神話；三、認為自己不能完全地被居留地所接受，並對居留地感到疏離和羞辱；四、視故鄉為最理想和終極歸宿；五、他們認為應該共同維繫故鄉和重建家園；六、與故鄉的聯繫，成為群體意識和團結的根基。〔註 142〕社員們的身分與心態，幾乎可以說符合上述六項特徵。

先看龍榆生〈齊天樂・秋感和清真〉這首極具代表性的作品，詞中抒發了漂泊異地的酸楚，情感哀怨淒涼：

> 中庭一白涼無際，繁霜驟驚秋晚。凍柳迷煙，荒螢照壁，離恨並刀難剪。孤帷暫掩。鎮千疊煩憂，臥思冰簟。夢已無家，蠹牋凝淚對愁卷。　　江湖流浪最苦，塞鴻飛過處，悽感何限。梳骨酸風，羞容冷月，撩亂迴腸仍轉。騷魂去遠。又瘦到今年，羽觴誰薦。漫把殘花，坐看濃霧斂。（龍榆生，頁 12～13）

龍氏是在民國十七年（1928）九月來到上海的。經陳衍的推薦，他獲得上海暨南大學中文系講師的教席。〔註 143〕寓居陌生又摩登的地方，詞人原本已不習慣，更適逢秋夜蕭瑟陰冷，頓時激起漂泊流離之孤獨和淒苦，思鄉之情

---

〔註 140〕李歐梵著，毛尖譯：《上海摩登：一種新都市文化在中國 1930～1945》，頁 10。

〔註 141〕豐雲撰：〈飛散寫作：異域與故鄉的對立置換〉，《江西社會科學》，2007 年，第 2 期。

〔註 142〕Safran William, "Diaspora in Modern Societies: Myths of Homeland and Return", "Diaspora: A Journal of Transnational Studies" Vol 1, No.1, Spring 1991, p83-99.

〔註 143〕張暉著：《龍榆生先生年譜》，頁 21。

越加深刻。詞的上片刻劃滿布霜雪的庭院、迷濛的柳條和荒涼的螢火蟲，以「白」、「涼」、「繁霜」、「秋晚」、「凍」、「荒」和「冰」字，呈現出一片寒冷荒涼的環境。此時此際，離鄉別井、無家可歸的感受一觸即發，詞人驟然驚覺自己經已在外漂泊多年。離鄉的恨意和煩憂，及遷移滬上的孤獨寂寞，令他鬱悶不已，以致深夜無眠，在冰冷的竹席臥思。他和其他社員懷鄉的情緒，並非遙寄家書互通音問就能解決。他們內心最大的願望，與中國傳統士大夫無異，就是返回自己出身的故土，安享晚年。王國維〈彊村校詞圖序〉曾說：

> 古者，卿大夫老則歸於鄉里。……鄉之人尊而親之，歸者亦習而安之，故古者有去國，無去鄉。……至於近世，抑又異於是。光、宣以來，士大夫流寓之地，北則天津，南則上海，其社席豐厚，耽游豫者萃焉。……夫有鄉而不得歸者，今日士大夫之所同也。〔註144〕

然而，事與願違，有鄉而不得歸者，早已成為當時士大夫共同的寫照。鄉土淪陷於民國政府，歸鄉遙遙無期，詞人不禁發出「夢已無家」和「江湖流浪最苦」的吶喊。眼前的風月都被他複雜的情緒感染，變成了「酸風」、「冷月」，無限淒涼。即使舉杯銷愁，撩亂的思緒依然縈繞不去。最終，他只能將滿腔愁思，遠托天邊翱翔的鴻雁，並看著濃霧慢慢消失。全篇都彌漫著濃厚的悲涼氣息，「涼」、「驚」、「凍」、「荒」、「恨」、「孤」、「煩憂」、「冰」、「淚」、「愁」、「苦」、「悽」、「酸」、「冷」和「殘」字，幾乎每字每句都能讓我們感受到龍氏離散、漂泊異地的心情。

離散並不是漚社一、二位成員的事，而是整個群體的生存處境。他們當中僅有周慶雲和趙尊嶽居於上海，其餘均在辛亥革命至社集舉行前遷移至此，寓居西人統治的租界中。因此，在《漚社詞鈔》裡，我們經常看到「天涯」、「羈旅」、「無家」、「漂流」、「還家」、「鄉關」等話語，充滿離散的哀怨。例如：

**天涯／羈旅**

賞音人在何處，**天涯羈旅慣**，誰與幽抱。……汐社書沉，南村夢杳，**問我幾時歸櫂**？（潘飛聲〈齊天樂〉，頁 14）

秋悲總慣，**況同病天涯，互傷聞見**。（程頌萬〈齊天樂〉，頁 15）

---

〔註144〕王國維撰：〈彊村校詞圖序〉，頁 101～102。

天涯離思正苦，亂雲迴雁陣，何意吹散。（陳方恪〈齊天樂〉，頁 21）

暗凝想、乾坤俯仰，浮生但羈旅。寤歌自媚，算到處、行窩能署。（袁思亮〈芳草渡〉，頁 28）

怎奈向、天涯羈旅。暗淚滴、悶臥虛堂疏雨。（黃孝紓〈芳草渡〉，頁 30）

五湖歸未準。憐浮家萍梗，蘸恨寫、整整斜斜，縹緲無盡。……悵同是，天涯倦旅，樓頭阻芳訊。（王蘊章〈芳草渡〉，頁 41～42）

悵憔悴天涯，十年游子。……屈指春歸，憑問訊、家山薛荔。（楊鐵夫〈三姝媚〉，頁 67）

無家／漂流

處幽篁怨咽。吟望苦、一鏡綠愁白髮。無家更傷別，倚新聲、猶戀前塵苔雪。（朱祖謀〈瑞鶴仙〉，頁 67）

誰暇傷孤旅，海東雲起空延佇。斷梗浮萍同委命。任漂流何處，又一夜、心旌莫定眉峰聚。……甚時脫羈能去。（龍榆生〈安公子〉，頁 137）

還家／鄉關

泛梗身輕，還家夢熟，瘦損西風張翰。……莫賦鄉關，廢池喬木也淒斷。（徐楨立〈齊天樂〉，頁 18）

卻嘆廿年作客。恁南雲尺咫，眼斷鄉關，何時過家上冢。（林葆恆〈漢宮春〉，頁 93～94）

上述每一闋都帶出離開故鄉、飄泊天涯、有鄉而不得歸的愁苦、無奈、悵恨、哀怨、傷感、孤獨、可憐和慨嘆，甚至很多時候都以「同病天涯」來互相安慰。

繁華又局促的租界，在他們的筆下，是「行吟骯髒」（朱祖謀，頁 83）、「狼煙匝地」（龍榆生，頁 183），環境氣氛則是「魚龍氣惡」（林鵾翔，頁 98）、「迷空蜃氣」（葉恭綽，頁 112），令人心情慊慊不樂，只好終日閉門在家，傾訴著「支床心事病維摩」（郭則澐，頁 119～120）、「倚病得修薰」（朱祖謀，頁 121）、「病枕驚風雨」（袁思亮，頁 131）。詞人們幾乎拒絕書寫外面那座看得見的城市（visible city），反而呈現不同於現實經驗的異質空間（heterotopias）

——一座看不見的城市（invisible city）給讀者。〔註145〕這座看不見的城市，是為著隔絕租界而成為詞人筆下的對象，涵蓋著兩個空間：一是他們自己的「家」，二則是滬上開放的私家花園。他們對於「家」的建構非常講究，刻意將「家」營造成世外桃源，與租界形成霄壤之別，因為「家」就是故鄉的象徵，令他們足以在紛亂裡安定下來。既然寓居租界是無可奈何的選擇，與其終日悶悶不樂，不如安住在他們認為舒適的環境中。而當社員們置身在「家」時，正正能夠安於其中，最終慢慢適應生活，並在租界落地生根。龍榆生記夏敬觀在滬上的居室云：

> 二十年來，築室於滬西之康家橋，小園數畝，饒有花木亭台之勝。春秋佳日，恆集名彥，觴詠其間。晚擅丹青，以鬻畫為活。自淞滬戰發，所居鄰於炮火，漸感不安，旋出賃西商，改為染織廠。薔薇花架，荷芰池亭，芟夷殆盡。先生移居法租界，泰然處之。〔註146〕

寫出夏敬觀居室附近環境清幽，有花木亭臺的美景。民國二十七年（1938），抗日戰爭爆發，在一片慌亂中夏氏移居開納路公寓，次年又遷往霞飛路法租界靜村，以鬻畫為活，並與友人組成貞元會（1939 年 1 月）和午社（1939 年 6 月），〔註147〕見出他已然適應了上海的生活，並沒有離開之意。

潘飛聲在一二八事變後，搬往滬北。當地風景清幽，令他身心能夠安頓下來。其〈天香·移居滬西至楓林橋閒步〉一首曰：

> 積潦浮天，寒煙漾暝，紆迴引入溪瀨。倦客移家，青鞋布襪，隱約逃秦人在。丹林換翠，度短約、一笻蒼靄。遠近松風送合，吹成絳霄仙籟。　　山川俊游未改，寄冥鴻、渺然塵外。尋置杜陵茅屋，鷺鷗無礙，商略開門傍水。好小闢、軒窗結衣帶，野老同來，芝苓試采。（潘飛聲，頁 229～230）

描述新居一帶山青水秀，臨近溪流，鷗鷺忘機，遠離塵囂，成為詞人隱世避難的好地方。由此觀之，他們覓得租界這一避風港後，經歷了一段相當長時

---

〔註145〕王標嘗將近代上海都市繁華的景象，視作一座看得見的城市（visible city）；而將民國時期清遺民拒絕書寫摩登上海，反而沉浸於他們封閉的居室和私家園林這種現象，則稱之為向我們塑造一個不同於現實經驗的異質空間（heterotopias），一座看不見的城市（invisible city）。詳參王標撰：〈空間的想像和經驗——民初上海租界中的遜清遺民〉，《杭州師範學院學報》（社會科學版），2006 年，第 1 期，頁 37。

〔註146〕龍榆生撰：〈忍古樓詩〉，載陳謐著：《夏敬觀年譜》，頁 219。

〔註147〕詳參陳謐著：《夏敬觀年譜》，頁 165～167。

間的適應過程，由最初那種漂泊無依，到一直著力尋求可以穩定生活的居所，並在此落地生根，安享晚年。關於「家」的意義及它對於人的重要性，人文地理學家段義孚嘗在〈地理學觀點〉（A View of Geography）說：

> 家的意義顯然比物理環境的自然事物要來得多。這個詞尤其不能侷限於某個營造的地方。有助於理解家的一個起點，或許不是家的物質展現，而是一個概念：家是一個在精神和物質上組織起來的空間單位，藉以滿足人類的真實與感知到的基本生物社會需求，此外還有更崇高的美學政治渴望。〔註 148〕

指出「家」不只是物理環境，而是人類精神和日常生活的寄託空間。社員們藉著營造居室舒適的環境，並透過造訪彼此的居室，在內進行填詞吟唱等社交活動，使他們能夠安頓於此。這見出家對他們而言，既是私人空間，也是和友人見面交往的場所。夏敬觀映園、陳方恪鸞陂草堂、周慶雲晨風廬、袁思亮剛伐邑齋、林葆恆住宅，就曾經成為社集地點。陳丹丹在〈十里洋場與獨上高樓——民初上海遺民的「都市遺民想像」〉就曾說：

> 與前者（上海洋場）相抗，則關鍵在足以默守「真我」的空間——「吾廬」的營造。在這些同時生活於上海的晚清遺老中，沈曾植有海日樓，鄭孝胥有海藏樓……無疑，正是這些刻意營造的「私人空間」使得遺老們的「世外生存」在紛擾洋場中成為可能。〔註 149〕

## （二）從亡國滄桑到戰爭憂慮

辛亥革命爆發，滿清皇朝迅速倒臺，皇帝制度崩潰，共和體制順利成立。雖然已經踏入第二十年，但對社員們來看，卻依舊歷歷在目，記憶猶新。他們所遭遇到的是三千年未有之大變局，變的不僅是原有權力和地位的喪失，更重要的是現代化的文明進展，衝擊舊有的文化和思想，帶來一場重大的革新。他們大部分都是生活在舊時代的遺臣文人，在政權轉易後，懷著亡國失怙之悲，來到上海租界。面對華洋交雜的環境，他們通過結社聚會的方式，招引同類，互相唱和，作為精神上的支撐。寓居上海的陳三立嘗云：

---

〔註 148〕 轉引自 Tim Cresswell 著、徐苔玲、王志弘譯：《地方：記憶、想像與認同》（臺北：群學出版有限公司，2006 年），頁 175。

〔註 149〕 陳丹丹撰：〈十里洋場與獨上高樓——民初上海遺民的「都市遺民想像」〉，頁 61。

> 當國變，上海號外裔所庇地，健兒游士群聚耦語，睅睌指畫，造
> 端流毒，倚為淵藪。而四方士大夫雅儒故老，亦往往寄命其間。
> 喘息定類，攄其憂悲憤怨，托諸歌詩，或稍緣以為名，市矜寵。
> 〔註150〕

遺民群體參與社集，不但為他們提供一個可以共訴前塵往事的時間和空間，同時能夠鞏固彼此的身分與忠清意識，抒發山河破碎的末世情懷。他們藉著回憶清皇朝和集體的亡國經歷，在詩詞中反覆書寫「封閉的帝國魅影」和「銘刻惘惘而不甘的文化招魂的姿態」。〔註151〕因此，馬興榮、吳熊和嘗評論社員的作品為「沉鬱幽咽，往復低回中時見末世情懷」，〔註152〕可謂言詞精確，完全道出了社員們滄桑的心境。

民國十九年（1930），社外詞侶陳曾壽應陳寶琛（1848～1935）之薦，赴天津任遜帝溥儀妻子婉容（1906～1946）的教師。他臨走前寫了一首〈八月十三日渡海〉詩，隱喻時局動蕩，並表達「君親已兩負，性命仍苟全」的愧疚。〔註153〕他對清帝的忠誠始終如一，在辛亥革命後，於杭州西湖買地購屋，奉母以遺老自居。民國六年（1917），在上海協助張勳（1854～1923）策劃復辟。復辟失敗後，又在清室駐天津辦事處謁見溥儀。第一集朱祖謀填了〈齊天樂‧蒼虬赴天津，寄示渡海四十韻，倚歌賦答〉，就是賦答陳氏〈八月十三日渡海〉。詞曰：

> 麻鞋一著無歸意，滄溟縱心孤往。盡室裝寒，循涯客返，離恨秋潮
> 同長。行吟骯髒。要留命桑田，故躔迴向。自理哀弦，北征誰省杜
> 陵唱。　　回風獨樹漸晚，去檣攀未得，歧路惆悵。鼓角中原，闌
> 干北斗，何地堪盟息壤。孤光近傍。勝愁臥荒江，白頭吟望。夢款
> 音書，度樓南雁響。（朱祖謀〈齊天樂〉，頁11）

---

〔註150〕陳三立撰：〈清故江蘇候補道龐君墓誌銘〉，載陳三立著、錢文忠點校：《散原精舍文集》（瀋陽：遼寧教育出版社，1998年），卷十一，頁168。

〔註151〕吳盛清和高嘉謙以「封閉的帝國魅影」、「銘刻惘惘而不甘的文化招魂的姿態」，來形容民國遺民在面對現代時間的不可逆轉性，以及都市生存場景的大轉換時，在詩歌中建構的內容。見吳盛清、高嘉謙主編：《抒情傳統與維新時代：辛亥前後的文人、文學、文化》（上海：上海文藝出版社，2012年），頁15。

〔註152〕馬興榮、吳熊和主編：《中國詞學大辭典》，頁295。

〔註153〕陳曾壽著：《蒼虬閣詩》（臺北：文海出版社，1974年），卷七，頁292。

後來陳曾壽再賦〈齊天樂〉詞相應，唱和者還有遠在天津的胡嗣瑗與郭則澐：

> 百年垂死當何世，因依更成輕別。費淚園亭，諳愁酒琖，歷歷前痕
> 難滅。荒雲萬疊。賸緘夢淒迷，雁程天闊。撥盡寒灰，墜歡零落向
> 誰說。　　蓬萊舊事漫憶，更罡風激盪，搖撼銀闕。本願香寒，孤
> 光月隱，堪笑冤禽癡絕。枯枰坐閱。拚一往悲涼，爛柯殘劫。自懺
> 三生，佛前心字結。（陳曾壽〈齊天樂〉，頁 233～234）

> 飄蓬一往無南北，伶俜更教傷別。逆淚毫枯，沾愁鬢短，寸寸心塵
> 難滅。荒雲亂疊。念夢裏神州，斗垂天闊。索共書空，此懷休向海
> 鷗說。　　危枰自分斂手，望長安何許，離黍宮闕。亂後笙歌，愁
> 邊鼓角，偏又啼鳥悽絕。浮生懶閱。縱願斷香留，總成灰劫。未了
> 芳情，楚蘭空怨結。（郭則澐〈齊天樂〉，頁 23～24）

> 江南自古傷心地，伶俜廿年都忍。絕代芳馨，哀時涕淚，何減湘
> 淚天問。迴瞻斗柄。更宮闕全非，黍離悽哽。繭足曾來，拜鵑臣
> 甫寫孤憤。　　公歸幾見朔雁，歲寒盟未改，身世無悶。異國登
> 樓，殘宵看劍，偏我繁霜欺鬢。壺飧從徑。恁歌哭無端，海風相
> 應。欲翦淞波，夢中忘路迥。（胡嗣瑗〈齊天樂·奉懷彊村前輦海
> 上〉，頁 233）

學人林立曾經用法籍後結構主義學者 Julia Kristeva 提出的「互文性」
（intertextuality）理論和方法，比對陳曾壽和郭則澐兩首詞，發現不但用韻相
同，遣詞用字及意象都有明顯的重疊。他認為這種互文方式，是一種同聲相
應、分屬知音的唱和，雖然流傳面僅限於二三知己，但從相互贈答中，卻有
著自勉勉人、彼此認同和刺激記憶的功用，並凝聚了群體的力量、鞏固個人
的戀舊情結。〔註154〕除了「互文性」外，這四首詞值得我們注意的還有借用
杜甫詩句和抒發遺民的心聲。他們之所以如此關注杜甫這一個人物，主要因
為他忠君愛國，而且歷經國家險被滅亡的苦難；此與社員們遭遇亡國、念念
不忘前朝，可謂非常相似。茲以下表簡要展示：

---

〔註154〕詳參林立撰：〈泡露事、水雲身：清遺民詞人的身分與記憶〉，載林立著：《滄
海遺音：民國時期清遺民詞研究》（香港：中文大學出版社，2012 年），頁
87。

| 杜甫詩句〔註155〕 | 〈齊天樂〉詞句 |
|---|---|
| 杜甫〈述懷〉：「麻鞋見天子，衣袖見兩肘。」（頁358） | 朱祖謀：「麻鞋一著無歸意」<br>胡嗣瑗：「繭足曾來」 |
| 杜甫〈北征〉（頁395） | 朱祖謀：「北征誰省杜陵唱」 |
| 杜甫〈夔府書懷四十韻〉：「中原鼓角悲」（頁1422） | 朱祖謀：「鼓角中原」<br>郭則澐：「愁邊鼓角」 |
| 杜甫〈秋興八首〉（五）：「一臥滄江驚歲晚」（頁1491） | 朱祖謀：「勝愁臥荒江」 |
| 杜甫〈秋興八首〉（八）：「白頭今望苦低垂」（頁1497） | 朱祖謀：「白頭吟望」 |
| 杜甫〈宿府〉：「已忍伶俜十年事」（頁1172） | 郭則澐：「伶俜更教傷別」<br>胡嗣瑗：「伶俜廿年都忍」 |
| 杜甫〈杜鵑〉：「杜鵑暮春至，哀哀叫其間。我見常再拜，重是古帝魂。」（頁1250） | 胡嗣瑗：「拜鵑臣甫寫孤憤」 |
| 杜甫〈送鄭十八虔貶臺州司戶，傷其臨老陷賊之故，闕為面別，情見於詩〉：「百年垂死中興時」（頁425） | 陳曾壽：「百年垂死當何世」 |

　　杜甫〈述懷〉詩「麻鞋見天子，衣袖露兩肘」，記述杜甫冒險從長安逃至鳳翔（今陝西寶雞），投奔肅宗的經過。朱祖謀借之比喻陳曾壽北上覲見溥儀。胡嗣瑗「繭足曾來，拜鵑臣甫寫孤憤」，更融匯杜甫語句，表達忠於前清皇朝。胡氏在亡國後，雖一度為馮國璋所用，卻一直為復辟而奔走。其間他跟從溥儀在天津張園的「行在辦事處」，出任總務處管理和清室駐天津辦事處顧問，成為溥儀的心腹，甚至陪伴其在東北終老，極見忠愛。又朱祖謀雖不曾為廢帝奔走，但卻始終緬懷前朝，忠於故君，以遺民自居。至於郭則澐，縱使出任民國政府官職，然隨著軍閥治國，政局詭譎，他亦辭官隱居京津。三人都是關心國家、憂慮民生的人，於是借鑒杜甫詩來譬喻當下情景，並反覆唱著哀傷愁苦的音調，藉以表達易代的傷痛和滄桑，沉鬱憂怨：

**孤獨傷感**
朱祖謀：「麻鞋一著無歸意，滄溟縱心孤往」、「孤光近傍」
陳曾壽：「本願香寒，孤光月隱，堪笑冤禽癡絕。」
郭則澐：「飄蓬一往無南北，伶俜更教傷別。」

〔註155〕本文引用杜甫詩句，以杜甫著、仇兆鰲注：《杜詩詳注》（北京：中華書局，1979年）為本，下文僅注頁碼，不復出注。

胡嗣瑗：「江南自古傷心地，伶俜廿年都忍。」

**悲哀**

朱祖謀：「自理哀弦，北征誰省杜陵唱。」

陳曾壽：「撥盡寒灰，墜歡零落向誰說」、「拚一往悲涼，爛柯殘劫。」

郭則澐：「亂後笙歌，愁邊鼓角，偏又啼烏悽絕。」

胡嗣瑗：「絕代芳馨，哀時涕淚，何減湘淚天問」、

「更宮闕全非，黍離悽哽」、「恁歌哭無端，海風相應。」

**迷惘**

朱祖謀：「回風獨樹漸晚，去牆攀未得，歧路惘悵。」

**愁苦**

朱祖謀：「勝愁臥荒江，白頭吟望。」

陳曾壽：「費淚園亭，諳愁酒瑳。」

郭則澐：「迸淚毫枯，沾愁鬢短，寸寸心塵難滅。」

**怨恨**

朱祖謀：「離恨秋潮同長。」

郭則澐：「未了芳情，楚蘭空怨結。」

胡嗣瑗：「繭足曾來，拜鵑臣甫寫孤憤。」

**憶念**

陳曾壽：「歷歷前痕難滅，蓬萊舊事漫憶。」

郭則澐：「念夢裏神州，斗垂天闊。」

我們透過上述作品，可以感受到他們面對時代改革的不可轉逆的複雜情緒。國破家亡、生活環境和文化思想的變異，使他們一再回顧過去的世界，在撫今追昔中書寫前朝記憶和亡國悲痛。然而，隨著時局日趨緊張，社員們逼迫應對著日本侵華的嚴峻景況，促使他們得以從遺民的滄桑中覺醒過來。

社員們對前朝如此難以忘懷，除了本於傳統士大夫那種忠君愛國的人格精神外，亦是由於辛亥革命後，中國的政局並沒有穩定下來，反而激發劇烈的內部鬥爭。原本對新政府還抱有一絲希望的詞人，隨著袁世凱稱帝和軍閥割據而徹底失望。因此，他們寧可與外界隔絕，成為現代進程被邊緣化的群體。民國二十一年（1932）一月二十八日，日本佔領淞滬鐵路防線，中國軍隊堅決抵抗，雙方爆發戰爭。滬上的詞友受到炮彈影響，生命安全遭遇威脅。

潘飛聲〈漚社詞選序〉云：

> 詎意壬申（1932 年）近臘，東寇乘我不備，突然襲攻滬北。我軍殲
> 敵，敵復集大隊來攻。炮火轟天，遷徙流離，各不相顧。余家且陷
> 賊中，僅以身免。……同人每不通音問，詞社星散，殆如水中漚矣。
> 〔註156〕

日軍突襲滬北，中國即以抗日救國為號召，指揮駐守上海的第十九路軍奮起
反擊。滬上頓時戰火連天，人民相繼遷徙避亂，社員各散東西，詞社亦被逼
解散。這一砲，促使他們將亡國的滄桑，轉移為對國族滅亡危機的關注，重
燃愛國愛民之心。漚社社員雖然自晚清起，已經歷了無數的戰禍，但是一二
八事變，帶給他們的卻是鉅大而切身的災難。屍橫遍野、血流成河的街景，
無意間震撼他們的心靈，令他們在同一時間中創作出更為深刻的「史詞」，將
歷史悲劇帶來的力量透過詞呈現出來。龍榆生〈一萼紅·壬申七月，自上海
還真茹，亂後荒涼，寓居蕪沒，惟餘秋花數朵，欹斜於斷垣叢棘間。若不勝其
憔悴，感懷家國，率拈白石此調寫之，即用其韻〉一首，直接反映淞滬戰爭
後，上海的荒涼和蕭索：

> 壞牆陰，有靦顏墮蕊，華髮忍重簪。幽徑榛蕪，斜陽淚滿，兵氣仍
> 共沉沉。臥枝胃、餘腥未洗。破暮靄、悽引響哀禽。髡柳池荒，沉
> 沙戟在，波鏡傭臨。　　太息天胡此醉，任殘山賸水，怵目驚心。
> 戰艦東風，戈船下瀨，誰辦鐵鎖千尋。算惟見、當時皎月。過南浦、
> 空漾萬條金。悄立危闌欲去，涼露秋深。（龍榆生，頁 204～205）

民國二十年（1931）九一八事變結束後，遼寧、吉林、齊齊哈爾、錦州和哈爾
濱相繼淪陷，幾乎整個中國東北地區都落入日本之手。國際社會對此引起強
烈的反響，英、美及法國均發出照會譴責日本，國聯理事會亦要求日本撤軍。
可是，日本為了成功在滿洲扶持傀儡政權，並轉移列強的視線，於是自編自
導，在上海挑起事端。因為上海乃西方列強在華投資集中、商業利益豐厚之
地；若然出現戰事，必然引起國際關注，屆時日本就能順利侵略中國東北，
建立傀儡政權。民國二十一年（1932）一月二十八日，日本侵領淞滬。詞題所
說的真茹，即真茹鎮，就在江蘇寶山縣西南吳淞江北岸，為上海、嘉定二縣
的邊界。當時滬上遭日軍炮彈轟炸的，有寶山路的商務印書館和東方圖書館，
以及復旦大學、上海法學院等，四周頓成一片頹垣敗瓦。

---

〔註156〕潘飛聲撰：〈漚社詞選序〉，第一卷，第四號，頁 185。

詞人看到此情此景，心感淒酸，於是將前往真茹途中的所見所聞，寫下此詞。詞中「兵氣仍共沉沉」、「戰艦東風，戈船下瀨，誰辦鐵鎖千尋」數句，直言戰事如火如荼，日軍派出戰艦和海軍進攻滬上，我軍嚴陣以待。詞人雖然深知彼此力量懸殊，我軍難以匹敵，仍希望國家能像三國時的孫吳，以鐵鎖橫截敵船的攻擊。兩國開戰，最具災難性的，就是人民流離遷徙，城市破落荒廢。詞人倚靠在危闌，看到的是斜陽落日的景象，房屋牆壁塌下毀壞，數朵秋花在斷垣叢棘間生長；池井荒廢，柳條凋零，還有陣陣的腥血味和鳥獸的哀鳴。如此怵目驚心的景觀，令他心感痛絕，不禁淚流滿面。回想起戰禍前的上海，極盡繁華，興建了不少摩登大樓、百貨公司和舞廳等。自從經過戰火的洗劫，頓時變得冷落蕭條，僅餘一片殘山賸水。萬絲柳條不在，天上明月依舊，令人黯然銷魂。

這次的戰禍，可以說是對社友影響最大的一次。流離失所、被逼遷居避難、沿途白骨遍野、殘垣敗瓦，甚且隨時面臨死亡。他們很不容易在時間的洗刷裡，把前朝滅亡的哀痛舒緩；突如其來的戰禍，卻再次使他們在憂慮中度過，不斷吟詠著感時憂國和涕淚交零的哀痛，如：

> 今世何世，忍見**江山殘畫**，**孤懷**向誰共語。（謝掄元〈大酺〉，頁 193）

> **多少恨、淚隨潮落**。……**兵事誰厭**，欲覓桃源無著，楚騷不忍卒讀。
> （謝掄元〈大酺〉，頁 194）

> 故國春深，儒冠坐誤，**消受無聊歌哭**。……**驚見神州沉陸，夜長又悲短燭**。（林鷗翔〈大酺〉，頁 194～195）

> **忍照破碎山河，傷心還話團圓節。涕淚玉川吟，剩枯腸如雪**。（葉恭綽〈石州慢〉，頁 207）

> **入破家山，憐取滿眼愁煙。更堪回首青蕪國**。（黃孝紓〈石州慢〉，頁 207）

今人吳盛清和高嘉謙曾經指出，研究這些隱含著深厚歷史背景的史詞時，重點並不是「以詩證史」，而是透過他們的作品，深入巨變災難的內部，理解詩人面對困境時的內心世界。其云：

> 詩作為一種手段和載體，更清晰記錄著詩人存世的矛盾和衝突，並精準勾勒在時局的轉化和危機中，詩人如何表現抒情自我體驗的幽暗情懷。我們思考的出發點並不是傳統的「以詩證史」，而是堅定地

> 要將詩歌中呈現的震驚、猶豫、悲劇、反諷、歷史脅逼的力量等寫
> 入現代性的歷史中。〔註157〕

因此，史詞蘊含的意義，並不局限在其所記述的具體歷史事件，讀者更應關注在時局變幻中，詞人如何透過詩詞，把複雜的情緒心態與突變環境對他們的影響呈現出來，使文字、音調、風格、藝術調和，形成一種悲淒美。上述作品裡所寫的「恨」、「驚」、「厭」、「悲」、「傷心」、「涕淚」、「淚」、「哭」、「憐」和「愁」等感情色彩豐富的字詞，都充分展現了戰亂對他們帶來的創傷──國家殘破的驚恐、日軍的痛恨、戰火的厭惡和神州陸沉的悲傷與愁苦。他們不斷書寫內心的憂抑悲戚和哀傷沉痛，主要因為內心的一腔忿怨，如果無處宣洩，這些憂慮就會一直鬱結在心，甚至構成精神疾病。朱蒂斯·赫曼（Herman Judith Lewis）（1942～）《創傷與復原》一書，就曾道出個體的創傷，是可以通過文字的敘述而得到復原：

> 「敘述故事的行為」實際上似乎能使創傷記憶的異常過程產生改
> 變。隨著記憶的轉變，創傷後壓力異常症許多症狀也得以緩解。由
> 恐懼引發的神經生理變化，顯然能夠經由語文的使用而逆轉過來。
> 〔註158〕

社員們將戰爭對他們的傷害寄之於詞，唯有筆錄文字，才可使他們悲傷愁苦的情懷得以宣洩。

# 第三節　午社（1939～1942）：懷古、反戰與哀悼

　　自一二八事變（1932年）爆發後，上海慘遭戰火蹂躪，當時唱酬極盛的漚社，一度被逼終止。後社事雖復舉行，然亦因社長朱祖謀（1857～1931）辭世，加上時局動亂，終在民國二十二年（1933）端午解體。中國東北淪陷後，日本的侵佔旋向南移，爆發山海關戰鬥、熱河戰役、長城抗戰、七七事變和平津作戰，北平、天津相繼淪陷。蒙古及華北五省（河北、察哈爾、綏遠、山東、山西）更在日軍煽動下，宣布脫離民國政府獨立，成立「冀東防共自治委員會」。在這一片動亂之際，午社於民國二十八年（1939）正式成立，書寫抗

---

〔註157〕吳盛清、高嘉謙主編：《抒情傳統與維新時代：辛亥前後的文人、文學、文化》，頁7。

〔註158〕朱蒂斯·赫曼（Herman Judith Lewis）著，楊大和譯：《創傷與復原》（臺北：時報文化出版社，1995年），頁238。

戰歷史，激發民族精神，成為中華人民共和國（1949 年）成立之前，在上海
興起的最後一個大型詞社。

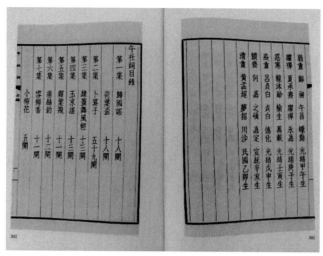

圖四：《午社詞》書影

　　午社沒有明確的社長，然社員夏敬觀（1875～1953），在社集舉行之前和
發展過程中，積極籌備，儼然社長的角色。社集大抵以第七集作為分水嶺，
前七集的詞稿在詞社舉行約一年（1940 年），已經彙送夏氏改誤，並由呂傳元
（1907～1984）負責刊刻。〔註 159〕現存的《午社詞》，出版年應為民國三十
年（1941）四月左右，〔註 160〕封面有社友林葆恆（1872～1959）「午社詞半櫻
翁挽詞坿庚辰冬葆恆署」之字。〔註 161〕至於第八集至第二十六集，則散見於
當時的刊物《群雅》、《同聲月刊》、夏承燾（1900～1986）《天風閣學詞日記
（二）》和社員們的詞集等。

---

〔註 159〕　夏承燾《天風閣學詞日記（二）》載 1940 年 4 月 8 日：「貞白遣人送來午社
　　　　　詞十本，囑改誤字。」見夏承燾著：《天風閣學詞日記（二）》（杭州：浙江
　　　　　古籍出版社，1992 年），頁 190。
〔註 160〕　關於《午社詞》的出版年份，張暉《龍榆生先生年譜》在民國三十年（1941）
　　　　　四月二十日後一則云：「是月，《午社詞》在上海出版。」因此，其出版年應
　　　　　為民國三十年（1941）四月，載張暉著：《龍榆生先生年譜》（上海：學林出
　　　　　版社，2011 年），頁 110。然《中國詞學大辭典》據林葆恆題署時間「庚辰」
　　　　　（1940）為出版年份則有誤，因為這最多只能作為林葆恆題字時間，不足以
　　　　　證明《午社詞》就在 1940 年出版。
〔註 161〕　午社輯：《午社詞》，載南江濤選編：《清末民國舊體詩詞結社文獻彙編》（北
　　　　　京：國家圖書館出版社，2013 年），第一冊，頁 297～396。本文引用午社的
　　　　　詞作沿用此版本，下文僅注頁碼，不再出注。

## 一、詞社緣起

　　清道光二十三年（1843）六月二十六日，中英《南京條約》生效，上海成為了五個通商口岸之一。其後，法國（1849年）和美國（1854年）相繼劃分上海之地，成立租界。租界裡的外國人，按照西方的代議制民主原則建立了租界的政治體制：立法、行政、司法三權分立。這使租界無疑於一個國外的地方自治政府，擁有治外法權。清廷及後來民國政府的官員和軍隊都不得隨意進入租界，更沒有權利逮捕居住在租界內的犯人。由於租界是由外國人統治管理，他們面對中國內戰和中日戰爭的態度均保持中立。因此，當其他區域爆發戰爭時，中國的難民都會源源不絕地湧入租界。尤其是一二八事變（1932年）後，日本加促對中國的侵略，上海的公共租界和法租界頓時成為人民的避難所，高峰期的八一三淞滬會戰（1932年）更有七十萬人湧入。〔註162〕午社中部分的成員就是在這段期間，為了避難而來到上海的。

　　首先，冒廣生原本於廣東省勷勤大學任國文系教授，民國二十三年（1934）又應陳協之先生之薦，兼任廣東通志局編纂。民國二十六年（1937）六月，中日戰爭波及廣州，冒氏往上海避亂。據冒懷蘇（1927～）的《冒鶴亭先生年譜》云：

> 六月，值中日戰爭起，廣州市面混亂，友朋紛紛避地他鄉。先生心情不寧，溫丹銘邀先生赴其家鄉汕頭，先生致溫書：「承雅意約下榻尊齋，極所願意，而時局方俶擾，家人牽率，日內即趁船北歸。」
> 七月下旬率家人始抵滬，寓居椿壽里瑜兒家。〔註163〕

當時廣州局勢混亂，人心惶惶。冒氏同樣心神不寧，遂於七月啟程赴滬。直至抗戰結束，始往南京，擔任國史館纂修。另一個為了避亂而來滬的是胡士瑩。民國十九至二十年（1930～1931），胡士瑩依次分別在揚州中學和嘉興中學任教。抗戰爆發後，他避居上海，並獲聘於上海暨南大學，後來又在復旦大學兼任。〈胡士瑩傳略〉載：

> 抗戰爆發後，胡先生避居上海。1940年應上海暨南大學文學院院長鄭振鐸的邀請，到暨大中文系任教，翌年起又在復旦大學兼課。1942

〔註162〕鄭祖安撰：〈鐵門悲歡——八一三事變中的租界與中國難民〉，載上海市檔案館編：《租界裡的上海》（上海：上海社會科學院出版社，2003年），頁176～177。
〔註163〕冒懷蘇編著：《冒鶴亭先生年譜》（上海：學林出版社，1998年），頁401。

年暨大內遷，又兼聖約翰大學課。1943 年起在光華大學講詞學。1945
年起，又兼任上海臨時大學教授。〔註 164〕

可見胡士瑩抵滬後，很快就被鄭振鐸邀請到上海暨南大學任教。此外，仇埰
於辛亥革命以還，原本在其所創辦的江蘇省立第四師範學校出任校長；至民
國二十六年（1937）日軍大舉侵華，他先出亡武漢，輾轉廣東、九龍，後蟄伏
上海租界。三十一年由滬返寧，鍵戶謝客。〔註 165〕還有社友夏承燾，於民國
十九年（1930）原在杭州之江大學任教，至七七事變（1937 年）之江大學遷
往安徽屯溪，後屯溪又告急，提早遣散師生，夏氏於是返回故鄉溫州。民國
二十七年（1938），之江在上海租界復課，夏氏的友人們均提議他趁早遷滬：

> 1938 年〔六月廿一日〕早，燕弟送來四信：任心叔、蔣雲從皆勸予
> 赴滬，謂滬雖人滿，究較溫州安全，勿貽後悔。……覆榆生片，謂
> 吳瞿安（梅）先生亦勸予赴滬。復心叔，告月底首途赴滬。〔註 166〕

四日後，他收到蔣雲從從滬上寄來書信，說上海現時禁止人民出境，因此他
暫不赴滬。〔註 167〕八月十九日，夏承燾接到之江大學聘書，但仍然在日記說
「為赴滬事，心志未定也」。〔註 168〕一天後，始下定決心前往，並託龍沐勛
（1902～1966）在上海租屋。他於八月二十八日乘海福船出發，三十日抵滬，
抵步先往南京路大陸商場之江大學辦事處，再決定賃居麥特赫司脫路二百十
五弄廿二號鑫記公寓二樓，正式定居下來。

　　至於其他午社社員，如鄭昶、陸維釗、吳庠、呂傳元四人，均早已在上
海寓居，並得到穩定的工作。鄭氏在抗日戰爭前已任職上海中華書局美術部
主任，〔註 169〕陸氏則最先在浙江省杭州女子中學、秀州中學任教，期後於民
國十六年（1927）因獲友人江海珠推薦，離開嘉興，赴滬任職松江女子中學
國文教員。〔註 170〕吳氏於鼎革後在北京交通銀行任秘書，後於民國十七年

〔註 164〕陳翔華、陸堅、肖欣橋撰：〈胡士瑩傳略〉，《晉陽學刊》，1982 年，第 3 期，
　　　　頁 34。
〔註 165〕薛玉坤撰：〈仇埰《鞠讌詞》情感內涵及審美特徵探賾〉，《閱江學刊》，2012
　　　　年，第 3 期，頁 109。
〔註 166〕夏承燾著：《天風閣學詞日記（二）》，頁 30。
〔註 167〕夏承燾著：《天風閣學詞日記（二）》，頁 30。
〔註 168〕夏承燾著：《天風閣學詞日記（二）》，頁 40。
〔註 169〕陳傳席撰：〈評現代名家與大家·續──鄭午昌、姚茫父〉，《國畫家》，2002
　　　　年，第 2 期，頁 10。
〔註 170〕邢秀華、鮑士杰著：《陸維釗》（杭州：西泠印社出版社，2005 年），頁 58。

（1928）前後隨總行遷移上海。呂氏約在三十年代隨父親定居滬上，並歷任
上海稅務署、上海交通銀行任科員和秘書。而廖恩燾在民國十八年（1929）
卸任古巴公使後，兩年後回國，即寓居南京、上海二地。〔註171〕社員陳運彰、
黃孟超均在上海出生。另外，部分社友如夏敬觀、林鵾翔、林葆恆、龍沐勛和
吳湖帆，則是漚社社員。他們在漚社解散後，大抵繼續居於上海。至於金兆
蕃和何嘉的到滬時間，則未考得。

　　由上海酬唱鼎盛的漚社，過度至午社的成立，約有六年的時間。而在這
六年間，夏敬觀一直熱衷於創立新的詞社。民國二十四年（1935）六月十八
日，他就曾在康家橋住宅，倡議成立聲社，延續漚社之唱酬：

> 主事者為夏敬觀吷庵、高毓浵潛子、葉恭綽遐庵、楊玉銜鐵夫、林
> 葆恆訒庵、黃濬秋岳、吳湖帆醜簃、陳方恪彥通、趙尊嶽叔雍、黃
> 孝紓公渚、龍沐勛榆生、盧前冀野，亦以十二人為限云。〔註172〕

當中除了黃濬和盧前，餘皆是漚社的社員，然未有社集流傳，而且只是舉行
過一段很短暫的時間。接下來，同一群體分別舉行了三次重要的聚會，成為
了午社成立的前奏。夏承燾日記民國二十七年（1938）十月三十日一則，就
記述了龍沐勛和林葆恆招集滬上文人飲宴的經過：

> 午，榆生、林子有招飲於漁光村子有家。同席夏劍丞、冒鶴亭、林
> 鐵師、廖懺庵、李拔可諸老及陳彥通、呂貞白、楊無恙三君，大半
> 初面，談藝甚洽。間及時事，相與感喟。二時散。子有以訒庵填詞
> 圖囑題。榆生囑為重九詞。〔註173〕

他們在林葆恆的寓所舉行宴集。除了龍氏、林氏和夏氏外，出席者尚有冒廣
生（鶴亭）、林鵾翔（鐵師）、廖恩燾（懺庵）、李宣龔（1876～1953）（拔可）、
陳方恪（1891～1966）（彥通）、呂傳元（鶴亭）和楊元愷（1894～1952）（無
恙），很多都是夏氏初次見面，但席間眾人談論文藝及政局時勢，感慨之餘，
氣氛甚洽。後來除李氏、陳氏和楊氏，餘七人皆加入了午社。自這次集會後，
同年十二月十八日再度舉行另一次重要的聚會：

> 午與榆生同赴功德林黃孟超之邀。同席夏劍翁、冒鶴翁、胡樸安、

〔註171〕齊芳撰：《民國詞人廖恩燾詞研究》，南京大學碩士論文，2012年，頁12。
〔註172〕龍沐勛主編：《詞學季刊》（上海：上海書店，1985年），第二卷，第四號，
　　　　頁201。
〔註173〕夏承燾著：《天風閣學詞日記（二）》，頁57。

　　陳鶴柴、譚瓶齋、陳陶遺、湯定之、沈信卿、李仲乾諸老，何之碩、

　　應功九、白蕉諸君，飲散攝影。一時歸，殊倦。〔註174〕

會中夏承燾、夏敬觀、冒廣生、龍沐勛、何嘉、黃孟超都是後來午社的成員，餘皆主要為寓居於滬的文人雅士。自從這兩次雅會後，夏敬觀在民國二十八年（1939）一月，再次提出創立詞社，名曰「貞元會」。據陳誼《夏敬觀年譜》載：

　　（1939 年）是春，先生與同人發起貞元會，邀冒廣生加入。貞元

　　會以詞社形式，每會以一人輪席，周而復始，取貞下起元之義。

　　〔註175〕

筆者雖未見有相關的詞作，甚至貞元會可能並沒有正式成立。但相隔半年光景，午社的籌備已經大體告成，並已招攬了一定數量的社員。

## 二、詞社發起時間、發起人、社員及社名

　　關於午社的創社人和發起時間，夏承燾《天風閣學詞日記》所載甚詳：

　　1939 年〔六月十一日〕午過榆生，同赴夏映翁招宴，座客十二人，

　　饌甚豐。映翁約每月舉詞社一次。是日年最長者廖懺庵，七十五歲。

　　金籛孫亦七十餘。吳湖帆自謂今年四十六，與梅蘭芳同年。予與呂

　　貞白輪作第六期東道。二時半席散。冒疚翁最多高論。林鐵師終席

　　無雜言。〔註176〕

乃知夏敬觀為詞社的發起人，發起時間是民國二十八年（1939）六月十一日。當日中午夏敬觀招集眾友飲宴，與會者有十二人，分別是夏承燾、龍沐勛、廖恩燾、金兆蕃、吳湖帆、呂傳元、冒廣生和林鵾翔，餘未知悉。但從「映翁約每月舉詞社一次」、「予與呂貞白輪作第六期東道」兩句得知，在是次宴會中，已經基本確定了午社的集會形式——每個月舉行一次社集，每次由兩人作東。而每一次集會以何人作東，大抵亦在這次編排妥當，夏承燾和呂傳元同為第六次雅集的東主。

　　午社雖然沒有明確的社長，然從整體的籌備和發展過程中，夏敬觀始終扮演著重要的角色。首先，他在詞壇上的輩分較高，嘗於光緒二十六年（1900）

---

〔註174〕夏承燾著：《天風閣學詞日記（二）》，頁66。

〔註175〕陳誼著：《夏敬觀年譜》（合肥：黃山書社，2007 年），頁167。

〔註176〕夏承燾著：《天風閣學詞日記（二）》，頁105。

在上海師從文廷式學詞。〔註177〕三十三年（1907），刊行《映庵詞》一卷，詞壇大家朱祖謀、陳銳（1860～1923）就為之題序。〔註178〕其次，他既是午社的創辦人，又曾多次參與及發起詩詞雅集。民國四年（1915）初夏，他首先參與王蘊章（1884～1942）、龐樹柏（1884～1916）和陳匪石（1884～1959）創立的春音詞社。次年（1916），又加入詩社——鳴社。民國十九年（1930），與黃孝紓共同發起漚社，並推許朱祖謀為社長。〔註179〕二十四年（1935），倡立聲社。〔註180〕他又在午社創辦的半年前，提出以詞社形式舉行的貞元會。〔註181〕最後，夏敬觀積極參加午社社集的活動，在總共二十六次社集中，他出席了十九次之多。

至於詞社之名，在第一次社集舉行時，尚未確立。林鷗翔嘗擬名為「夏社」，但因為夏敬觀認為「夏社」之名與自己的「夏」姓有關，認為社名不宜涉及人名，於是暫時作罷：

　　鐵師擬名夏社，映翁謂不可牽惹人名，因作罷。〔註182〕

其後，林鷗翔在六月三十日發函，向社友們徵求詞社之名。夏承燾《天風閣學詞日記（二）》又說：

　　接鐵師函，謂詞社定名申社、午社，徵求眾意。即復，選中字。

〔註183〕

雖然夏承燾選了「申社」作為社名，但社友大多選了午社，並在第二次社集已經確定下來。而何以取名為午社，各人均無明確的解說。筆者以「午」和「申」二字，都屬地支來看，推測林氏可能從時間上提供給社友選擇，因為第一集舉行時，夏承燾是在早上十時餘冒雨赴林葆恆寓所，抵步時即近午時，故眾人取之為社名。而申時，則可能指社事結束的時間。

至於各成員的生平資料，茲據《午社詞鈔·同人姓字籍齒錄》及朱德慈《近代詞人考錄》〔註184〕開列如下，合共十八人，分別是：

---

〔註177〕夏敬觀著：《忍古樓詞話》，載唐圭璋編：《詞話叢編》（北京：中華書局，2005年），第五冊，頁4751。

〔註178〕夏敬觀著：《映庵詞》（上海：中華書局，1939年），頁1～4。

〔註179〕陳誼著：《夏敬觀年譜》，頁131。

〔註180〕陳誼著：《夏敬觀年譜》，頁155～156。

〔註181〕陳誼著：《夏敬觀年譜》，頁167。

〔註182〕夏承燾著：《天風閣學詞日記（二）》，頁108。

〔註183〕夏承燾著：《天風閣學詞日記（二）》，頁109。

〔註184〕朱德慈著：《近代詞人考錄》（北京：中國社會科學出版社，2004年）。

## 表七：午社社員名錄表

| 姓名 | 生卒年 | 集中所用字號 | 字號 | 籍　貫 | 備　　註 |
|---|---|---|---|---|---|
| 廖恩燾 | 1865～1954 | 懺盦 | 懺盦、鳳舒 | 廣東惠陽 | 光緒三十四年（1908）任清政府外交官，民國四年（1915）任古巴領事，後歷充駐朝鮮總領事、駐日代辦使事、智利使館代辦領事、古巴領事、巴拿馬公使等。民國二十四年（1935）回國任金陵監督，抗戰期間任汪偽國民政府委員會委員。清溪詩社社員、如社發起人、堅社發起人。 |
| 金兆蕃 | 1868～1951 | 藥夢 | 籛孫 | 浙江嘉興 | 清光緒十五年（1889）舉人，任內閣中書。民國時歷任北京政府財政部僉事、財政部會計司司長，財政部賦稅司司長、財政善後委員會委員等。民國八年（1919），參與纂修《清史》及《浙江通志》。聊園詞社社員。 |
| 林鵾翔 | 1871～1940 | 半櫻 | 鐵尊 | 浙江吳興 | 見表四：「漚社社員名錄表」。 |
| 林葆恆 | 1872～1959 | 訒庵 | 子有 | 福建閩縣 | 見表四：「漚社社員名錄表」。 |
| 仇埰 | 1872～1945 | 述盦 | 亮卿 | 南京江寧 | 教育家、書法家。光緒三十年（1904）留學日本弘文學院。宣統元年（1909）拔貢，於南京與伍仲文等創辦模範小學。辛亥革命後，創辦江蘇省立第四師範學校，任校長達 15 年。民國二十六年（1937），輾轉蟄居上海租界。著有《鞠燕詞》二卷，輯錄《金陵詞鈔續編》六卷。蓼辛詞社社員、如社社員。 |
| 冒廣生 | 1873～1959 | 疚齋 | 鶴亭 | 江蘇如皋 | 見表四：「漚社社員名錄表」。 |
| 夏敬觀 | 1875～1953 | 映盦 | 劍丞 | 江西新建 | 見表二：「春音詞社社員名錄表」。 |
| 吳庠 | 1878～1961 | 寒竽 | 眉孫 | 江蘇鎮江 | 民國四年（1915）在北京交通銀行任秘書，後隨總行遷上海。南社社員、海門吟社社員。 |
| 吳萬 | 1894～1968 | 倩盦 | 湖帆 | 江蘇吳縣 | 見表四：「漚社社員名錄表」。 |

| 鄭昶 | 1894～1952 | 弱盦 | 午昌 | 浙江嵊縣 | 畫家、美術史家。歷任中華書局美術部主任，漢文正楷印書局總經理、杭州藝專、上海美專及新華藝專教授，中國畫會常務理事。 |
| 陸維釗 | 1899～1980 | 微昭 | 微昭 | 浙江平湖 | 書畫家。嘗在聖約翰大學、浙江大學、浙江師院、杭州大學任教。 |
| 夏承燾 | 1900～1986 | 瞿禪 | 瞿禪 | 浙江永嘉 | 民國十九年（1930）起，任之江大學教授。歷任浙江大學、浙江師範學院、杭州大學教授，中國科學院文學研究所特約研究員等，為當代詞學宗師。慎社社員、漚社社員。林鷗翔弟子。 |
| 胡士瑩 | 1901～1979 | | 宛春 | 浙江平湖 | 歷任暨南大學、復旦大學、聖約翰大學、光華大學、之江大學等文學院教授。曾參與《辭海》編纂工作。 |
| 何嘉 | 1901～1990 | 顥齋 | 之碩 | 上海嘉定 | 歷任中央大學教授、南方大學教務長，後去清海。夏敬觀弟子。 |
| 龍沐勛 | 1902～1966 | 忍寒 | 榆生 | 江西萬載 | 見表四：「漚社社員名錄表」。 |
| 陳運彰 | 1905～1955 | ／ | 君漠、蒙安 | 廣東潮陽 | 歷任上海通志館特約採訪、潮州修志局委員，之江文理學院、太炎文學院及聖約翰大學教授。況周頤弟子。 |
| 呂傳元 | 1908～1984 | 茄盦 | 貞白 | 江西德化 | 民國三十三年（1944）起任南京中央大學文學院古典文學教授。後歷任古典文學出版社秘書、上海古籍出版社編輯、上海古籍整理出版規劃小組顧問、華東師範大學教授、復旦大學教授等。 |
| 黃孟超 | 1915～？ | 清盦 | 夢招 | 上海川沙 | 夏敬觀弟子。 |

　　從上述的名單來看，他們的年齡差距頗大，主要分為兩組。第一組社員在詞社成立時已經屆乎六十至七十多歲，如廖恩燾當時已七十四歲，金兆蕃亦七十一歲，林鷗翔、林葆恆、冒廣生、仇埰、夏敬觀和吳庠亦六十多歲。但第二組社員，卻與第一組普遍相差二、三十歲，如最年輕的黃孟超，當時僅二十四歲，其餘龍沐勛、呂傳元都只有三十多歲。他們屬於師友唱和的群體，如夏承燾是林鷗翔的弟子，何嘉及黃孟超則是夏敬觀的學生。夏承燾晚年曾

自述其學詞經歷：

> 予年十四、五，自解為詩。偶於學侶處見《白香詞譜》，假歸過錄，
> 試填小令，張震軒師嘗垂賞〈調笑令〉結句：「鸚鵡鸚鵡，知否夢中
> 言語」二句，以朱筆加圈。一九二〇年，林鐵尊師宦遊甌海，與同
> 里諸子結甌社，時相唱和。是時，得讀常州張惠言、周濟諸家書，
> 略知詞之源流正變。林師嘗以甌社諸子所作，請質於況蕙風、朱疆
> 村先生。〔註185〕

記述他十四、五歲時偶見《白香詞譜》，並填〈調笑令〉就教於張震軒（1860
～1942）。後來在民國九年（1920），林鵾翔在溫州市甌海出任道尹，與同里
文人創立甌社。其時夏氏即師從林氏，並加入甌社酬唱，得讀常州詞派張惠
言、周濟等人論詞之書，略知詞之源流正變。次年，更得林鵾翔的推薦，出任
梧埏永嘉縣立第三高等小學校長。〔註186〕

另外，在民國二十七年（1936）十一月十六日，夏敬觀將其學生黃孟超
介紹與夏承燾認識：

> 黃孟超，浦東人，新及老劍（夏敬觀）門，有志填詞。〔註187〕

夏敬觀又於〈和陽春詞序〉稱：

> 何生之碩從余學詞有年，規撫《陽春》，得其神韻。〔註188〕

見出兩位年輕的後輩——黃孟超和何之碩，俱師從夏敬觀，令午社在師友唱
和的建構下，關係更加緊密。

再從社員的身分觀之，他們大多擔任學校的教席，或從事與文化藝術相
關的工作。冒廣生和仇埰在赴滬避難前，分別在廣東通志局擔任編纂及在江
蘇省師範學校出任校長。夏承燾、胡士瑩、龍沐勛、陳運彰和何嘉均為大學
中文系教授，而陸維釗亦為松江女子中學國文教員。吳湖帆、鄭昶在當時已
經是享負盛名的畫家，並在大學、專業學校、書局等擔任美術教員。至於年
紀較大的廖恩燾、金兆蕃、夏敬觀、林鵾翔和林葆恆等人，這一時期俱賦閒
在家，僅參與詩詞唱和的活動。社員中唯廖恩燾、金兆蕃與吳庠、呂傳元四
人，不是任職於文藝界，而是當外交公使、負責財務、銀行等。在午社這一群

---

〔註185〕夏承燾著：《夏承燾詞集》（長沙：湖南人民出版社，1981 年），頁 1。
〔註186〕李劍亮著：《夏承燾年譜》（北京：光明日報出版社，2012 年），頁 19。
〔註187〕夏承燾著：《天風閣學詞日記（二）》，頁 278。
〔註188〕夏敬觀撰：〈和陽春詞序〉，《學海》，1944 年。

體中，鮮有致力於填詞者，只有仇埰、龍沐勛和夏承燾是專門的詞家。仇埰
的妻子方蕙馨嘗在其夫之〈鞠讔詞〉撰跋：

> 丁卯（1927 年）後，述庵夫子（仇埰）息影林下，補讀少年書，尤
> 專於詞。會與弢素、東培、太狷諸君子時相唱和，先後刊《倉庚》、
> 《蓼辛》二集就正於世之君子。〔註189〕

見出仇埰在民國十六年（1927）起閒居，並致力填詞，先與孫濬源、王孝煃、
黃剔冰三人唱和，將酬唱之詞結集成《倉庚詞》出版。民國二十年（1931）
春，又與石淩漢、孫濬源、王孝煃三人於南京結成「蓼辛詞社」，時稱「蓼辛
四友」。仇埰又輯錄了鄉邦詞學文獻，賡續陳作霖《國朝金陵詞鈔》，輯成《金
陵詞鈔續編》六卷，收前賢遺漏與未及見之作。而龍沐勛，為詞壇巨擘朱祖
謀的弟子。據龍氏自己回憶在暨南大學教書的那段日子說：

> 我因為在暨南教詞的關係，後來興趣就漸漸轉向詞學那一方面去，
> 和彊村先生的關係，也就日見密切起來。……我總是趁著星期之暇，
> 跑到他的上海寓所裡，去向他求教，有時替他代任校勘之役，儼然
> 自家子弟一般。……他替我揚譽，替我指示研究的方針，叫我不致
> 自誤誤人。這是我終身不敢忘的。〔註190〕

因在暨南大學授詞，經常向朱祖謀請教，於是成為了朱氏最親近的弟子。朱
氏臨終前，更囑託龍沐勛為他整理並劂刻《滄海遺音集》、《雲謠集》和《彊
村遺書》外編（包括《彊村詞剩稿》二卷和《彊村集外詞》）。龍氏不但無負
彊村之託，甚至還創辦了《詞學季刊》及《同聲月刊》，撰寫了很多與詞學
有關的長篇論文，一改過去評點論詞的形式，大力地推動了當代詞學的研究。
此外，他還撰述了幾種詞學概論和詞作選本，如《詞學十講》、《詞曲概論》、
《唐宋名家詞選》、《近三百年名家詞選》，系統地啟迪後學，令詞學得以普
及。再看夏承燾。他二十歲時已經參與甌社唱和，跟隨林鵾翔學詞。至三十
歲時，得到友人李雁晴書信之介，開始投函與龍沐勛切磋詞學。半年後，又
通過龍沐勛輾轉寄信，在書信上向朱祖謀請益。〔註191〕夏氏在〈我的治學

---

〔註189〕轉引自薛玉坤撰：〈傳統與固守：民國詞人仇埰詞業活動及其文化立場〉，《南
陽師範學院學報》，2015 年，第 10 期，第 14 卷，頁 36。
〔註190〕龍沐勛撰：〈苜蓿生涯過廿年〉，《古今半月刊》，1942 年，頁 25～26。
〔註191〕關於夏承燾和朱祖謀的書信來往，詳參李劍亮著：〈夏承燾與朱彊村的書信
往來〉，載《民國詞的多元解讀》（杭州：浙江大學出版社，2012 年），頁 258
～271。

道路〉說：

> 為了爭取名師指點，1929 年冬，由龍榆生介紹，我開始與近代詞學
> 大師朱彊村老人通信。……彊村老人謙恭下逮，使我深受感動，我
> 把彊村老人的覆信恭錄在日記本上。彊村老人住在上海東有恆路德
> 裕里。當時，他已經七十多歲，仍對後進盡心栽培。我寄去的論詞
> 文稿，他細心審閱，給我的鼓勵極大。我的第一本專著《白石道人
> 歌曲考證》，彊村老人親為題簽。彊村老人並約我過滬相訪。……那
> 期間，直到彊村老人病逝為止，我們通了八九回信，見了三四次面。
> 每次求教，老人都十分誠懇地給予開導。老人博大、虛心，態度和
> 藹，這對於培養年青人做學問的興趣影響極大。幾十年來，這位老
> 人始終給我留下深刻的影響。〔註 192〕

清楚記述了朱祖謀對他學詞道路的影響。後來他在之江大學擔任詞學教授，
撰了《唐宋詞人年譜》、《姜白石詞編年箋校》等，又寫了數十篇有關唐宋詞
欣賞的文章，並《翟髯論詞絕句》八十首等，成為了當代詞壇的宗主。

　　至於其他從事書畫或非文化教育行業的社友，大部分都有出版詞集和參
與其他社集的活動。例如廖恩燾，他身為多國領事，但卻非常熱衷詩詞創作，
出版了《懺庵詞》、《半舫齋詩餘》、《影樹亭詞》、《滄海樓詞》和《捫虱談室
詞》等詞集，並且是兩個詞社——如社、堅社的發起人，又是清溪詩社社員。
金兆蕃雖任職於國家財政部，但其博學多聞，既著有《安樂鄉人詩》六卷、
《藥夢詞》四卷，還協助編修《浙江通志》。吳庠縱未出版詞集，然亦是南社、
海門吟社的社員，並與詞學名家多書信往來。吳湖帆和陸維釗雖然是書畫家，
亦各自都出版了詞集《佞宋詞痕》和《陸維釗詩詞選》。結社酬唱對他們來說，
可以算得上是晚年或工作生活的寄託與消遣；同樣是在日本侵華的戰爭紛圍
下，團結一群志同道合之文人，共同抒發反抗戰爭的激昂之音。

## 三、社集活動

　　午社的發起時間為民國二十八年（1939）六月十一日，至同月二十五日
才正式開始第一次雅集。夏承燾日記曰：

> 十時餘冒雨赴愚園路林子有家作詞社第一集。林鐵師、廖懺翁作東。

---

〔註 192〕夏承燾撰：〈我的治學道路〉，載楊揚、陳引馳、傅杰選編：《二十世紀名人
　　　　自述‧學人自述》（杭州：杭州大學出版社，1998 年），頁 289。

　　拈得〈歸國謠〉、〈荷葉杯〉二調，不限題。……宴後昳翁談清季大
　　乘教事。鶴亭翁出示廣東冼玉清女士畫舊京春色手卷。三時廖懺翁
　　以汽車送予至綠楊村，問詞序已動筆否。〔註193〕

而最後一次社集則在民國三十一年（1942）四月三日舉行，三年間的酬唱合
共二十六集，其間有社員因各種原因退出、避席，甚至有短暫退社者。據夏
承燾《天風閣學詞日記（二）》所載，第一次確知出席者有廖恩燾、林鵾翔、
林葆恆、夏敬觀、冒廣生和夏承燾。而參與唱和第一集的還有金兆蕃、仇埰、
吳庠、吳湖帆、龍沐勛、呂傳元、何之碩和黃孟超。第二次社集，吳庠加入，
社友增至十四人。自第五集起，林鵾翔因病缺席，並在第七集舉行約半個月
左右病歿於滬，廖恩燾、龍沐勛、黃孟超、何之碩和夏承燾俱前往弔唁，並填
詞悼念。他雖為主要社友，然社集並未因其逝世而終止。〔註194〕

　　直到第八集，社友金兆蕃以腦貧血退社，胡士瑩代補其缺出席社集，然
未入社。第九集陸維釗參與集會，亦未正式加入。第十集胡士瑩、陸維釗和
鄭昶三人新入詞社，社員共十五人。《午社詞》自第五集起，收錄了鄭午昌與
社集同調的作品，見出他正式加入午社之前，已經與社友們互相唱和。而在
第九集後，龍沐勛因身赴南京，出任汪偽政府的立法委員，就沒有再參加午
社社集。第十集開始，冒廣生因事「避席」，夏承燾僅說「唯疚翁不到，殆欲
出社矣」。〔註195〕雖沒有清楚說明冒氏避席原因，然從夏氏在前數次集會中
所謂「疚翁與昳翁言語時時參商」、〔註196〕「席間疚翁排擊作詞守四聲者，
頗多議論」，〔註197〕可出冒廣生往往堅持己見，以致造成與社友間的矛盾。
往後第十至二十一次社集，冒氏均沒有赴會，期間夏承燾有往冒氏家相訪談
詞及聲調。冒廣生雖缺席午社雅集，卻仍舊有參與同人們談詞的宴會。在民
國三十年（1941）三月十八日於廖恩燾家舉行的茶敘中，冒廣生又與夏敬觀
互相嘲諷，更令與會者感到難堪：

　　五時同步至廖懺翁家茶敘。昳翁、貞白、蒙厂皆在，談榆生同聲月

〔註193〕夏承燾著：《天風閣學詞日記（二）》，頁 108。
〔註194〕《中國詞學大辭典》「午社」一則載：「是年（1939）冬，鐵尊翁林鵾翔歿於
　　　　　上海，詞社遂罷。」認為午社在林鵾翔逝世後就停止社集活動，實乃不然。
　　　　　馬興榮、吳熊和主編：《中國詞學大辭典》（杭州：浙江教育出版社，1996 年），
　　　　　頁 293。
〔註195〕夏承燾著：《天風閣學詞日記（二）》，頁 205。
〔註196〕夏承燾著：《天風閣學詞日記（二）》，頁 117。
〔註197〕夏承燾著：《天風閣學詞日記（二）》，頁 144。

刊載眉孫書札事。談時事，多異聞。疢、映二老見面互多譏嘲，時
甚難堪。〔註198〕

至第二十二次社集，社友在林葆恆家聚集，冒廣生再次參與，並談及清人的
掌故。〔註199〕但在最後一集，夏承燾、夏敬觀、林葆恆、吳庠和呂傳元打算
為仇埰、冒廣生二人祝賀七十大壽，冒廣生卻避而不到。〔註200〕

除了冒廣生，吳庠亦嘗短暫退社。夏承燾於日記說：

〔七月二日〕接吳眉翁函問疾，謂詞社吟興日減，來年欲隨冒鶴翁
同避席矣。彼於仇述翁之好用澀調，時有違言。〔註201〕

〔八月一日〕午後過眉孫翁久談，至八時歸。眉孫甚愛予四聲平亭，
謂先後共閱五過……彼於仇述翁每詞死守四聲極不滿。謂此期社課
定四番，仇翁作三首，盡守飛卿四聲一字不易。〔註202〕

〔二月一日〕早九時過眉孫翁。謂近以撰午社詞刊序，隱譏社中死
守四聲者，仇述翁不以為然，堅欲其改，眉翁執不肯易，各甚憤憤。
眉孫欲退社。予勸其何必認真游戲事。〔註203〕

最初，吳庠在第十二次社集後，只是因為詞社吟興日減而打算退社；但後來
又非常不滿仇埰填詞死守四聲，並謂其三首詞中，盡守溫庭筠所填的四聲。
第十八次集會後，兩人再起衝突。這主要原於吳庠所撰之午社詞序，隱約譏
諷社中死守四聲之社員（即仇埰），仇埰堅決要求吳氏更改，吳氏執意不肯，
二人各甚憤憤，互不相讓。到了二月二十三日正式社會，仇埰再就守四聲事
與吳庠爭論，雖夏敬觀嘗試調停，但自這次社集起，吳庠短暫退社，但卻僅
一次沒有參與社集。第二十一次集會時，吳庠又重入社，席間更「諧笑甚適」，
〔註204〕見出午社社員們的聚會頗多意氣之爭。

再看午社的集會規則。夏承燾日記在民國二十八年（1939）云：

〔六月十一日〕午過榆生，同赴夏映翁招宴，座客十二人，饌甚豐。
映翁約每月舉詞社一次。……予與呂貞白輪作第六期東道。二時半

〔註198〕夏承燾著：《天風閣學詞日記（二）》，頁144。
〔註199〕夏承燾著：《天風閣學詞日記（二）》，頁311。
〔註200〕夏承燾著：《天風閣學詞日記（二）》，頁381。
〔註201〕夏承燾著：《天風閣學詞日記（二）》，頁211。
〔註202〕夏承燾著：《天風閣學詞日記（二）》，頁216。
〔註203〕夏承燾著：《天風閣學詞日記（二）》，頁271。
〔註204〕夏承燾著：《天風閣學詞日記（二）》，頁303。

席散。〔註205〕

乃知在詞社尚未成立前，他們已經在宴會中，確定了午社的集會形式。縱使沒有設立清晰的社規，但社員們已有共識，社集每個月舉行一次，每次由兩人作東。而在第二十集後，仇埰建議改為兩個月一集，並限定兩個詞題，說：

1941 年〔三月二十二日〕：仇翁主詞社兩月一課，課出兩題。〔註206〕

而在每次社集舉行之前，作東者均會發簡約，告知社友們雅集的時間和地點。例如第二次社集在七月三十日於林葆恆家舉行，七月二十二日夏承燾已經接到了第二期作東者夏敬觀、金兆蕃的請柬。〔註207〕至於社集的時間，初期主要定在中午聚會，後來大概因為考慮到龍沐勛、夏承燾、何嘉、陳運彰等大學教員白天要教課，所以自第七次集會後多改為晚上。當中第十三次社集更因時局影響，還將晚上改為中午：

〔八月十日〕晚六時往林子有家詞社集飲，則已提早於午時舉行。

以近日戒嚴甚緊，恐夜間往來不便。〔註208〕

另外，在第十八次社集裡，吳庠與眾友討論明年社約：

〔一月十六日〕席間眉孫翁談明年社約，須每人每期必作，且須限題限調。值課者選題拈調，他人不得批評。〔註209〕

由於他們在席間只會討論詞學、拈出詞調和談及名家軼事，並不會當筵填詞，以致部分社友詞作較少，所以吳庠提議規定「每人每期必作」，而且「限題限調」。這無疑增加了社集的規範。他們在集會後的作品，往往都以書信的形式，寄給同人品評或修改。如夏承燾，身為詞壇後學，更積極郵寄自己的詞作，向社員們請教。第一次社集後，眾人擬定填〈荷葉杯〉、〈歸國謠〉兩個詞調。五日後，夏承燾最先接到廖恩燾的信函，示以社課〈荷葉杯〉、〈歸國謠〉各二、三首，夏氏於是仿效填了一闋〈荷葉杯〉覆之。數天後，夏敬觀又寄了兩調社作給同人，其中一題為「為松岑題餞春圖詞」，夏承燾又仿作〈歸國謠·鶴望翁吳門餞春圖，蘇州陷後逾年囑題，時同客上海〉，並連同〈荷葉杯〉，一併寄請林鷗翔、夏敬觀及友人丁懷楓改之。後來夏敬觀評定〈荷葉杯〉一詞較勝。〔註210〕

〔註205〕夏承燾著：《天風閣學詞日記（二）》，頁 105。
〔註206〕夏承燾著：《天風閣學詞日記（二）》，頁 287。
〔註207〕夏承燾著：《天風閣學詞日記（二）》，頁 116。
〔註208〕夏承燾著：《天風閣學詞日記（二）》，頁 219。
〔註209〕夏承燾著：《天風閣學詞日記（二）》，頁 266。
〔註210〕夏承燾著：《天風閣學詞日記（二）》，頁 109～116。

關於這二十六次社集的概況，茲根據《午社詞》、《群雅》、《同聲月刊》、夏承燾《天風閣學詞日記（二）》及詞人別集的記載，整理如下：

表八：午社唱和活動表

| 社集 | 時　間 | 地　點 | 作東者 | 主要題目 | 限　調 | 唱和詞人 | 作品數目 |
|---|---|---|---|---|---|---|---|
| 1 | 1939 年 6 月 25 日中午 | 林葆恆家 | 林鵾翔、廖恩燾 | 詠崇效寺牡丹／詠極樂寺海棠 | 歸國謠／荷葉杯 | 廖恩燾、金兆蕃、林鵾翔、林葆恆、冒廣生、仇埰、夏敬觀、吳庠、吳湖帆、夏承燾、龍沐勛、呂傳元、何之碩、黃孟超 | 36 |
| 2 | 1939 年 7 月 30 日中午 | 林葆恆家 | 夏敬觀、金兆蕃 | 詠荷花 | 卜算子 | 廖恩燾、金兆蕃、林鵾翔、林葆恆、冒廣生、仇埰、夏敬觀、吳庠、夏承燾、龍沐勛、呂傳元、何之碩、黃孟超 | 59 |
| 3 | 1939 年 8 月 20 日中午 | 復旦中學李鴻章祠 | 冒廣生、林葆恆 | 李文忠祠觀荷 | 綠蓋舞風輕 | 廖恩燾、金兆蕃、林鵾翔、林葆恆、冒廣生、仇埰、夏敬觀、吳庠、吳湖帆、龍沐勛、呂傳元、何之碩、黃孟超 | 13 |
| 4 | 1939 年 9 月 24 日中午 | 林葆恆家 | 仇埰、何嘉 | 題吳湖帆夫人綠遍池塘草圖冊／中秋風雨 | 玉京謠 | 廖恩燾、金兆蕃、林鵾翔、林葆恆、冒廣生、仇埰、夏敬觀、吳庠、吳湖帆、龍沐勛、呂傳元、何之碩、黃孟超 | 13 |

| 5 | 1939 年 10 月 21 日夜（重陽節） | 延平路自由農場 | 吳湖帆、龍沐勛 | 重九 | 霜葉飛 | 廖恩燾、林葆恆、冒廣生、仇埰、夏敬觀、吳庠、鄭昶、龍沐勛、呂傳元、何之碩、黃孟超 | 11 |
| 6 | 1939 年 12 月 20 日夜〔註211〕 | 廖恩燾安登別墅 | 廖恩燾 | ／ | 垂絲釣 | 廖恩燾、林葆恆、冒廣生、仇埰、夏敬觀、吳庠、鄭昶、龍沐勛、呂傳元、何之碩、黃孟超 | 12 |
| 7 | 1940 年 1 月 2 日午後 | 林葆恆家 | 夏承燾、黃孟超 | ／ | 雪梅香／小梅花 | 廖恩燾、林葆恆、冒廣生、仇埰、夏敬觀、吳庠、鄭昶、龍沐勛、呂傳元、何之碩、黃孟超 | 16 |
| 8 | 1940 年 2 月 25 日夜 | 廖恩燾家 | 廖恩燾、夏敬觀 | ／ | 黃鸝繞碧樹 | 廖恩燾、林葆恆、仇埰、吳庠 | 5 |
| 9 | 1940 年 3 月 31 日夜 | 林葆恆家 | | ／ | 春從天上來 | 仇埰、陸維釗 | 2 |
| 10 | 1940 年 4 月 28 日夜 | 不詳 | 吳庠、仇埰 | ／ | 不詳 | 不詳 | 不詳 |
| 11 | 1940 年 6 月 2 日夜 | 廖恩燾家 | 陸維釗 | ／ | 夏初臨 | 林葆恆、夏敬觀 | 2 |
| 12 | 1940 年 6 月 30 日 | 不詳 | 林葆恆 | 效溫飛卿 | 定西番 | 廖恩燾、仇埰 | 4 |
| 13 | 1940 年 8 月 10 日中午 | 林葆恆家 | 黃孟超 | ／ | 不詳 | 不詳 | 不詳 |

〔註211〕夏承燾雖未指出當日是午社社集，然參與者均為該社社員，見其日記在 1939 年〔十二月二十日〕一則載：「夜赴安登別墅廖懺翁招宴，其夫人手製西餐，極饜飫。同席劍丞、鶴亭、子有諸翁及榆生、貞白、孟超、之碩，皆殷殷問唁。」夏承燾著：《天風閣學詞日記（二）》，頁 159。

| 14 | 1940 年 9 月 15 日 夜 | 廖恩燾安 登別墅 | 廖恩燾、夏敬觀 | 題郭頻伽、奚鐵生諸君《西湖餞春圖》 | 不限調 | 廖恩燾、林葆恆、仇埰、夏敬觀、吳庠、夏承燾、呂傳元 | 7 |
| --- | --- | --- | --- | --- | --- | --- | --- |
| 15 | 1940 年 10 月 27 日 中午 | 林葆恆家 | 林葆恆、仇埰 | ／ | 惜黃花慢 | 仇埰、夏承燾、何之碩 | 3 |
| 16 | 1940 年 11 月 16 日夜 | 廖恩燾家 | 吳庠、呂傳元 | 放翁生日 | 不限調 | 廖恩燾、林葆恆、夏敬觀、吳庠、陸維釗 | 5 |
| 17 | 1940 年 12 月 15 日夜 | 廖恩燾家 | 夏承燾、陸維釗 | ／ | 長亭怨慢 | 廖恩燾、仇埰 | 3 |
| 18 | 1941 年 1 月 16 日 | 廖恩燾家 | 胡士瑩、陳運彰 | 東坡生日 | 不限調 | 林葆恆、夏敬觀、吳庠、夏承燾、陸維釗 | 5 |
| 19 | 1941 年 2 月 23 日 夜 | | 廖恩燾、夏敬觀 | 賦冰花 | 瑤華 | 廖恩燾、仇埰 | 3 |
| 20 | 1941 年 3 月 22 日 夜 | 林葆恆家（多福里） | 林葆恆、仇埰 | ／ | 醉春風、卜算子慢 | 仇埰、吳庠 | 3 |
| 21 | 1941 年 5 月 11 日 夜 | 廖恩燾家 | 夏承燾、鄭昶 | ／ | 唐多令、惜雙雙 | 廖恩燾、仇埰、夏承燾 | 6 |
| 22 | 1941 年 6 月 14 日 夜 | 林葆恆家 | 吳庠、呂傳元 | ／ | 玲瓏四犯 | 仇埰、夏承燾 | 4 |
| 23 | 1941 年 8 月 15 日 夜 | 林葆恆新居（辣斐德路 565 號） | 黃孟超 | ／ | 不詳 | 不詳 | 不詳 |
| 24 | 1941 年 10 月 26 日 夜 | 廖恩燾家 | 廖恩燾、陳運彰 | ／ | 紫萸花慢、玲瓏玉 | 廖恩燾、仇埰、夏敬觀 | 7 |
| 25 | 1941 年 12 月 21 日 午後 | 靜安寺路綠楊村茶室 | 夏敬觀、林葆恆 | 題蔣蘇盦《鳥榜新邮圖》 | 八寶妝、六么令 | 仇埰 | 1 |

| 26 | 1942 年 4月 3日午 | 林葆恆家 | 夏敬觀、林葆恆、吳庠、呂傳元 | ／ | 不詳 | 不詳 | 不詳 |
|---|---|---|---|---|---|---|---|

　　從上述表格觀之，第一次至第七次的社集時，社員們的創作較為積極：第一次限用兩個詞調，共得三十六首詞作；第二次更有五十九首，成為午社最為鼎盛的一次唱和。但隨著詞壇耆宿林鷗翔病逝、金兆蕃以腦貧血退社、龍沐勛離開上海和冒廣生避席等事，社作開始減少。雖然部分原因應歸咎於作品沒有留存下來；但從第三集起，每位社員僅填一首詞看之，整體的創作數量仍是下跌的。在一眾社員裡，仇埰、廖恩燾、夏敬觀、吳庠和林葆恆五人的詞作數量最多，而在二十六詞集會中，社作不足五首的分別是吳湖帆（四首）、鄭昶（三首）、陸維釗（三首），陳運彰和胡士瑩則有參與社集卻未見詞作。

　　現存《午社詞》，刊行時間約在民國三十年（1941）四月左右，共收錄午社第一集至第七集的詞作，計一百六十闋，並附以林鷗翔挽詞七闋。《午社詞》的匯輯工作交由呂傳元負責，夏承燾則改正誤字。〔註212〕最初，社員們請夏敬觀為《午社詞》撰序，夏敬觀婉拒後，將撰序一事交予夏承燾。夏承燾大抵因自己身為詞壇後輩，乃請託於吳庠。最後，吳庠所撰之序，隱含譏諷死守四聲者，觸發了與仇埰的衝突，此見夏承燾說：

> 1940 年〔十二月十五日〕社刊眾推映翁為序，映翁以囑予，予謝之。〔註213〕

> 1941 年〔二月一日〕早九時過眉孫翁。謂近以撰午社詞刊序，隱譏社中死守四聲者，仇述翁不以為然，堅欲其改，眉翁執不肯易，各甚憤憤。眉孫欲退社。予勸其何必認真遊戲事。〔註214〕

> 1941 年〔二月二日〕早一帆攜來眉孫翁午社詞序及代予改定〈洞仙歌〉上片。〔註215〕

可見最終由吳庠執筆撰寫午社詞序，但因他在序中反對仇埰死守四聲，仇埰要求吳氏更改，吳氏又執意不肯，或許因此而沒有發表，所以現存之《午社

---

〔註212〕夏承燾著：《天風閣學詞日記（二）》，頁 190。
〔註213〕夏承燾著：《天風閣學詞日記（二）》，頁 255。
〔註214〕夏承燾著：《天風閣學詞日記（二）》，頁 271。
〔註215〕夏承燾著：《天風閣學詞日記（二）》，頁 272。

詞》未見序文。數月後，龍沐勛主編的《同聲月刊》發布了《午社詞》出版簡
訊：

> 午社詞集出版：滬濱午社詞人，近多散處四方，所有社作，經彙刊
> 成集，聞已出版云。〔註216〕

> 午社近訊：午社詞出版消息。本刊前經簡單發表。茲悉集中作者為
> 惠陽廖恩燾……川沙黃孟超等十五人。〔註217〕

其後，第八集至第二十六集，則散見於當時的刊物《群雅》、《同聲月刊》、夏
承燾（1900～1986）《天風閣學詞日記（二）》和社員們的詞集等，其中《同聲
月刊》所載的數量最多，共二十二闋，除了因為《同聲月刊》有刊載當代詩詞
作品的專欄外，亦由於其創辦人龍沐勛乃午社社員，即使龍氏已離滬，仍然
與同人們來往密切。

　　午社社集活動每次大概二、三小時，除了拈選詞調外，主要交談的內容
是詞籍、詞學、詞人、名人軼事、聲調和時事。茲據夏承燾《天風閣學詞日記
（二）》之記述，用表列的形式分為六項，述說如下，以見他們在社集宴會中，
互相交流的情況：

| 討論範疇 | 社集日期 | 內　　容 |
|---|---|---|
| 詞籍 | 1940.1.2 | 榆生借閱子有藏詞目共四千餘卷。榆生謂近以齊魯大學國學研究院約編清詞，欲仿汲古閣六十家詞例，分集影印善本清詞，每樓附小傳、像片、手蹟及提要。 |
| | 1940.2.25 | 席上仇亮翁談葉譽虎清詞抄。 |
| | 1941.3.22 | 仇翁出圭璋來函，謂結一廬書目有元刊《樂章集》九卷十三本，影寫宋刊本《東山詞》二卷一本（述古堂藏書），楊萬里撰元刊本《誠齋樂府》十卷三本，皆今所未見。 |
| | 1940.9.15 | 仇述翁謂圭璋《全宋詞》已出書，價須四十餘金。 |
| | 1941.5.11 | 席間映翁謂文道希有《純常子枝語》四十大厚本，為葉遐庵購得，未刊。中有數卷考遼金元史。仇翁示圭璋函，《全宋詞》可以三十元六折購得。 |
| | 1941.6.14 | 微昭於民國廿四年於松江費龍丁硯處見白玉蟾草書手卷，有詞廿餘首，不具調名，皆其集中不載者。中日事變，龍丁被禍，家藏盡失，此卷不知存否矣。 |
| | 1941.8.15 | 映翁謂：《全宋詞》只印二百部，已銷去一百九十四部。 |

---

〔註216〕龍榆生編：《同聲月刊》，第一卷，第五號，頁182。
〔註217〕龍榆生編：《同聲月刊》，第一卷，第十號，頁154。

| 詞學 | 1941.1.16 | 又談古微《宋詞三百首》。映厂翁謂馮夢華大不滿此書，謂其不當收周、柳側豔，且收夢窗太多，謂不能望《唐詩三百首》。殆以古微《詞荔》不選其詞也。 |
| | 1941.2.23 | 予問詞人年譜可改行實考否。映翁謂：年譜體裁較正，若溫、柳、姜、吳，無生年可考者，不妨別為行實考。 |
| 詞人 | 1940.4.28 | 碧山年當長於草窗十餘歲，其稱草窗為丈，或由年輩小於草窗。 |
| | 1940.9.15 | 眉翁於口口（冒鶴）翁作《晏子春秋正義》及《四聲鉤沉》甚不滿。 |
| | 1941.8.15 | 圭璋改就中央大學教席矣。 |
| | | 眉孫席間謂：近日女詞家，推呂碧城第一。 |
| 名人軼事 | 1940.2.25 | 冒鶴翁談傅彩雲、況夔生事，夏映翁談夔生、梅蘭芳事。 |
| | 1940.3.31 | 席間聽鶴翁談陳石遺赴粵事及其修福建通志為林琴南、林燉谷，多微詞。映翁談黃、梁叛琴南事，黃、梁交鬧事，何名人大之多遺行也。 |
| | 1941.12.21 | 眉孫謂：《越縵堂日記》第三函有罵戈氏《詞林正韻》語，又有罵章實齋語。眉孫謂：實齋於並時名輩，無不詆毀，諸名輩亦不理之。 |
| 聲調 | 1940.3.31 | 從子有處假得《閩詞徵》首卷。子有謂閩人除上聲不分陰陽外，餘七聲皆甚分明。此可證三變辨上去辨入之例也。 |
| | 1940.11.16 | 與映翁談宋詞譜字一聲。眉孫堂筵唱崑曲。映翁謂：崑曲一字多繁聲，若填其繁聲為實字，又成一新文體。予甚韙其說，而眉孫、貞白、蒙庵不以為然，謂繁聲盡填實字，則不可歌。 |
| | 1941.2.23 | 述翁為論守四聲事，與眉孫翁意見參商。席間頗多是非。映翁謂：當時文小坡極不以古微澀體為然。古微從善如流。文亦守四聲，但甚重妥溜。文道希則大罵夢窗不通，古微亦不以為忤。 |
| | 1941.5.11 | 近方作一文，駁靜安五聲說以沈約譜專為屬文而作之說。 |
| 時事 | 1940.6.2 | 談各地兵災流亡情形。 |
| | 1941.10.26 | 席間多談黃金張價，法幣跌值。 |

　　由此顯見他們在聚會時，較多關注的是當時詞籍的編纂、出版及詞壇大家，例如葉恭綽（1881～1968）《全清詞鈔》、唐圭璋（1901～1990）《全宋詞》、文廷式（1856～1904）《純常子枝語》、朱祖謀（1857～1931）《宋詞三百首》。當中他們亦討論馮夢華對《宋詞三百首》的不滿，認為選錄宋人柳永、周邦彥和吳文英的詞太多，而社員們則提出可能與朱氏《詞荔》選清代十五家詞而不錄馮氏詞有關。另外，名人軼事近至呂碧城、傅彩雲、況夔生、朱祖謀、

梅蘭芳、陳石遺、林琴南、林燉谷，章實齋等，遠至唐宋詞人溫庭筠、柳永、姜夔、吳文英、王沂孫、周密的生卒年及行實，都成為了他們聚會的話題，夏承燾更因前輩的指教，撰成並發表《唐宋詞人年譜》。此外，他們也常常藉社集的機會互相借閱書籍、欣賞書畫和談論學術、聲律及時事，促進社員們的交流，加深彼此之友誼。

午社自民國二十八年（1939）六月十一日正式成立，至三十一年（1942）四月三日解散，歷時三年。至於詞社解散的原因，可以從以下五個方面觀之：第一，是時局緊逼，社員四散。夏承燾日記於最後一集云：

　　午社同人廖懺庵、述庵及予皆將離滬，此殆為最後一集。〔註218〕

中日戰爭爆發初期，社員如仇埰、胡士瑩、冒廣生和夏承燾都是為了避亂而來到上海租界，以求得到安穩的生活。隨著日本侵略的推進，觸發了太平洋戰爭，美國正式加入反法西斯同盟，上海租界陷入砲彈煙火中。曾經屬於戰爭避難所的滬濱，一旦變成血腥的屠場，社員們都選擇離開。起初，黃孟超在民國三十一年（1942）已離滬往南行。廖恩燾在社事結束後，亦赴南京出任汪偽國民政府委員會委員，晚年寓居香港。仇埰則自滬返寧，謝絕賓客。冒廣生則輾轉往返上海、南京等地。夏承燾又離滬返回溫州故鄉。同人們四散，乃詞社解散之主因。

其次，是詞學觀點的衝突，這主要見於社員們對四聲的爭論，甚至損害了彼此之間的友誼。〔註219〕「四聲之爭」起源自冒廣生在民國二十八年（1939）七月所撰寫的〈四聲破迷〉（其後改名〈四聲鉤沉〉，載於《學林》第 7 輯），內容主要反對晚清以來詞壇嚴守四聲的做法。他在文章中提出兩個觀點：其一，宋人並不守四聲；其二，四聲並非指平上去入，乃指宮、商、角、羽；然並不為眾人所認同，甚至顛覆了傳統對四聲之理解，因是引起一連串爭論。〔註220〕夏承燾最先提出反對，並撰寫〈詞四聲平亭〉，論證由唐至宋人的詞作，對四聲乃從寬至嚴。他們的文章，雖然均針對晚清以來嚴守四聲的風氣，但卻對其起源、內涵及發展，有不同的看法，結果影響了冒、夏二人的友情。據夏承燾日記載曰：

〔註218〕夏承燾著：《天風閣學詞日記（二）》，頁 381。

〔註219〕關於午社在四聲問題的爭論，詳參朱惠國撰：〈午社四聲之爭與民國詞體觀的再認識〉，《中山大學學報》，2014 年，第 2 期，第 54 卷。

〔註220〕冒廣生著、冒懷辛整理：《冒鶴亭詞曲論文集》（上海：上海古籍出版社，1992 年），頁 111～174。

1940 年〔八月八日〕十時與一帆同訪冒鶴翁，不見三數月矣。……
彼於予〈詞四聲平亭〉頗不以為然，謂譬之刑法，例不能通之於
律。……彼似不悅「平亭」二字。以予書於彼舊作〈四聲鈎沉〉略
有評贊，故少拂其意。予請為舉例駁之，彼謂近治《管子》，已無意
於詞。勸予出書不可太容易，此語當終身佩之。念予以四十日為此
文，極殫精力，而朱章持論於人忌者，恐不止冒翁一人。辛苦為文
字而損人情誼，亦何苦哉。後當戒之。〔註 221〕

顯見在夏氏撰畢〈詞四聲平亭〉三個月後，拜訪冒廣生，卻遭受冷待。他再請
冒氏舉例來反駁，又遭拒絕，謂近日專治《管子》，已無意於詞。這次四聲之
爭，已損害了二人之情誼，夏氏更無奈發出「辛苦為文字而損人情誼，亦何
苦哉。後當戒之」的慨嘆。另外，冒廣生和夏敬觀又嘗出現衝突，第二次社集
兩人已在言語上時時參商，〔註 222〕相隔年半後二人在廖恩燾家舉行的茶敘，
又互相譏諷，令眾社友難堪。〔註 223〕除了冒廣生和兩位夏氏有意見及言語的
爭執外，吳庠與仇埰復因四聲問題，再次影響友朋關係。吳庠和夏承燾、冒
廣生同樣是反對死守四聲者，然而社員仇埰卻是主張填詞必須嚴守聲律。夏
承燾日記說：

1940〔九月三日〕過仇亮翁談詞，彼甚不滿社中拈調太草草。見其
二詞，弔孫太獧一詞殊工。〔註 224〕

不滿午社在選調和聲律上不夠嚴謹。此舉引起吳庠反感，並云：

1940〔八月一日〕彼於仇述翁每詞死守四聲極不滿。謂此期社課定
西番，仇翁作三首，盡守飛卿四聲，一字不易，不知飛卿詞但有平
仄而無四聲。〔註 225〕

後來吳庠之午社詞序更隱約譏諷仇埰死守四聲，仇埰堅決要求吳氏更改，吳
氏又執意不肯，更促發眉孫一度退社，可見社員的詞學觀點相異，尤其是四
聲的問題，造成了午社解散。

　　第三，是應社之作無聊。夏承燾就曾經表示對填詞應社的反感：

---

〔註 221〕夏承燾著：《天風閣學詞日記（二）》，頁 218。
〔註 222〕夏承燾著：《天風閣學詞日記（二）》，頁 117。
〔註 223〕夏承燾著：《天風閣學詞日記（二）》，頁 286。
〔註 224〕夏承燾著：《天風閣學詞日記（二）》，頁 226。
〔註 225〕夏承燾著：《天風閣學詞日記（二）》，頁 216。

1939〔八月十日〕作午社一詞,附映翁信去,草草應社而已。〔註226〕

1940〔九月三日〕予於應社工作極厭其無聊,四、五月無一首,頗
欲永不看筆。〔註227〕

1940〔十月三十日〕作一詞應午社,所謂以文造情。〔註228〕

1940〔十二月廿二日〕午社諸公應社之詞,陳陳無思致。〔註229〕

限調或限題,往往會令作品的風格千篇一律,尤其是社員們傳閱作品交流時,
會有意無意地互相影響,使他們各自的特色被埋沒。然而,參與社集有其獨
特的功用,既可以團結一群擁有共同身分及思想意識的文人,又可以提高創
作水平,同時賺取社會聲譽。隨著社友創作熱情的減退,吳庠和仇埰分別重
新修訂社約:「席間眉孫翁談明年社約,須每人每期必作,且須限題限調。」
〔註230〕、「仇翁主詞社兩月一課,課出兩題。」〔註231〕可是,這樣仍然沒有
提升同人對社作的積極程度,社事維持了三年就宣告終結。另外,是政治立
場之異。夏承燾在民國二十九年(1940)日記云:

座間聞□□將離滬,為之大訝,為家累過重耶,抑羨高爵耶。枕上
耿耿不得安睡。他日相見,不知何以勸慰也。〔註232〕

當中的□□,是指龍沐勛。早在偽國民政府成立之前,汪精衛已派其隨從秘
書陳允文探望龍氏,並問及是否願意去南京就職。據龍氏的答覆為:「我是一
個無用的書生,只希望有個比較安定的地方,搞點教育事業。」〔註233〕而汪
精衛則以:「為蒼生請命,為千古詞人吐氣」之語力邀,龍氏始終沒有答允。
〔註234〕張暉《龍榆生先生年譜》載:

四月二日,先生被任命為立法院立法委員。當時先生仍在上海,事
前未得任何消息,而報刊上已登載先生就任立法委員,立即招來友
朋非議。時上海租界各種勢力交叉,環境險惡,經過猶豫徬徨,辭

〔註226〕夏承燾著:《天風閣學詞日記(二)》,頁122。
〔註227〕夏承燾著:《天風閣學詞日記(二)》,頁226。
〔註228〕夏承燾著:《天風閣學詞日記(二)》,頁243。
〔註229〕夏承燾著:《天風閣學詞日記(二)》,頁257。
〔註230〕夏承燾著:《天風閣學詞日記(二)》,頁266。
〔註231〕夏承燾著:《天風閣學詞日記(二)》,頁287。
〔註232〕夏承燾著:《天風閣學詞日記(二)》,頁189。
〔註233〕張暉著:《無聲無光集》(杭州:浙江大學出版社,2013年),頁71。
〔註234〕張暉著:《無聲無光集》,頁71。

去在滬所有教職，在一夜痛哭之後，離滬赴寧。〔註235〕

可見龍沐勛是在毫不知情的情況下被汪精衛於報章上宣布為立法院立法委員。即使他只出任短短半年的時間，但卻惹來朋友和社友間的非議。夏承燾初聞消息後，憂慮龍氏是因家累過重，還是抑羨高爵而赴南京，以致耿耿不得安睡。後來接到龍氏書函說「胃疾大發，醫謂非休養不可，而家口嗷嗷，無以為活，出處之際，非一言所能盡云云。」〔註236〕則又對其家境拮据表示同情。仇埰同樣反對投身汪偽，並對龍氏的選擇感到痛心，說：「讀書人為人看輕坐此，誠痛心之言。處身亂世，須十分謹慎哉。」〔註237〕夏承燾更因為與白門（南京）的友人來往，而遭受非議，此見日記載：

> 1941年〔十二月十七日〕佩秋來，謂白門人物，頗有詢予近況者，為之訝然。前日寄懷楓函，已隱示介然之操。燈下閒談，□□甚不滿□□。友人中亦有怪予不決絕者。予終以飽食暖衣之日，罵人墮行為不忍。平生從未經患難，今日正真金入火之時矣。〔註238〕

> 1942〔一月九日〕予對人濡忍不能剛決，□□西行後，予仍與書札往復，頗來友朋之譏。〔註239〕

雖然夏氏申明自己拒絕投身白門的立場，但其友人對他與南京就職者有書信往來表示不滿和譏諷，令夏氏不免有所憂慮和困擾。政治立場之異，同樣成為午社解體的原因之一。最後，是經濟日趨困難。隨著戰事範圍的擴張，租界的物價亦暴漲起來。據夏承燾記述民國二十九年（1941）五月十一日的社集，他與鄭午昌作東，在滬各社友齊集，但所花的午餐費用每人只需三十六元，可謂甚廉。〔註240〕但不到半年，物價已經上漲，他們在聚會中討論黃金漲價，法幣跌值。映庵甚至因為家用開資龐大，必須鬻賣書畫過活，是席以柳子依扇面山水，潤資三十元。〔註241〕直至同年十二月二十一日的雅集，更因午餐花費過多，而選用茶點。但茶點亦所費不菲，每人均出四十元。〔註242〕

---

〔註235〕張暉著：《龍榆生先生年譜》，頁100。
〔註236〕夏承燾著：《天風閣學詞日記（二）》，頁189。
〔註237〕夏承燾著：《天風閣學詞日記（二）》，頁191。
〔註238〕夏承燾著：《天風閣學詞日記（二）》，頁354。
〔註239〕夏承燾著：《天風閣學詞日記（二）》，頁362。
〔註240〕夏承燾著：《天風閣學詞日記（二）》，頁303。
〔註241〕夏承燾著：《天風閣學詞日記（二）》，頁343。
〔註242〕夏承燾著：《天風閣學詞日記（二）》，頁356。

在最後一次社集前，夏承燾過吳庠家，賀其六十四歲之壽，吳氏提出：「午社聚餐太費，開春可不舉行，但拈調作詞可耳。」〔註243〕見出物價暴漲，經濟困難，造成了集會的負擔，促使午社解散。

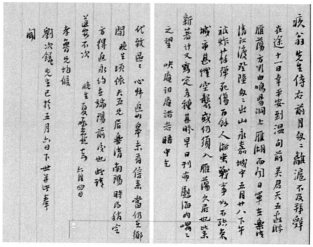

圖五：抗戰時期夏承燾致冒廣生書札

## 四、詞作主題

午社成立之時，正值日本攻陷上海。英、美、法國所佔據的上海公共租界，此時被日軍四面包圍，成為「孤島」。孤島雖然宣稱獨立，但主要還是屈從於日本。一些反日的組織和宣傳抗日的報章雜誌，均被租界的日警勢力和工商部大舉肅清，部分更屢遭擲彈。面對國家的危急存亡，愛國之士唯有奮起抵抗，一方面以英美外商的名義成立報刊，報導抗日戰爭的真實消息，抨擊漢奸和日軍的罪行；一方面借助聯誼會、俱樂部、讀書會、同學會等組織形式，在租界內取得合法地位，再乘機灌輸愛國精神，提高民族覺悟和民族自尊心。〔註244〕午社同人避難孤島，無所作為，只能與同聲同氣的文人，創辦詞社，藉此鼓吹民族意識，同時表達對國家前景的憂慮和排遣抑鬱苦悶的心情。

今人袁志成曾說：「拈題選調是社課活動最為重要的環節，直接決定此次社課的成功與否。恰當的題目與詞調能充分挖掘社員的填詞興趣和潛能。」

〔註243〕夏承燾著：《天風閣學詞日記（二）》，頁 369。
〔註244〕詳參魏宏遠撰：〈抗戰時期孤島的社會動態〉，《學術研究》，1998 年，第 5 期，頁 4。

〔註245〕然從午社社集唱和的主題觀之，以詠物、題圖和節日為主，限調者多，限題者少。受著傳統典雅一路的拘束，社課的選題和選調都平淡而無新意，這令社員們的創作熱情漸漸減退，認為應社無聊。今人胡永啟指出午社唱和的局限時，更清楚明白地道出：

> 除此之外，其他的也多是為拈調而拈調，即把它作為一項任務。……
> 這一規定，雖是出於對維護午社正常活動的考慮，但它的強制性和
> 各成員對拈調平淡不滿之間形成心理反差，勢必挫傷著他們參加午
> 社的積極性，致使興致打了折扣。〔註246〕

點出午社詞人為了維持雅集聚會的運作，有時不惜為繳稿而填詞，但心裡未必有想抒寫的題目。加上社友大多不是致力填詞者，因此作品整體水準不高，亦無突破前人之處。茲以追憶故都、滬濱淪陷、詠懷古人、哀挽社友四方面，概括展示午社社員們在孤島時期的經歷和思想感受。

## （一）追憶故都

美國漢學家宇文所安（Stephen Owen，1946～　）在《追憶：中國古典文學中的往事再現》一書，嘗探討物件、景物與記憶的關係，說：

> 引起記憶的物件和景物把我們的注意力引向不復存在的完整的情
> 景，兩者程度無別，處在同一水平上。一件紀念品，譬如一束頭髮，
> 不能代替往事；它把現在同過去連結起來，把我們引向已經消逝的
> 完整的情景。引起回憶的是個別的對象，它們自身永遠是不完整的；
> 要想完整，就得藉助於恢復某種整體。記憶的文學是追溯既往的文
> 學，它目不轉睛地凝視往事，盡力要擴展自身，填補圍繞在殘存碎
> 片四周的空白。〔註247〕

說出了一些物件和景物，譬如一件紀念品、一束頭髮，它們雖然不能代替往事，但卻能令人回憶起消逝的情景，將現在與過去連結起來。他以晚唐詩人杜牧（803～852）的〈赤壁〉詩為例，說明了地方和物件，如何觸發詩人的記憶和想像。杜牧就因為遊覽赤壁，並在當地發現了三國時期的一件遺物——

---

〔註245〕袁志成撰：〈午社與民國後期文人心態〉，《湖南人文科技學院學報》，2015 年，第 3 期，頁 87。

〔註246〕胡永啟著：《夏承燾詞學研究》，河南大學博士論文，頁 319。

〔註247〕宇文所安著、鄭學勤譯：《追憶：中國古典文學中的往事再現》（臺北：聯經出版事業股份有限公司，2006 年），頁 3。

折戟,而回憶起三國的歷史,從而聯想到當日若果不是東風幫助了周瑜,把大火吹向曹操的艦隊,那麼,喬氏姊妹可能會被曹操幽禁在銅雀臺裡,歷史便會因此改寫。〔註248〕雖然杜牧沒有親自經歷赤壁之戰,但僅僅憑藉他所見到的鐵戟,就能觸發他對歷史的追憶和想像,將兩個不同的時代連接起來。午社社員如金兆蕃、冒廣生、林葆恆和吳庠,就因為曾經久居北京,並在第一次社集的機緣巧合,欣賞到冼玉清(1895～1965)的〈舊京春色卷〉,兩幅畫中所繪之〈崇效寺牡丹〉和〈極樂寺海棠〉,就觸發起詞人們對故都的回憶:

> 快意香霏如夢,輕送,春去幾時還。照粧燒燭是何年,塵劫到曇天。
> 誰更碧紗籠字,前事,回首故依依。國華堂畔句空題,此恨問誰知。
> (林鵾翔〈荷葉杯・崇效寺牡丹〉,頁 309～310)

> 一種傾城顏色,相識,沉醉記東風。強調脂粉寫春慵,人海話重逢。
> 休問舊時金屋,燒燭,簾角照啼妝。牡丹一例感興亡,飄淚國花堂。
> (吳庠〈荷葉杯・崇效寺牡丹〉,頁 315)

> 春暖,寫出臥叢紅粉絢。醉粧描上纖腕,殢愁天不管。白紙舊坊深院,市朝驚幾換。較它松杏圖卷,黍離情更遠。(林葆恆〈歸國謠・極樂寺海棠〉,頁 310)

> 風急,望裏鳳城春可惜。寶欄重記游歷,染香衣在篋。彩筆細書花葉,鹿銜幾經劫。眼前猶是芳節,夢華誰與說。(吳庠〈歸國謠・極樂寺海棠〉,頁 315)

崇效寺位於南城白廣路西崇效胡同,唐貞觀元年興建,以培育棗花、丁香及牡丹聞名,現僅存一座明代所建之藏經閣。極樂寺則是西直門外著名寺院,建於元代至元年間。寺中因廣植牡丹而有「牡丹園」之譽,並建「國花堂」。這幾首詞的特色,就是每首都與作者的回憶有關:「前事,回首故依依」、「問舊時金屋」、「市朝驚幾換」和「寶欄重記游歷」的字句,均提示了時間的轉換,詞人們正在追憶往事。在他們的記憶中,極樂寺海棠在春暖時節,紅粉絢麗,婀娜多姿,香氣四溢。而崇效寺的牡丹,同樣傾國傾城,彷彿換了新妝一樣,豔麗奪目。據震鈞(1857～1920)《天咫偶聞》記載:「又西北岸極樂寺,明代牡丹最盛。寺東有國花堂。」〔註249〕花盛之時,更吸引了一眾皇公

---

〔註248〕宇文所安著、鄭學勤譯:《追憶:中國古典文學中的往事再現》,頁 71～77。
〔註249〕震鈞著:《天咫偶聞》(北京:北京古籍出版社,1982 年),頁 200。

貴冑、騷人墨客慕名來賞花。但因歷經八國聯軍之役、列強侵華和軍閥混戰，牡丹和海棠已經凋零失色，極樂寺也淪為荒蕪之地。詞中「塵劫到鼉天」、「牡丹一例感興亡」、「市朝驚幾換」、「鹿銜幾經劫」等句，明顯藉著撫今追昔，來反抗現代都市生存場景的轉換。北京這個地方，在舊有的皇權崩塌之後，在民國政府的統領下，漸漸走向現代化：火車、鐵路、公路的興建，宣武門的拆卸，電車系統的建設、胡同名稱的更改、中央公園的建造等，都將原來象徵皇權的故都，規劃成另一個北平。〔註250〕余棨昌（1882～1949）就嘗於《古都變遷紀略》對北京古城即將消逝表達悲傷和慨嘆：

> 予既衰老，都城亦非昔日之舊，良時不再。此固無可如何者矣。……凡建置之興廢，名跡之存亡，道路里巷之變更，無一不目覩而心識之。在今日事過境遷，人皆淡忘。獨予於往日之舊京猶惓惓於懷而不能恝置焉。夫以聲明文物綿延六百餘年之古都，予幸生其間，既見其盛旋見其衰，復見其陵夷，以至於今日而予猶偷息於此。此予之悲咽而不能自已者也。近見報章有徵求街巷舊名者，故老凋零，能知往事者蓋已寡矣，更百十年，此莊嚴宏麗之故都，其遺跡或至湮沒而莫可稽考，不亦大可慨乎！〔註251〕

道出了六百餘年古都之盛衰，眼前建置遺跡湮沒，道路里巷變更，面目全非，悲哀感慨。詞人們同樣是感同身受，尤其是舊京被日本攻克後，戰火漫天。他們雖然沒有親歷其境，但從當時日軍勢如破竹，上海、南京相繼陷落的情況，令他們更為感慨。吳庠詞中「牡丹一例感興亡，飄淚國花堂」兩句，就借牡丹的昔盛今衰，來抒發歷史興亡的悲嘆。林葆恆甚至還勾起對國家破亡的傷痛，詞中「較它松杏圖卷，黍離情更遠」兩句，松杏圖卷乃指〈青松紅杏圖〉，為明末智樸禪師所畫。相傳智樸禪師原為降清名將洪承疇（1593～1665）手下的將領，自松山、杏山之役戰敗後，不肯投降而潛逃出家。其所繪的〈青松紅杏圖〉，非但是崇效寺之寶，更蘊藏著抵抗外敵的民族氣節。而林氏詞中的「黍離情更遠」，尤映射當日時局。昔日滿清入關，他們仍可視之為同一國家裡，滿族和漢族對於中國主權的爭奪；然而今日日本侵華，則猶如西方列強分割中國領土，所以林葆恆認為這次抗日戰爭，相對於過去的朝代更迭，

〔註250〕關於民國時期北京城的面貌和轉變，詳參董玥著：《民國北京城：歷史與懷舊》（北京：生活·讀書·新知三聯書店，2014年）。
〔註251〕余棨昌著：《古都變遷紀略》（臺北：文海出版社，1974年），頁1。

憂患益加深遠。雖然僅是兩幅故都名畫，但昔日京華的「香霏如夢」，與今日的「塵劫到蠻天」相對照，在空間上呈現了繁華與荒涼的霄壤之別。他們如此強調今昔之異，目的都是指向今不如昔，提示當時國土已經淪喪，一片銅駝荊棘，同時藉此表達對歷史興亡及國家前景的感嘆和憂慮。

## （二）滬濱淪陷

　　民國二十六年（1937）八月十三日，日本進攻上海，淞滬會戰爆發。經歷了三個月的拉鋸戰鬥，上海在十一月十二日淪陷。然而，這片淪陷區還有屬於英、美兩國勢力範圍的公共租界和屬於法國的法租界，未為日人所佔領，成為了被日偽勢力包圍的「孤島」。這種局面共維持了四年又一個月，直至三十年（1941）十二月七日，日軍發動太平洋戰爭，同時進佔上海租界，孤島時期才正式結束。與遭受戰火蹂躪的淪陷區相比，租界內的局勢雖然相對穩定，但寓居於此的文人學士，均有感租界隨時失守，紛紛鼓吹和發動抗日的文學運動，藉助散文、小說、戲劇、電影來抒發愛國主義和民族氣節。在日本軍國主義的壓迫下，午社社員填了很多與戰爭時局相關的「史詞」，延續了晚清以來的「詞史」觀念和意識。

　　關於「詞史」的意思，今人葉嘉瑩（1924～）在〈清代詞史觀念的形成與晚清的史詞〉有這樣的定義：

> 我現在所講的「詞史」是指詞中反映歷史的作品，此一觀念是從「詩史」的觀念演化來的，從中國唐代的杜甫開始，我們說他是「杜陵詩史」，就因為杜甫的詩中反映了當時唐朝安史之亂的整個歷史背景。他的詩反映了歷史的事件，所以我們稱他為「詩史」。〔註252〕

故「詞史」是指反映歷史的詞，由唐代「詩史」的觀念發展而來。清初最早明確提出「詞史」者，乃陳維崧（1625～1682）〈詞選序〉「選詞所以存詞，其即所以存經存史也乎」，〔註253〕指出編纂《詞選》的目的，就是要讓詞與經、史的地位等同，藉此推尊詞體。到了清代中葉，周濟（1781～1839）在《介存齋論詞雜著》說：

> 感慨所寄，不過盛衰。或綢繆未雨，或太息厝薪，或己饑己溺，或

〔註252〕葉嘉瑩著：〈清代詞史觀念的形成與晚清的史詞〉，載《清詞散論》（臺北：桂冠圖書股份有限公司，2000 年），頁 374。
〔註253〕陳維崧撰：〈詞選序〉，載陳維崧著，陳振鵬標點，李學穎校補：《陳維崧集》（上海：上海古籍出版社，2010 年），上冊，頁 55。

獨清獨醒，隨其人之性情、學問、境地，莫不有由衷之言。見事多，
識理透，可為後人論世之資。詩有史，詞亦有史，庶乎自樹一幟矣。
〔註254〕

道出詞作要反映當時的社會國事民生，或預防世變，或挽救危亡，或拯救萬
民，或堅持操守。逮及清末，內憂外患接踵而至：鴉片戰爭、太平天國之役、
英法聯軍入侵、中日甲午戰爭、八國聯軍，加上洋務運動、戊戌變法、晚清改
革的失敗，以王鵬運（1849～1904）為首的晚清四大詞人以詞筆來敘述政局
和反映戰爭，體現了「詞史」精神。觀午社一眾成員，身處隨時淪陷的上海租
界，滿目瘡痍，屍橫遍野，紛紛以詞來描繪戰爭的殘酷，由此激發國民的愛
國情緒，抵抗日本軍國主義的暴行。

先看林葆恆兩首詠荷花的詞。前有序文，表達日本侵華對中國各地造成
嚴重的破壞，並藉此抒發內心之哀傷悲憤：

社課拈此，限詠荷花。回憶平生所遊，如北京之淀園扇子湖、十刹
海南河泡、濟南之大明湖、天津之勝芳、漢陽之琴台、南京之元武
湖、嘉興之南湖、蘇州之石湖、杭州之西湖，雖累十紙不能盡，今
皆淪落，而海上乃無荷花。爰就私衷所感，聊填二闋以塞責。（林葆
恆，頁328）

詞曰：

結夏憶清園，日日銅瓶供。一落江南百不聞，翠蓋縈清夢。　　合
眼念前遊，十里涼雲擁。到處花開傍戰場，淚落肝腸痛。（林葆恆〈卜
算子〉，頁328）

歲歲載清尊，為祝花生日。不道夷場爾許長，那見花顏色。　　水
佩與風裳，總被兵塵隔。為想花神若有知，鉛淚應潛滴。（林葆恆〈卜
算子〉，頁328～329）

兩首詞均用了回憶過去的手法，藉刻劃荷花池的今昔變化，凸顯上海淪陷、
戰塵遍野之悲壯場面。第一首「結夏憶清園」、「合眼念前遊」和第二首「歲歲
載清尊」，都是詞人追想昔日遊覽各地荷花池的情景。「翠蓋縈清夢」、「十里
涼雲擁」兩句，點出荷花盛開，如朵朵白雲；綠葉茂密，搖曳多姿。至下片
「到處花開傍戰場」、「總被兵塵隔」二句，寫詞人眼見四處頹垣敗瓦，血流

〔註254〕周濟著：《介存齋論詞雜著》，載唐圭璋編：《詞話叢編》（北京：中華書局，
2005年），第二冊，頁1630。

成河，不禁聯想起北京、天津、濟南等地慘遭無情的炮火轟炸，荷花池早已沒有荷花，淪為中日兩國的戰場。「為想花神若有知，鉛淚應潛滴」和「淚落肝腸痛」，詞人想像假若花神有知，應該會流下亡國的鉛淚。然而傷心者，並非只有花神；目今孤島局勢岌岌可危，隨時被日軍衝破防線，一眾詞友卻無能為力，只能黯然落淚。

再看林葆恆〈庚辰元夕〉一首。全詞藉寫元宵燈節的昔盛今衰，描繪中日戰爭的殘酷，凸顯日軍侵華、血流成河之悲壯場面：

> 閒向危闌倚，殘霞媚脫，夕陽初下。萬點華鐙，映東升皓月。寶光交射，帝京此際，有多少香塵隨馬。偏猛憶、曼衍魚龍，鼓笛酣嬉鄉社。吾鄉元夕龍鐙最盛，近警報頻傳，下江一帶靡為灰燼，殆不復有此盛世矣。　　眼界風光是也，懶心情早先衰謝。舊游處剩連江戰火，膏血糜野。那覓少年俊侶，重去與說承平話。春寒自掩閑扉，坐銷元夜。〈黃鸝繞碧樹·庚辰元夕〉〔註255〕

詞的過片有注云：「吾鄉元夕龍鐙最盛」幾字，正好道出了元宵佳節，花燈絢麗，表演節目精彩絕倫，鼓笛聲四起，熱鬧非常。詞人追憶的是每一年元夕，全國各地普天同慶之繁華盛況。然而，下片「眼界風光是也」一句，記憶的幻象已經消失，觸目所見的卻是屍骸遍地、膏血糜野。舊時帝京熱鬧的元夕夜，在這一年——庚辰（1940），突然變成一片廢墟。日軍無情的炮火，從民國二十年（1931）九一八事變起，已不斷在中國領土上擴展。到庚辰年（1940），日本已經攻佔了中國東北、華北、長江中下游和東南沿海的大片領土，上海、南京、北京、天津、武漢、廣州等重心城市相繼淪陷，民國政府被迫遷都重慶，繼續抗戰。注中所謂「近警報頻傳，下江一帶靡為灰燼，殆不復有此盛世矣」，暗示上海租界隨著周邊戰火蔓延，亦將難以獨善其身，詞人更為此而情緒低沉鬱悶，感嘆昔日盛世不再。詞中「那覓少年俊侶，重去與說承平話」，意味著他對往昔的承平是如何深刻。可是，往昔已逝，今日的元宵節杳無人煙，詞人只好閉門在家，愁思不絕。

日本對華殘暴的殺戮，可以說是午社集會中最具意義的作品。因為他們所敘述的，就是當前時代的歷史。集中不乏描述戰事的場面和書寫戰爭感受之句子，這些侵略者的殘暴記錄，在民族主義情緒高漲之際，足以喚醒國魂，激發他們救國救民、團結一致、奮勇抗敵的決心，如：

---

〔註255〕《群雅》，1940 年，第 2 期，第 1 卷，頁 61～62。

波翻瀛海，浪涌璇宮，共爭急劫，紛動兵戈。驚霆急電，看看血進成河。（林葆恆〈夏初臨・本意〉）〔註256〕

珍禽銀竹，呈幻象、漫擬滄州兵孽。（仇埰〈瑤華・和答柯亭賦冰花，倚草窗〉）〔註257〕

春泥墜錦，看誤盡、京國昏昏車轍。忍寒似此，只世外、尋盟松雪。（仇埰〈瑤華・和答柯亭賦冰花，倚草窗〉）〔註258〕

漫今宵猶報，卷殘劫入炎氛。正待霜鴻飛下，向東籬呼醒，夢蝶花魂。（廖恩燾〈紫萸香慢〉）〔註259〕

孤根。巨耐黃昏，渾不覺是佳辰。念鱸鄉蟹港，朝煙夕火，難掩烽屯。（廖恩燾〈紫萸香慢〉）〔註260〕

可見在淪陷區的包圍下，社員們都互相提醒身處的環境是如何惡劣，租界的局勢是如何不穩。在外面漫天戰火的壓迫下，他們均無法改變現狀，只能隱隱流露出對國家前景的擔憂，同時希望戰事早日結束。

### （三）詠懷古人

詠懷古人乃中國古代詩詞一項重要的題材，唐人《詩格》說「詩有覽古者，經古人之成敗詠之是也；詠史者，讀史見古人成敗，感而作之」，〔註261〕見出詠史懷古之作，主要是作者對於古人仕途的成敗得失，有感而發，撰寫而成的。午社社員選了蘇軾和陸游的生日，舉行社集，來抒寫對先賢的懷念。蘇軾和陸游，都是宋代兩位愛國的賢臣。他們同樣在仕途上屢遭波折，同樣是出色的詩人詞人。參與東坡生日的唱酬者，有吳庠、林葆恆、夏敬觀、夏承燾和陸維釗。他們在詞裡主要寫蘇軾愛國愛君，惜命途多舛，在政治上無甚建樹；如吳庠所說「我得豪髮似，磨蠍命宮多」〔註262〕、陸維釗寫的「南飛鶴老，依然心戀君國」。〔註263〕然而，他雖在朝堂上失意，卻在文壇上大放

---

〔註256〕《群雅》，第1卷，第5期，1940年，頁67。

〔註257〕轉引焦艷著：《午社研究》，華東師範大學碩士論文，2013年，頁77。

〔註258〕轉引焦艷著：《午社研究》，頁77。

〔註259〕《同聲月刊》，第二卷，第一號，1942年，頁131。

〔註260〕《同聲月刊》，第二卷，第一號，1942年，頁131。

〔註261〕舊題王昌齡撰：《詩格》，載張伯偉撰：《全唐五代詩格彙考》（南京：江蘇古籍出版社，2002年），頁167。

〔註262〕《同聲月刊》，第一卷，第四號，頁110。

〔註263〕轉引焦艷著：《午社研究》，頁76。

異彩,聲名流傳千載,令「詞場幾輩,總望塵喘汗」、〔註264〕「文章在、世莫能非」。〔註265〕至於在陸游生日唱和的,則有吳庠、林葆恆、夏敬觀、陸維釗和廖恩燾。社員們在這一次雅集中,除了繼承尊崇古人的傳統,更因為南宋飽受遼、金、蒙古異族侵略的困擾,觸發了他們對日本侵略中國的關注。因此,社友們在回顧陸游一生時,俱抒發了對當下時局的感嘆。下文探析午社詞人在陸游生日雅集的作品。

關於陸游的生日,他曾在自己七十歲壽辰時,撰了兩首絕句,其一云:「少傅奉詔朝京師,艤船生我淮之湄。宣和七年冬十月,猶是中原無事時。」〔註266〕前有一序曰:「十月十七日,予生日也。孤村風雨蕭然,偶得二絕句。予生於淮上,是日平旦。大風雨駭人,及予墮地,雨乃止。」〔註267〕得知陸游生於宣和七年(1125)十月十七日,當時其父陸宰(1088～1148)奉召入都,改任京西路轉運副使。他們從水路進京,於淮河上喜誕陸游。那天風雨飄搖,及陸游出生後,乃得止息。他出生那一年,正是金人滅遼之年。冬天,金人兵分兩路大舉南侵,次年攻陷開封,北宋覆亡。他們全家逃難至浙江金華,寄居於地主陳宗譽家,時局稍定始回故鄉山陰。陸游的父親是一個忠君愛國的士人,他在故鄉常與同道中人慷慨激昂地談論國事,對於二帝被俘,人民塗炭,敵寇殘暴的情形,俱怒髮上指,目皆欲裂。〔註268〕而陸游畢生的功績,就是繼承了其父愛國之心,立定北伐的志向。這一目標與方向,成為了午社社員們歌頌的主要內容:

> 傷心南渡衣冠,千年重迸詞人淚。渭南悵望,山川戎馬,儒生匡濟。
>
> 蜀道聞鵑,雲門待捷,艱危一例。(陸維釗〈水龍吟〉)〔註269〕
>
> 羽箭雕弓,記錦江裘馬,驅使青春。回思爾時意氣,壓盡群倫。
>
> (林葆恆〈漢宮春・放翁生日〉)〔註270〕

「傷心南渡衣冠,千年重迸詞人淚」兩句,道出了陸游出生之時,宋室南渡,

---

〔註264〕夏承燾著:《天風閣學詞日記(二)》,頁 268～269。
〔註265〕《同聲月刊》,第一卷,第四號,頁 108～109。
〔註266〕陸游著,陳國安校注:《陸游全集校注》(杭州:浙江教育出版社,2011 年),
　　　　第四冊,卷三十三,頁 332。
〔註267〕陸游著,陳國安校注:《陸游全集校注》,頁 332。
〔註268〕詳參齊治平著:《陸游傳論》(北京:中華書局,1960 年),頁 10～11。
〔註269〕轉引焦艷著:《午社研究》,頁 74。
〔註270〕《同聲月刊》,第一卷,第五號,頁 148～149。

半壁江山淪陷；收復中原、殲滅金國遂成為詞人的志向。後來他受到宋孝宗的知遇，出任樞密院編修官，積極謀劃北伐，與張浚等主戰派舉兵抗金。可惜因內部矛盾，迅速潰敗，孝宗和一眾官員因而退縮，再次滿足於苟且偏安的局面，陸游更被貶為夔州通判。後來他出任王炎幕府，得以駐守南鄭，過軍旅的生活。詞中「渭南悵望，山川戎馬，儒生匡濟」、「羽箭雕弓，記錦江裘馬，驅使青春」數句，就點出他這時羈旅從戎，意氣風發。後來他輾轉入閩，甚至被權貴忌恨而丟官，最終都念念不忘祖國遭受異族侵略的憤恨和恥辱。陸游始終沒法看到中原的統一。這一願望的落空，同樣令午社社友們耿耿於懷。因為南宋的時代背景——半壁江山落入異族之手，正與他們身處的情形非常相似。只是南宋時佔領北方領土者是遼國、金國和蒙古，而民國政府時北面則為日本所攻陷，所以他們在回想陸游生平及所面對之時局，都不禁關聯到切身的處境。上述兩首詞的下片接續云：

> 猶是窺江胡騎，痛腥染、鑒湖難洗。茫茫禹甸，大難來日，乾坤同閉。（陸維釗〈水龍吟〉）〔註271〕

> 蘭亭禹廟，歎今日猶涴兵塵。休更說，中原北定，感時一樣沾襟。
> （林葆恆〈漢宮春・放翁生日〉）〔註272〕

「大難來日」和「歎今日猶涴兵塵」兩句，均從當時日本侵華的戰況來說，而不是敘述南宋之政局。「窺江胡騎，痛腥染、鑒湖難洗」，指日本窺伺中國領土，橫跨海峽，強佔並殺戮中國軍民，血流成河。「休更說，中原北定」三句，則表示東北地區已經淪陷，光復無望之苦。因此，社員們選擇在陸游生日舉行社集，一方面是藉此詠懷古人，另一方面則是為了表達對戰亂的不滿和哀傷，最後「只驛亭、依舊夕陽題壁，短英雄氣」三句，道出他們看著夕陽西下的景象，感慨不已。

### （四）哀挽社友

午社舉行至第五集（1939 年 10 月 21 日），林鷗翔已開始因病缺席，並在第七集舉行後（1940 年 1 月 16 日）逝世。夏承燾日記於一月十八日及一月廿一日有兩則載：

> 閱報，驚見林鐵師一月十六日卯時之耗。今日正欲摳謁，為之嘆詫。

---

〔註271〕轉引焦艷著：《午社研究》，頁 74。
〔註272〕《同聲月刊》，第一卷，第五號，頁 148～149。

前月自溫來滬，只一度與天五往謁，家人以病少瘥謝見客，不得一面。聞其病喘甚久，夏間李文忠祠社集，則已霍然，不謂遂以此不起。前月廖懺翁招飲，冒鶴亭先生謂其前次社集不到，病必加重。旬來因循不修候，遂慳面訣，愧恨何如。當函告冷生，於東山詞人祠發起會祭。念民國十年辛酉，始與冷生、薑門諸君同從師學詞，於東山倡甌社。其年秋，予客北京，遂與師闊別十七年。去年來滬，始得再見，午社社集七八次外，往謁五六次。師攜其次君來顧一次，亦不過十餘面。方欲寫舊作各詞求政，亦匆匆不果也。得年六十九，本月廿一日午刻在海格路中國殯儀館大殮。〔註273〕

早十時一帆來，同冒雪往海格路中國殯儀館弔林鐵師。十時半到館，劍丞先生已先在。廖懺老、榆生、孟超、之碩亦踵至。予至後室瞻遺體，師母揭其面巾，遺體安詳如平時。予跪地愴然，並拜師母。師母述病狀，謂逝前之夕，以其半櫻詞貽同居某君，某君報一詩，枕上搖頭讀之，神志尚清。入夜忽大變。病中惟念詞社，每接社簡，輒自恨不能赴。前得予與孟超簡，嘆曰：三次不赴會矣。其佳興如此。予向師母求一遺照寄溫州詞人祠，師母約遲日往領。晚歸憶十七年前與冷生、薑門諸友初謁師於溫州道尹公署時言笑，歷歷如昨。……感慨囊昔，黯然欲涕。〔註274〕

乃知林鷗翔早患喘病，並在第三次李文忠祠集會後，霍然病重，後來更一病不起。夏承燾原本打算在十八日前往探望，惜林氏已撒手人寰。他想起前月從溫州來滬，僅與吳天五（1910～1986）往謁一次，但其時林氏因久病少瘥，家人謝客，遂不得見，內心有愧。而從林鷗翔的妻子口中得知，其夫病中常常感念未能參與詞社，每次收到簡約，皆恨不能赴。病逝之前，將遺稿《半櫻詞》交託友人。林氏卒於一月十六日卯時，遺體定於廿一日午時出殯。當日夏承燾更向師母求一遺照，寄往溫州詞人祠，為其師留名，並感念民國十年（1921）與冷生（梅雨清，1895～1976）、薑門（鄭猷）諸甌社成員，一同從師林氏學詞的點點滴滴，師徒之情深摯。當日送行的社友還有廖恩燾、龍沐勛、黃孟超、何之碩和夏承燾，夏氏及林葆恆、仇埰、夏敬觀、吳庠、陸維釗、鄭午昌都有填詞悼念。林葆恆和陸維釗之詞曰：

〔註273〕夏承燾著：《天風閣學詞日記（二）》，頁168。
〔註274〕夏承燾著：《天風閣學詞日記（二）》，頁170。

萬家米煮雙弓，倉皇忽報先生逝。前身定是，釋迦高足，偶淪塵世。槖筆東瀛，備書南府，都成游戲。三十年倦旅，艱難嘗遍，渾非是、東來意。　回憶前年把臂，說兵間、猶留餘悸。重開汐社，減偷商略，數聯游襪。幾日光陰，生天成佛，頓還初地。臘驅車，更隻雛絮，酒灑彌天淚。（林葆恆〈水龍吟〉，頁 391）

餘生兵火際，十年恨，拜公遲。甚掩卷滄江，塵埋遼鶴，浪湧哀思。相依。夜台師弟，問東南壇坫孰支持。一暝枯桐斷響，九州沉陸成池。　淒淒孤月耿芳菲，萬古寸心期。祗釀夢還景，豪情橫海，都付鵑啼。休提。餐櫻醉筆，總白頭容易日沉西。淚眼桑田再閱，家山直恁低迷。（翁營生壙上疆山下，亂後作〈雨中花慢〉，有「便桑田、再閱人事如何」之句）（陸維釗〈木蘭花慢〉，頁 394）

第一首落筆即以「萬家米煮雙弓，倉皇忽報先生逝」，點出當日林氏家人開火煮粥之際，倏忽傳來鐵尊逝世的消息。「前身定是，釋迦高足，偶淪塵世」三句，褒揚鐵尊一生的德行及其佛法修行，認為他是釋迦牟尼佛的高足，偶爾降生塵世，現在匆匆又「生天成佛」，返回天上。「槖筆東瀛，備書南府」三句，寫其早年宦遊四方，及後以學監身分駐守日本，民國九年（1920）因留學生的經費問題解決不了而被迫辭職。〔註275〕「三十年倦旅」以下四句，寫鐵尊多年漂泊在外，歷盡艱難，最終流落上海。「回憶前年把臂」三句，詞人憶述與鐵尊出遊，言談間感慨日本侵華，國土淪喪，烽燹四起，百姓流離。而陸維釗詞中「餘生兵火際，十年恨，拜公遲」，同樣道出和鐵尊之間的交情，二人相知相交。然鐵尊半生羈旅，餘下時間尚遭逢戰亂，國破家亡，顛沛流離，無法還鄉，詞人深感哀痛。「相依。夜台師弟，問東南壇坫孰支持」、「餐櫻醉筆，總白頭容易日沉西」和林氏詞中「重開汐社，減偷商略，數聯游襪」數句，均道出鐵尊在詞學上的成就。其一生致力於詞，嘗師從晚清四大詞人況周頤（1859～1926）和朱祖謀（1857～1931），歸國後又於故鄉溫州組織詞社——甌社，指導後學填詞。其所撰之《半櫻詞》，被其師況氏譽為「趾美彊村」，〔註276〕

〔註275〕徐志民撰：〈1918－1926年日本政府改善中國留日學生政策初探〉，《史學月刊》，2010年，第3期，頁78。
〔註276〕林鵾翔著：《半櫻詞》，載朱惠國、吳平編：《民國名家詞集選刊》（北京：國家圖書館出版社，2015年），第九冊，頁98。

又為夏敬觀評曰「思精體大」。〔註 277〕他的逝世,使東南詞壇頓失支持,日暮西沉。兩詞的末句再次表達哀悼,「酒灑彌天淚」、「恨」、「哀思」、「淒淒」、「淚眼」、「低迷」等詞語,均抒發對社友離世的沉痛和哀傷,情感真切。

## 小結

　　總括而言,民國時期上海地區的詞社興盛,主要得力於鼎革後流寓上海的遺臣和文人。他們或為了避免民國政府的統治,或因隱居避世,或從事教育出版,或賣文為活而聚居於上海租界,促使一個又一個社團接續出現,並為上海的詩詞以至學術帶來蓬勃的發展。最初,他們因為無法適應華洋交雜、東西文化交會的洋場生活,於是藉結社的方式聯絡同道,唱和漂泊流寓的哀歌。然而,隨著時間的流逝,加上他們對個人居住空間的建構,並試圖尋找與傳統園林相似的私家花園作為遊覽之地,開始慢慢接受租界的生活。民國二十一年(1932)一二八事變爆發,社員們更走出了前朝滅亡的陰霾,以詞體抒寫日本侵華的殘暴,表達國家破亡的傷痛。二十六年(1937)十一月,上海淪陷,日軍尚未攻入租界,然四周已為淪陷區所包圍。詞人們在國家危急存亡之際,團結一致,同聲同氣,激發民族意識和愛國情懷,同時流露對國家前景的憂虞。

---

〔註 277〕 夏敬觀撰:〈半櫻詞續序〉,載林鶤翔《半櫻詞》,朱惠國、吳平編:《民國名家詞集選刊》,頁 191。

# 第三章　南京詞社：學者詞人的
# 金陵懷古與晚明書寫

　　民國時期的南京，主要有四個詞社：潛社（1924～1937）、梅社（1931
～？）、蓼辛詞社（1931）和如社（1934～1937）。雖然清末民初有南京詞人如
端木埰、鄧嘉縝和孫正初等繼承常州詞派的餘緒，可是後繼無力，很快就被
五四新文化運動的浪潮淹蓋了。直到以梅光迪（1890～1945）、胡先驌（1894
～1968）等人成立學衡派，並以南京高等師範學校（後更名為東南大學、國
立中央大學）為根據地，捍衛中國傳統思想文化，與新文化運動展開激烈的
新舊文化之爭。後來黃侃（1886～1935）和吳梅（1884～1939）相繼來到東南
大學，在校園內組織一連串舊體詩詞唱和活動，促成南京最先成立的兩個詞
社——潛社和梅社的興起。他們或以金陵懷古，或以金陵山水遊覽，或以晚
明歷史記憶，或以師生同窗情誼為題材，唱和出具有南京地域特色的作品。
民國二十六年（1937），抗日戰爭全面爆發，南京最後一個詞社——如社，與
潛社都被逼解散。隨著南京詞壇領袖吳梅，與喬大壯、盧前先後離世，南京
詞社的唱和正式告終。

## 第一節　潛社（1924～1937）：以國立中央大學為主的
## 　　　　詞曲唱和

　　二十世紀二十至三十年代，在南京國立中央大學，湧現三個由校內著名
國學大師領導的文學社團——潛社（詞曲社）、梅社（詞社）和上巳詩社。民

國十一年（1922），吳梅辭任北京大學的教席，來到東南大學（後更名為國立中央大學）教授詞曲，引領金陵詞曲走向頂峰。他在校園內組織潛社，又支援梅社，透過磨練學子填詞寫曲，既提高學生學習古典文學的熱情和興趣，亦因此培養與成就了一群研究詞曲的優秀學者。誠如匡亞明（1906～1996）在吳梅誕辰一百週年紀念會高度評價吳梅在詞曲教學的成就和貢獻：

> 一九一七年，應蔡元培先生之聘，出任北京大學詞曲教授。本來，封建的傳統觀念認為詞曲是小道，是不能登大雅之堂的，所以吳梅先生在大學裡開詞曲課，實在是一次革命性的創舉，是一種教育改革。他先後在東吳大學、東南大學、中山大學、中央大學、金陵大學任教期間，把崑曲的演唱引進了高等學府的講台，他在課堂上又吹又唱，封建遺老們也曾暗暗反對，散佈過一些閒言碎語，但他並沒有因此而退縮。實踐證明，他把戲曲理論和舞台實際相結合的教學方針，是完全正確的，而且造就了大批民族戲曲和詞學研究人才，如任二北、俞平伯、錢南揚、唐圭璋、王季思、李一平、常任俠、吳白匋、段熙仲、程千帆、萬雲駿等教授。當今執教於高等院校的戲曲史專家和詞家，或是他的及門弟子、再傳弟子和私淑弟子，或是跟他介於師友之間而接受他的影響的學者，無不欽佩他言傳身教的師德。〔註1〕

潛社由東南大學學生發起，吳梅主盟，從醞釀期（1924～1925 年）至日寇侵華（1937 年）被逼解散為止，斷斷續續維持了十三年之久，但實際社集時間僅有九年。潛社大抵分為四個階段：第一階段（1924～1927 年）因國民革命軍北伐而中輟，作品結集為《潛社詞刊》。第二階段（1928～1932 年）吳梅主授南北曲，故社課轉為作曲，不復填詞，其標誌性成果是《潛社曲刊》。第三階段（1930～1931 年）吳梅在國立中央大學教學之餘，尚在上海光華大學兼課，光華大學諸生仿效中央大學，成立潛社，詞作散見於光華大學中國語文學會刊物——《小雅》。第四階段（1936～1937 年）吳梅在中央大學重舉社課，將諸生社作裒輯為《潛社詞續刊》。除了光華大學時期作品，其餘匯合成《潛社彙刊》。本文主要用《潛社彙刊》本，封面有吳梅題字，並無

---

〔註 1〕匡亞明撰：〈在吳梅先生誕辰一百週年紀念會上的講話〉，載王衛民編：《吳梅和他的世界》（石家莊：河北教育出版社，2002 年），頁 110～111。

剞劂日期。〔註 2〕

圖六：潛社主盟吳梅照片　　　圖七：《潛社彙刊》書影

## 一、詞社緣起

### （一）南京文學復古的興起

　　民國政府成立後，一群原先留學海外的學生歸國，他們與傳統舊制度下成長的文人，對中國文化、文言文及白話文產生了兩種截然不同的看法，分為兩派：一派以梅光迪、胡先驌為代表，認同並捍衛中國古典文化，稱之「學衡派」；一派以陳獨秀（1879～1942）、胡適（1891～1962）為代表，主張全盤西化，意圖打倒文言文，推行白話文。前者以南京高等師範學校為中心，後者則以北京大學為據點，展開長時間的文言文和白話文之爭。民國六年（1917）一月一日，胡適在《新青年》第二卷第五號發表〈文學改良芻議〉，掀起了一場反對舊文學和文言文的文學革命。後來胡先驌針對胡適的意見，在《南高日刊》上發表《中國文學改良論》。據陳水雲（1964～）〈東南大學與現代詞學〉所說，民國十年（1921）一月，胡先驌與劉伯明（1887～1923）、梅光迪、吳宓（1894～1978）、柳詒徵（1880～1956）等創辦《學衡》雜誌，以「昌明國粹，融化新知」作為辦刊方向，目的是否定五四新文化運動，並攻擊文學革命不過是「標襲喧攘，僥倖嘗試」、「提倡方始，衰象畢露」，東南大學因此

---

〔註 2〕吳梅編輯：《潛社彙刊》，載南江濤選編：《清末民國舊體詩詞結社文獻彙編》（北京：國家圖書館出版社，2013 年），第二十二冊，頁 363～524。本文引用潛社的詞作沿用此版本，下文僅注頁碼，不再出注。

成為現代思想史上文化保守主義的大本營。〔註3〕

　　當時支持國學的著名語言文字學家黃侃和吳梅於北京大學出任國文系教授，因為無法抵禦北京大學沸沸揚揚的新文化運動，二人分別於民國八年（1919）及十一年（1922）離開北大，先後來到東南大學，並於校園內組織一連串舊體詩詞唱和活動。〔註4〕《學衡》雜誌成立不久，東南大學國文系學生於十一年（1922）十月發起國學研究會，並由系內教授陳鍾凡（1888～1982）、顧實（1878～1956）、吳梅、陳去病（1874～1933）和歷史系教授柳詒徵任指導員，出版《國學叢刊》雜誌，以整理國學，增進文化為宗旨，公然針對新文化運動。南京的文學復古進程，最先是梅光迪、胡先驌建立「學衡派」，繼而是東南大學成立國學研究會，接著便是吳梅與東南大學學生組成潛社，至國學大師章太炎（1869～1936）的兩位弟子——汪東（1890～1963）和黃侃出任國立中央大學（即東南大學）國文系主任和教授，舉行上巳詩社之修禊活動，正式將南京的文學復古活動推向高峰。當時參與中大舉辦的詩詞酬唱，有吳梅、王瀣、汪辟疆、何魯、胡小石、王易、陳伯弢、汪友箕和柳詒徵等，留下了大量舊體詩詞曲和師生結社的刊物——《潛社彙刊》、《國立中央大學半月刊》。〔註5〕在這一片排斥新文學、堅守傳統文人宴請雅集、賦詩填詞的浪潮下，潛社得以應運而生。

## （二）吳梅在大學校園的領導

　　潛社之興起，並且能夠成為南京校園師生雅集結社最為持久和成果最豐碩的詞社，除了因為國立中央大學有濃厚的古典文學氛圍，最重要的當然是潛社盟主吳梅的態度和領導。吳梅雖然曾在新文學中心北京大學執教五年，但以其個人所秉有之傳統文人氣質，加之努力和堅持，帶動了詞曲在新舊文學交織中的持續發展。學者沈衛威曾評論吳梅在新舊文學鬥爭中的態度說：

〔註3〕陳水雲撰：〈東南大學與現代詞學〉，《文學評論叢刊》，2014 年，第 2 期，第 15 卷，頁 213。

〔註4〕詳見沈衛威撰：〈文學的古典主義的復活——以中央大學為中心的文人禊集雅聚〉，《文藝爭鳴》，2008 年，第 5 卷，頁 63。

〔註5〕關於上巳詩社的活動，可參考尹奇嶺著：《民國南京舊體詩人雅集與結社研究》（北京：中國社會科學出版社，2011 年），頁 126～137；沈衛威撰：〈文學的古典主義的復活——以中央大學為中心的文人禊集雅聚〉，《文藝爭鳴》，2008 年，第 5 卷；沈衛威撰：〈民國中央大學師生的文學生活〉，《名作欣賞》，2015 年，第 1 期。

「他（吳梅）雖是《學衡》的作者，卻不反對白話新文學，也不與新文學作家
為敵，而是堅持向學生傳授詞曲理論，並以填詞譜曲，特別是演唱詞曲作為
文學實踐。」〔註6〕而潛社之取名，亦是意取潛心學術，〔註7〕藉此勉勵學生
專注學術研究，避免捲入政治紛爭。潛社學子在吳梅的循循善誘下，最終取
得輝煌的成就。徐有富〈吳梅與潛社〉開首便說：

> 吳梅在東南大學與中央大學任教期間，組織學生成立潛社，學習詞
> 曲創作，曾盛極一時。據《潛社彙刊同人名錄》可知，參加潛社的
> 學生有七十人，後來成為大學教授的有盧前（中央大學）、馮國瑞
> （蘭州大學）、張世祿（復旦大學）、張汝舟（貴州大學）、唐圭璋（南
> 京師範大學）、段熙仲（南京師範大學）、王玉章（南開大學）、王季
> 思（中山大學）、常任俠（北京大學）、張惠衣（浙江大學）、蔣維崧
> （山東大學）、盛靜霞（杭州大學）、周法高（臺灣大學）、沈祖棻（武
> 漢大學）、吳南青（中國戲曲研究院），此外還有任中敏（揚州大學）、
> 錢南揚（南京大學）、萬雲駿（華東師範大學），真可謂人才濟濟。
> 〔註8〕

潛社七十位社友中，至少有十八人確實做到了潛心學術，傳承吳梅詞學和戲
曲的衣缽。至於再傳弟子和受他們啟迪而走上詞曲道路的人就更多，見出吳
梅不僅是潛社的主導、南京文學復古運動中的核心人物，更是中國詞曲界的
巨擘，貢獻和影響之重大深遠，是無可估量的。

圖八：南京國立中央大學照片

---

〔註6〕沈衛威撰：〈新舊交織的文學空間——以中央大學（1928～1939）為中心實證
　　　考察〉，《中國現代文學論叢》，2007年，第2期，頁97。
〔註7〕王季思撰：〈憶潛社〉，載王衛民著：《吳梅和他的世界》（石家莊：河北教育
　　　出版社，2002年），頁72。
〔註8〕徐有富撰：〈吳梅與潛社〉，《文學史話》，2011年，第5期，頁91。

## 二、詞社發起時間、創社人、社長和社名

### （一）發起時間

關於潛社的發起時間，吳梅有兩段的記載，分別是民國十三年（1924）和民國十五年（1926）春。《吳梅日記》民國二十年（1931）九月二十三日一則載有吳氏憶述：

> 潛社者，余自甲子（1924）、乙丑（1925）間偕東南大學諸生結社習詞也。月二集，集必在多麗舫，舫泊秦淮，集時各賦一詞，詞畢即暢飲，然後散。至丁卯（1927）春，此社不廢。刊有《潛社》一集，亦有可觀處。〔註9〕

指詞社初創於民國十三年（1924）。另一則見吳梅所撰之〈潛社詞刊序〉，述說詞社成立時間為民國十五年（1926）春：

> 丙寅（1926）之春，南雍（東南大學）諸子起詞社，邀余主盟，余欣然諾之。凡集四次，得詞若干首，皆諸子即席揮毫，無假託、無潤色也。至中秋夕，寫錄一小冊，付諸剞氏。（頁 373）

因為潛社兩個不同的發起時間（1924 年或 1926 年春）都是吳梅的親筆記載，學者尹奇嶺針對吳梅的措辭，認為甲子（1924 年）、乙丑（1925 年）屬於醞釀期，丙寅（1926 年）才正式發起詞社：

> 甲子、乙丑間，是「習詞」，而到了丙寅，則是「起詞社」。在潛社正式結社之前應該有一個醞釀期，即在甲子、乙丑之間，東南大學的詞曲班的學生與先生吳梅之間頻繁交流與歡聚，後來這種交流與歡聚漸漸規律化，成員也相對固定了，潛社也呼之欲出了，於是成立社團。但開始的時候，不少學生的程度太低，同學們多數不會填詞。而在回憶的時候，難免有泛化的現象，將此前的活動也追認為社團的活動。〔註10〕

筆者認為這一說法亦頗為合理。首先，據潛社社員王季思（1906～1996）〈憶潛社〉所說，在民國十三年（1924）時，很多同學不會填詞，直到某一個星期日以後，才有同學提議組織詞社，期望定期舉行填詞練習。〔註11〕其次，是

---

〔註 9〕吳梅著、王衛民編校：《吳梅全集・日記卷》（石家莊：河北教育出版社，2002年），頁 28。下文簡稱《吳梅日記》。

〔註10〕尹奇嶺著：《民國南京舊體詩人雅集與結社研究》，頁 112。

〔註11〕王季思撰：〈憶潛社〉，頁 72。

諸生在十三年（1924）至十四年（1925）的詞作，並未錄入《潛社詞刊》。根據〈潛社詞刊序〉，社集僅有四次，集內剞劂的作品，均是民國十五年（1926）所作，因此尹氏將十三年（1924）至十四年（1925）定為潛社的醞釀期，甚為恰當。

## （二）創社人和社長

至於潛社的創辦人，則是東南大學的學生。上述《吳梅日記》民國二十年（1931）九月二十三日載：

> 潛社者，余自甲子（1924）、乙丑（1925）間，偕東南大學諸生結社
> 習詞也。〔註12〕

又吳梅〈潛社詞刊序〉曰：

> 丙寅（1926）之春，南雍（東南大學）諸子起詞社，邀余主盟，余
> 欣然諾之。（頁 373）

除了記述潛社發起者為東南大學學生外，亦道出眾社員邀請吳梅為社長，主盟雅集活動，吳梅欣然答應。

## （三）社名

潛社之命名，意取「潛心學術」，〔註13〕目的是勉勵學生專注學術研究，避免牽入政治漩渦。這見社員唐圭璋先生回憶說：

> 這時，吳師倡導建立潛社，意取潛心學術之意。〔註14〕

王季思〈憶潛社〉有更詳細的解說：

> 第二個星期上課的時候，便有同學提議，請求先生定期給我們這樣
> 的練習，有的同學更主張組織個詞社。先生答應了，定社名為潛社。
> 至於為甚麼用這個潛字，先生當時沒說起。後來我私人問他，他說
> 當時東大教授中，實不免有借學術的組織，作其他種種企圖的，他
> 不願意因此而引起其他的糾紛，所以用這個名字，希望大家埋頭學
> 習，暫時不要牽入政治的漩渦。〔註15〕

見出當時東南大學有借學術團體之名而暗行政治宣傳之實。吳梅教導學生潛

---

〔註12〕《吳梅日記》，頁28。
〔註13〕單汝鵬撰：〈潛社・如社・詠媚香樓詞〉，《文教資料》，1995年，第2期，頁33。
〔註14〕單汝鵬撰：〈潛社・如社・詠媚香樓詞〉，頁33。
〔註15〕王季思撰：〈憶潛社〉，頁72～73。

心做學問之餘，自己更以身作則，拒絕擔任官職。王季思續說：

> 對吳先生這樣的大學者來說，要潛心做學問，還須避開高官厚祿的
> 利誘。先生在北大執教的時候，大軍閥徐樹錚親自上門邀請他去做
> 幕僚，被先生拒絕。後來他對我們說：「我如果那次動了心，去做了
> 官，這些東西（指詞學、曲學的著作）就全都沒有了。」先生經常
> 教育我們要避開名利的引誘。先生認為，一個追名逐利的人不可能
> 潛心做學問。〔註16〕

潛心學術、不受名利誘惑、不參與政治鬥爭，就是吳梅對學生的諄諄教誨及
將詞社取名為潛社的原因。

## 三、潛社的四個階段及社員

### （一）第一階段（1924～1927 年）

潛社分為四個階段，第一階段由民國十三年春（1924）至十六年春（1927）
為止，雅集作品彙為《潛社詞刊》。從上述潛社發起時間觀之，第一階段還可
以分為前期和後期。十三年（1924）至十四年（1925）乃學習填詞時期，屬於
潛社之醞釀期，十五年（1926）才正式結社填詞。王季思〈憶潛社〉詳細談及
潛社成立及運行之具體情況：

> 當民國十三年（1924）的二、三月間，我才是東南大學一年級生，
> 選讀了吳瞿安先生的詞選課。先生以同學們多數不會填詞，為增加
> 我們的練習機會和寫作興趣起見，在某一個星期日的下午，找我們
> 到他的寓處去。他備了一些茶、瓜子，拿出一本歸玄莊的《萬古愁》
> 曲本給我們看。隨出一個題目，叫大家試作，他更從書架上拿下那
> 萬紅友的《詞律》、戈順卿的《詞韻》，給我們翻檢。初學填詞，困
> 難是很多的，有了老師在旁邊隨時指點，隨時改正，居然在三、四
> 個鐘頭裡，各人都填成了一闋。……第二個星期上課的時候，便有
> 同學提議，請求先生定期給我們這樣的練習，有的同學更主張組織
> 個詞社。先生答應了，定社名為潛社。〔註17〕

說出東南大學學生，因為選了吳梅的詞課，對填詞興起濃厚的興趣。然而，

---

〔註16〕 王季思撰：〈回憶吳梅先生的教誨〉，載王衛民：《吳梅和他的世界》（石家莊：
　　　　 河北教育出版社，2002 年），頁 118。
〔註17〕 王季思撰：〈憶潛社〉，頁 72。

同學們剛開始多不會填詞，吳梅於是在一個星期天下午，聚集一眾同學往他的住處，找了《詞律》、《詞韻》等參考書給他們看，並隨意出一個題目給大家試作。在吳梅的指導下，所有同學都能夠順利完成一闋，第二個星期便有同學建議組織詞社，增加練習機會。

王季思還記述了第二次雅集情況：

> 第二次的社集，記得是秦淮河的一隻畫舫，署作「多麗」的大船上。這船名也就是詞牌名，先生特別高興。當船由秦淮河搖到大中橋時，他拿出洞簫，吹起那〈九轉彈詞〉來，簫聲的淒清激越，引得兩岸河房上多少人出來看。到了大中橋畔，先生取出清初某名家畫的李香君小像，下面是錢南垣題的幾個篆字，叫大家各填一首〈驀山溪〉詞。直到暮色蒼茫，才移船秦淮水榭，從老萬全酒家叫了兩桌菜來聚餐，飛花行令，直到深夜才散。〔註18〕

第二次聚會地點在秦淮河畔一隻署作「多麗」的畫舫上，同人們各填一首〈驀山溪〉詞，直到夜幕低垂，才移船秦淮水榭，赴老萬全酒家聚餐，盡歡而散。社集地點除了秦淮河畔外，有時在掃葉樓，有時在靈谷寺，並不固定。〔註19〕在王氏文中提及兩次聚會的習作，均未見《潛社詞刊》收錄，可能是因為這些作品水準不高，刊刻價值不大，也可能習作根本就沒有留存下來。

經過兩年的學習和磨鍊，社集已漸見規模，正式步入結社的階段。民國十五年春（1926），潛社成立，雅集合共四次，課題分別為〈千秋歲・題歸玄恭擊筑餘音〉、〈風入松・宋徽宗琴名松風〉、〈桂枝香・掃葉樓秋禊〉、〈霜花腴・紅葉〉，凡六十二首。全都是學生即席揮毫，無假託、無潤色之作。到了中秋，這六十二首詞作抄成一帙，題曰《潛社詞刊》。

至於潛社社員，凡於校園內選修吳梅課程者，均可入社。當年吳梅所開的課程有詞選、曲選、南北詞簡譜、詞學通論等，他們在參與社課時，可選作詞或作曲。然而，這一階段並未有作曲者，參與的社員亦不固定。按王季思的回憶，現在還約略可記的，有陸維釗、孫雨庭、唐圭璋、張世祿、盧炳普、葉光球、唐廉等幾十個人，女社員則有龔慕蘭、周惠專、濮舜卿等幾人。〔註20〕茲據《潛社詞刊社員名錄》及首四集之作者，以表格形式簡列如下。這份

---

〔註18〕王季思撰：〈憶潛社〉，頁73。
〔註19〕王季思撰：〈憶潛社〉，頁73。
〔註20〕王季思撰：〈憶潛社〉，頁73。

名單分為兩部分：經常參與的學生和新成員，前者有二十四人，後者二十二人，合共四十六人，分別是：

### 表九：潛社社員名錄表（第一階段）

| 姓　名 | 生卒年 | 字　號 | 籍　貫 | 備　註 |
|---|---|---|---|---|
| 吳梅 | 1884～1939 | 霜厓 | 江蘇吳縣 | 見表二：「春音詞社社員名錄表」。 |
| 周世釗 | 1897～1976 | 惇元 | 湖南寧鄉 | 著名教育家和愛國民主人士。民國二年（1913）考入湖南省立第四師範，畢業後加入毛澤東發起的新民學會，兼工人夜校管理員，積極支持和協助毛澤東從事革命活動。十一年（1922）入國立東南大學文學院。十四年（1925）應徐特立聘，在湖南省立第一女子師範執教國文。後歷任長沙市明德中學、周南女中教導主任多年。三十八年（1949）七月起，先後任湖南第一師範代理校長、湖南省教育廳副廳長、湖南省人民政府副省長、湖南省政協副主席、中國民主同盟中央委員、湖南省民盟主任委員。 |
| 段天炯 | 1897～1987 | 熙仲 | 安徽蕪湖 | 民國十六年（1927）畢業於東南大學文學系後，赴安徽大學任教，抗戰爆發後到內遷重慶的中央大學及四川教育學院任教。1956 年前後，任南京師範學院中文系教授，並定居於南京直到去世。國學大師柳詒徵之弟子，國學造詣深厚，著有《禮經十論》、《公羊春秋三世說探源》、《鮑照五題》、《水經注》等著作。 |
| 蔣竹如 | 1898～1967 | 集虛 | 湖南湘潭 | 曾就讀於湖南省第一師範學院，五四運動時期，在長沙參加過毛澤東組織的新民學會。先後在湘潭新群中學、湖南省立五師、一師等校任教。新中國成立後後，歷任湖南第一師範學院教導主任、首任湖南省文史研究館館員。 |
| 馮國瑞 | 1901～1963 | 仲翔 | 甘肅天水 | 著名學者，早年考入天水私立亦渭小學（現稱解一小學）。民國十年（1921），入讀東南大學，畢業後考入北平清華大學國學研究院，受業於梁啟超、王國維等國學大師門下。歷任國立蘭州大學教授、中文系系主任，兼任西北師範學院國文系教授、青海省政府秘書長，陝西省政府顧 |

| | | | | |
|---|---|---|---|---|
| | | | | 問等。建國後，歷任甘肅省文物管理委員會主任、省政協委員等職務。著有《絳華樓詩集》、《張介侯先生年譜》、《麥積山石窟志》、《炳靈寺石窟勘察記》等。 |
| 孫為霆 | 1901～1966 | 雨廷 | 江蘇六合 | 畢業於國立東南大學後，先後任教於南京中學、揚州中學。民國二十年（1931）任省立淮安中學校長。後流亡重慶，任教於當時的中央大學。歷任教於上海震旦大學、西安師範學院歷史系，擔任《中國現代史》、《歷史文選》和《中學歷史教材教法》等課程。一生酷愛曲學，尤長於治曲。著有《壺春樂府》。 |
| 唐圭璋 | 1901～1990 | 季特 | 江蘇江寧 | 早年就讀仇埰創辦的江蘇省立第四師範學校，民國十一年（1922）入讀國立東南大學中文系。畢業後先任教於江蘇省第一女子中學，後歷任中央軍校國文歷史教官，東北師範大學教授、南京師範學院教授。如社社員。著有《宋詞三百首箋》、《南唐二主詞匯箋》、《詞話叢編》、《宋詞四考》、《全宋詞》、《全金元詞》等。 |
| 宋希庠 | 1902～1939 | 序英 | 河北通州 | 民國十六年（1927）畢業於南京東南大學農科。一度留校任農科編輯，兼負責農事指導推廣。後歷任國民黨中央黨部農民部主任幹事、江蘇大學區立蘇州農業學校教員、省農礦廳合作事業指導委員會委員兼農礦廳編審等職。南京被日軍侵佔後，舉家遷回石港，被聘任為南通中學教員、教務主任等職。著有《農墾》、《農業論叢》初集、《中國歷代勸農制度考》、《水利概要》、《實用農業推廣學》等書。與人合著《農村經濟》一書，並主編《農業週報》。 |
| 張世祿 | 1902～1991 | 福崇 | 浙江浦江 | 中國當代著名語言學家。畢業於國立東南大學後，於民國十七年（1928）到上海商務印書館任職。先後在暨南大學、復旦大學、光華大學、雲南大學、中山大學、重慶中央大學、重慶大學、南京大學等校任教。從事中國文字學、訓詁學、語音學及詞彙學研究，尤其擅長漢語音韻學研究。著有《中國音韻史》、《語言學概論》、《古代漢語》、《廣韻研究》等。 |

| 濮舜卿 | 1902～？ | 舜欽 | 杭州餘杭 | 民國九年（1920）畢業於浙江省立女子師範學校，次年（1921）入讀南京東南大學，專攻政治經濟學，兼習文學，為文學研究會會員。愛好戲劇，曾與侯曜等組織東南劇社，參加演出並編寫劇本。畢業後從事戲劇電影活動，十四年（1925）創作了電影劇本《愛神的玩偶》，成為中國電影史上第一位女電影編劇。 |
|---|---|---|---|---|
| 馬著驤 | 1903～1939 | 霄鵬 | 微山南陽 | 民國十二年（1923）考入東南大學心理系，十六年（1927）在學校加入中國共產黨。七七事變，返鄉組織領導抗日救亡工作。二十七年（1938）一月任中共金鄉縣工作委員會書記，並成立了金鄉縣第一支抗日武裝。四月調魯西南工委任宣傳部部長。同年以「託派分子」罪名被逮捕嚴刑拷打和被勒死。三十四年（1945）底遭平反，追認為革命烈士。 |
| 龔慕蘭 | 1903～1963 | 沐嵐 | 湖南長沙 | 東南大學畢業後，往美國哥倫比亞大學近修碩士。曾任國民黨中央黨部（國民黨宣傳部）女設計委員。民國二十三年（1934）任婦女文化促進會理事，二十六年（1937）任蘇州女子師範學校校長。二十七年（1938）參加戰時兒童保育會湖南分會，又轉任國立合江第五中山中學校長。三十年（1941）合江第三、第五、第六中學合併為國立合江十六中學，並擔任校長。四十三年（1954）任國立臺灣師範大學國文系教授。 |
| 盧炳普 | 1905～1978 | 彬父 | 浙江東陽 | 創辦浙江省東陽中學，並於民國二十三年（1934）至二十八年（1939）擔任校長之職。 |
| 王起 | 1906～1996 | 季思 | 浙江永嘉 | 著名的戲曲史論家、文學史家。民國十四年（1925）考入東南大學中文系，潛心於元雜劇和中國文學史的研究。十八年（1929）畢業後，長期在浙江、安徽、江蘇三省任中學教師。抗戰後赴浙江大學龍泉分校任教。1950 年赴廣州中山大學任教。著有《西廂五劇注》、《桃花扇校注》（合作）、《王季思詩詞錄》、《玉輪軒古典文學論文集》等。主編過高校文科教材《中國文學史》以及《中國十大古典悲 |

| | | | | |
|---|---|---|---|---|
| | | | | 劇集》與《中國十大古典喜劇集》，很多作品被譯成日文與印尼文，在國內外學術界中有重大影響。 |
| 吳宏綱 | 不詳 | 正維 | 不詳 | 國立東南大學畢業後，出任南京市第一中學歷史科首席教師。建國後，任南京市第一中學副校長。 |
| 沙宗炳 | 不詳 | 柳三 | 江蘇南通 | 國立東南大學畢業後，出任中央大學教授。 |
| 樓公凱 | 不詳 | 竹圃 | 不詳 | 不詳 |
| 蔡達理 | 不詳 | 劍泉 | 不詳 | 不詳 |
| 陸垚 | 不詳 | 少執 | 不詳 | 不詳 |
| 賀楚南 | 不詳 | 柏芳 | 不詳 | 不詳 |
| 王文元 | 不詳 | 應三 | 不詳 | 不詳 |
| 唐廉 | 不詳 | 桐蔭 | 不詳 | 不詳 |
| 朱祖謙 | 不詳 | 伯和 | 不詳 | 不詳 |
| 陸祖麻 | 不詳 | 不詳 | 不詳 | 不詳 |

## 表十：潛社新社員表

| 姓名 | 生卒年 | 字號 | 籍貫 | 備　註 |
|---|---|---|---|---|
| 王玉章 | 1895～1969 | 不詳 | 江蘇江陰 | 民國十二年（1923）畢業於東南大學，先後在復旦大學、暨南大學、同濟大學、雲南大學、中央大學和中央戲劇學院任教授。先後為吳梅校《雙魚記》、《白蛇傳》、《無價寶》等曲本。十七年（1928）前後，還幫助編《奢摩他室曲叢》等。1951年任南開大學中文系教授，直至病逝。終生從事教育和戲曲史研究，著有《南北曲研究》、《曲譜》、《北詞校律》等。 |
| 徐景銓 | 1897～1934 | 管略 | 江蘇常熟 | 民國十二年（1923）畢業於南京高等師範學校，至十七年（1928）九月任無錫國專教授。 |
| 張惠衣 | 1898～1960 | 葦伊 | 海甯硤石 | 民國五年（1916）在莫干山補習中學任教員，積錢入北京大學學習。十一年（1922）在浙江國學專修館任職。十六年（1927）任教於中央大學。二十一年（1932），任 |

| | | | | 教於蘇州振華女中。二十五年（1936），擔任中央古物保管委員會專門委員，兼光華大學、大夏大學教授。二十八年（1939），任無錫國學專修館教授。三十年(1941)遷居杭州，歷任浙江大學教授、浙江省博物館館長、浙江省文物管理委員會常務委員。著有《金陵報恩寺塔志》、《納蘭成德年譜》、《歷代平民詩集》、《靈璪閣詩》等。 |
|---|---|---|---|---|
| 張汝舟 | 1899～1982 | 二冊居士 | 安徽全椒 | 民國十五年（1926）考入國立東南大學文學院中國文學系。十九年（1930）畢業後，歷任合肥省立六中、省第一臨時中學、湘西永綏國立第八中學高中部國文教員。三十年（1941）任湖南蘭田國立師範學院講師，後為副教授。三十四年（1945）秋，任貴州大學教授。1980 年春被聘任為安徽師範大學滁州分校中文系顧問。著有《二冊室古代天文曆法論叢》、《漢語語法發展史綱要》、《段氏十七部批註》、《聲韻學教案》、《詩經韻讀舉例》、《國字概論》、《老莊補義》九歌新論》、《談杜詩書》、《南宋九經考》等。 |
| 羅剛 | 1901～1977 | 隱柔 | 安徽合肥 | 早年就學於金陵大學及中央大學，曾任國民黨蕪湖市黨部組織部長。民國十九年（1930）留學美國。二十二年（1933）回國後，歷任國民黨中央宣傳部設計委員、中央電影檢查委員會主任委員、中央政治學校教授、國民黨中央宣傳部處長。1949 年去臺灣，歷任法商學院、臺灣大學、師大、文化學院、東吳大學教授，三民主義研究所研究員等。 |
| 曹明煥 | 1902～？ | 丹秀 | 安徽銅陵 | 畢業於東南大學後，於民國十六年（1927）任中國國民黨江蘇省黨部工人部秘書，歷任國民黨中央組織部幹事、國民黨安徽省黨部指導委員兼訓練部部長及安徽省黨務訓練所所長、江蘇省鄉鎮長訓練所所長、湖南省地方行政幹部學校鄉鎮班副主任等。抗日戰爭爆發後，赴四川任國民黨中央社會部專門委員。中華人民共和國成立前去臺灣，任「國民大會」代表。 |

| 常任俠 | 1904～1996 | 季青 | 安徽潁上 | 著名詩人、東方藝術史與藝術考古學家。民國十一年（1922）秋，考入南京美術專門學校。十七年（1928）入國立中央大學文學院。二十四年（1935）春赴日本，入東京帝國大學文學部大學院進修，次年底回國。二十七年（1938）在國民政府軍事委員會政治部第三廳第六處從事抗日宣傳工，並任行政院管理中英庚款董事會協助藝術考古研究員。三十四年（1945）赴印度任國際大學中國學院教授，三十八年（1949）歸國。著有《民俗藝術考古論集》、《中國古典藝術》、《東方藝術叢談》、《絲綢之路與西域文化藝術》、《常任俠藝術考古論文選集》等。 |
|---|---|---|---|---|
| 李驤 | 不詳 | 仲騫 | 浙江溫州 | 與陳仲陶、夏承燾、李雁晴、宋墨庵、李夢楚、薛儲石並稱「永嘉七子」。 |
| 李慰祖 | 不詳 | 不詳 | 不詳 | 民國十三年（1924）畢業於南京高等師範學校國文史地部。 |
| 李和兌 | 不詳 | 吉行 | 不詳 | 嘗任安徽省文史館早期館員、民國中央大學教授、江南大學副教授，後出任安徽嘉山縣立初級中學校長。 |
| 董文鸞 | 不詳 | 不詳 | 不詳 | 民國十九年（1930）出任國立中央大學助教。 |
| 蘇拯 | 不詳 | 琴僧 | 不詳 | 不詳 |
| 袁菖 | 不詳 | 爰暒 | 不詳 | 不詳 |
| 凌樹望 | 不詳 | 公威 | 不詳 | 不詳 |
| 李祖禕 | 不詳 | 不詳 | 不詳 | 不詳 |
| 王靈根 | 不詳 | 不詳 | 不詳 | 不詳 |
| 武祥鳳 | 不詳 | 不詳 | 不詳 | 不詳 |
| 葉祥瑞 | 不詳 | 不詳 | 不詳 | 不詳 |
| 朱元俊 | 不詳 | 不詳 | 不詳 | 不詳 |
| 劉熙麐 | 不詳 | 不詳 | 不詳 | 不詳 |
| 高行健 | 不詳 | 不詳 | 不詳 | 不詳 |
| 李家驥 | 不詳 | 不詳 | 不詳 | 不詳 |

　　從上述所載名錄來看，除了吳梅是潛社的盟主，其餘都是東南大學的學生，可見潛社第一階段規模龐大，酬唱鼎盛。直至十六年（1927）春，國民革命軍北伐，起兵廣東，進佔長沙、武漢、南京、上海等地，意圖瓦解北洋軍閥

及其掌控的北洋政府，統一全中國。南京被攻佔前，東南大學被逼停辦，吳
梅舉家回蘇州，潛社第一階段的活動也隨之停止。

## （二）第二階段（1928～1932 年）

第二階段由民國十七年秋（1928）至二十一年冬（1932），維持了四年的
時間，作品彙集為《潛社曲刊》。十六年（1927）六月十五日，南京國民政府
北伐成功。七月，教育行政委員會命令將原本國立東南大學，與河海工程大
學、江蘇法政大學、江蘇醫科大學、上海商科大學以及南京工業專門學校、
蘇州工業專門學校、上海商業專門學校、南京農業學校等江蘇境內專科以上
的九所公立學校合併，組建為國立第四中山大學。民國十七年（1928）二月
二十九日，教育界人士對第四中山大學校名出現爭議，最直接的原因是中山
大學不止一處，次第名之，不易辨記。若全國增至二三十所名為中山大學的
學府，其情形之混亂不難想像，於是將校名改為國立江蘇大學。然而，此舉再
次遭到學校反對，引發「易名風潮」。最終，中華民國中央政府大學委員會於
民國十七年（1928）五月十六日做出決議，將江蘇大學改稱為國立中央大學。

自東南大學停辦後，吳梅舉家回蘇州，同年九月中旬赴廣州中山大學任
教，但因起居甚不安適，於民國十七年初（1928）辭任。春時又得友人童伯章
之介，任教於上海光華大學，並在蘇州與黃頌堯、顧巍成、王飲鶴、張蟄公、
蔣兆蘭諸君結琴社。〔註 21〕至東南大學易名中央大學後，中央大學的舊生要
求學校重新聘任吳梅，吳梅於是回歸，然仍兼任滬上光華大學教席，兩地奔
走。王季思〈憶潛社〉云：

> 國民革命軍北伐以後，先生一度到廣東中山大學任教。因為同學們
> 對先生的感情特別好，當時由我同唐謙、盧炳普等幾個人發起，要
> 求校裡請先生回來。公告一出，簽名贊同的有百多人。民國十七年
> （1928），先生依然回到南京，在中央大學任教。因為那時汪旭初先
> 生、王曉湘先生都擔任詞的課程，先生專教南北曲，社集時也便專
> 填曲子了。〔註 22〕

乃知吳梅重回南京教學時，詞學課堂已由汪東、王易主講，他則專授南北曲，
於是潛社賡續時，便改為填曲。吳梅在〈潛社曲刊序〉述說潛社重集的情況：

---

〔註 21〕王衛民撰：〈吳梅年譜〉，載《吳梅日記》，頁 949～950。
〔註 22〕王季思撰：〈憶潛社〉，頁 74。

> 戊辰（1928 年）之秋，重主上庠（指中央大學），社集舊人，泰半
> 雲散，同學中請賡續前舉。余方與諸君子談曲，遂易作南詞，仍集
> 多麗舫。（頁 413）

道出第一階段參與雅集的學生，已經各散東西。然而，這並沒有影響吳梅的
心情，他自廣東回南京後，對社集的興致更趨濃厚。這見他在首次重集前先
訂明社規：

> 戊辰（1928 年）之秋，重集多麗舫，後約為南北曲。蓋是時余自嶺
> 南返京，重主上庠，專授南北曲，故社課不復作詞。社有規條三：
> 一、不標榜；二、不逃課；三、潛修為主。〔註23〕

其次，社集相對第一階段更為熱鬧，參與者除了中央大學學生外，還有汪東、
王易、胡光煒和王瀣。吳梅在日記有詳細記錄：

> 此次鐘集，因旭初（汪東）、小石（胡光煒）、伯沆（王瀣）、曉湘（王
> 易）在座，胡、王為東大舊友，曉湘新來校，汪雖同鄉舊識，但自
> 東南改中大，始來校任國文系主席也。旭初喜詩鐘，遂與諸君及諸
> 生同作云。首拈牽、便二字首唱。旭初云：「牽機竟賜重光藥，便面
> 能遮庾亮塵。」小石云：「便殿從容陪漢主，牽車撩亂泣近仙。」小
> 石又云：「便面章台張尹過，牽絲海嶠謝公來。」伯沆云：「牽來唐
> 帝玉花馬，便與周郎赤壁風。」余云：「便與東風銅雀鎖，牽來秋袂
> 玉蟲寒。」諸生中仲騫云：「牽機賜藥情何慘，便座談經跡已陳。」
> 次拈釋、悲二字二唱。……是集極歡而散。〔註24〕

王季思〈憶潛社〉也記述了第一次重集之盛況：

> 那年的第一次重集，先生（吳梅）把汪旭初、胡小石、王伯沆諸先
> 生都拉來作陪。為著紀念前游，先生特意叫我們把多麗舫定了來。
> 社集時還有詩鐘餘興，拈牌、葉二字，嵌第四字，冠軍是汪旭初先
> 生的一聯：「帆隨楓葉辭牛渚，路記松牌到象州。」屬對既整，韻味
> 尤勝。王伯沆先生素不事此道，也勉強擬了一聯：「龍護一牌清萬
> 歲，貂榮七葉漢中郎。」先生戲言：「這有復辟嫌疑，該依反革命條
> 例處置。」伯沆師也為之莞爾。當華燈初上時，先生即席填成那首
> 〈商調山坡羊〉，已經譜好了，按拍而歌，秦淮無數畫舫，兩岸笙歌，

---

〔註23〕《吳梅日記》，頁 28～29。
〔註24〕《吳梅日記》，頁 28～30。

一時既然。〔註25〕

這一階段社集次數甚多，共有十次，課題分別為〈山坡羊‧戊辰季秋重集多麗舫〉、〈桂枝香‧過明故宮〉、〈錦纏道‧紅葉〉、〈春帶引‧訪舊院〉、〈桃花山‧後湖訪櫻桃花〉、〈花月圍京兆‧秋海棠〉、〈五色絲‧雪〉、〈北寄生草‧茶〉、〈解三酲‧梨花〉、〈玉芙蓉‧戲效青門唾窗絨體〉，共收錄九十二首曲子，剞劂為《潛社曲刊》。《潛社曲刊》附梓後，雅集依然如常舉行。此見《吳梅日記》民國二十一年（1932）十二月十三日云：「早赴萬全，與諸生雅集，題為〈桂枝香‧祝東坡生日〉。公生十二月十九日。集者二十五人。」〔註26〕十四日又記：「日來與諸生雅集，得二詞一曲，亦復可觀。」〔註27〕這三首詞曲是〈桂枝香‧祝東坡生日〉、〈三姝媚‧冬日過玄武湖〉和〈黃鐘降黃龍‧秦淮冬集〉，惜沒有收入《潛社曲刊》。

## （三）第三階段（1930～1931 年）

民國十七年春（1928），吳梅得到友人童伯章之介，擔任上海光華大學國文系教授。至國立中央大學學生要求再次聘任吳梅，吳梅答允，於是經常往返上海、南京兩地授課。吳氏嘗於日記說：

> 弟自十七年春，由亡友童君伯章之介，承乏光華教席。吹竽南郭，自笑無能，猥荷殷拳，歷年延聘。去歲（1930）之秋，弟以上庠兼課，往返為勞。請於茂如，力辭此席。又荷垂愛，改任講師。迨及今秋（1931），始允解約。〔註28〕

吳梅回到中央大學不久，潛社賡續。後來光華大學同學們仿效中央大學，成立潛社，並沿用其名。吳梅嘗為他們組織的潛社撰寫一篇〈潛社詞刊序〉，交代詞社成立緣由，今載於《小雅》：

> 往余主南雍，從諸生請相約結詞社，名之曰潛。蓋不事標榜而暗然日章也。光華同學聞而效之，月必一集，歷五月，得詞若干首。嗟乎！海天索處，故國神游，馬齒加強，待有宦奇之感，龍涎入詠，敢補樂府之題。庚午（1930）午節霜厓。〔註29〕

〔註25〕王季思撰：〈憶潛社〉，頁 74。

〔註26〕《吳梅日記》，頁 255～256。

〔註27〕《吳梅日記》，頁 256。

〔註28〕《吳梅日記》，頁 39。

〔註29〕光華大學編：《小雅》，第 1 期，頁 38～41；第 3 期，頁 37～40；第 5 期，頁 42～45。

說出光華同學組成的潛社，每月聚集一次，共集五次。雖然襲用中央大學潛社之名，然而今人潘夢秋認為其不論組織規模，成果數量還是後續影響方面，都不及南京潛社。〔註30〕筆者亦認同這一說法。首先，從《小雅》刊載光華時期〈潛社同人姓字錄〉觀之，當時的社員僅有十三人：

## 表十一：光華潛社社員名錄表

| 姓　名 | 生卒年 | 字　號 | 籍　貫 | 備　註 |
|---|---|---|---|---|
| 吳梅 | 1884～1939 | 霜厓 | 江蘇吳縣 | 見表九：「潛社社員名錄表（第一階段）」。 |
| 王玉章 | 1895～1969 | 不詳 | 江蘇江陰 | 見表十：「潛社新社員表」。 |
| 馬厚文 | 1903～1989 | 田父 | 安徽桐城 | 民國十四年（1925）考入上海光華大學中文系，畢業後留校任教。二十六年（1937）抗戰爆發，攜眷返安徽，避難於桐城黃甲山區，在桐城中學任教。抗戰勝利後，赴湖南執教於南嶽國立師範學院。解放後，由湘返皖，被省文史館聘為館員。著有《桐城文派論述》、《桐城近代人物傳》、《桐城詩選》、《增訂姚惜抱年譜》、《姚仲實年譜》、《楚辭今譯》等。 |
| 盧前 | 1904～1951 | 冀野 | 江蘇江寧 | 民國十五年（1926）畢業於南京東南大學，翌年任南京金陵大學講師。十九年（1930）起，歷任教於四川成都大學、成都師範大學、開封河南大學、中央大學、上海中國公學、廣州中山大學研究所、上海暨南大學。後出任國立音樂專科學校校長、南京通志館館長等。如社社員。著有《飲虹樂府》、《飲虹五種》、《盧冀野詩抄》、《南北曲溯源》、《明清戲曲史》、《中國戲曲概論》、《詞曲研究》、《曲韻舉隅》、《八股文小史》、《讀曲小識》、《中國散曲概論》等。編注有《曲話十種》、《曲話叢鈔》、《元明散曲選》、《明雜劇選》、《元明清雜劇選》等。 |

〔註30〕潘夢秋撰：《民國上海高校的舊體詞教學研究》，華東師範大學碩士論文，2015年，頁76。

| 俞大綱 | 1908～1977 | 大綱 | 浙江紹興 | 中國戲曲專家。上海光華大學畢業後，入讀北京燕京大學研究院。1949 年與哥哥俞大維等隨國民黨政府到台灣，來台後應臺靜農邀，在臺灣大學中文系教詩學。後於中國文化大學戲劇學系擔任教授和主任，是戰後臺灣重要的新編古裝京劇劇作家。著有劇作《新編繡襦記》、《王魁負桂英》、《人面桃花》、《楊八妹》、《兒女英豪》和《俞大綱全集》。 |
|---|---|---|---|---|
| 潘正鐸 | 1910～1977 | 文木 | 浙江慈溪 | 民國二十年（1931）入讀上海光華大學，畢業後任民族資本家黃延芳秘書，同時在滬上報紙多發表抗日文章。抗戰爆發後，避走南洋，曾任教於南洋華僑中學、南京大學工農速中、南京市立師範學院。抗戰勝利後，回國就任國民政府行政院政務委員鄭振文私人秘書，並兼任處理美國救濟物資委員會專員。著有《文木天南旅稿》。 |
| 萬雲駿 | 1910～1994 | 西笑、網珠 | 江蘇南匯 | 詞曲研究家。畢業於光華大學後，在民國二十六年（1937）留校任教，歷任光華大學助教、講師、教授。後出任東北商業專門學校、華東師範大學中文系教授，中華詩詞學會顧問、上海詩詞學會顧問。著有《元曲漫話》、《詩經的語言藝術》（合著）、《西笑詩詞存稿》、《詩詞曲欣賞論稿》等。 |
| 陸駿謨 | 不詳 | 季鰲 | 不詳 | 不詳 |
| 鄧宅華 | 不詳 | 宅華 | 不詳 | 不詳 |
| 郁昌熙 | 不詳 | 東明 | 不詳 | 不詳 |
| 秦承懋 | 不詳 | 勉庵 | 不詳 | 不詳 |
| 楊熊士 | 不詳 | 熊士 | 不詳 | 不詳 |
| 金秋濤 | 不詳 | 秋濤 | 不詳 | 不詳 |

　　當中鄧宅華乃光華大學政治系學生，俞大綱為歷史系學生，〔註31〕可見社員並不局限於國文系學生，似是全校同學均可參與。然而，相對前東南大學和中央大學龐大的七十人團隊，其規模實在無法比較。其次，他們唱和總

---

〔註31〕詳參潘夢秋著：《民國上海高校的舊體詞教學研究》，頁 77。

共僅有五集三十二首,全刊載於《小雅》;〔註32〕相比於《潛社詞刊》和《潛社曲刊》合共的十四集一百四十四首,成果數量明顯略少。現存光華潛社的三次雅集中,第一集以〈淡黃柳‧寒山〉為題,限「質」、「職」兩韻,共十二首。第二集調為〈飛雪滿群山〉,限韻「文」、「元」,共收錄九首。第三集以〈洞仙歌‧賦柳〉為題,不限韻,共收十一首詞作。第二集舉行時值寒冬,大雪飛揚,吳梅指定同學們填寫〈飛雪滿群山〉,並帶頭領作。萬雲駿曾記述這次集會:

> 這時吳先生兼南京中央大學與上海光華大學兩校的詞曲課程。他接信後,即約我在星期天至本市光華大學教員宿舍去會面。我記得那時他和國文系主任童伯章住在一個房間。吳梅先生領我吃午飯後,就一道去參加他領導的潛社詞課。時正冬天雪後,他指定了〈飛雪滿群山〉的詞牌,由他帶頭,同社十餘人一起填起詞來。填好後由他一一修改,然後付印。我還記得參加者有光華教師盧前,學生潘正鐸、馬厚文等。〔註33〕

吳梅自民國十七年秋(1928)回到中央大學任教後,疲於奔走南京、上海兩地,曾在十九年(1930)向光華大學提出請辭。但光華大學不允解約,遂將其改為講師之職。迨及二十年秋(1931),始許吳梅解約。吳氏離開光華大學後,盧前還曾經代替他組織過一次社集:

> 上海光華大學亦嘗組潛社,時前與霜師執教其間,師回中央大學,僅舉社集一次,前代主之,所作常匯刊《小雅》雜誌中。而南京潛社則有專刊,都詞曲二百餘首。〔註34〕

但隨著吳梅離開,光華潛社不久就解散了。因為整個詞社的運作都是由吳梅來領導,從集會地點、詞牌、題目,甚至詞作的批改和意見都是他來決定和提出。雖然詞社解散了,然而吳梅與社員們仍然保持聯繫,還幫他們批改習作,指點一二。《吳梅日記》民國二十年(1931)十月二十五日寫道:

---

〔註32〕據吳梅〈潛社詞刊序〉所說,光華潛社舉行雅集共五次。然筆者翻閱《小雅》第 2 期、第 3 期和第 5 期,只刊載第一、第二和第三集的作品。另外,潘夢秋嘗整理光華潛社的詞作,亦僅見首三集,彙集為〈光華潛社之《潛社詞刊》〉,見潘夢秋著:《民國上海高校的舊體詞教學研究》,頁 186~191。
〔註33〕萬雲駿撰:〈萬雲駿自傳〉,載北京圖書館《文獻》叢刊編輯部編:《中國當代社會科學家》(北京:書目文獻出版社,1983 年),第 5 輯,頁 8。
〔註34〕盧前著:《冶城話舊》,載《盧前筆記雜鈔》(北京:中華書局,2006 年),卷二,頁 423。

午後改萬生雲駿、潘生正鐸二詞，為光華舊徒也。二生以校中同學
奔走國事，無形假期，相約作詞，倚清真倒犯韻，詠新月亦復可觀。
〔註35〕

經過吳梅悉心指導，萬雲駿成為了華東師範大學教授，潘正鐸亦出任光華
大學詞學教席，後來赴中央大學任教。但吳梅始終將教學精力集中在南京，
加上光華習詞氣氛不及南京，即使光華大學校長再次延聘，吳梅亦謝絕之。
〔註36〕

## （四）第四階段（1936～1937 年）

《潛社曲刊》刊印以還，社集尚舉行三次，然後漸漸雅興大減，一度中
輟。尹奇嶺認為這與一二八事變，以及吳梅與黃侃翻臉有關。〔註37〕民國二
十一年（1932）一月二十八日，日本為了吞併中國東北，藉口轟炸上海北火
車站，滬濱頓時陷入一片混亂。第二天（1932 年 1 月 29 日），日軍出動六架
飛機空襲位於寶山路的商務印書館總廠，大火瞬間爆發，吞沒了整座大樓，
幾十萬冊孤本善本古籍全部毀於一旦。〔註38〕在日本侵華前，商務印書館所
長張元濟（1867～1959）親自向吳梅借了南北曲珍本秘籍，藏於三樓涵芬樓，
準備複印，結果因商務印書館葬身火海，吳梅借出的一百零九種藏書毀於一
旦。〔註39〕這件事令吳氏大受刺激，社集興味大減。此見《吳梅日記》民國
二十年（1931）十二月二十四日載：

> 又至全城源小飲，談次，謂商務館被焚後，涵芬秘笈悉付祝融，吾
> 恐《奢摩他室曲叢》各底本同遭此厄。二十年奔走南北，僅此數卷
> 破書，苟付劫灰，吾心亦灰矣。歸家即睡，不勝憤慨云。〔註40〕

〔註35〕《吳梅日記》，頁 90。
〔註36〕《吳梅日記》1932 年 6 月 6 日云：「繼陸續客至，初為萬雲駿，繼為王玉章，
　　　繼為朱時儁，銜光華校長之命，邀吾下學期回校，余堅辭之。」，頁 177。
〔註37〕尹奇嶺說：「尤其是從廣東回來後的一年，吳梅熱情很高，社集的次數也較多。
　　　但到 1932 年後，有兩件讓吳梅敗興的事情。一是「一‧二八」戰火的燃燒，
　　　吳梅被商務印書館借去複印的南北曲珍本秘籍有部分被毀。……這讓吳梅很
　　　受刺激，社集的興味大減。另一件事情是 1933 年 6 月 3 日與黃侃的翻臉，也
　　　大大影響了心情，潛社活動亦隨之漸衰。」尹奇嶺著：《民國南京舊體詩人雅
　　　集與結社研究》，頁 117。
〔註38〕張人鳳撰：〈一二八事變中的商務印書館和東方圖書館〉，《聯合時報》。
　　　http://shszx.eastday.com/node2/node4810/node4851/node4864/u1ai62510.html。
〔註39〕詳參《吳梅日記》，頁 112～114。
〔註40〕《吳梅日記》，頁 83。

另一件事就是吳梅與黃侃翻臉，事情最先發生在民國二十二年（1933）六月三日。兩人早在北京大學已是同事，但真正有密切往還則在十六年冬（1927），黃侃來到南京以後。他們一同擔任中央大學國文系教授，又先後被金陵大學聘為兼職。吳梅曾參與黃侃遊玄武湖的修禊活動，黃侃又應吳氏之邀，與王瀣、汪辟疆、胡小石、汪東到蘇州遊玩，並有聯句十五首。同年重午，他們又與眾友相約遊後湖，得〈霜花腴〉聯句。〔註41〕可是，在二十二年（1933）六月三日中央大學畢業生宴會上，吳梅因酒後失言誤會黃侃，甚且差點弄傷黃侃，此見《黃侃日記》說：

> 晡、旭初來，同出致老萬全，應畢業生之請，照相、吃飯。酒闌，
> 吳梅至，已披酒，復飲。席散，予方慰薦其子有狂疾未癒，令善排
> 遣；不意梅以為論文，說自云散文第一、駢文亦第一，種種謬語。
> 至是，予乃知其挾有成見，與予尋釁耳，遂不得不起應之，徑欲批
> 其頰矣！人扳之出，乃已。予素不輕赴宴席，此次破戒，遂受此辱。
> 左脛觸几傷皮，尤可恨也。向後，除有必延人之事當作主人外，一
> 切飲席，誓永永謝卻之。〔註42〕

見出兩人關係破裂，黃侃受到很大的刺激，即使後來吳梅托汪東致歉和解，黃侃亦堅拒不納。在往後一年多的時間，吳梅一直避見黃侃，雖二人曾因葉楚傖之邀而同席，然不久黃侃在金陵大學研究生宴會上向吳梅惡言相向，同座胡小石更欲揎拳捋袖，最後兩人正式絕交。〔註43〕因一二八事變和與黃侃失和兩件事，第二階段的潛社（曲社）無疾而終。學者沈衛威亦說：

> 在中央大學、金陵大學教授和學生中的修禊聯句和潛社詞曲活動，
> 隨黃侃、吳梅宴席上打架失和而受到影響。〔註44〕

在《吳梅日記》中，自民國二十二年（1933）未見再有潛社的活動。

直到民國二十五年春（1936），吳梅再次興起賡續潛社的興趣，並命令中央大學學生徐益藩擔任聯絡人。吳梅〈潛社詞續刊序〉稱：

---

〔註41〕黃侃著：《黃侃日記》（南京：江蘇教育出版社，2001年），頁566。
〔註42〕黃侃著：《黃侃日記》，頁885。
〔註43〕關於吳梅、黃侃兩次失和的原因和經過，詳參尹奇嶺撰：〈吳梅、黃侃失和考
　　　　——讀《吳梅全集・日記卷》《黃侃日記》考〉，《人物》，2010年，第5期，
　　　　頁86～90。
〔註44〕沈衛威撰：〈文學的古典主義的復活——以中央大學為中心的文人禊集雅
　　　　聚〉，頁67。

丙子（1936 年）之春，上庠諸生徐一驤等，賡續潛社，余欣喜無量，
既集若干次，彙而刊之，亦盡各言志也。卓犖群英，婆娑一老，吾
幾自忘遲暮矣。是歲月當頭夕，霜崖吳梅。（頁 463）

徐益藩〈師門雜憶──紀念吳瞿安先生〉亦云：

二十四年（1935）秋，益藩試入中央大學，始受業於先生。先生自
東南大學時，即率諸弟子為潛社，酌酒弦詞於淮之上，中絕者再，
而先生興不衰。至是益藩奉命三續之，得社友十數。先生莞爾曰：
「斯社自始創迄今十年矣！持之以恆，絕而不絕，校中會社，殆無
足以頡也。今與諸君約法三章耳：不標榜，必到，必作。」歲餘凡
八集，集各有詞，先生拈調命題，輒先成為諸生倡。眾生畢賦開宴，
先生顧而樂之，往往以蒼顏白髮，頹乎其中。〔註45〕

清楚道出賡續潛社乃吳梅的意思，徐益藩更是「奉命三續」。這次，吳梅亦訂
下了社規：不標榜，必到，必作。與第二階段的社規相比，還多了「必作」的
要求。這一次重集，參與者合共二十八人，全見載於《吳梅日記》和《潛社彙
刊同人名錄》：〔註46〕

## 表十二：潛社社員名錄表（第四階段）

| 姓　名 | 生卒年 | 字　號 | 籍　貫 | 備　註 |
|---|---|---|---|---|
| 吳梅 | 1884～1939 | 霜厓 | 江蘇吳縣 | 見表九：「潛社社員名錄表（第一階段）」。 |
| 盧前 | 1904～1951 | 冀野 | 江蘇江寧 | 見表十一：「光華潛社社員名錄表」。 |
| 常任俠 | 1904～1996 | 季青 | 安徽潁上 | 見表十：「潛社新社員表」。 |
| 沈祖棻 | 1909～1977 | 子苾 | 浙江海鹽 | 民國十九年（1930）考入中央大學上海商學院。次年（1931）轉學至南京中央大學文學院中文系。三十一年（1942）至日本投降，先後在金陵大學、華西大學講授詩詞。1952 年，在江蘇師範學院任教，1956年任教於武漢大學。著有《宋詞賞析》、《唐人七絕淺釋》和《涉江詞》。著名學者程千帆的妻子。 |

〔註45〕 徐益藩撰：〈師門雜憶──紀念吳瞿安先生〉，載王衛民：《吳梅和他的世界》
（石家莊：河北教育出版社，2002 年），頁 46。
〔註46〕 詳參《吳梅日記》，頁 689～976；《潛社彙刊》，頁 371～372。

| 吳懷孟 | 1910～1970 | 南青 | 江蘇蘇州 | 吳梅之子。北方昆曲劇院曲師、中國戲曲研究院藝術室研究員。民國二十一年（1932）畢業於上海光華大學。先後任教於金陵大學附中、烏江中學、河北戲曲學校昆曲科。1957年起在北方昆劇院藝術室工作。完成《九宮大成》的譜譯任務，並為《釵釧記》、《雷峰塔》、《百花記》、《連環記》、《吳越春秋》和《文成公主》等演出劇碼譜曲，還擔任昆劇現代戲的作曲。 |
|---|---|---|---|---|
| 彭鐸 | 1913～1985 | 炅乾 | 湖南湘潭 | 民國二十七年（1938）畢業於中央大學中文系。曾任湖南藍田師範學院講師、副教授。建國後，歷任西北師範學院教授、中文系主任、古籍整理研究所所長，中國歷史文獻學會第二屆副會長，中國訓詁學會第一屆常務理事，甘肅省語言學會第一屆會長。著有《潛夫論箋校正》、《群書序跋撰要》、《唐詩三百首詞典》和《古籍校讀與語法學》等。 |
| 梁瓔 | 1913～？ | 庸生 | 福建閩候 | 民國二十六年（1937），日寇侵華戰火逼近南京，梁瓔隨校西遷四川。二十八年（1939）畢業後，擔任四川蜀光中學教師，先後執教於華東水利專科學校、南京師範學院附屬中學。後為連雲港海州師範退休教師，江蘇省詩詞協會會員，連雲港市詩詞楹聯協會顧問。參與編撰《雲台新志》、《嘉慶海州直隸州志》等。社員徐益藩妻子。 |
| 聶青田 | 1915～1949 | 曉村 | 天水秦城 | 民國二十二年（1933），赴蘭州考入甘肅學院高中部上學。二十四年（1935）考入中央大學中文系。抗日戰爭爆發，憤然棄學，回蘭州加入中國共產黨，從事抗日救亡活動。三十八年（1949）被殺害於西安。 |
| 徐益藩 | 1915～1955 | 一颿 | 浙江崇德 | 民國二十五年（1936）考入南京中央大學，參與潛社期間與社員梁瓔戀愛，畢業後在上海大夏中學、大光中學等校任教。三十年（1941），與梁瓔結為夫妻，定居上海。1950年秋，辭去上海南屏女中的教職，舉家遷往南京，並任南京圖書館編輯。編有《霜崖先生年譜》、《崇德徐氏家譜》和《語溪徐氏三世遺詩》。 |

| 周法高 | 1915～1994 | 子範 | 江蘇東臺 | 當代中國語言文字學家、世界三大漢語言學家之一。臺灣中央研究院院士。民國二十四年（1935）考入中央大學中文系，專注小學和文字學。抗戰勝利後，兼任中央大學副教授。1949 年赴臺兼任臺灣大學教授。1953 年升為史語所研究員。1955 年，任哈佛大學哈佛燕京學社訪問學者，歷任美國華盛頓州立大學、美國耶魯大學客座教授。1964 年至 1976 年，應聘香港中文大學中國語言及文學系講座教授、主任等。1981 年、1984 年分別當選為臺灣中央研究院第十一屆、第十二屆評議會評議員。1985 年，應聘為臺灣東海大學講座教授。 |
|---|---|---|---|---|
| 蔣維崧 | 1915～2006 | 峻齋 | 江蘇武進 | 當代著名文字語言學家、書法家、篆刻家。民國二十七年（1938）南京中央大學中文系畢業，歷任中央大學助教、廣西大學講師、山東大學中文系教授、文史哲研究所副所長，山東省文史館館員、西泠印社顧問、中國訓詁學研究會學術委員、山東省語言學會副會長、山東省書法家協會主席等職。2001 年受聘山東大學特聘教授。與魏啟後、陳左黃、高小岩、宗惟成一起被稱為「山東五老」。撰有《蔣維崧書跡》、《蔣維崧印存》、《蔣維崧臨商周金文》和《蔣維崧書法集》。 |
| 盛靜霞 | 1917～2006 | 伴鷺 | 江蘇揚州 | 畢業於中央大學中文系後，於抗戰期間在白沙女中任教。解放後，擔任杭州大學中文系教授。著有《頻伽室語業》，與夏承燾合著《唐宋詞選》，又與陳曉林合編《宋詞精華》。著名語言文字學家蔣禮鴻的妻子。 |
| 李孝定 | 1918～1997 | 陸琦 | 湖南常德 | 民國二十四年（1935），入讀中央大學中文系。二十九年（1940）考取北京大學文科研究所，受聘為史語所考古組助理研究員。三十八年（1949），赴臺升史語所副研究員，後任中文系合聘副教授兼校長室秘書。歷任史語所研究員、臺灣大學中文系教授。1965 年赴新加坡，應聘為南洋大學中文系主任。1978 年退休返臺， |

| | | | | 重任史語所甲骨室研究員、主任、東海大學中文研究所講座教授兼所長。著有《甲骨文字集釋》、《漢字的起源與演變論叢》、《金文詁林附錄》（與周法高、張日昇合編）等。 |
|---|---|---|---|---|
| 宋家淇 | 不詳 | 不詳 | 不詳 | 畢業於中央大學後，在金陵中學任教，是金陵中學的文史專家、國學大師、書法家。嘗任民進江蘇省第八屆委員會委員。 |
| 周鼎 | 不詳 | 禮堂 | 不詳 | 不詳 |
| 張洒香 | 不詳 | 吾馨 | 不詳 | 不詳 |
| 王凌雲 | 不詳 | 重生 | 不詳 | 不詳 |
| 陶希華 | 不詳 | 實之 | 不詳 | 不詳 |
| 楊志溥 | 不詳 | 文山 | 不詳 | 不詳 |
| 陳昭華 | 不詳 | 振球 | 不詳 | 不詳 |
| 劉潤賢 | 不詳 | 不詳 | 不詳 | 不詳 |
| 陳舜年 | 不詳 | 不詳 | 不詳 | 不詳 |
| 陳松齡 | 不詳 | 不詳 | 不詳 | 不詳 |
| 翟貞元 | 不詳 | 不詳 | 不詳 | 不詳 |
| 陳永柏 | 不詳 | 不詳 | 不詳 | 不詳 |
| 劉德曜 | 不詳 | 不詳 | 不詳 | 不詳 |
| 朱子武 | 不詳 | 不詳 | 不詳 | 不詳 |
| 魯佩蘭 | 不詳 | 不詳 | 不詳 | 不詳 |

　　連同前三次的雅集，社員凡八十二人。除了吳梅乃四次詞社的盟主外，當中盧前、王玉章和常任俠均參與超過一個階段的社集，足證潛社發展和聲勢之盛。

　　第四階段的社集，由民國二十五年（1936）春至二十六年（1937）秋，維持了一年半的時間，詞作凡一百五十一首，彙集為《潛社詞續刊》。這一次賡續，從雅集日期、地點、參與者、社課詞調題目，《吳梅日記》都有清晰的記載，茲以表格形式整理如下：

## 表十三：潛社第四階段唱和活動表

| 社集 | 時　間 | 地　點 | 限　調 | 題　目 | 參與者 | 作品數目 |
|---|---|---|---|---|---|---|
| 1 | 1936 年 3 月 15 日 | 吳宮飯店 | 江城梅花引 | 沒有規定 | 吳梅、徐益藩、張洒香、王凌雲、周法高、梁璆、周鼎 | 15 |
| 2 | 1936 年 4 月 12 日 | 夫子廟老萬全 | 看花回 | 詠杏花 | 吳梅、蔣維崧、楊志溥、劉潤賢、周鼎、張洒香、陳舜年、常任俠、徐益藩、李孝定、梁璆、王凌雲 | 15 |
| 3 | 1936 年 5 月 3 日 | 夫子廟老萬全 | 聲聲令 | 拜孝陵 | 吳梅、楊志溥、陳松齡、彭鐸、李孝定、徐益藩、陳舜年、劉潤賢、張洒香、梁璆、常任俠、翟貞元 | 13 |
| 4 | 1936 年 5 月 30 日 | 不詳 | 洞仙歌 | 擬東坡摩詞納涼詞 | 吳梅、陳永柏、陳舜年、蔣維崧、楊志溥、徐益藩、梁璆、張洒香、劉潤賢、盧前 | 10 |
| 5 | 1936 年 10 月 11 日 | 不詳 | 祝英台 | 賦雁 | 吳梅、蔣維崧、劉德曜、梁璆、徐益藩、陶希華、劉潤賢、陳舜年、楊志溥、張洒香、吳南青 | 16 |
| 6 | 1936 年 11 月 12 日 | 夫子廟老萬全 | 菩薩蠻（5 首） | 詠五都（長安、洛陽、汴梁、建業、臨安） | 吳梅、楊志溥、張洒香、蔣維崧、陳舜年、劉潤賢、劉德曜、盛靜霞、梁璆、陶希華、彭鐸、李孝定、朱子武 | 70 |
|  |  |  | 蝶戀花 | 聞鐘 |  | 12 |
| 7 | 1937 年 3 月 21 日 | 夫子廟老萬全 | 摸魚子 | 過舊貢院 | 不詳，參與者共 13 人 | 不詳 |
| 8 | 1937 年 4 月 25 日 | 夫子廟老萬全 | 齊天樂 | 黃瘿瓢蘆雁圖 | 吳梅、常任俠、魯佩蘭、宋家淇、楊志溥、陳永柏、盛靜霞、梁璆、陶希華、徐益藩、周法高、張洒香、劉潤賢、彭鐸、陳昭華 | 不詳 |

第六次社集後，吳梅請徐益藩將《潛社詞刊》、《潛社曲刊》、《潛社詞續刊》彙合一起成為《潛社彙刊》。吳梅〈潛社彙刊總序〉云：

> 自丙寅（1926）至丙子（1936），合十一年社作，刊布行世。作者之
> 美惡，可以不論，而歷久不渝，固可尚也。諸生有轉移，社集無間
> 斷，余用以自壯云。霜崖吳梅。（頁369）

最後《潛社彙刊》在民國二十六年（1937）二月完成雕鏤，《吳梅日記》載：

> （1937年2月8日）午後徐生一帆、章生萬孫、楊生志溥、錢生玉
> 倬俱至，略談去。徐交《潛社彙刊》五十部。……客散，以朱筆校
> 彙刊一過，又得誤字若干，甚矣校書之難，凡塵落葉，洵不虛也。
> 〔註47〕

《潛社彙刊》出版後，雅集尚進行了二次。民國二十六年（1937）七月七日盧溝橋事變爆發不久，吳梅離開中央大學回蘇州，九月離開蘇州踏上避難之途，社員風流雲散，潛社活動亦因而停止。潛社第四次階段的活動，大抵到二十六年（1937）四月結束。從吳梅出走蘇州避寇，經南京、武漢，後居湘潭、桂林，最後於二十八年（1939）三月十七日卒於雲南，斷斷續續維持了長達十三年的潛社師生酬唱，正式劃上句號。

## 四、詞作主題

### （一）晚明歷史的追憶

書寫晚明的歷史記憶，乃清末民初一種獨特的現象。據秦燕春《清末民初的晚明想象》一書，晚明歷史在這段時期湧現的主要原因有三：一是作為反滿的利器，革命的需要；二是明末清初與清末民初的政局和現象有驚人的類似；三是當時的士人面對現實生活的創傷，希望借鑒歷史經驗為現實政治與文化變遷提供參照與提醒。〔註48〕國粹派與其分離出來的南社，就秉持著宋、明兩代有「鮮豔的血史」，〔註49〕即宋元之際、明末清初，面對少數民族

---

〔註47〕《吳梅日記》，頁861。
〔註48〕秦燕春著：《清末民初的晚明想象》（北京：北京大學出版社，2008年），頁1～13。
〔註49〕南社創辦人之一柳亞子於〈新南社成立佈告〉，曾道出南社剛成立時，熱衷書寫晚明歷史的原因：「舊南社成立在中華民國紀元前三年，它底宗旨是反抗滿清，它底名字叫南社，就是反對北庭的標幟了。……我們發起的南社，是想和中國同盟會做犄角的。因為民族主義，本來是中國歷史上的產物，趙宋、朱明的末代，更有鮮豔的血史，在文學界上佔著重要位置。所以我們的提倡，

入主中原，意圖藉著追憶晚明痛史，激發種族夙恨，推翻滿族統治。然而，以晚明記憶驅逐滿清的激烈宣傳，隨著辛亥革命成功，已經淡出文學舞臺。一九三零年代，中國再次面臨滅族危機——九一八事變（1931 年）、一二八事變（1932 年）、滿洲國成立（1932 年）、華北自治運動（1935 年）等，日本企圖吞併中國領土，多次主動尋釁挑事，發動侵略。作為南社早期成員的吳梅，帶領潛社學生們，緬懷晚明的歷史和人物，藉此抒發愛國精神與歷史情懷。

### 1. 激發愛國精神

　　民國二十五年（1936）五月三日，吳梅帶領一眾學生，包括楊志溥、陳松齡、彭鐸、李孝定、徐益藩、陳舜年、劉潤賢、張洒香、梁琛、常任俠和翟貞元，來到位於南京鐘山南麓玩珠峰的明孝陵。他要學生們以明孝陵為題，並限〈聲聲令〉詞調，填詞一闋。諸子來到明太祖朱元璋和馬皇后的陵寢，除了回憶太祖北伐中原、結束蒙古人在中國統治的功績，也想到當時時局艱難，中日兩國隨時爆發戰爭，發出深沉的哀嘆。先看詞人們在孝陵的所見所感：

> 煙迷丹闕，草暗彤墀，一堆黃土柳絲垂。荒亭斷碣，認龍蛇，想雄姿。記那時、南北誓師。（翟貞元，頁 485）

> 雄風消歇，王氣蒼涼，鍾山宮殿早荒荒。驚心故壘，看山河，幾滄桑。對松篁、翁仲夕陽。　　回沂興亡，一海宇，逐胡羌。小朝廷事恨弘光。重新漢族，問誰行，掃橇槍。赴戰場、願作國殤。（常任俠，頁 483）

據《明孝陵史話》所述，明孝陵規模宏大，建築雄偉，圍牆內享殿巍峨，樓閣壯麗。東側建有太子朱標之墓冢，西側為明太祖妃嬪園寢，還有一眾開國功臣的陵墓。〔註 50〕可惜到了清咸豐三年（1853），鐘山成為了太平軍抵禦清兵進攻的陣地。兩軍在孝陵地區對峙交戰，使殿宇木構建築幾乎全毀。〔註 51〕孝陵現今的環境，就是荒蕪一片，如翟貞元和常任俠所描述，昔日壯麗的宮殿外牆，已經被荒煙、蔓草覆蓋。而當年太祖皇帝橫掃千軍的英勇、力吞山河的氣魄，早已黯然消逝。太祖最大的功績，就是與郭子興、徐達和常遇春等人誓師起義，將蒙古族群驅逐出境，使中國得以回歸漢人統治，常任俠詞

---

就側重在民族主義那一邊。」見柳亞子撰：〈新南社成立佈告〉，載《南社紀略》（臺北：文海出版社，1974 年），頁 122。

〔註 50〕王前華、廖錦漢編：《明孝陵史話》（南京：南京出版社，2003 年），頁 44。

〔註 51〕王前華、廖錦漢編：《明孝陵史話》，頁 40～43。

下片所言「回泝興亡。一海宇，逐胡羌」和社員劉潤賢「提三尺劍，掃九州胡，重教冠蓋見堯都」句，就是歌頌此事。

常任俠詞下片接著說「小朝廷事恨弘光」，則在敘述明朝亡國，中原再度淪陷異族之手，明宗室及大臣們倉皇逃亡南方，僅以淮河南邊的半壁江山抵抗清兵。太祖皇帝好不容易推翻蒙古統治，建立二百七十多年漢族政權，最終也避免不了歷史興盛衰亡的命運，中土被另一種族——滿洲族佔領。詞人們痛恨明朝君主衰弱無能，以致發出「三百年間。黃土路，恨難平」（梁繆，頁484）的忿怨。回想南明政權被滿人擊破的悲痛，他們不禁聯繫當時日本侵華的時局，常任俠詞「重新漢族，問誰行，掃欃槍」，以「欃槍」（彗星）比喻日本，發出有誰能夠重振漢族聲威的疑問，並道出自己能願意「赴戰場、願作國殤」的慷慨之詞，激起強烈的民族情緒，鼓吹國民奮起抵抗來勢洶洶的日軍。

再看梁繆所填的〈聲聲令·拜孝陵〉，蘊含的寄託更深沉，句句寫孝陵，句句又針對政局：

> 連朝風雨，一夕山陵，國愁無處訴幽冥。英雄氣慨，到今日，已無靈。聽塞邊，胡馬又鳴。　　三百年間，黃土路，恨難平。想他猶記舊宮廷。繁華去也，兩朝更，再稱兵。問後生、誰更請纓。（頁484）

首三句「連朝風雨，一夕山陵，國愁無處訴幽冥」，寫拜謁孝陵前夕連日風雨，又隱含著日軍數番侵略，造成中日兩方炮火衝突連連，詞人憂慮國家的情緒無處排遣。接著「英雄氣慨，到今日，已無靈」，既回憶明太祖驅逐胡虜的往事，又寫今日再無如此的英雄人物。「聽塞邊，胡馬又鳴」，寫胡馬在這荒涼蕭瑟之地徘徊鳴叫，亦指日軍伺機進犯中土。「三百年間，黃土路，恨難平」和「繁華去也，兩朝更，再稱兵」句，意謂明朝終被異族所滅，太祖即使已埋黃土，仍然憤恨難平。往昔漢人治國的繁華盛世不再，經歷了明太祖驅趕蒙古族，滿族人又統治中原三百年，最後滿清政權雖被中華民國推翻，然國家一直遭受日人侵擾，戰事一觸即發。社員徐益藩詞「世變須臾，興復廢，漢還胡。孤臣危涕不能無」四句，同樣抒發這種世變無常，興亡不定的慨嘆，並擔憂國家當前的危機。最後兩句「問後生、誰更請纓」，詞人強烈希望年輕勇士能夠為國為民，激發愛國精神，對抗日本橫蠻的侵略。

## 2. 歌頌遺民品格

王季思〈憶潛社〉談及在潛社醞釀時，吳梅曾經拿歸玄恭（1613～1673）

的〈萬古愁〉曲本給社員們看：

> 當民國十三年（1924）的二、三月間，我才是東南大學一年級生，
> 選讀了吳瞿安先生的詞選課。先生以同學們多數不會填詞，為增加
> 我們的練習機會和寫作興趣起見，在某一個星期日的下午，找我們
> 到他的寓處去。他備了一些茶、瓜子，拿出一本歸玄恭的〈萬古愁〉
> 曲本給我們看。隨出一個題目，叫大家試作，他更從書架上拿下那
> 萬紅友的《詞律》、戈順卿的《詞韻》，給我們翻檢。〔註52〕

吳梅雖然沒有說出要學生們參考歸玄恭曲本的原因，但筆者認為歸氏的文字
沉痛哀怨，有助初學者醞釀內心的感情；而且針對現實日本侵華的民族危機，
〈萬古愁〉書寫的遺民家國情懷，可以培養青年學子愛國的精神。大家讀畢
〈萬古愁〉後，吳梅以歸玄恭〈萬古愁〉為題，指導大家開始試作。後來潛社
正式成立，第一集即名曰〈千秋歲·題歸玄恭擊筑餘音〉，〈擊筑餘音〉是〈萬
古愁〉的別稱，可能是對第一次試作作品的修改。吳梅詞云：

> 甕天沉醉，中有遺民淚。禁幾度，金甌碎。彈冠長樂老，擊筑漸離
> 子。歌聲脆，不須重唱春燈謎。　　半世醯鹽味，一部葫蘆史。禪
> 榻畔，滄波沸。從知南北曲，也有幽并氣。休提起，江山萬古無興
> 廢。（頁375）

開首「甕天沉醉，中有遺民淚」，明確點出歸玄恭遺民的身世。歸玄恭（1613
～1673），原名歸莊，入清後更曰祚明、歸藏、歸乎來，字玄恭，又號己齋等，
意謂畫地自處，與清朝劃清界限。崇禎十三年（1640）以特榜被召，但他鑑於
國事日非，辭不赴。其兄爾德、叔繼登，嫂陸氏、張氏或壯烈殉國，或殉節，
父亦相繼卒。清兵攻江南，歸莊鼓動群眾閉城拒守，城破後被指名搜捕，亡
命他鄉，後潛返鄉里，削髮為僧，稱普明頭陀。〈擊筑餘音〉乃歸莊著名散曲，
從盤古開天地敘起，寫至清兵南下，金陵陷落，評論歷代史事，悲痛明朝滅
亡，同時斥責明朝官吏誤國，抒寫自己隱居不仕的志向。詞中「禁幾度，金甌
碎」寫國家破亡，「彈冠長樂老，擊筑漸離子」兩句，一反一正，以長樂老馮
道（882～954）出仕異朝，事君不忠，反襯歸莊拒不仕清；又以高漸離擊筑刺
殺新君，正面彰顯他隱居不仕的遺民情操。

　　另外兩位社員馮國瑞和宋希庠，同樣藉助歸莊的身世經歷，歌頌他抵抗
清軍、野服終身的高潔品格：

---

〔註52〕王季思撰：〈憶潛社〉，頁72。

江東奇士，擊筑歌難已。弔北闕，翻南史。山縈鄉國夢，風變詩人
旨。愁老矣，剎那萬劫驚彈指。　　百鍊金剛體，誰識頭陀是。斬
蕭艾，傳桑梓。武邱餘古蹟，洛下騰新紙。懷當世，東山墮淚西臺
似。（馮國瑞，頁376）

奇文不再，氣節哀音外。思古史，痛當代。新亭揮淚徧，故國餘春
在。聲悽咽，悲歌留得鵑魂邁。　　劫火欣無礙，墜緒蒼涼慨。遁
空山，聽清籟。國殤徒涕泗，僧服從瀟灑。愁不盡，琵琶鳴咽中郎
蔡。（宋希庠，頁377）

兩詞開首「江東奇士，擊筑歌難已」和「奇文不再，氣節哀音外」，寫閱讀〈擊
筑餘音〉的字句，感受到歸莊人格之奇、不屈氣節和沉痛哀音。「弔北闕，翻
南史」、「新亭揮淚徧，故國餘春在」四句，記述崇禎帝自縊後，清兵入主中
原，明朝宗室僅以南面江山抵抗清兵，感嘆歷史興亡。「愁老矣，剎那萬劫驚
彈指」兩句，憶述揚州為清軍所陷，其兄浴血奮戰，壯烈犧牲，叔叔又相繼遇
害。未幾，清兵又攻江南，代知縣閻茂才下剃髮令，士民大嘩。下片「斬蕭
艾，傳桑梓」兩句，寫歸莊鼓動群眾殺閻茂才，閉城拒守，後又與顧炎武聯謀
抗清。「百鍊金剛體，誰識頭陀是」和「劫火欣無礙，墜緒蒼涼慨」四句，敘
說歷經家國破亡、至親遭厄，自己復身陷被捕險境，歸莊最終在鄉里削髮為
僧，號普明頭陀。「遁空山，聽清籟。國殤徒涕泗，僧服從瀟灑」句，指歸莊
晚年於昆山隱居，寄食僧舍，賣書畫為生，拒不仕清的遺民情操和高潔品格。
歸莊的經歷和身世，就如吳梅所說：「半世虀鹽味，一部葫蘆史」，只有真正
嚐過虀鹽，才能明白箇中的味道。詞人們分別以「愁不盡」和「懷當世」作
結，在感嘆歸氏之餘，亦為當前國家面臨日本的侵略而哀愁不盡。

## （二）歷代都城的感舊

「都城」和「懷古」是中國古典文學裡悠久而傳統的題材，《詩經》裡〈王
風·黍離〉是較為著名的一首。它所呈現的是不只是一片黍子，而是殷都廢
墟和衰亡的歷史。東漢班固〈兩都賦〉和張衡〈二京賦〉，都是描寫漢朝西都
長安和東都洛陽的繁華。在中國五千年的歷史上，曾經成為中國統一政權或
較大地區政權的都城有很多。清初學者顧炎武（1613～1682）《歷代宅京記》
列舉自伏羲至元代歷代首都及陪都凡四十六處，當今中國歷史地理學家譚其
驤（1911～1992）認為在眾多古都之中，能夠稱得上是大的古都只有七個，分

別是是西安、洛陽、北京、南京、開封、杭州和安陽（殷）。〔註53〕潛社在民國二十五年（1936）十一月十二日的集會上，就嘗以〈菩薩蠻〉調，分詠五大古都，這五個古都依次為西京長安、東京洛陽、汴梁、南京建業、杭州臨安。他們主要透過連繫古都的歷史，書寫歷代皇朝的興盛衰亡，從而表達世事變幻的感慨。

## 1. 長安（西京）

西周的豐、鎬，秦的咸陽，自西漢至隋、唐的長安，在地理位置上均屬西安。由西元前十一世紀周文王建都於西安起，歷經秦、西漢、隋、唐四個時期，而且俱為歷史上最興旺的一統王朝，合共九百多年。想像著如此繁盛的古都，社員們不禁抒發出歷史的感慨：

> 長安古道沙飛雪，當年王氣今銷歇。荒土舊阿房，誰思秦始皇。
> 西風殘照沒，何處尋陵闕。咸業震匈奴，武王有遠圖。（劉德曦，頁
> 506）

> 漢家陵闕餘殘照，唐宮遺事傳天寶。夢裡舊舳艫，祗成婁敬名。
> 日邊知遠近，消息何堪問。僥倖破符堅，未投江上鞭。（徐益藩，頁
> 506）

昔時貴為國都的長安，今日王氣已經銷歇。他們所感嘆的，正正就是這種時間的流逝和空間的變化。長安這一都城，過去曾存有著西漢婁敬力議建都長安、漢武帝北伐匈奴，唐玄宗倉惶出走、隋朝統一天下的歷史大事。然而，阿房宮的遺跡、漢朝帝王的陵墓，早已剩下一片荒土。想著一個人聲名如何顯赫，功績如何豐偉；一座宮殿如何富麗堂皇，陵墓如何別出心裁，最終都逃不過歷史巨浪的沖刷，僅僅剩下斷簡殘篇，埋於黃土，不禁令社員們發出深沉的感慨。

## 2. 洛陽（東京）

自西周成王時期建雒邑開始，歷經東漢、魏、晉、北魏、隋、唐、武周、後梁、後唐、後晉十一朝，合共八百八十年。洛陽在歷史上的地位雖不及西安和北京，但自西周至隋、唐，長安洛陽往往二都並建，同時作為帝王的東西二宅，即使有時不是首都，但實際重要性卻不下於首都。詞人們一想起歷

---

〔註53〕譚其驤撰：〈中國歷史上的七大首都〉，載《譚其驤全集》（北京：人民出版社，2015 年），第二卷，頁 2～3。

史上描述洛陽的繁華場面，與現在的荒蕪冷清相比，都興起了強烈的今不如昔之感嘆：

> 東都錦繡稱疇昔，風光此日愁難覓。禾黍感殷墟，重尋科斗書。
> 銅駝荊棘沒，金谷無明月。杖策弔雄圖，孟堅留兩都。（劉德曛，頁506）

> 何時得向西園飲，洛陽三月花如錦。典午渡江來，銅駝生碧苔。
> 暮鴉歸故堞，洛水空嗚咽。金谷已成塵，北邙無數墳。（楊志溥，頁507～508）

洛陽最負盛名的就是有洛陽八大美景之一的「金谷春晴」，指的是金谷園春天明媚的風景。金谷園是西晉富豪官僚石崇的別墅。據《世說新語》的記載，石崇揮霍無度，生活極其糜爛，縱情聲色，放逸度日。詞人們想像當年金谷園裡，花兒萬紫千紅，開得如同錦繡美麗，一眾皇室貴族設宴豪飲。然而，現今的洛陽已經破敗荒落，他們試著尋找古代的雄圖偉略，卻發現僅餘班固〈兩都賦〉，一片青綠的黍子和幾隻烏鴉飛到城牆。世間上的榮華富貴，即如當年的石崇，最終都像花一樣，有開有落，埋葬於北邙山上的墳墓。

### 3. 汴京（開封）

自公元前三百六十四年魏惠王定都大梁（汴京），稍後一千多年都沒有政權建都於此。直至唐末朱溫篡唐（907年），建立五代的後梁，始建都汴京。隨後幾個分裂政權——後晉、後漢和後周都沿襲不改。北宋立國，定都汴京，是第一個統一政權定都此地。公元一千一百二十六年靖康之變，金國攻陷汴京，擄走宋徽宗和宋欽宗，以及大部分皇族、后妃和官吏，北宋覆亡。南宋開國，遷都臨安（杭州），汴京作為首都的歷史從此結束。汴京建都時間非常短暫，不計戰國時期的魏國，僅有二百二十一年。這一古都帶給社員們的想像，就是整個宋代的歷史，由建國至偏安，最後帝昺崖山投海，均成為了他們筆下的對象：

> 陳橋一夕黃袍擁，靖康一去黃沙痛。冰雪北天秋，杏花追舊遊。
> 玉津花似畫，霸業空無有。重認帝王州，長河嗚咽流。（劉德曛，頁507）

> 樊樓燈火金梁月，歌鐘舞扇何時歇。南北鎖咽喉，黃河一線流。
> 南巡多草草，浪滾崖山道。空喚渡河聲，蒼黃失四京。（蔣維崧，頁505～506）

詞人們想起趙宋立國，是由前朝後周禁軍統領趙匡胤於陳橋驛，被手下將士黃袍加身，高呼「萬歲」而奪得的。然而，開國約四十年，宋已遭北方的遼國入侵。後來女真族金國崛起，聯宋滅遼，最後在靖康元年（1126）大舉攻宋，北宋滅亡。徽宗、欽宗二帝被俘北上，囚禁於五國城（今黑龍江）。徽宗在被擄途中，見杏花盛開如火，萬感交集，寫下如泣如訴的〈燕山亭・北行見杏花〉詞。南宋建國後，以秦嶺淮河線為邊界，偏安江南。宋高宗縱情享樂，無意收復北面失地，終致南宋最後一個皇帝——趙昺，在厓山被元軍擊潰後，與樞密院事陸秀夫及趙宋皇族八百餘人集體投海殉國。社友們想到這段慘痛的歷史，一代霸業由有而無，由興轉亡，無不感到唏噓，為之慨嘆。

### 4. 臨安（杭州）

汴京勾起詞人們對宋朝歷史的記憶，他們隨之將這段記憶，寫入對宋朝另一首都——杭州的詠懷裡。靖康之變後，康王趙構在南京即位。同年，趙構離京南下揚州，卻遭金兵追殺，一度在海上飄泊，至紹興元年（1131）正式定都杭州。作為南宋偏安的都城，大量北方人口湧入，經濟發展非常迅速。因為在此之前，僅有五代十國時的吳越國，以杭州為首都。社友們想到杭州，自然而然地連繫到趙宋遷都的原因——靖康之恥，進而對南宋君臣苟且偷安，忠良岳飛遭遇謀害極其憤慨：

> 當初太息蒙塵恥，而今猶恨和戎事。不惜處中原，何時車駕還。
> 風波亭上獄，千古忠魂哭。莫道是長安，河山半壁殘。（陶希華，頁509）

> 鶯花占盡三春色，西湖歌舞今如昔。天水碧無存，南遷弔古魂。
> 烽煙纏咫尺，黨禍無虛日。歲歲杏花天，傷心德祐年。（劉德曜，頁507）

趙宋開國，定都汴京，如果不是遭金人攻陷，擄走徽宗、欽宗二帝，國家不需南遷。這是中國歷史上一場可恥的災難，深深刺痛了社員們的內心。趙構建立南宋之初，積極抗金，收復河山，甚至多次大敗金兵。然而，趙構因為擔憂北伐成功後，欽宗回朝奪去其帝位，將領戰勝又難以控制，最後主動向金國求和。但最令詞人們痛心和遺恨的，並不是君臣偏安江南，貪圖西湖逸樂，而是趙構在杭州大理寺獄中的風波亭，以莫須有的罪名，殺害了岳飛父子。他們都為岳飛被害、宋金和議訂立而抱不平。忠良盡去，黨禍為患，最終使宋國僅餘的半壁江山也失去。德祐元年（1275），蒙古軍南下進攻，逼近南京，

趙宋皇族與忠臣八百餘人，集體於厓山投海殉國。一代皇朝的衰亡，一代忠臣的死亡，詞人們對這悲壯的結局極其沉痛。

### 5. 建業（南京）

南京在六朝名曰建業、建康，三國時期的孫吳政權第一次作為都城，直到西晉立國為止。東晉及南朝的宋、齊、梁、陳四代，再度建都於南京。隋滅陳朝，將南京宮室城池徹底破壞。自三國至陳，南京成為首都有三百三十年之久。此後歷經七百多年後，至明朝開國君主朱元璋復以南京為首府。可是僅有短短五十年，南京再淪為陪都，雖然南明有過短暫的一年再為首都，但很快就被滿清所滅。咸豐二年（1853），太平天國攻佔南京，並定之為首都，持續了十二年的時間。中華民國臨時政府成立（1912 年），曾建都於此三個月。到了民國十六年（1927）至三十八年（1949），國民黨政府都定都於此。但綜合南京建都近四百多年的歷史，最長的時間是在南朝。詞人們就讀的國立中央大學，就在首都南京，他們不免觸發對往昔南朝的想像，然亦不忘關注當下的時局：

> 南朝千古傷心事，新亭烽火今猶是。陳跡帝王州，青山點點愁。
> 石頭城上月，淮水東流急。遺曲後庭花，秦淮賣酒家。（蔣維崧，頁506）

> 南朝金粉成塵跡，蔣山飛翠秦淮碧。古渡噪昏鴉，莫愁猶有家。
> 黍離傷故國，燕子應能憶。勝地又中興，新都即舊京。（梁珍，頁 511）

回想南朝偏安江南，昔日都城的綺麗繁華，已經化為塵跡。王、謝兩姓的顯赫，六朝豪門大族聚居的朱雀橋、烏衣巷，而今變成野草叢生，荒涼殘照。南京的紫金山和秦淮河畔，都因為當前中日緊張嚴峻的局勢，籠罩著絲絲的愁緒。雖然南京現在成為了民國政府的首都，稍有中興之象，但面對一觸即發的戰事，以及國家皇朝上演過一幕幕的興盛衰亡，詞人們都感慨滄海桑田，世事多變，不由得悲從中來。

## 第二節　梅社(1931～？)：中央大學女性詞人的同窗和師生情懷

梅社是繼潛社後，活躍於南京國立中央大學的另一詞社。它最大的特色，是全部社員均為該校女生。其發起時間大概是民國二十年（1931）至二十一

年（1932），當時校內古典文學氛圍十分濃厚：從「學衡派」與《學衡》雜誌的成立（1921 年）、國學研究會及《國學叢刊》的出版（1922 年）、以吳梅為中心的潛社創立（1926 年）、由校內教授組織的上巳詩社（1928 年），以至《國風》半月刊創辦（1932 年），充分凸顯出國立中央大學由南京高等師範學校（1914～1923 年）階段起，經東南大學（1921～1927 年）、國立第四中山大學（1927 年），到最後定名為國立中央大學，校園由始至終都崇尚古典風格，倡導文化保守主義，逆五四新文化運動潮流而獨樹一幟。〔註 54〕在著名國學大師吳梅（1884～1939）、王瀣（1871～1944）、汪東（1890～1963）、黃侃（1886～1935）、汪辟疆（1887～1966）、胡小石（1888～1962）和王易（1889～1956）等栽培和鼓勵下，梅社得以興起。梅社並沒有刊刻社集，大部分資料只能從社員的詞集及師友回憶片段蒐集，雖然零星殘篇，但亦能模模糊糊拼湊出雅集的某些情景。現存梅社社友的作品，僅有尉素秋（1914～2003）《秋聲集》和沈祖棻（1909～1977）《沈祖棻詩詞集》。

## 一、詞社緣起

### （一）中央大學教授身教言傳

　　民國十一年（1922），著名的詞曲大師吳梅（1884～1939）辭任北京大學的教席，來到東南大學（後更名為國立中央大學）教授詞曲，在校園內與學生們組織詞社──潛社（1926 年），並在這段期間撰寫了《曲選》（1924 年）、《中國戲曲概論》（1925 年）、《遼金元文學史》（1930 年）、《詞學通論》（1932年）等著述，系統地思考和整理詞曲現代化的問題，引領金陵詞曲發展走向頂峰。十六年（1927）春，國民革命軍北伐，東南大學被逼停辦，吳梅舉家回蘇州。同年六月，東南大學復辦，後更名為國立中央大學，這時教授詞課的是汪東和王易，吳梅再重聘於中大，講學內容雖以曲選為主，但仍有開詞學通論的課程。據梅社社員尉素秋所說，吳梅和汪東對她學詞，有重大的影響。她在〈詞林舊侶〉一文說：

> 談到這一群青年時代的朋友，甘心樂意地投入填詞的領域之事，不
> 能不懷念兩位詞學大師吳瞿安（諱梅）先生和汪旭初（諱東）先生。
> 當時汪師擔任中央大學文學院長兼中文系主任，吳師則擔任一至四

---

〔註 54〕詳參張勇著：《論二十世紀二、三十年代南京文學生態》（臺北：花木蘭文化
　　　　出版社，2014 年），頁 60～112。

　　年級詞曲必修和選修課程。〔註55〕
至於兩位名師如何影響她，激發她對詞學的興趣，她在自己的詩詞集——《秋聲集》有一篇後記，述說較為詳細，可與〈詞林舊侶〉互相補充。
　　先說吳梅對學生們的影響，尉素秋說：

　　　　我開始學填詞，是在民國二十年（1931）的秋天。那時我剛考入國
　　　　立中央大學的中國文學系。吳梅先生（字瞿安，號霜厓）擔任詞學
　　　　通論的課程。瞿安師教我們填詞，總選些難題、險韻、僻調，把我
　　　　們逼得叫苦連天，越往後反而漸覺容易了。瞿安師解釋先難後易的
　　　　道理說：「『射人先射馬，擒賊先擒王』，倘作詞只會〈浣溪紗〉，作
　　　　詩只會五七言絕句，那是沒用處的。」有一次，他拿著我的詞卷說：
　　　　「徐州一帶，自徐樹錚死後，詞學已成絕響。現在素秋起來，又可
　　　　接續風雅了。」我經過這番鼓勵，加倍努力。直到今天，我總是以
　　　　詞為抒寫的工具，可說是從瞿安師之賜。〔註56〕

　　　　一年級的《詞學概論》一開始，規定每兩週填詞一首，限制很嚴，
　　　　儘選些僻調、難題、險韻。……他雖逼的緊，批改起來卻認真，朱
　　　　墨鮮明，連圈點也一筆不苟，和印出來的一般。〔註57〕

從上述這兩段文字觀之，吳梅教學生填詞有兩項特色：第一，選調上要先難
後易，先用難題、險韻、僻調作為訓練；第二，規定每兩週填詞一首。由於吳
梅向他們解釋了先難後易的道理，雖然對初學者來說是非常困難，但卻令他
們在熟習後漸覺容易，而且不至於只會填〈浣溪紗〉一類的小令。至於能夠
引起尉素秋填詞的興趣，甚至令她能夠專心習詞，最重要的還是吳梅對她的
鼓勵。吳梅有一次稱讚她的詞卷可以接續徐州詞學的風尚，成為她學詞道路
上最大的推動力。尉氏知道老師批改習作之認真，對圈點一絲不苟，深切明
白吳梅對自己的讚賞，並非虛美之詞。由是她更加倍努力，甚至以詞作為抒
寫工具，成為詞學名家。
　　另一位對學生們影響重大的是汪東。尉素秋接著說：

　　　　汪旭初先生，名東，號寄庵。是當時中大文學院的院長兼中國文學

---

〔註55〕尉素秋撰：〈詞林舊侶〉，《中國國學》，1984年，第11期，頁273。
〔註56〕尉素秋著：《秋聲集》（臺北：帕米爾書店，1984年），頁108。
〔註57〕尉素秋撰：〈詞林舊侶〉，頁273。

系主任。他態度嚴肅，令人望之生畏，我們曾把他比之為紅樓夢中的賈政。二年級時旭初師教我們宋名家詞，講解透闢深刻，引人入勝。從此，我對詞學便發生了強烈的愛好。〔註58〕

汪師講詞，能深入腠理，把作品的精微奧妙之處，完滿地表達出來。聽的人不但不感枯燥，簡直飄飄然如入化境。下課之後，精神狀態還在詞的境界中，久久走不出來。在兩位老師的誘導之下，從窄處難處入手，後來吳師的尺度逐漸放寬，我們的興趣逐漸提高，不但不以填詞為苦，反倒樂而忘倦了。〔註59〕

汪東是尉素秋就讀二年級時的詞學老師，他講解宋名家詞深入透徹，圓滿地把作品精微奧妙之處表達出來，引人入勝。即使下課之後，精神狀態還在詞的世界裡，久久走不出來。汪氏能夠如此引領學生進入古代詞人們的感情和境界，難怪尉氏對詞學產生了濃厚的興趣。

另外，汪東對沈祖棻填詞多讚賞之言，並將之視為入室弟子，為其《涉江詞稿》撰序，並說：

曩者，與尹默同居鑒齋。大壯、匪石往來視疾。之數君者，見必論詞，論詞必及祖棻。之數君者，皆不輕許人，獨於祖棻詞詠嘆贊譽如一口。於是友人素不為詞者，亦競取傳鈔，詫為未有。當世得名之盛，蓋過於易安遠矣。顧以祖棻出余門，眾又謂能知其詞者，宜莫余若。〔註60〕

得到老師們和當世詞學大師喬大壯、陳匪石的肯定，沈祖棻更積極從事詩詞創作。總括來看，正如尉素秋所說，在吳梅和汪東兩位老師的誘導之下，學生們不但不以填詞為苦，反倒樂而忘倦。

## 二、詞社發起時間、社名、創社人及社員

### （一）詞社發起時間和社名

梅社的發起時間和社名，據尉素秋《秋聲集》後記記載，是民國二十一年（1932）的秋天。其云：

---

〔註58〕尉素秋著：《秋聲集》，頁 109。
〔註59〕尉素秋撰：〈詞林舊侶〉，頁 273。
〔註60〕汪東撰：〈涉江詞稿序〉，載沈祖棻著：《沈祖棻詩詞集》（江蘇：江蘇古籍出版社，1994 年），頁 3。

> 民國二十一年秋天，我和高班次的四位女同學組織了一個詞社，第
> 一次集會於梅庵六朝松下，訂名為「梅社」。〔註61〕

說出梅社在民國二十一年（1932）秋天創立，當天並舉行了第一次社集。而
社名曰梅社，是與她們第一次集會地點——梅庵的六朝松下有關。尉素秋〈詞
林舊侶〉亦載：

> 我們的填詞，由被動轉入主動，由五位女同學發起，組織了一個詞
> 社，第一次聚會地點，選在六朝松下的「梅庵」，詞社遂命名為「梅
> 社」，象徵梅花五瓣。〔註62〕

另外，以梅社命名，亦取自梅有五片花瓣，象徵五個發起的女同學。

### （二）創社人及社員

上述所引尉素秋兩段說話，提及到詞社發起者是自己和高班次的四位女
同學，合共五人，這四位女生是王嘉懿、曾昭燏、龍芷芬和沈祖棻。尉素秋
說：

> 其中以王嘉懿班次最高，曾昭燏學識最淵博，龍芷芬最嫻靜幽雅，
> 沈祖棻才華最富，我的班次最低。彼此切磋琢磨，視為益友。後來
> 杭淑娟、徐品玉、張丕環、章伯璠、胡元度等相繼入社，可謂極一
> 時之盛。〔註63〕

得知詞社成立後，還有五位加入唱酬的女生——杭淑娟、徐品玉、張丕環、
章伯璠和胡元度。然據〈詞林舊侶〉一文，社員還有游介眉，一共十一人。文
中還說：

> 我們詞卷上不簽署自己的真名姓，而以詞牌作各人的筆名，這筆名
> 要以能顯示各人特點為原則。於是推出幾個人起草，由其本人認可
> 然後使用。〔註64〕

她們互選筆名時公開討論，並要求與各人的外貌學識相配，筆者將她們的草
案和原因，以及生平資料，用表格形式概括如下：

---

〔註61〕尉素秋著：《秋聲集》，頁112。
〔註62〕尉素秋撰：〈詞林舊侶〉，頁273。
〔註63〕尉素秋著：《秋聲集》，頁112。
〔註64〕尉素秋撰：〈詞林舊侶〉，頁274。

## 表十四：梅社社員名錄表

| 姓　名 | 生卒年 | 籍　貫 | 筆　名 | 筆名起因 | 備　註 |
|---|---|---|---|---|---|
| 游壽（介眉） | 1906～1994 | 福建霞浦 | 齊天樂 | 瘦削的面龐，活像個猴兒，平時都叫她猴子，又神通廣大，令人聯想到齊天大聖孫悟空。 | 畢業後在四川女子師範大學、中央大學任教。曾在中央博物院籌備處等從事研究工作，是著名的考古學家、古文字學家和書法家。 |
| 曾昭燏 | 1909～1964 | 湖南湘鄉 | 霜花腴 | 知識淵博，風流質樸高雅，似九秋的菊花。 | 曾國藩的曾孫輩，畢業後留學英國，專攻考古學，歸國後任國立南京博物院副院長，兼南京大學歷史系教授。文化大革命期間，在南京靈谷寺塔頂跳下自殺。 |
| 沈祖棻 | 1909～1977 | 浙江海鹽 | 點絳唇 | 明眸皓齒，服飾入時，常用口紅化妝。 | 畢業後曾任教於金陵大學、華西大學、成都金陵大學、江蘇師範學院和武漢大學。著名學者程千帆的妻子。 |
| 徐品玉 | 1911～1996 | 江蘇常熟 | 菩薩蠻 | 說話做事，直率爽朗，圓圓的面孔，活溜溜的眼睛，像無錫惠山的小泥菩薩。 | 畢業後教書，與名報人卜少夫結婚後，轉入新聞界。 |
| 尉素秋 | 1914～2003 | 江蘇碭山 | 西江月 | 不詳。或許與名字「素秋」有關。 | 畢業後先在四川省立教育學院任教，後赴臺南成功大學教授詞學，並於私立東海大學和中國文化學院兼教。政治理論家任卓宣的妻子。 |
| 章伯璠 | 不詳 | 江西南昌 | 虞美人 | 細腰楚楚，雙頰紅暈，聲音清脆，人緣最好。 | 畢業後服務於監察院，後來轉到政府開辦的石油公司服務。 |

| 杭淑娟 | 不詳 | 安徽懷遠 | 聲聲慢 | 嫻靜溫良，說話慢吞吞。 | 畢業後於重慶沙坪壩南開中學教書，後調到楊家坪中學。經濟學家楊德魁的妻子。 |
|---|---|---|---|---|---|
| 張丕環 | 不詳 | 山東臨清 | 破陣子 | 吐辭鏗鏘有力，長於說辯，鋒芒銳利。 | 畢業後在山東教書，後攜夫婿寄居香港。 |
| 胡元度 | 不詳 | 四川資中 | 巫山一段雲 | 體態嬝娜修長，常著拖地的素色長裙，看之若仙。 | 四川省政府社會處處長黃仲翔的妻子。 |
| 龍沅（芷芬） | 不詳 | 湖南攸縣 | 釵頭鳳 | 誠懇敦厚，酷愛整潔。走起路來姍姍細步，顫嬝嬝的。 | 嫁給湘中巨閥茶陵譚氏子，仳離後移居澳大利亞。 |
| 王嘉懿 | 不詳 | 不詳 | 不詳 | 不詳 | 不詳 |

尉素秋的文章，唯獨沒有提及到王嘉懿，故其籍貫、筆名，甚至生平資料也不得而知。

她們在草擬這些筆名時，發生了一段小插曲。事情源於當時龍芷芬不在座，後來她看到自己的筆名是釵頭鳳，立即變了臉色，未等大家解釋，她已經惡狠狠地指罵尉素秋過分刻薄，並拂袖而去。大家都感到愕然，尉素秋更跑到曾昭燏處哭訴。曾昭燏於是告訴大家龍芷芬的淒涼身世，原來龍芷芬婚姻破裂，和周密在《齊東野語》上敘述南宋陸游和唐氏的仳離類似，後來陸游再遇見唐氏，題了〈釵頭鳳〉一闋在牆壁上。龍芷芬認為尉素秋有意調侃她離婚，所以生氣；但細思下知道尉素秋是出於無心，於是緊緊地握著她的手，含淚道歉。〔註65〕

據尉素秋憶述，梅社社員們還被配上大觀園中的角色。例如胡元度是元春，尉素秋是探春，章伯璠是寶釵，沈祖棻是寶琴，徐品玉是湘雲，杭淑娟是岫煙等等。她們的老師汪東得知後，都讚賞有幾分相似，並搔首說：「糟！我一定是賈政之流。」大家都熱烈地鼓掌。〔註66〕汪東更因此事寫了兩首詩：

　　悼紅軒裡鑄新詞，刻骨悲秋我最知。夢墮樓中忽驚笑，老夫曾有少

〔註65〕尉素秋撰：〈詞林舊侶〉，頁274～275。
〔註66〕尉素秋撰：〈詞林舊侶〉，頁275。

年時。〔註67〕

若個元春與探春，寶釵橫鬢黛痕新。化工日試春風手，桃李花開卻

笑人。〔註68〕

社員們畢業後，詞社就解散了。尉素秋住在上海，有些詞友繼續留在南京工作。

## 三、詞作主題

關於梅社集會的時間、地點和題材，尉素秋〈詞林舊侶〉嘗說：

梅社每兩週聚會一次，輪流作東道主，指定地點，決定題目，下一

次作品交卷，互相研究觀摩，然後抄錄起來，呈吳師批改。〔註69〕

乃知梅社社規是兩週集會一次，每次由一個女生作東道主，並選擇題目和地

點，作品在下一次社集交卷，先在社員間傳閱切磋，再交呈老師吳梅批改。

至於社集地點，尉氏續說：

我們的母校中央大學，占了南京的山川形勝，南京在六朝、南唐和

明代都曾建為首都，古跡名勝之多，超過任何地方，多到不可勝數。

其可愛之處，尤在於它的大，大到無所不包，不但在地形上龍蟠虎

踞，有高山、有深水、有平原，樣樣俱全，更有奇樹名花點綴四時，

招引我們的詞社及時蒞臨。就像陵園的梅花，玄武湖的荷花，五洲

公園的菊花，靈谷寺的牡丹，臺城的垂柳，棲霞山丹楓，都讓我們

留連忘返，不玩到盡興不肯回來。回來事情並沒有結束，還要把山

川草木的精華，攝入我們的詞句，纔算告一段落。所以南京的名勝，

都被我們抹上詞的色調。〔註70〕

講及集會的地點，是南京的名勝古蹟。至於詞作的題目，則是遊覽地方的奇

樹名花，顯然是詠物之作。然而，由於梅社沒有剞劂社集，加上社員們視之

為學生時期的作品，幾乎沒有保存下來，而社員中有詞集者亦僅有尉素秋和

沈祖棻。筆者翻查二人的作品，確定為社作的僅有尉素秋〈國香慢・與社中

諸友分韻詠水仙，有所指也〉〔註71〕、〈曲遊春・詠燕〉〔註72〕、〈三姝媚・

---

〔註67〕尉素秋撰：〈詞林舊侶〉，頁275。
〔註68〕尉素秋撰：〈詞林舊侶〉，頁275。
〔註69〕尉素秋撰：〈詞林舊侶〉，頁273。
〔註70〕尉素秋撰：〈詞林舊侶〉，頁273～274。
〔註71〕尉素秋著：《秋聲集》，頁3。
〔註72〕尉素秋著：《秋聲集》，頁4～5。

菊影〉〔註73〕、〈齊天樂・九日登雞鳴寺，奉和霜厓師原韻〉和沈祖棻〈國香・
水仙，用山谷本事〉、〔註74〕〈曲遊春・燕〉〔註75〕、〈三姝媚・菊影〉〔註76〕
和〈齊天樂・乙亥重九，登雞鳴寺，步霜厓師韻〉。〔註77〕這幾首詞正符合詠
物題材，可惜沒有較為深沉的托意；反而，從兩人的詞作裡，見出社員們真
摯的友誼和與吳梅、汪東深厚的師生情誼，可說是梅社這一團體裡共同的美
好回憶。

## （一）同窗友誼

汪東曾向尉素秋她們說：「你們有了詞社，使上下幾班的女同學，不但團
結不散，和老師之間也保持著密切的聯繫。從前的各班，畢業後就各自分散
了。」〔註78〕點出梅社即使解散了，社員之間仍然保持聯繫。在一眾女生當
中，尉素秋、沈祖棻和杭淑娟交往最為密切，她們三人在中央大學讀書時，
都住在女生宿舍南樓，常常海闊天空談至深夜。尉素秋回憶說：

> 最初娟以為我對棻較好，棻也以為我對娟較好。有一天兩人就我詢
> 問答案，我說：「橘子和蘋果的滋味不同，怎麼能加以比較呢？棻以
> 才華勝，娟以氣韻勝，和棻接談，可以開拓自己的胸襟和境界；和
> 娟相處，如坐明月清風，令人和易安詳。交遊應該廣闊，凡是我輩
> 中人（非名利之徒）都可引為同調。」二人深以為然。〔註79〕

民國二十三年（1934）春假，班上有采石磯（安徽省馬鞍山市西部）之遊。尉
素秋因為兄長和姊姊接連去世，喪親之痛，抑鬱寡歡，所以沒有參與。當時
沈祖棻也沒有去，於是相約尉素秋泛舟遊玄武湖。尉素秋回想起當日景況，
感受依然深刻難忘：

> 當時她的內心也隱埋著難言之痛，兩人並坐舟中，對著春水柔波，
> 互傳心愫。她的一個顰蹙，一次凝眸、一刻低語和一句話裡的溫存
> 慰藉，都留給人以難忘的印象。〔註80〕

---

〔註73〕尉素秋著：《秋聲集》，頁 6。
〔註74〕尉素秋著：《秋聲集》，頁 216。
〔註75〕沈祖棻著：《沈祖棻詩詞集》（江蘇：江蘇古籍出版社，1994 年），頁 50。
〔註76〕沈祖棻著：《沈祖棻詩詞集》，頁 217。
〔註77〕沈祖棻著：《沈祖棻詩詞集》，頁 216～217。
〔註78〕尉素秋撰：〈詞林舊侶〉，頁 275。
〔註79〕尉素秋著：《秋聲集》，頁 112～113。
〔註80〕尉素秋著：《秋聲集》，頁 113。

畢業後，與尉素秋保持聯繫的有沈祖棻、杭淑娟、章伯璠、張丕環、胡元度和徐品玉。前面四人在民國二十七年（1938）抗日戰爭爆發後，還相約在重慶探望老師汪東，隨師登山臨水，飲酒賦詩，沈祖棻有〈喜遷鶯〉（亂後渝州重逢寄庵、方湖兩師、伯璠、素秋、淑娟、叔楠諸友，酒肆小集，感賦）詞記曰：

> 重逢何世？賸深夜、秉燭翻疑夢寐。掩扇歌殘，吹香酒釅，無奈舊狂難理。聽盡杜鵑秋雨，忍問鄉關歸計。曲闌外，甚斜陽依舊，江山如此。　　扶醉。凝望久，寸水千岑，盡是傷心地。畫轂追春，繁花醞夢，京國古歡猶記。更愁謝堂雙燕，忘了天涯芳字。正淒黯，又寒煙催暝，暮笳聲起。〔註81〕

盧溝橋事變後，日本全面侵華。南京危在旦夕，很快就遭敵機轟炸。中央大學學校圖書館和實驗中學均被炸毀，於是遷往重慶西南，汪東跟隨入川。這次異地重逢，沈祖棻感慨不已。與師友相見同遊四川，昔日唱酬的歡娛彷彿再度重現。然而，眾人的心情卻大不如前。登高遠眺，滿目瘡痍，國運猶如落日斜陽，岌岌可危。杜鵑哀鳴，秋雨點點，大家想到漂泊的身世，歸鄉無期。日軍砲彈和戰機聲四起，不禁感慨今昔，只好借酒銷愁，互相撫慰。

　　民國二十八年（1939）秋，沈祖棻因病遷往四川雅安，汪東和尉素秋分別寫信問候，沈氏感念漂零異鄉，更復得病，得師友關懷，萬分欣慰。但國難當前，中日戰事如火如荼，令她不得不憂心忡忡。她填了一首〈金縷曲〉（己卯秋，扶病西遷雅州，得浣溪沙十闋，分呈寄庵師及素秋。師既損書遠問，秋嗣箋來，復舉梁汾我亦飄零久之語，用相慰藉。秋固淚書，余亦泣誦。蓋萬人如海，誠鮮能共哀樂如秋與余者也。因次顧詞原韻賦答），表達當時的複雜心情：

> 病骨支離久。賸招魂、天涯尚有，幾人師友？藥盞飄零烽火外，更許苦吟消瘦。及問、年來俙傯。破碎山河生死別，但關心、千里平安否。家國恨，忍重剖。　　塵揚東海當丁丑。嘆長安、露盤承淚，暮鴉啼柳。一縷心魂經百劫，還仗新詞護守。恐負汝、金尊相壽。譜就商聲腸易斷，況空名、未必傳身後。多少事，休回首。〔註82〕

敘述中日戰爭，南京遭到日寇的狂轟濫炸，當年中央大學的師友們，早已四

---

〔註81〕沈祖棻著：《沈祖棻詩詞集》，頁 197。

〔註82〕沈祖棻著：《沈祖棻詩詞集》，頁 220～221。

散。她與程千帆避難至安徽屯溪，病骨支離，內心淒苦。想到國家破亡，山河破碎，悲痛不已。雖然彼此未能相聚慰藉，但得知汪東和尉素秋在烽火戰亂之間平安無恙，詞人亦深表欣慰。這次沈祖棻病足一個月，適逢友人蕭奚斅、尉素秋均病倒，觸動她的愁緒，再補一首〈金縷曲〉（余病八閱月矣。印唐（蕭奚斅）始約養疴白沙，素秋復邀就醫渝州，皆不果行，而兩君者頃亦多疾苦。余既譜金縷曲以寄素秋，言之不足，因再用此調分寄。詞成自歌，不知涕之無從也）：

> 寂寞人間世。論交游、死生患難，如君能幾？辛苦分金憐管叔，知我平生鮑子。更莫說、文章信美。不見相如親賣酒，算從來、詞賦工何味？心血盡，幾人會？　重逢待訴淒涼意。且休教、等閒飄盡，天涯涕淚。我亦萬金輕擲者，今日難謀斗米。空料理、年年歸計。一樣關山多病日，未能忘、尚有中原事。堪共語，兄和姊。〔註83〕

想到人生短暫，能夠共同經歷生死患難的知己，就只有尉素秋。她們倆在詩詞文章的相知相交，就如春秋時期的管仲和鮑叔牙。當年在中大刻苦學詞的經歷，造就這一段詩詞酬唱的深厚情誼。尉素秋當時也病倒，本來相約在重慶渝州就醫，最後未能如約。貧病交加、中原淪陷、異鄉漂泊和友人失約等事霎時間襲來，令沈祖棻的心情更為憂鬱和苦悶。

　　然而，禍不單行，沈祖棻於次年（1940）四月，發現腹中生瘤，由雅安移至成都四聖祠醫院割治。尚未痊癒之際，醫院午夜忽然失火，沈氏慶幸及時逃生，可是衣物多已燒毀。尉素秋和徐品玉得知，都向好友伸出援手，贈予衣物。沈祖棻深感欣慰，寫下〈尉遲杯〉一詞，題為「醫院被災，余衣物盡燬於火。素秋、天白先後有綈袍之贈，賦此為謝」：

> 歸來晚。嘆繡閣、一桁餘香遠。愁他薄雨微寒，閉了薰爐煙篆。脂痕酒唾，曾惜取、京華舊塵染。怕銀屏、一夕西風，便催秋夜刀翦。遙寄蜀錦吳綿。初展拂、淒涼客意先暖。翠縷金針輕度處，尚彷彿、情絲宛轉。應留待、收京出峽，好珍重、詩書共笑卷。便吟箋、寫遍相思，莫教珠淚頻點。〔註84〕

當時沈祖棻久病初瘥，返回雅安居室。她感嘆自己離家多時，由四月入院，中途值醫院失火，輾轉寄居朋友住處，又遭日軍的戰機夜襲。六月再病入院，

---

〔註83〕沈祖棻著：《沈祖棻詩詞集》，頁221。
〔註84〕沈祖棻著：《沈祖棻詩詞集》，頁74。

七月才返家。歸家發現樓閣凋零,熏爐篆香閒著,加上秋風颯颯、綿綿細雨,不禁慨嘆。然後看到尉素秋和徐品玉兩位舊友,於自己困難時寄贈衣物,內心湧現陣陣溫暖。昔日校園酬唱的點點滴滴,如在目前。但眼見時局每況愈下,她只能藉書信勸勉友人珍重,相約抗戰勝利再度重逢。

民國三十四年(1945)八月十五日,日本宣布無條件投降。次年(1946)春天,沈祖棻和尉素秋相約會面成都,參與的還有胡元度。沈氏賦了一詞〈喜遷鶯〉(丙戌春,素秋至成都,漪如來會。共論舊事,兼訊新愁,因賦此闋):

> 雲鬢驚認。算經亂、客懷清歡休問。粉黛商量,綺羅斟酌,空記舊時嬌俊。藥裹枕邊誰檢?酒盞花前愁近。夢塵遠,嘆尋芳拚醉。疏狂無分。　　歸訊?春又晚,一棹江南,幾度期難準。忍倚危闌,山河斜照,依舊東風淒緊。翠墨未乾殘淚,彩筆題新恨。待扶病,共西窗夜話,燭銷更盡。〔註85〕

三人歷經國難,久別重逢,雲鬢難認。她們回想舊時詞社聚會,遊覽南京古蹟名勝,風流愜意。然而,即使難得相會,她們仍然愁眉深鎖,借酒銷愁。八年抗戰結束,原本值得開懷慶祝;然而外敵剛滅,內亂即現,國內兩黨戰爭一觸即發,政局混亂無定,國家前景茫茫。

民國三十九年(1950)十二月,尉素秋從中國到香港,探望移居當地的張丕環和徐品玉。她道出其他社友的情況,說:

> 三十九年十二月,我從大陸到了香港,與丕環相處月餘。有時過海同訪品玉,到山顛水涯重溫青年時代的舊夢。這時棻有信從武漢寄出,報告其艱苦經歷。只有娟消息沉沉,不知流落何處?我們三人見面必想到娟,提到她,總相對淒然。環已作了賢惠的家庭主婦,變得平靜溫和,不再似從前能說善辯的「破陣子」了。我們整天在一起,夜晚總談到深更半。當我乘船離港和她握別時,我流淚了。的確,她對我那種發自內心的親切關懷,一種純真的友情,勝過至親骨肉,令人銘感不忘。〔註86〕

張丕環已成為家庭主婦,並對尉素秋關懷備至,令她深為感動,銘感不忘。她提到與杭淑娟失去了聯絡,民國二十七年(1938)入四川和汪東飲酒賦詩,可能就是兩人最後一次見面。後來,沈祖棻得到友人書信,得悉杭淑娟和曾

---

〔註85〕沈祖棻著:《沈祖棻詩詞集》,頁 159～160。
〔註86〕尉素秋著:《秋聲集》,頁 114。

昭燏已經辭世，心情沉痛，寫了〈屢得故人書問，因念子雍、淑娟之逝，悲不自勝〉六首詩，茲各錄一首：

> 碧天雲過雁成群，知舊相聞老更勤。檢遍來書無手跡，悠悠生死獨憐君。〔註87〕

> 當年函札最殷勤，待剖雙魚更憶君。不見春風吹鬢影，空悲夜雨濕秋墳。〔註88〕

第一首悼念曾昭燏，詩後有程千帆箋曰：「子雍長南京博物院，位高心寂，鮮友朋之樂，無室家之好，幽憂憔悴，遽以一九六四年十二月二十二日自墜靈谷寺塔，享年僅五十有五。傷哉！」第二首悼念杭淑娟，她的丈夫楊德翹因曾居國民黨職，在文化大革命期間，淑娟亦被株連，薙成光頭，長跪高臺之上，終痛死獄中。淑娟性情和順淑慎，所以沈氏極為痛惜。除此之外，沈氏曾撰有〈歲暮懷人并序〉詩四十二首，懷念梅社的游壽、曾昭燏、龍芷芬、章伯璠和杭淑娟。游壽在哈爾濱教學，龍芷芬初在北京，後移居澳大利亞。至於章伯璠，自解放後，則無人悉其蹤跡。

## （二）師生情誼

作為梅社社員的老師，吳梅和汪東都不遺餘力栽培學子，盡己之能把詞的精闢深刻處點出，示以學習門徑；甚至無視入門艱辛，嚴格要求有意學詞的弟子先從難處著手，填些難題、險韻和僻調。雖然最初大家都叫苦連天，但這卻使她們受益非淺，不僅往後得心應手，更在詞學上取得成就。民國二十三年（1934）或二十四年（1934）重九，〔註89〕梅社女生們選了南京玄武區雞鳴寺作為社集地點和題目，並邀請吳梅一起遊覽。吳梅、尉素秋和沈祖棻依次有詞記曰：

> 北湖環注台城下，鍾山屹然高坐。四顧天空，三秋氣爽，又見長安江左。禪房靜鎖。聽幾杵鐘聲，客愁敲破。醉把茱萸，暮村吟事問誰可。　登臨多難自古，近來筋力減，扶病重過。故壘籠沙，荒

---

〔註87〕沈祖棻著：《沈祖棻詩詞集》，頁276。
〔註88〕沈祖棻著：《沈祖棻詩詞集》，頁276。
〔註89〕吳梅詞題為〈齊天樂‧甲戌重九登豁蒙樓〉，指甲戌年（1934）遊雞鳴寺；然沈祖棻卻記為〈齊天樂‧乙亥重九，登雞鳴寺，步霜厓師韻〉，寫和吳梅遊雞鳴寺是乙亥年（1935）。因沈祖棻詞題說明是「步霜厓師韻」，與吳梅詞作用韻相同，所以筆者認為兩首詞是同一次出遊的唱和作品，其中一人誤記年份。

坡咽月，還記南朝烽火。黃花伴我。怕今日東籬，有人催課。蓑笠
漁舟，甚時歸計妥？（吳梅〈齊天樂・甲戌重九登豁蒙樓〉）〔註90〕

南朝千古傷心地，登臨幾番閒坐。畫壁苔滋，雕欄草護，省識當年
江左。禪宮未鎖。對燭影搖煙，色空參破。秋到臺城，登高作賦問
誰可。　　浮生何事最苦，異鄉為異客，佳節重過。素月流輝，紅
輪匿彩，次第滿城燈火。閒雲笑我。又寂寞芸窗，緣囊催課。四壁
秋聲，更誰清睡妥。（尉素秋〈齊天樂・九日登雞鳴寺，奉和霜厓師
原韻〉）〔註91〕

舊游重到臺城路，松間共誰閒坐？屐印都迷，酒香猶滯，書劍依然
江左。雲房漫鎖。任一夕天風，夢痕吹破。自插茱萸，近來吟興醉
時可。　　長安三載倦旅，嘆登臨多難，奈何重過。故闕殘灰，寒
沙古月，寥落江天漁火。疏狂笑我。怕明日芸窗，又添清課。刻燭
催詩，只愁吟未妥。（沈祖棻〈齊天樂・乙亥重九，登雞鳴寺，步霜
厓師韻〉）〔註92〕

雞鳴寺有「南朝第一寺」的美譽，是南朝梁武帝時期中國的佛教中心。吳梅
詞題所寫的豁蒙樓，在雞鳴寺內，是登臨望景的絕佳處，鐘山的紫氣、九華
的塔影、還有逶迤的古城牆，都能盡收眼底。詞人們登高望遠，各自抒懷。吳
梅感嘆體力衰減，老病纏身；尉素秋和沈祖棻則苦於漂泊，長年流落異鄉。
然而，他們都用了杜甫〈登樓〉「花近高樓傷客心，萬方多難此登臨」句意，
〔註93〕暗指在中日兩國頻繁衝突的艱難形勢下，雖然觸目美景，仍不免愁思
滿腹，同時有節日流離的感受。最後，三詞末段都撇開一筆，為著填好這闋
詞而費煞思量，恐怕交稿期限已到，詞句仍未穩妥，見出社友們學詞之用心。

　　民國二十六年（1937）盧溝橋事變爆發不久，吳梅離開中央大學回蘇州，
自始與梅社社員失去聯絡。同年九月，尉素秋從上海路經中央大學，當時中
大已遷往重慶，師友星散。她緬懷昔日雞鳴寺之遊，於是獨自在重九，泛舟
鄰近的玄武湖，並填了一首〈點絳唇〉（丁丑九月，余自滬徂。時母校中央大

〔註90〕吳梅著，王衛民編校：《吳梅全集・作品卷》（石家莊：河北教育出版社，2002
　　　　年），頁 143～144。
〔註91〕尉素秋著：《秋聲集》，頁 5。
〔註92〕沈祖棻著：《沈祖棻詩詞集》，頁 216～217。
〔註93〕杜甫撰：〈登樓〉，載杜甫著、仇兆鰲注：《杜詩詳注》（北京：中華書局，1979
　　　　年），頁 1130。

學已遷蜀，舊日師友星散。余於重九之日，獨泛玄武湖，覺風景不殊，極目有山河之異。誦衛洗馬「未免有情，誰能遣此」之句，不覺寒雨溼衣也）：

> 一棹西風，浪痕疊就殘荷路。碎聲敲處，湖止飛寒雨。　　舊夢重
> 尋，又向都門駐。心期誤。故人歸去，萬里關河暮。〔註94〕

坐在小舟遊湖，尉素秋不禁重溫與師友們出遊的記憶。陣陣涼風，點點寒雨，詞人感受眼前的風景與昔日不同。日本侵華，學校被逼遷徙至重慶，舊日師友或跟隨入蜀，或返回故鄉，或四處逃難，詞人感到失落，嘆息不已。當時，汪東也隨校去了重慶，繼續教學。次年（1938）春天，尉素秋、章伯璠、杭淑娟和沈祖棻等人相約赴重慶探望汪東老師。據尉素秋說，汪東平日態度嚴肅，又是當時中大文學院院長兼中國文學系主任，大家向來對之敬畏，但經過這段時間的相處，她們與汪東建立了深厚的師生感情：

> 汪旭初先生，名東，號寄庵。是當時中大文學院的院長兼中國文學
> 系主任。他態度嚴肅，令人望之生畏，我們曾把他比之為紅樓夢中
> 的賈政。……抗戰時，中大遷校重慶。二十七年（1938）春天，我
> 們相聚山城。旭初師常以他的近作見示。這時伯璠、淑娟、祖棻、
> 丕環諸友好陸續入川。常追隨老師們登山臨水，飲酒賦詩，大家對
> 他不再似先前的懼怕了。〔註95〕

在這次的聚會，汪東提出抗戰勝利後擬開辦女子學院，尉素秋甚至和老師們一起開玩笑，令大家哄然。文中續說：

> 有一天，旭初師說他將來擬辦一個女子學院，要我們「各言爾志」，
> 選擇自己擔任的課程和職務。問我，我說願擔任教務長。時汪辟疆
> 師也在座，娟責備我太不謙遜。說：「辟疆師任教授，你倒要作教務
> 長！你怎麼不說要作校長？」旭初師笑著說道：「毫無關係，她要作
> 校長，可以，我退居董事長讓她。」大家為之哄然。〔註96〕

民國三十一年（1942）秋天，汪東患了脊骨結核症，在重慶歌樂山臥病，尉素秋前去探望。汪東仍就四年前擬辦女子學院的議題，和尉氏討論著：

> 汪師說：「我看重女子教育，認為是改造社會國家的一個根本問題。
> 現在我老病侵尋，要做的事太多。你一直服務教育界，希望勝利復

---

〔註94〕尉素秋著：《秋聲集》，頁 11。
〔註95〕尉素秋著：《秋聲集》，頁 109。
〔註96〕尉素秋著：《秋聲集》，頁 109～110。

員之後，實踐你的諾言，為我所計劃的教育事業盡力。」我默然領
首。〔註97〕

對尉素秋能創辦女子學院，表達寄望。然而，抗戰勝利後，中國隨即發動內
戰，時局日非，辦學校事已經無從談起，不了了之。數天後，汪東賦了一首
〈尉遲杯〉贈予尉素秋，內容如下：

廢登臨。下木葉、歎息秋漸深。殘螺點染遙岑，如笑我，老難任。
攤書未成睡，倦枕欹，寂歷少知心。嗟此意，欲說還休，數行低雁
沉沉。　　昨暮步屧相尋，乍輕飛溫語，已散煩襟。彷彿精廬開白
下，宴闌同賞藥抽簪。如今待，收聚毫端，畫那時，笠屐北湖陰。
更幾人，白首扶攜，但消沉醉狂吟。〔註98〕

全詞慨嘆自己年華老去，猶如蕭瑟的深秋，意志沉沉。尤其養疴期間，身體
疲倦，缺乏友朋往還之樂，心情納悶。直至尉素秋到步探訪，兩人談笑風生，
怡然自得，令汪東回味往昔在中央大學與學生們遊玄武湖（北湖），賞花設宴
之樂，內心的煩擾漸漸散去。

收到老師贈詞，尉素秋回了一首〈渡江雲〉，激發他的意志，詞題云：「吾
師汪旭初先生（名東，號寄庵），患骨結核症，臥病歌樂山數年。壬午秋，余
自贛返巴蜀，謁先生於靜石灣寄寓，相違僅四年耳，先生鬚髮已幡然白矣。
越數日，先生以〈尉遲杯〉詞見寄，余乃賦是闋以呈」：

蕉窗風送雨，晚秋節候，孤館暮愁寬。杜陵嗟病損，白髮千莖，猶
自理殘篇。文章信美，漫贏得、刻骨辛酸。回首處、茫茫天地，幾
度海成田。　　愴然，巴山小駐，絳帳重過，訴心期何限。懸後約、
鴻飛不到，咫尺雲山。池塘漸次生春草，待追隨、藜杖翩翩。能幾
日，看花又是明年。〔註99〕

詞中回應在晚秋時節，老師獨自一人養疴。難得有閒停留重慶，詞人到靜石
灣相訪，赫然驚覺僅僅四年不見，老師已經白髮蒼蒼，甚且病骨支離。但看
到老師仍然孜孜不倦整理文章，縱使辛酸艱難，卻得到不凡的學術成就。回
想舊日登山臨水之樂，尉素秋期望老師早日痊癒，並相約明年春天，追隨其
足跡出遊賞花。

---

〔註97〕尉素秋著：《秋聲集》，頁 110。
〔註98〕尉素秋著：《秋聲集》，頁 18～19。
〔註99〕尉素秋著：《秋聲集》，頁 17～18。

　　中國抗戰勝利後，汪東擔任民國政府國立禮樂館館長，後與汪辟疆等教授同任國史館修纂。民國三十六年（1947）十一月十二日，尉素秋和章伯璠相約汪東、李證剛和汪辟疆到後湖賞菊。汪東還為大家填一首〈惜黃花慢〉詞：

> 淺碧籠裳。認麝塵步屧，尚識秋孃。共驚劫後，歲華漸晚，游蹤到處，偏近斜陽。繡圍錦繞湖山畔，似窺鏡、重理新妝。勝故鄉。頹垣敗圃，難薦壺觴。　　芙蓉漫說宜霜。恨化工未與，蝶粉蜂黃。鬬將春艷，萬花避色，移來燕席，一水都香。暮笳鳴咽西風緊，送迴棹、燈影飄涼。繫寸腸。更追舊日清狂。〔註100〕

寫國家久歷戰亂，劫後難得相聚，共約南京後湖賞菊。全詞描繪菊花之美，師友出遊的樂趣，彷彿當年在中央大學教學的日子。後來汪東返回蘇州故鄉，先後任蘇州市政協常委、副主席、江蘇省政協常委、江蘇省委員會副主任等職。民國四十八年（1959），尉素秋赴臺南成功大學教詞選課程，雖然與老師們海天遙隔，消息梗阻，但她一生都積極從事教育，也沒有荒廢所學。

## 第三節　蓼辛詞社（1931）：晚明歷史記憶與金陵地景的書寫

　　蓼辛詞社是一個由四位寓居南京的學人，於民國二十年（1931）春，共同發起的詞社。民國十六年（1927），仇埰（1872～1945）辭任江蘇省立第四師範學校校長之職，與近鄰石凌漢（1872～1947）、孫濬源（1872～1939）和王孝煃（1874～1947）來往密切，以詞相交，互相酬唱，先後刊刻《倉庚詞》、《蓼辛詞》二集。最初，倉庚唱和並無詞社之名，僅模仿清末王鵬運（1850～1904）、朱祖謀（1857～1931）和劉福姚（1864～？）的《庚子秋詞》唱和。後來時局益亂，社友們感懷時事，於是結為詞社。現存《蓼辛詞》一卷，為四位社員聯句之作，另有外集一卷，多依宋人詞韻而作。兩卷合為一冊，在民國二十年（1931）辛未臘月鐫刻，封面有王孝煃（寄漚）簽署。〔註101〕

---

〔註100〕尉素秋著：《秋聲集》，頁110～111。
〔註101〕仇埰、石凌漢、孫濬源和王孝煃著：《蓼辛詞》，民國二十年（1931）刻本。本文沿用此本，引用僅出頁碼，不復出注。

圖九：《蓼辛詞》書影

# 一、詞社緣起

## （一）倉庚唱和的延續

民國十六年（1927），仇埰（1873～1945）辭任江蘇省立第四師範學校校長之職，開始專於填詞，並與近鄰石凌漢、孫濬源和王孝煃往來頻密，切磋詞藝。當時參與唱酬往還者，還有夏仁溥（博言）（1874～1963）、夏仁沂（枚叔）兄弟、胡俊（翔冬）（1884～1940）和黃剔冰（雙并）。十九年（1930）春，仇埰、孫濬源、王孝煃和黃剔冰四人，聚集於王孝煃的紅葉石館，依清末王鵬運、朱祖謀和劉福姚的《庚子秋詞》，拈韻分詠，每日一闋，藉以消春。及夏，共選調七十一，詞二百九十六首。同人們取《詩經・國風・七月》「春日載陽，有鳴倉庚」之意，〔註102〕刊刻成《倉庚詞》一卷。仇埰〈倉庚詞序〉說：

> 庚午之春某日，⋯⋯同人集於紅葉石館，俯仰今昔，上下其議論。適案有《庚子秋詞》一帙，因及半塘諸老身世，且謂晚清詞派，諸老獨張一幟，不讓美於浙西、毗陵。信乎詞學衰於明，復振興於清也！未幾再會集，各出其和作數首，相視一笑，莫逆於心。因約依次和作，日成一調，或專依一均，或任依各均，或自用其均，各縱其意，亦各言其所言。歲月不居，春事匆匆盡矣。脫稿逾寸，依先後為次，匯錄成冊。計調七十一，詞二百九十六，如《秋詞》甲卷

〔註102〕馬持盈註譯：《詩經今註今譯》（臺北：商務印書館，2009 年），頁 230。

數也。〔註103〕

說出雅集當天，與會四人議論古今詞壇，剛巧桌上有《庚子秋詞》一卷，於是念及王鵬運等人的身世。他們回想光緒二十六年（1900）七月，外國聯軍攻陷北京，王鵬運身陷其中，避居於四印齋；朱祖謀和劉福姚的故居被擾，先後依於王氏。三人目睹侵略者搶掠燒殺的行為，遍地哀鴻，乃「痛世運之陵夷，患氣之非一日致」〔註104〕，且有感「古今之變既極，生死之路皆窮」〔註105〕，於是每日拈一二調，以曲折隱晦之筆法，抒憂傷悲憤之懷抱，作品結集成《庚子秋詞》二卷。仇埰等人認為清代中葉常州詞派，以至晚清四大家，詞學獨樹一幟，不遜於浙西派和毗陵詞人。當天，他們即興選了《庚子秋詞》裡幾個詞調分詠唱和，相隔數天，四人出示和作，大家都情投意合，甚為滿意，於是依照《庚子秋詞》次序和作，沒有限韻，沒有題目，各人自由抒發情懷。他們選擇《庚子秋詞》來酬唱，目的應不只是消春，誠如學人薛玉坤所說：

> 「倉庚」唱和並非一般意義上的吟風弄月，而是亂世之中深寄「賢
> 人君子幽約怨悱不能自言之情」。〔註106〕

倉庚唱和雖沒有詞社之名，但連續雅集兩個月以上的時間，這樣具有規律和組織的酬唱集會，以及成員之間的密切聯繫，成為了一年後蓼辛詞社出現的前奏。

## （二）同氣相求的結果

仇埰專於習詞後，常與同道填詞論詞，並於〈蓼辛詞序〉開首，論述唐五代至清末詞學發展的歷史，指出清末詞學之所以聞名於世，與時代憂患息息相關：

> 迄於光宣之季，粵西崛起，造重拙大之境；殫心精微，突過前輩。
> 雖宋譜失傳，未遑遽復；而並世名流，精研聲律。其婞且篤者，竟
> 至造車合轍，卓然成家。復堂謂：「詞之今日，前人所不能限也。」

---

〔註103〕仇埰撰：〈倉庚詞序〉，轉引自薛玉坤撰：〈傳統的固守：民國詞人仇埰詞業
　　　　活動及其文化立場〉，《南陽師範學院學報》（社會科學版），2015年，第10
　　　　期，第14卷，頁36。
〔註104〕朱祖謀撰：〈半塘定稿序〉，載陳乃乾編：《清名家詞》（上海：開明書局，1937
　　　　年），冊十，頁1。
〔註105〕王鵬運撰：〈庚子秋詞序〉，載《庚子秋詞》（臺北：學生書局，1972年），頁
　　　　3。
〔註106〕薛玉坤撰：〈傳統的固守：民國詞人仇埰詞業活動及其文化立場〉，頁36。

> 洵知言哉！蓋是時作者，已擷兩宋之菁英，不庚五音之宮徵，途徑
> 光明，學者稱便。故士生末世，憂慮萬端，獨於此事，轉為厚幸。
> 朋輩平居，素衷此論。〔註107〕

段中所謂「朋輩平居，素衷此論」，就是指仇埰的朋友們對這說法，也深表同
意。

與友人同聲相應，同氣相求，更直接促成了蓼辛詞社的興起。仇埰接著
說：

> 遭時感事，時有詠歌。惟是人海勞生，故交星散。留居白下者，發
> 素寓淮水東邊，太狷住鳳凰臺畔，寄漚託跡於冶山之南，僕結宅於
> 瞻園之右，相距未過數里，會合恒難其時。近三年來，時假郵筒，
> 互為唱答。今年三月，感春事之將闌，效嚶鳴之求友，此腔彼注，
> 相繼其聲。……獨是聲音之感，中有至契切磋之誠，寧非盛事！期
> 四聲之必合，督責甚於嚴師。因一韻之相商，往復不嫌辭費。豈能
> 毫髮無憾，祇以藉束其心思耳。郵箋互遞，絡繹於途。往往一日之
> 間，數函相續，致勞當局之窺詳，慣被郵伴所竊笑。時則洪水氾濫，
> 天下滔滔。恨飲西江，塵揚東海，澤鴻無告，風鶴頻聞。吾數人者，
> 或則陷家居於霮漺，或則揀寒枝而難棲，不殊阮籍之窮，況有相如
> 之病。天下如彼，我躬如此。試易一地以衡之，此何時乎，此何境
> 乎！……昔董琴涵、方彥聞、董方立、顧蒹塘輩有樽酒銷寒之集；
> 謝枚如、高文楣、宋已舟、劉贊軒輩有聚紅吟榭之編；翰風結社，
> 集傳蓉影；半塘諸老，聯和珠玉；前輩風流，有導之於先者矣。（頁
> 1～3）

因為春天將盡，感懷時事，仇埰於是主動訪鄰尋里，尋求志同道合的朋友，
共同結為詞社。當時，與他居住鄰近者，有石淩漢（發素）、孫濬源（太狷）
和王孝煃（寄漚）。近三年來，他們經常往還酬唱，間或以郵筒傳信，以填詞
論詞為樂。四人對於詞之聲律，非常嚴謹，甚至因為一韻，於書函反覆商榷，
共同切磋。適逢遇上水災，暴雨久積不疏，社員們的居室或遭淹沒，需要租
賃新居。在《蓼辛詞》中，他們一共填了三首聯句──〈過秦樓·淫霖水漲，
秦淮淒寂，依夢窗聲韻〉、〈湘江靜·江樓坐雨，殢酒朝朝，依梅溪聲韻〉和
〈瑞鶴仙·雨後聽小溪流水聲，依夢窗聲韻〉（頁 12 下～14 上），來記述秦淮

---

〔註107〕仇埰撰：〈蓼辛詞序〉，頁 1。

淹水之事。大家共同身陷困境，貧病交加，於是仿效前賢，結成蓼辛詞社，四人更被稱作「蓼辛四友」。

## 二、詞社發起人、時間、社名及社員

### （一）發起人和時間

據仇埰撰於「重光協洽陽月」（辛未年農曆十月）的〈蓼辛詞序〉，詞社的發起者就是他本人，時間則是民國二十年（1931）三月：

> 今年三月，感春事之將闌，效嚶鳴之求友，此脰彼注，相繼其聲。自春徂秋，未之或輟。計聯五十七詞，得令慢一百餘首，亦自遣一時之興，曷足齒作者之林？……夫人事夢影之幻，鮮有過而足存者，獨於聲音氣類之感，當時視為尋常，境過始知難再。……然則此數十調之離離碎影，亦未忍忽然棄之也！（頁2下～3上）

他運用了《詩經·小雅·伐木》：「嚶其鳴矣，求其友聲」，〔註108〕來指自己主動尋求志同道合的友人，組織詞社。

詞集由春末三月起，迄於秋季，約半年時間，不曾中斷，共選五十七調，得聯句八十四首，各人令詞和慢詞合共二十九首。詞人認為人生如夢，難有不朽之事，當時的往還酬唱，過後難再形容，於是將眾人所作，彙為《蓼辛詞》。聯句錄畢，同人又覺餘興未盡，於是拾取近一年中酬唱之作，刪去大半，得五十一首，輯成小帙，稱為《蓼辛詞外集》，附於集後，剞劂存世。

### （二）社名

關於詞社之名，仇埰〈蓼辛詞序〉嘗云：

> 吾數人者，或則陷家居於霪潦，或則揀寒枝而難棲，不殊阮籍之窮，況有相如之病。天下如彼，我躬如此。試易一地以衡之，此何時乎，此何境乎！顧猶於茲事不廢，豈真有不能已者耶？無惑乎習蓼之蟲，忘其辛也，因名之曰《蓼辛詞》。（頁3）

以吃慣蓼的蟲子，不覺蓼之味道如此辛辣作為為喻，說出同人為了填詞之好，即使遭受暴雨水災、貧窮病苦之困境，也不辭辛苦，不忘以詞會友的精神。

### （三）社員

蓼辛詞社的成員，只有四人。他們的生平資料，茲據朱德慈《近代詞人

---

〔註108〕馬持盈註譯：《詩經今註今譯》（臺北：商務印書館，2009年），頁256。

考錄》〔註109〕和曹辛華〈民國詞人考錄〉〔註110〕,概述如下:

### 表十五:蓼辛詞社社員名錄表

| 姓　名 | 生卒年 | 字　號 | 籍　貫 | 備　註 |
|---|---|---|---|---|
| 石凌漢 | 1872～1947 | 弢素、雲軒 | 安徽婺源 | 民國名醫,久居南京,酷愛填詞,自號「淮水東邊詞人」。撰有《弢素詞》一卷,今人羅克辛輯有其論詞之語十則,彙集為《弢素詞話》。 |
| 孫濬源 | 1872～1939 | 太狷、閬仙 | 江蘇江寧 | 撰有《秋影庵詞》。 |
| 仇埰 | 1872～1945 | 述盦、亮卿 | 江蘇江寧 | 見表七:「午社社員名錄表」。 |
| 王孝煃 | 1874～1947 | 寄漚、東培山人 | 江蘇江寧 | 詩人、書法家、畫家。光緒二十九年(1903)舉人,曾於江蘇省立第四師範學校任教。嘗出任匯文書院、金陵大學、東南大學等教席。抗戰時避地四川,後回南京鬻書畫自給。撰有《紅葉石館詩詞鈔》、《劍青室遺稿》等。 |

## 三、詞作主題

　　晚明歷史,對民國時期寓居南京的詞人來說,可以說是一個書寫的主題。不論是潛社、蓼辛詞社還是稍後興起的如社,晚明亡國的歷史都能觸動他們內心深處的追憶和想像。這與南京的地理環境,有著密切的關係。作為明朝開國的都城,例如明孝陵,位於南京鍾山南麓玩珠峰;明故宮亦位於南京市中心;夫子廟和毗鄰的江南貢院位於秦淮河畔,還有與之相隔一河,遙遙相對的秦淮舊院,裡面住著聲色才藝俱全的秦淮名妓。這些地景及相關的人物,都是歷代騷人墨客筆下永恆的題材。當然,除了地景名勝,蓼辛四友還題詠明朝尚書顧璘的詩卷、明懿文太子朱標的一串佛珠,見出詞人們對明史的緬懷。下文先從亡國與隱士、名妓與才女,凸顯蓼辛詞社對晚明歷史的多元書寫,再從牛首山、報恩寺、莫愁湖和玄武湖等金陵名勝的遊覽,體味詞人們既有隱逸出世、悠然自在的心態,亦有關懷國家的一面。

---

〔註109〕 朱德慈著:《近代詞人考錄》(北京:中國社會科學出版社,2004 年)。
〔註110〕 曹辛華撰:〈民國詞人考錄〉,載曹辛華著:《民國詞史考論》(北京:人民出版社,2017 年),頁 415～585。

## （一）晚明歷史的追憶

### 1. 亡國與隱士

蓼辛四友來到秦淮河畔，訪尋明末江南士大夫組成的政治文學團體——復社的舊址。明朝萬曆年間，政治日趨腐敗，宦官魏忠賢把持朝政，出現閹黨擅權的局面。雲間幾社、浙西聞社與江南應社等十幾個社團聯合，以張溥、張采為領導，意欲「興復古學，將使異日者，務為有用」〔註111〕，名曰復社。它主要通過弘揚古學裡忠臣義士的思想，與朝廷的惡勢力對抗。崇禎二年（1629），江南士子集會於蘇州尹山。次年（1630），因為南京舉行鄉試，社員們於是在秦淮河畔舉行金陵大會。他們寫下大量文章詩歌，以反映朝廷政治，揭露社會現實和歌頌壯烈殉國的仁人志士為主。〔註112〕在崇禎帝自縊後，他們或起義抗清，或出家為僧，或堅決不仕新朝。仇埰等人到了昔日復社集會的地方，不禁觸發明末國家破亡的感懷，一起填了〈八歸·訪復社舊址依白石韻〉：

> 桃花燕子，南朝歌曲，傳唱院本未歇。諸賢已是儒巾誤，何事苦招疑忌，忿仇嚴切。太息婁東孤鳳逝，竟尾調鶯弦紛撥。漫黯憶、劫夢騷壇，待訊與啼鴂。　重按梅村謄語，清流成禍，慨嘆薰蕕誰別。鼎移人去，倦看秋柳，愀比空宮槐葉。甚青蠅膩垢，儘靦傾城素綾韤。江山改，藝林留影，放酒軒波，淮邊尋舊月。（頁1下～2上）

想起復社，自然想起復社社員侯方域與依附宦官的阮大鋮兩人之間的鬥爭，以及南明弘光帝耽於聲色，貪圖享樂，終致皇權沒落的事蹟。清兵入關後，大多數的復社成員參與抗清志業，並將貪贓誤國的阮大鋮逼離南京。後來馬士英、阮大鋮擁立弘光帝，把持朝政，報復迫害復社成員。陳子龍、夏允彝和黃淳耀等起兵抗清者，失敗後都不屈而死。面對明末歷史的慘劇，詞人們紛紛慨嘆國家破亡，實由朝廷兩黨鬥爭肇端。下片痛恨君主不辨賢佞，以致復社成員被讒，權臣當道，忠良盡去。南明勢孤力弱，最終抵擋不住滿清所向披靡的氣勢，結束二百七十七年的統治。

除了復社舊址，蓼辛四友還相約玄武湖南岸北極閣，造訪杜濬（1611～

---

〔註111〕陸世儀著：《復社紀略》（石家莊：河北教育出版社，1995年），卷一，頁491。

〔註112〕詳參何宗美著：《明末清初文人結社研究》（天津：南開大學出版社，2004年），頁250～270。

1687）位於雞鳴山的故居。杜濬是明崇禎時期的太學生，在國家破亡後，絕意仕進，流寓南京三十餘年，住在雞鳴山右側，有茅屋數間，不蔽風雨。雖然家貧至不能舉火，仍安居若素，吟嘯自若。石凌漢和仇垛各填一首〈十二郎‧雞鳴山下訪杜茶村先生故居遺址〉，詞云：

> 半翁故址，護竹處、霧煙鬱凝。記綺席攜金，歌筵揮管，豪寄秦淮畫艇。未待龔王推崇後，早共識、千秋名定。嗟建業黍離，黃岡蓬蓽，繫魂何境。　堪輿。鸞皇笑鷁，絕塵懸鏡。悵墜葉空樓，薰蘭遺地，同歎滄桑弔影。夢斷揚州，塚依陵寢，悽聽玉簫吹冷。迷舊路，向夕蒼茫，幾杵寺鐘催暝。（石凌漢，頁 36）

> 鳳饑自喜，奈客路、恨深欲凝。訪小築雞籠，荒亭鶯懶，愁向潮溝泛艇。記取臺城煙林裏，有護竹、閒關人定。嗟韻笛已沈，年芳都換，不成詩境。　清興。澄懷對照，北湖如鏡。賸峭筆吟貧，奇茶通夢，難證幽居幻影。替想松風，悄尋花塚，秋樹白門悽冷。思舊事，拜謁歸來，點點絮飛春暝。（仇垛，頁 37）

兩首詞上片均描畫了通往杜濬飢鳳軒的道路，是一條種滿梧竹、霧煙彌漫的小路。他們由這一所幽深隱蔽的茅屋，回憶起和杜濬相關的歷史事蹟。據《清史稿》所載，杜濬個性耿介孤傲：

> 金陵冠蓋輻輳，諸公貴人求詩者踵至，多謝絕。錢謙益嘗造訪，至閉門不與通，惟故舊徒步到門，則偶接焉。門內為竹關，關外設坐，約客至，視鍵閉，則坐而待，不得叩關，雖大府至，亦然。……嗜茗飲，嘗言吾有絕糧，無絕茶。〔註113〕

記述他在門外設置竹關，阻擋來訪之人。詞中「記綺席攜金」三句，寫達官貴人、地方官員或故友登門拜訪，往往被婉言謝絕。「未待龔王推崇後」兩句，龔、王，是指當時有「江左三大家」稱譽的龔鼎孳和清初文壇盟主王士禛。他們對於杜濬的詩歌都推崇表揚，龔氏更有不少和杜濬往來的詩句。其中一首〈清和一日過杜于皇寓值雨，同冒辟疆、趙友沂、顧與治、紀伯紫、黃心甫、吳園次用王龍標宿陶大公館韻〉，更深刻地寫出杜濬隱逸貧困的生活情狀。〔註114〕

---

〔註113〕趙爾巽等撰：《清史稿》（北京：中華書局，1986 年），列傳二百八十八，頁13859。

〔註114〕龔鼎孳著、孫克強、裴喆編輯校點：《龔鼎孳全集》（北京：人民文學出版社，2014 年），頁 52。

仇埰詞中「臘峭筆吟貧，奇茶通夢」兩句，同樣刻劃出杜濬的貧苦。雖然境況堪虞，但他仍無改好茶的癖好，寫了不少品茶評茶之詩。然而，一切早已銷聲匿跡，眼前看到的只有一片青綠雜亂的荒草，以及被秋風吹落的片片樹葉。詞人們站立在這寂寥無人的茅屋，遠眺玄武湖風光，聽著雞鳴寺的陣陣鐘聲，默默地悼念這位孤高耿介的隱士。

## 2. 名妓與才女

明朝亡國以後，秦淮舊院裡聲色藝俱全的名妓，仍然頑固地殘留在後世文人的回憶中。清朝野史筆記嘗載：「六朝金粉之遺，祇賸秦淮一灣水。逮明季馬湘蘭、李香君輩出，風情色藝，傾動才流。迄今讀板橋之記，畫舫之錄，紙墨間猶留馨逸。自兵燹十年，而一片歡場，又復鞠為茂草矣。」〔註115〕秦淮河畔的艷迹，成為了繼六朝靡麗繁華後，文人記憶裡南京的印象。蓼辛詞社社員們，既久寓南京，於是相約出遊東園孔雀菴，那裡是明末名妓馬守真（1548～1604）的故居。他們填有一首〈丁香結‧過東園孔雀菴舊址弔馬守真依清真聲韻〉聯句：

> 歌館揮金，寶林埋碧，人共秀蘭同隕。甚酒闌花迅，記硯墨、字畫星星餘潤。故園鴉影亂，迎風睒、廢易太忍。殘碑封蘚，慘念暮雨棠梨落盡。　　魂引。料地下王昌，定卜鷥皇作陣。草色如簾，釵聲墜玉，鷲峰鐘暈。門外橋認玩月，艷地迷分寸。憐誰澆杯酒，更奈垂楊瘦損。（頁9）

馬守真，又名馬湘蘭，是明末清初時期秦淮河畔赫赫有名的藝妓，時稱「秦淮八豔」的其中之一。詞的開首「歌館揮金，寶林埋碧，人共秀蘭同隕」三句，憶述馬守真個性仗義豁達，揮金如土，曾接濟過不少缺乏錢財應試的書生、橫遭變故的商人以及附近居住的老弱貧民。她相貌雖不出眾，但氣質清雅脫俗，博古知今，善解人意，且畫蘭造詣曠古爍今，堪稱一絕。「甚酒闌花迅，記硯墨、字畫星星餘潤」兩句，刻劃馬守真蘭心蕙質，她的詩文和畫作均被當時文人雅士爭相收藏。「故園鴉影亂」兩句，寫今日馬氏故園「幽蘭館」空蕩無人，昔日的曲徑迴廊、花石清幽已經不再，江南才子、王孫貴冑杳無蹤影。詞人們看著殘缺的墓碑，和暮春細雨落盡的棠梨，悼念著馬守真的氣韻。下片「魂引。料地下王昌，定卜鷥皇作陣」三句，詞人們發揮無限的想

---

〔註115〕陳康祺撰、晉石點校：《郎潛紀聞初筆二筆三筆》（北京：中華書局，1984年），卷七，頁144。

像，為馬守真與其情人王稚登的戀情譜寫圓滿的結局。兩人生前原本相戀，卻因為王稚登在朝廷遭受排擠，失意而歸，不敢向馬守真提親，以致二人無法締結良緣。社員們走到旁邊的玩月橋，想到才子佳人們在此地無數次的對月賦詩，並為他們傷感的結局——馬湘蘭在王稚登七十壽誕不久後，抱病而死，表達無奈和悲歎。

圖十：秦淮河畔的風光

圖十一：秦淮八豔之一馬守真手札

離開秦淮河畔的萬種風情，蓼辛社友們想到明末另一才女——葉小鸞（1616～1632）「因嫁而亡」的悲劇。〔註 116〕他們一同翻閱葉小鸞的《返香生》作品集，想起她短暫的人生，並為她的死因作種種的猜想，填了一首〈丹鳳吟·讀返香生弔葉小鸞依夢窗聲韻〉的聯句：

> 未染張郎眉嫵，倩影仙音，鶴笙寥寂。銀箋玉管，空映唾絨黏壁。
> 曇華夢短，麝塵獨擣。冷雨沉沉，疏香索索。記檢雲釵鳳斷，怕阻
> 紅樓，鸞訊吟恨嘔碧。　　勝攬長干美景，證游預脫塵界色。料在
> 靈峰下，問春風苔徑，舊題猶識。書齋青鳥，一霎總帷淒隔。懺盡
> 業緣皈淨土，棄瑤宮仙籍。彩幢引去，參悟蓮座客。（頁 18）

開首「未染張郎眉嫵」句，寫葉小鸞未嫁予未婚夫張立平，就已經撒手人寰。葉小鸞，字瓊章，又字瑤期，是明末文學家、工部主事葉紹袁（1589～1648）與才女沈宜修（1590～1635）的第三女。小鸞於婚期前五日逝世，因詩詞頗有成就，其父將其遺作匯輯為《返生香》。「銀箋玉管」四句，寫小鸞靈慧早熟，工於詩詞和琴棋書畫。據其母親沈宜修所撰的〈季女瓊章傳〉說：

> （小鸞）十二歲髮已覆額，娟好如玉人。隨父金陵，覽〈長干〉〈桃
> 葉〉，教之學詠，遂從此能詩。……十四歲能弈。十六歲有族姑善琴，

〔註116〕關於葉小鸞「因嫁而亡」之事，詳參王晉光撰：〈葉小鸞「因嫁而亡」事件探索〉，《中國文化研究所學報》，2009 年，第 49 期，頁 213～252。

略為指教，即通數調，清泠可聽。……家有畫卷，即能摹寫。今夏，
君牧弟以畫扇寄余，兒仿之甚似。又見藤箋上作落花飛蝶，甚有風
雅之致。〔註117〕

接著「記檢雲釵鳳斷」三句，想起小鸞十七歲時，於婚前五日猝死的悲劇。上
片「倩影仙音，鶴笙寥寂」與下片「證游預脫塵界色」、「懺盡業緣皈淨土，棄
瑤宮仙籍」和「彩幢引去，參悟蓮座客」數句，寫小鸞死時皈佛升仙。小鸞父
親葉紹袁因不忍其女驟亡，尋覓淮陰方士朱懋追逐女兒靈魂，朱懋嘗云：「葉
小鸞實曹大家後身，應生世三十六年，不當與凡侶為偶，故因嫁而亡。今已
尸解，棺內惟存朽衣三件而已。冥役實不能持檄往仙府追攝也。」〔註118〕點
出小鸞乃東漢班昭的轉世，不應嫁予凡人，最後化仙而去。「書齋青鳥，一霎
緗帷淒隔」，道出小鸞死後，葉家家道中落。先是兩個月後小鸞的大姐葉紈紈
哭妹過度，也隨妹而去。三年後，沈宜修又在對兒女深深的懷念中，離開人
世。而葉紹袁亦因妻女離世和國家破亡的雙重打擊下，攜三子出走杭州遁入
空門。詞人們對於江南葉家的結局，都不禁興起深沉的感慨。

### （二）金陵名勝的遊覽

### 1. 牛首山和報恩寺

　　蓼辛四友居於南京，且過從甚密，經常相約遊覽金陵地景名勝。在《蓼
辛詞》裡，記錄他們到訪的地方除了上述的復社舊址、杜濬故居和馬守真孔
雀菴外，還有牛首山、報恩寺、莫愁湖、玄武湖、歸雲堂、青溪小姑祠、愚園
和東園。下文選了牛首山、報恩寺、莫愁湖和玄武湖，見出詞人們既有佛教
出世之思，人生如夢如幻的感嘆，亦有憂慮國家前景，甚至悠然自在的心態。
下文略作析說：

　　詞人們來到中國佛教名山──牛首山。南朝蕭梁時期佛教盛行，牛首山
南建有佛窟寺（今宏覺寺），唐代又添建宏覺寺塔。唐太宗貞觀六年（632），
法融和尚於此地講經說法，創立佛家「牛頭宗」，名聲大振。自南朝至明朝千
餘年間，牛首山成為僧人雲集，群賢畢至之聖地。詞人們沿著禪林路登山，
感受到自然寧靜的氣息，共同撰了一首〈黃鸝繞碧樹·游牛首山就宿山房題
壁依清真聲韻〉聯句：

〔註117〕沈宜修撰：〈季女瓊章傳〉，載葉紹袁原編、冀勤輯校：《午夢堂集》（北京：
　　　　中華書局，1998年），頁202。
〔註118〕載葉紹袁原編、冀勤輯校：《午夢堂集》（北京：中華書局，1998年），頁735。

> 天闕芙蓉秀，來尋石隱，梵宮春暮。仰睇花巖，看青封萬竹，快題
> 箋素。湧泉夜響，引唐宋、千年幽緒。吟歎裡、忘了鐙樓坐久，窗
> 曦朝煦。　　瑣塔明霞漸吐。鳥聲嘈、頓清塵慮。翳榛莽、有殘碑
> 斷碣，蕪棄荒土。便使換裳避世，異往日、禪林住。迴瞻對影龍蟠，
> 幻中雲樹。（頁 4 上）

牛首山環境清幽，一路上有各式的花巖和竹林，觸動他們緬懷唐宋千年文化
的幽緒。來到住宿的山房，他們放下心靈的負擔，靜靜地安坐感受著晨光穿
過窗戶的溫暖。遠處眺望雲霞中的寺塔，聽著鳥鳴的聲音，世俗煩惱一掃而
空。詞人們想起寺院在明洪武初年，曾經大規模整修，並在崖壁上雕鑿佛像、
文字，形成摩崖石刻。然而，歷經兵燹和幾百年的侵蝕風化，如今僅存遺址，
摩崖石刻也變成了殘碑斷碣，字跡模糊難認。時間的流逝，人事和萬物變遷
的感受，加上來到文化底蘊深厚的佛教名山，在如斯清淨的自然景觀和人文
景觀的薰染下，詞人們似乎感覺到萬事萬物的虛幻，興起了出家避世的隱逸
念頭。

　　社員們這次來到另一個佛門勝地，就是位於秦淮區中華門外的大報恩寺。
它是中國歷史上為悠久的佛教寺廟，前身是三國時期吳國赤烏年間（238～
250）建造的建初寺及阿育王塔，是中國南方建立的第一座佛寺。唐朝杜牧〈江
南春〉中所詠的「南朝四百八十寺，多少樓臺煙雨中」，〔註 119〕就指大報恩寺
是南朝四百八十所寺廟的起源。面對昔日前賢題詠的古寺，詞人們合作撰了
一首聯句〈霓裳中序第一・報恩寺問塔，依白石四聲〉：

> 長干滯過客。敗剎斜陽高未極，驚認別來故國。歎華幔颭鐙，雕簷
> 聞鐸，紅羊運厄。瞬露槃、龍棟潤碧。鈴聲杳，佛圖萬尺，冷落舊
> 坊陌。　　猶憶。電幡層射，道普照、天人黯隔，虛談興廢賸跡。
> 缺瓦支牀，斷礎留壁。布金無相色。悵幻影、頭陀鬢白。還知否，
> 涎涎飛燕，恨事耿今昔。（頁 4 下）

晉太康年間（280～289）曾經復建報恩寺，名長干寺，每年都有不少旅客來
遊覽。咸豐四年（1854），報恩寺塔被毀，一說太平天國軍隊為防清軍對城內
造成威脅，用火藥轟之，並挖空塔座下的基地，一說與太平天國內鬥有關。
詞中「紅羊運厄」，紅羊是指太平天國起義者洪秀全與楊秀清（洪、楊），最終
使報恩寺琉璃塔化作一堆瓦礫，裡面其他建築也遭這次引發的大火燒毀，僅

---

〔註 119〕吳在慶撰：《杜牧集繫年校注》（北京：中華書局，2008 年），頁 349。

存一青銅色塔剎和石碑。由吳國至清朝一千六百多年間普渡人間的佛塔寺廟，都成了冷落的遺跡。詞人們對此感到可惜，然從佛家思想觀之，他們又明白到一切外在現象皆空性，並無外相形色，興起人生如夢如幻的感嘆。

## 2. 莫愁湖和玄武湖

　　南京一共十四個湖泊，社員們相約遊覽莫愁湖和玄武湖。這兩個湖都是六朝勝跡，有「金陵四十八景」的美譽。莫愁湖位於秦淮河西側，園內樓、軒、亭、樹錯列有致，堤岸垂柳，海棠相間，湖水蕩漾，碧波照人。莫愁湖古稱橫塘、石城湖，南齊時期為了紀念不願進宮為妃而投湖的女子莫愁而改名。他們填了一首〈玲瓏四犯〉（莫愁湖上眺石城山色，風景不殊，悠然成詠，依梅溪聲韻）：

> 小閣江天，舊黛展峰眉，新綠如翦。隔嶺鐘聲，託向野雲飛卷。雙槳艷說吳娃，泥醉裏、畫欄凭徧。怕翠嵐、重覸桑海，臨渡倩誰麾扇。　　漫尋潮打空城影，問孤亭、幾人同見。堪憐滿目河山恨，翻愛斜陽遠。隄柳淡碧弄煙，偏更助、樽前淒怨。看繞鬟、猶賸南朝松古，落霞紅淺。（頁 2 下～3 上）

詞人們在樓閣上遠眺，三山蔥翠欲滴，耳畔傳來陣陣佛寺鐘聲。突然，霧氣遮蓋了三山，他們聯想到東晉時期由北方遷往南京的周顗和王導等人，周顗感嘆曰：「風景不殊，正自有山河之異」！〔註 120〕他慨嘆的是江南山河的風景與北方雖然沒有很大的不同，但畢竟不是自己的故土，其他人聽到這話更傷心哭泣。蓼辛社友看著眼前的斜陽落日，想起這一典故，不約而同憂慮著國家當前的局勢。早於十九世紀末，日本已經計劃在亞洲大陸擴張，以奪取豐富資源和發展空間，並發動中日甲午戰爭（1894 年）和向民國政府提出二十一條（1915 年）的要求。後來，在民國十七年（1928）又製造事端，藉機攻入濟南。詞人們似乎意識到國家隨時面臨被侵略的危機，但卻無能為力，只能像周顗等人，看著莫愁湖煙柳迷濛的景致，與友人們對酒銷愁。

　　北宋王安石的〈憶金陵三首〉其一云：「覆舟山上龍光寺，玄武湖畔五龍堂。想見舊時遊歷處，煙雲渺渺水茫茫。」〔註 121〕寫出南京玄武區主要風景

---

〔註 120〕劉義慶撰，劉孝標注、劉強會評輯校：《世說新語會評》（南京：鳳凰出版社，2007 年），頁 53。

〔註 121〕王安石撰：〈憶金陵三首〉，載《王安石全集》（上海：上海古籍出版社，1999 年），頁 536。

——覆舟山和玄武湖。玄武湖——中國最大的皇家園林湖泊,亦是文化勝地,許多文人騷客都曾在此地留下身影和詩篇。這次,社員們遊覽玄武湖,一共填了八首聯句,既刻劃了湖畔碧波蕩漾、楊柳依依的醉人風景,又寫出人們賣蓮蓬、買櫂遊湖的等活動,悠然寫意。茲依次選錄〈偷聲木蘭花·玄武湖櫂歌八首〉的其二和其七:

> 櫻桃紅了榴花眩,露榭歌喉珠幾串。漫譜瑤琴,引起潛龍對月吟。
> 楊絲生就愁模樣,玉樹後庭慵再唱。辱井胭脂,近染湖心紅不離。
>
> (頁 7 上)
>
> 隄南隄北盈盈水,買櫂人來呼阿姊。貌託飛皇,近岸徘徊拂繡裳。
> 蔣侯祠傍湖濱路,幾度燒香邀伴去。祠樹雙行,遙對危樓掛夕陽。
>
> (頁 8 上)

第一首寫時值暮春,玄武湖邊榴花盛開,樹上櫻桃通紅,岸邊楊柳低垂。詞人們聚集於樓臺水榭,細聽著琴聲和歌聲。當聽到〈玉樹後庭花〉這亡國之曲,不禁聯想陳朝滅亡的一段風流往事。隋兵攻佔臺城,陳後主聽聞兵至,與妃張麗華、孔貴嬪投於井中。當夜,三人被隋兵俘獲。後人為了記取陳後主亡國的教訓,在雞鳴寺側立井,名曰辱井。看到遠處的辱井,社員們都興起淡淡歷史變遷的愁緒。第二首從湖水晶瑩清澈落筆,再寫人們傭船遊湖。詞人們來到湖濱路,想起昔日嘗幾次與朋友們參拜蔣侯祠。蔣侯祠是紀念東漢末年,為追逐盜賊而戰死於鍾山腳下的縣尉蔣子文。三國時期吳國的孫權建都南京後,封蔣子文為鍾山神,並於此地建蔣王廟,歷代祭祀不絕。然而,蔣王廟卻在民國元年(1912)被改為私塾,後又改為小學。社友們到訪時,蔣王廟已遭拆卸,只剩下兩行與樓閣遙遙相對的樹木。

# 第四節　如社(1934～1937):從金陵懷古到抗戰精神

如社繼潛社而起,成為民國時期金陵最負盛名之詞社。其發起時間為民國二十三年(1934)冬,至抗日戰爭全面爆發前(1937 年 6 月)解體,歷時兩年零兩個多月。金陵為文人薈萃之地,自民國成立以還,詩詞團體酬唱不絕,堪足與京滬兩地互相頡頏。如社由倡議至正式成立,僅半個多月的時間,沒有社長之餘,入社復以自願為原則,組織略顯鬆散。社集以第十三集作為分水嶺,前十三集在雅集舉行一年零三個月(1936 年 6 月)後,詞稿彙交社

友唐圭璋（1901～1990）保存，並負責刊刻。現存的《如社詞鈔》，刊行時間為民國二十五年（1936）六月，封面有社友汪東（1890～1963）篆書題署。〔註122〕至於第十四集至第十八集的詞稿，在抗戰時期唐圭璋曾經交予社外詞侶盧前（1904～1951）保存，後來卻下落不明。

## 一、詞社緣起

### （一）文人雲集南京

南京，古稱金陵，歷來皆為文人薈萃之地。道光二十三至二十四年（1843～1844），詞人秦耀曾、孫若霖、孫廷鑣、孫麟趾、戈載、雷葆廉諸子結江東詞社於金陵，刊刻《江東詞社詞選》，凡十餘聚會吟詠，領起金陵唱和的風雅。二十八年（1848），端木埰、金偉君、許仲常等人又於金陵結成聽松詞社，兩社前後相繼，促成金陵詞學之興盛。鼎革之後，民國臨時政府及國民政府均以南京為首都，使之成為全國政治、經濟、教育和文化的重心。一眾詞人於此酬唱結社，風雅之盛足與京滬鼎立。龍榆生（1902～1966）嘗於〈南京詞壇近訊〉云：

> 南京原有如社，為諸詞家之游宦或教授於京中者所組織。歷時數載，迄未少衰。年來海內詞流，四方流轉，滬津各社，嗣響無聞。惟金陵為人文薈萃之區，如社遂成僅存之碩果，並已刊有《如社詞鈔》云。〔註123〕

道出自天津須社、滬上漚社社員四散後，津滬兩地詞社唱和式微，嗣響無聞。惟金陵之地，文人雲集，社事蔚然成風。據曹辛華〈民國詞社考論〉及李桂芹〈如社與民國金陵詞學〉兩篇文章，民國期間南京共出現了十一個詩社詞社及兩次詞人唱和，包括謇靈修館酬唱（民國初年）、消寒社（1912年）、寧社（約1916年）、潛社（1924～1937年）、也社（1925年）、琴社（1926年）、上巳詩社（1928～1929年）、清溪詩社（1930年）、倉庚唱和（1930年）、蓼辛詞社（1931年）、梅社（1932～？）、白下詩社（1932年）和石城詩社（1932年）。在如社的成員裡，不少社友都參曾參與其他詩社詞社的集會，

---

〔註122〕倦鶴等撰：《如社詞鈔》，載南江濤選編：《清末民國舊體詩詞結社文獻彙編》（北京：國家圖書館出版社，2013年），第二冊，頁269～420。本文引用如社的詞作沿用此版本，下文僅注頁碼，不再出注。

〔註123〕龍榆生撰：〈南京詞壇近訊〉，載龍沐勛主編：《詞學季刊》（上海：上海書店，1985年），第三卷，第三號，頁169。

尤其是如社發起人林鷗翔,參與及創辦詞社經驗豐富。他早期參與慎社社集,又是溫州甌社發起人、滬上漚社社員。漚社解散後,遊宦江浙一帶,乙亥年(1935)逗留金陵結如社,後因避亂赴滬,參與午社社集、並為清溪詩社社員。另一位發起人廖恩燾,自從與林鷗翔共同發起如社後,積極參與社集,既為後來清溪詩社社員、午社社員,又是香港堅社發起人。其他社員如仇埰,他的活動範圍雖一直在金陵,但卻先後參與倉庚唱和及蓼辛詞社。民國十九年(1930)春,仇埰與孫濌源、王孝煃、黃剔冰四人以消春為由,相約唱和,至夏天匯為《倉庚詞》一卷。次年(1931)春,又與孫濌源、王孝煃和石淩漢結成蓼辛詞社,當中孫濌源及石淩漢都是如社社員。再如吳梅,在南京東南大學(1928 年易名為中央大學)教授詞學期間,於校園內發起潛社,門下弟子唱酬極盛。

上述龍榆生謂如社乃一眾詞家游宦或教授於金陵組織而成的。因此,社員原籍金陵、寓居金陵或在金陵謀生,促使金陵這一地方雲集大量詞家學人,可說是如社興盛的最主要原因。從下面如社社員及社外詞侶名錄觀之,江蘇金陵籍詞人就有仇埰、陳世宜、程龍驤、唐圭璋、夏仁沂、夏仁虎、孫濌源和盧前,他們主要以南京為活動中心。另外,非南京籍但長期居於金陵,或在金陵教學者,有石淩漢、吳梅、汪東、喬曾劬和吳徵鑄。石淩漢原籍安徽,祖輩於清乾隆年間已居金陵。而其亦隱於南京從醫濟世,頗得時名。〔註 124〕民國二十年(1931),他與仇埰、孫濌源、王孝煃結成蓼辛詞社。〔註 125〕吳梅原籍江蘇吳縣,在遷往南京之前,出任北京大學詞曲教授。民國十一年(1922)秋,應國立東南大學(後更名國立中央大學、南京大學)國文系主任陳中凡(1888～1982)之邀,擔任東南大學教授,舉家搬往南京大石橋。汪東與吳梅情況相近,原籍江蘇吳縣,他於鼎革後以撰述和創辦報刊為要,先擔任《大共和報》撰稿員,並參加「南社」,對抗北洋政府;後又與章太炎(1869～1936)等人在上海創辦《華國月刊》。民國十六年(1927),他受國立第四中山大學(前國立東南大學)校長張乃燕(1894～1958)之聘,擔任該校教授兼中文系主任,從此長居金陵。另一位同樣教授於國立東南大學的,是四川籍之喬曾

〔註 124〕〈金陵儒醫石雲軒和他的後人〉,http://www.lzsx.org.cn/index_Article_Content.asp?fID_ArticleContent=75。
〔註 125〕石淩漢撰,羅克辛輯:《發素詞話》,載詞學編輯委員會編輯:《詞學》(上海:華東師範大學出版社,2015 年),第三十四輯,頁 363。

劬。喬氏在民國十六年（1927）在江西南昌擔任周恩來秘書，二十四年（1935）始往南京出任中央大學（前國立東南大學）藝術系教授，並與吳梅、汪東成為同事。而吳徵鑄則為江蘇儀徵人，自民國十四年（1925）考入金陵大學就讀後，畢業至抗戰爆發前（1930～1941）因留校任教於中文系和歷史系，所以一直居住在金陵。迨金陵大學遷往四川成都華西壩後，吳氏始離開南京，避地四川。

至於其他社員，則在社集舉行前數年始來到金陵。例如蔡嵩雲，在赴南京前兩年（1931），與社員盧前共同執教於河南大學，至二十二年（1933）因患病而往金陵養疴，盧前亦於此時返回南京。〔註126〕再如廖恩燾，其於民國成立後一直出任多國領事及公使，在民國二十四年（1935）回國出任金陵監督，社事結束後赴滬上參與午社活動，抗戰期間復於南京任汪偽國民政府委員會委員。林鵾翔與廖恩燾的情況相似，其原籍浙江吳興，早年遊宦四方，及後以學監身分駐守日本，民國九年（1920）回國任溫州道道尹，稍後又寓居於滬，參與漚社社集。漚社解散後，復四處遊歷，於如社社集前來到金陵，並與一眾詞友發起如社。因此，詞社之骨幹成員或在南京居住，或在南京工作，保證了社集聚會的定期舉行和社員參與的穩定性，促使了如社的興起。

## 二、詞社發起時間、發起人、社名及社員

### （一）發起時間和發起人

如社的成立，從倡議到結社僅半個多月的時間。此見吳梅在民國二十四年（1935）的日記寫道：

> 2 月 13 日：林鐵尊來，欲結詞社，余頗以為然。〔註127〕

見出最初是林鵾翔提出結社，吳梅表示贊同。半個多月後，林鵾翔又為詞社之事來找吳梅，並一同造訪陳匪石。吳梅在三月一日日記又載：

> 鐵尊來，為詞社事，同訪匪石，至吳園食點心。社事粗有頭緒，定下月初六請客，再商一切。〔註128〕

---

〔註126〕盧前〈柯亭長短句序〉云：「未幾別去，先生養疴金陵，時或相見。」見蔡嵩雲著：《柯亭長短句》，轉引自張響著：《晚清民國詞人蔡嵩雲研究》，南京師範大學碩士論文，2014 年，頁 6。
〔註127〕吳梅著：《吳梅日記》，載吳梅著、王衛民編校：《吳梅全集·日記卷》（石家莊：河北教育出版社，2002 年），頁 526。下文簡稱《吳梅日記》。
〔註128〕《吳梅日記》，頁 532。

經過林鷗翔兩次走訪居住在南京的友人，共同磋商結社，如社的成立有了頭緒，並定下農曆二月初六日（3 月 10 日）聚集於美麗川菜館。然而，或許社事籌備已足，或部分文人未能於初六日赴會，如社第一次社集就提早了一天（二月初五，3 月 9 日）舉行。除了林鷗翔外，據社員吳白匋憶述，廖恩燾都是如社的發起人之一：

> 據唐圭璋兄說，最早發起人為廖鳳舒（一作鳳書）、林鐵尊兩先生，時間在一九三四年冬。……先是，上海有詞社，奉晚清大詞人朱彊村先生孝臧為宗主，先生有別號「漚尹」，故社名「漚社」。當時南北詞家參加者頗多，廖、林兩先生亦在其列，既相遇於南京，乃建議集合同道友好，另立一社，月課一詞，以振朱氏宗風於不墜。先後商諸下列諸先生，得其同意。〔註 129〕

說出廖恩燾都是如社的發起人，並清楚解說廖恩燾和林鷗翔發起詞社的原因，是振興詞壇巨擘朱祖謀自晚清以還所建立的典雅沉鬱之詞學風尚，延續漚社的酬唱。吳氏又點出如社的創辦時間為民國二十三年冬（1934），相對於吳梅記載的二十四年（1935）二月十三日（正月初十）為早，乃知林氏向吳梅提出結社前，已私下和廖恩燾共同商議雅集概況。而所謂「商諸下列諸先生」，是指社事得到陳匪石、仇埰、石淩漢、喬大壯、汪東、吳梅和唐圭璋七人的首肯，才正式著手籌辦。

## （二）社名

如社雖由林鷗翔和廖恩燾發起，但並沒有社長和社址。雖無社址，但雅集常常於夫子廟老萬全酒棧西廳舉行。吳白匋云：

> 集會場所，除一次在金沙井仇宅，一次在大方巷廖宅外，大都在夫子廟老萬全酒棧西廳上，廳榜「停艇聽笛」，面對秦淮，極合文酒之會。〔註 130〕

又說：

> 一九三五年春節，九人集會於秦淮酒肆，決定成立詞社。取詩經「天保九如」之意，定名為「如社」。純取以文會友性質，無社長，亦無社址。

---

〔註 129〕吳白匋撰：〈金陵詞壇盛會——記南京如社詞社始末〉，頁 1。
〔註 130〕吳白匋撰：〈金陵詞壇盛會——記南京如社詞社始末〉，頁 9。

指出如社社名，取自《詩經・小雅・鹿鳴之什・天保》中「天保九如」之意。因〈天保〉篇有九個如字：「天保定爾，以莫不興。如山如阜，如岡如陵。如川之方至，以莫不增。……如月之恒，如日之升。如南山之壽，不騫不崩。如松柏之茂，無不爾或承。」〔註131〕其寄意君王勵精圖治，並表達對國泰民安的殷望。

至於各社員以及社外詞侶的生平資料，茲據《如社詞鈔》、朱德慈《近代詞人考錄》、〔註132〕《民國人物大辭典》〔註133〕及吳白匋〈金陵詞壇盛會——記南京如社詞社始末〉等開列如下，一共二十四人，分別是：

**表十六：如社社員名錄表**

| 姓　名 | 生卒年 | 集中所用字號 | 字號 | 籍　貫 | 備　註 |
|---|---|---|---|---|---|
| 廖恩燾 | 1865～1954 | 懺庵 | 鳳舒 | 廣東惠陽 | 見表七：「午社社員名錄表」。 |
| 石淩漢 | 1871～1947 | 戠素 | 雲軒 | 安徽婺源 | 見表十五：「蓼辛詞社社員名錄表」。 |
| 林鵾翔 | 1871～1940 | 半櫻 | 鐵尊 | 浙江吳興 | 見表四：「漚社社員名錄表」。 |
| 仇埰 | 1872～1945 | 述庵 | 亮卿 | 江蘇江寧 | 見表七：「午社社員名錄表」。 |
| 吳梅 | 1884～1939 | 霜厓 | 瞿安 | 江蘇吳縣 | 見表二：「春音詞社社員名錄表」。 |
| 陳世宜 | 1884～1959 | 倦鶴 | 匪石 | 江蘇江寧 | 見表二：「春音詞社社員名錄表」。 |
| 蔡嵩雲 | 1888？～1948？〔註134〕 | 柯亭 | 嵩雲 | 江西上猶 | 宣統元年（1909）畢業於兩江師範學堂，民國二十年（1931）執教於河南大學，二十二年（1933）回南京養痾。 |

〔註131〕馬持盈註譯：《詩經今註今譯》（臺北：商務印書館，2009年），頁259～261。
〔註132〕朱德慈著：《近代詞人考錄》（北京：中國社會科學出版社，2004年）。
〔註133〕徐友春主編：《民國人物大辭典》（石家莊：河北人民出版社，2007年）。
〔註134〕關於蔡嵩雲的生卒年，《如社詞鈔》載為「光緒戊子生」（1888年），然據蔡氏早年求學之兩江師範學堂農學博物選科載：「蔡槙，江西上猶人，生於1883年，於1906年7月入堂，年齡24歲，於1909年12月畢業，入堂前功名為監生，入堂前最高學歷為師範預科。」見《兩江師範學堂學生名錄》，載蘇雲峰著：《三（兩）江師範學堂：南京大學的前身1903～1911》（南京：南京大學出版社，2002年），頁206。至於蔡氏的卒年，今人張響據蔡氏所撰《作法集評唐宋名家詞選》跋語之年「戊子九月秋」，指出其1948年尚在人世。見張響著：《晚清民國詞人蔡嵩雲研究》，南京師範大學碩士論文，2014年，頁5。

| 汪東 | 1890～1963 | 寄庵 | 旭初 | 江蘇吳縣 | 光緒三十年（1904）留學日本早稻田大學，畢業後結識孫中山，加入同盟會，擔任《民報》主編。次年（1905）任北洋政府內務部僉事。十六年（1927）受聘第四中山大學（後更名為國立中央大學），擔任教授兼中文系主任。南社社員。 |
|---|---|---|---|---|---|
| 喬曾劬 | 1892～1948 | 壯殹 | 大壯 | 四川華陽 | 詩詞家、書法篆刻家。早年就讀於京師大學堂，並任教育部編審。民國十六年（1927）赴南昌任周恩來秘書。二十四年（1935）任中央大學藝術系教授，後歷任重慶中央大學師範學院詞學教授、國民政府經濟部秘書、軍訓部參議、監察院參事、臺灣大學中文系教授。 |
| 程龍驤 | 1897～？ | 木安 | 木安 | 江蘇吳縣 | 吳梅弟子。 |
| 唐圭璋 | 1901～1990 | 圭璋 | 圭璋 | 江蘇江寧 | 見表九：「潛社社員名錄表（第一階段）」。 |
| 吳徵鑄 | 1906～1992 | 靈瑣 | 白匋 | 江蘇儀徵 | 現代劇作家，詞曲學家。民國十九年（1930）畢業於金陵大學並留校任教。後歷任金陵大學副教授，四川白沙國立女子師範學院教授，省教育學院教授、無錫國學專修學校、東吳大學、江南大學等兼職教授。1949 年後曾任江蘇省文化局副局長、南京大學教授、江蘇省人大代表、省政協常委等。吳梅弟子。 |
| 楊勝葆 | 1907～？ | 二同軒主 | 聖褒 | 浙江吳興 | 不詳 |

## 表十七：如社社外詞侶名錄表

| 姓　名 | 生卒年 | 集中所用字號 | 字號 | 籍　貫 | 備　註 |
|---|---|---|---|---|---|
| 周樹年 | 1867～1952 | 無悔 | 穀人 | 江蘇江都 | 光緒二十三年（1897）拔貢，旋任內閣中書。二十六年（1900）為江都縣教育會會長，歷任揚州商會總理、江蘇省典業公會會長、大源制鹽公司董事長，總管全省鹽業產銷業務。工詩詞，能文善弈，著有《無悔詩詞合稿》。 |
| 邵啟賢 | 1869～？ | 純飛 | 蓮士 | 浙江餘姚 | 民國七年（1918）任江西贛南道道尹。 |
| 夏仁沂 | 1869～？ | 晦翁 | 梅叔 | 江蘇江寧 | 不詳 |
| 蔡寶善 | 1869～1939 | 聽潮 | 師愚 | 浙江德清 | 光緒二年（1876）進士，歷任京師大學堂提調，陝西、三原、長安等縣知縣。民國初，先後為浙江海甯縣知事、內務部秘書、平政院肅政廳肅政使、江蘇省政務廳廳長、金陵道道尹、蘇常道道尹，頗著政聲。抗戰爆發，拒絕日偽任職。工詩詞、書法。著有《綠蕪秋雨詞》、《簫心劍氣詞》各一卷和《聽潮音館閣詞》三卷。六一社社員。 |
| 楊玉銜 | 1872～1944 | 鐵盦 | 鐵夫 | 廣東中山 | 見「表四：漚社社員名錄表」。 |
| 孫濬源 | 1872～？ | 太狷 | 闇仙 | 江蘇江寧 | 見「表十五：蓼辛詞社社員名錄表」。 |
| 夏仁虎 | 1874～1963 | 枝巢 | 蔚如 | 江蘇江寧 | 光緒二十四年（1898）拔貢，在商部、郵傳部任至五品京官和記名御史。民國時歷任北京政府鹽務署秘書、財政部參事、鎮威將軍公署政務處處長、安福國會眾議院議員、靳雲鵬內閣財政部次長（代理部務）、國務院秘書長等。民國十八年（1929）起出任北京大學、北京師範大學國文系教授，拒絕任職日偽傀儡政權。稀園詩社社員。 |

| 吳錫永 | 1881～？ | 夒厂 | 仲言 | 浙江吳興 | 光緒二十四年（1898）赴日本陸軍士官學校，入中華隊第一期步兵科。歸國後歷任兩江標統、候選道，調充廣東武備學堂教習、督練公所參謀處總辦、道員、參議官。民國成立後，退出軍界，歷任北京政府財政部秘書、山東捲煙特稅局局長、上海財政局局長、國民政府主計處秘書等。抗戰時投誠日本，歷任財政部秘書長、華北政務委員會財政總署署長、經濟總署署長。 |
|---|---|---|---|---|---|
| 壽鑈 | 1885～1950 | 玨庵 | 石工 | 浙江紹興 | 篆刻家、藝術家、收藏家。籌辦北京美術專門學校，先後執教於北京女子文理學院、北京藝術學院。撰有《玨盦詞》。南社社員、聊園詞社社員。 |
| 向迪琮 | 1889～1969 | 柳谿 | 仲堅 | 四川雙流 | 清末就讀於四川鐵道學堂土木工程系。民國元年（1912）起，歷任北京內務部土木司水利科科長、北平永定河堵口工程處秘書、處長、電車公司常務董事、天津海河工程局局長等。1949 年後回四川，出任省政府高級顧問，四川大學文學院中文系教授、工學院土木工程系系主任、上海市人民政府文史研究館研究員。漫社、聊園詞社社員；玉瀾詞社、夢碧詞社導師。 |
| 盧前 | 1904～1951 | 冀野 | 冀野 | 江蘇江寧 | 見「表十一：光華潛社社員名錄表」。 |

　　從上述名單觀之，如社的結構主要是師生朋友酬唱型。首先，年齒較長的如廖恩燾和林鵾翔，早於漚社社集前已認識。民國十三年（1924）甲子，林氏已有為廖恩燾《新粵謳解心》撰寫題詞，其《半櫻詞》在戊辰年（1928 年）就有和向迪琮、吳梅唱酬之作，﹝註 135﹞見出三人早有交情。此外，喬大壯與

﹝註 135﹞林鵾翔著：《半櫻詞》，民國十六年（1927）刊本，卷二，頁 5 下、13 下、16 上。

向迪琮，同樣祖籍四川，在民國十五年（1926），喬氏並為向迪琮詞集《柳谿長短句》撰序，云：「太歲丁卯（1927年）之夏，仲堅始徇友朋之意，裒刊二十以來所為詞，都若干首，殺青，竟督曾劬序之。」〔註136〕向迪琮跋語又言：「右舊稿《柳谿長短句》一卷，始戊午（1918年）迄於己巳（1929年），為時十有二年，得詞百五十餘首。丙寅（1926年）、丁卯（1927年）間，邵次公、喬大壯同客故都，共相商榷，計汰存百二十首。……大壯與劉千里、壽石公、馮若飛諸君任斟讎之役。」〔註137〕同有校讎之功者，還有另一位社外詞侶壽鑈。二人為北京聊園詞社之社員。此見慧遠〈近五十年北京詞人社集之梗概〉謂：「逾二載乙丑，譚篆青祖壬乃發起聊園詞社，不過十餘人，每月一集，多在其（譚氏）寓中。……每期輪為主人，命題設饌，周而復始。如章曼仙華、邵伯絅章、趙劍秋椿年、呂桐花鳳（劍秋夫人）、汪仲虎曾武、陸彤士增煒、三六橋多、邵次公瑞彭、金籛孫兆藩、洪澤丞汝闉、溥心畲儒、叔明傪、羅復堪、向仲堅迪琮、壽石工璽等，皆先後參與。」〔註138〕

　　再看社員們之間的師生關係。據唐圭璋〈自傳及著作簡述〉所記，他曾經師從仇埰和吳梅。其說：

　　　　一九一五年秋，（我）考入南京江蘇省第四師範學校（在今太平路）讀書，受到校長仇埰先生的贊賞和鼓勵。在校除開讀自然科學及英語以外，特別愛好古典文學。〔註139〕

　　　　一九二二年夏，（我）考進了東南大學（後改名為中央大學）。這時，詞曲專家吳梅師從北京大學來東南大學任教，我開始從吳師學詞曲。吳師平易近人，循循善誘，備課充分，教學認真……指出學生詞作的優缺點，深受同學們的歡迎和尊敬。〔註140〕

見出其深受仇埰和吳梅的影響，熱愛古典文學，並從吳梅學習詞曲。又唐氏之弟子王明孝，指出唐圭璋亦曾師事社員石淩漢。其說：

　　　　先生就讀南雍時，為吳瞿庵大師入室弟子，名師循循善誘，加上自

---

〔註136〕向迪琮著：《柳谿長短句》，民國十八年（1929）刊本，頁1。
〔註137〕向迪琮著：《柳谿長短句》，頁1。
〔註138〕慧遠撰：〈近五十年北京詞人社集之梗概〉，載張伯駒著：《春遊瑣談》（鄭州：中州古籍出版社，1984年），頁19。
〔註139〕唐圭璋撰：〈自傳及著作簡述〉，載唐圭璋著：《夢桐詞》（南京：江蘇古籍出版社，1987年），頁131。
〔註140〕唐圭璋撰：〈自傳及著作簡述〉，頁131～132。

己治學勤劬，卒底於成。先生讀中學時，曾師事仇述庵、石雲軒，
又追崇鄉先輩端木子疇，諸詞老皆江寧人，談到詞學的師承，先生
可謂得天獨厚。〔註141〕

如社社員中，除了唐圭璋是吳梅的高足外，程龍驤、盧前（東南大學弟子）和
吳白匋，同樣師事吳梅。盧前嘗撰〈奢摩他室逸話〉和〈吳瞿安先生事略〉說：

民國十九年（1930），余與先生共教上海光華大學，同寓一室。先生
每夕必飲，就枕後輒不能寐，常呼醒余，為言少年事。〔註142〕

蘆溝橋事起，移家至漢口，而湘潭、而桂林、而昆明，以民國二十
八年三月十七日歿於雲南大姚縣李旗屯，年五十六歲。歿前三月，
總其著述為：《霜崖文鈔》二卷、《詩鈔》四卷、《詞鈔》一卷、《霜
崖三劇》不分卷、《曲錄》二卷、《南北詞簡譜》十卷，以書抵其弟
子盧前重慶曰：「身後之託，如是而已。」嗚乎！前侍先生且二十年，
雖萬言何足以盡先生學行耶！〔註143〕

而吳白匋在金陵大學畢業後（1930年），選擇留校任教。其時，吳梅亦於金陵
兼課，白匋始尊吳梅為師，並得其之介，參與如社雅集。吳白匋說：

如社成立之時，余年未三十，在金陵大學執教，吳瞿安先生中金大
為兼任教授，余以師禮事之。先生乃願介紹余入社，宣告第一課用
柳永詞〈傾盃〉調限「木落霜洲」體，余欣然從命。〔註144〕

由此可見，如社成員大多是朋友、師徒和同門的關係，促使這個群體之間的
成員往還更趨緊密，同時彰顯出民國金陵詞學的傳承和譜系。

## 三、社集活動

如社的發起時間為民國二十三年（1934）冬，第一次雅集始於二十四年
（二月初五，3月9日），終於二十六年（1937年6月5日）第十八集，歷時
兩年零兩個多月的時間。第一集參與者，吳梅有這樣的記錄：

---

〔註141〕 王明孝撰：〈德劭品高，學深詞雋〉，載鍾振振主編：《詞學的輝煌：文學文
獻學家唐圭璋》（南京：南京大學出版社，2001），頁144。
〔註142〕 盧前撰：〈奢摩他室逸話〉，王衛民編：《吳梅和他的世界》（石家莊：河北教
育出版社，2002年），頁7。
〔註143〕 盧前撰：〈吳瞿安先生事略〉，王衛民編：《吳梅和他的世界》（石家莊：河北
教育出版社，2002年），頁5。
〔註144〕 吳白匋撰：〈金陵詞壇盛會——記南京如社詞社始末〉，頁5。

余應鐵尊召，至美麗川菜館，為詞社第一集也。到者列下，以齒為序。

廖恩燾：字鳳書，廣東惠州人，年七十一。

林鵾翔：字鐵尊，浙江吳興人，年六十五。

石淩漢：字雲軒，又字戉素，安徽婺源人，年六十五。

仇埰：字亮卿，江蘇江寧人，年六十三。

沈士遠：以字行，浙江吳興人，年五十四。

陳世宜：字匪石，江蘇江寧人，年五十二。

吳梅：字瞿安，又字霜崖，江蘇吳縣人，年五十二。

汪東：字旭初，江蘇吳縣人，年四十六。

喬曾劬：字大壯，四川□□人，年四十四。

唐圭璋：以字行，江蘇江寧人，年三十八。〔註145〕

乃知第一次到會者共有十人。當中除了沈士遠之外，其餘九人皆是如社骨幹成員。沈氏只有參加第一次社集，然後再沒有赴會。反而，程龍驤和吳白匋則經常參與，成為了如社基本成員。雅集舉行至第十二集時，楊聖襃加入。吳梅在日記記述：

（1936年6月14日）至廖鳳書青雲巷居，舉行如社。到者10人，
新社員有楊君聖襃，能飲，為鐵尊同鄉。廖氏酒肴皆精，余亦暢飲。
此次合十二、十三兩集，十二集題〈訴衷情〉、〈女冠子〉，十三集題
為〈碧牡丹〉，三時席散。〔註146〕

這些成員大多因為居住在南京之便，自然而然成為了如社雅集之固定社員。另外，雖有居於外地的社外詞侶，用郵寄稿件的方式加入唱和，擴大了社集之規模，但始終必須親身參與其中，和社友們互相交流、激發文思，才具有更大的意義。然而，由於他們不在南京定居，因此很少能夠來到社課現場即席參與。吳梅在日記裡，就清楚地將如社區分為正式社員和課外社員，道：

（1936年9月20日）晚至萬全，是如社詞集……圭璋言社刊已成，
共一百四十七元，十二人分攤，每人十四元半，可取三十五部，餘
多則分贈課外人。課外人者，僅作社課，不入雅集者也。此法極是。
〔註147〕

---

〔註145〕《吳梅日記》，頁536。

〔註146〕《吳梅日記》，頁735。

〔註147〕《吳梅日記》，頁782。

吳氏所說的「課外人」，如身為揚州商會會長的周樹年，民國初年已定居北京之壽鐍，民國十八年（1929）已辭官歸隱，轉移投身學術界，出任北京大學、北京師範大學國文系教授的夏仁虎，身兼國民政府主計處秘書之吳錫永，在京津負責海河工程的向迪琮等，雖沒有參加雅集聚會，但卻參與社課填詞。如向迪琮曾經投寄詞作：「丙子（1936 年）開歲後大雪數日，東海為冰，氣候苦寒。數十年來殆為僅見。因倚小山調，寄如社諸子。」〔註 148〕

　　第一次社集舉行後一天（3 月 10 日），吳梅在日記內補充了如社的社規和社課內容：

> 昨社集議定，月舉一集，集必交卷，由值課者匯錄成帙，分贈同人。
> 此次題為〈傾杯〉，倚耆卿「木落霜洲」一首格。因昨晚未記，為補
> 錄之。〔註 149〕

社集定為每月一集，如果從民國二十四年（1935 年 3 月 9 日）第一次社集，迄二十六年（1937 年 6 月 5 日），理應有二十六次聚會，然實際上卻僅有十八次社集，乃知社事屢有推遲的情況，並沒有嚴格遵守社規。據吳梅的日記，第二次的社集延遲了舉行，主要是由於廖恩燾在外未回南京。〔註 150〕此外，尹奇嶺〈民國南京舊體詩詞的雅集與結社——如社〉嘗根據《吳梅日記》，推論社集間或延遲舉行的原因。他指出吳梅和汪東，因擔任中央大學教授，有時會因教務繁重而延遲社事，又二人在寒暑假期間要返回故鄉蘇州，因此一年之內要遷延三個月左右不能參加社集。〔註 151〕而上述所謂「月舉一集，集必交卷，由值課者匯錄成帙，分贈同人」，意思是指每次雅集都有規定填詞，並於下次聚會前交卷，由前次值課者謄抄或油印數份，分贈同人互相交流。吳白匋又云：

> 每月集會一次，輪流作東道主，即由主人選調而不定題，作為月課，
> 在下次集會時交卷。約定分頭函告詞友之不在寧者，凡自願參加者
> 即可入社。詞稿匯交與唐圭璋兄保存。〔註 152〕

道出社課乃輪流作東道主，並由值課者選出詞調，限調不限題，所有詞稿（包

---

〔註 148〕向迪琮著：《柳谿長短句二集》，頁 12 下。

〔註 149〕《吳梅日記》，頁 536～537。

〔註 150〕吳梅在 1935 年 4 月 21 日中記：「飯後林鐵尊來，為詞社第二期事，知廖鳳書尚未回京，社集須略緩矣！」見《吳梅日記》，頁 555。

〔註 151〕尹奇嶺著：《民國南京舊體詩人雅集與結社研究》，頁 141。

〔註 152〕吳白匋撰：〈金陵詞壇盛會——記南京如社詞社始末〉，頁 3。

括社外詞侶之詞作）匯交唐圭璋保存。

如社亦有宗旨，雖然沒有明確要求社友遵守，但吳白匋卻有記述：

> 當年二月，參加集會，得親見諸老風采，備受教益。認識到斯社（如
> 社）宗旨在於繼承晚清四家遺教，不作小慧側豔之詞，為求內容雅
> 正，風度和類，構思著筆則堅守朱、況所啟示之「重、拙、大」三
> 字，入手門徑從賀方回，或從姜白石，或從吳夢窗，或從王碧山均
> 無不可，而最高目的則為達到周清真之渾化焉。〔註153〕

道出如社主要繼承晚清四大家（王鵬運、鄭文焯、朱祖謀、況周頤）遺教，要
求詞作內容雅正、風格沉厚，達致況周頤（1859～1926）所謂「重、拙、大」
的旨意。而其論及學詞門徑或由兩宋的賀鑄、姜夔、吳文英、王沂孫四家入，
而達到周邦彥之渾化，則遠祧清末常州詞派周濟（1781～1839）〈宋四家詞選
目錄序論〉所說「問塗碧山，歷夢窗、稼軒，以還清真之渾化。」〔註154〕乃
知如社填詞偏重寄託、旨意厚重。

關於這十八次社集的概況，茲根據《如社詞鈔》及《吳梅日記》，整理如
下：

## 表十八：如社社員唱和活動表

| 社集 | 時　間 | 地點 | 作東者 | 限　調 | 已知出席者 | 和作詞侶 | 作品數目 |
|---|---|---|---|---|---|---|---|
| 1 | 1935年3月9日 | 美麗川菜館 | 不詳 | 傾杯（依柳永「鶩落霜洲」體） | 廖恩燾(2首)、林鷗翔(2首)、石凌漢、仇埰（2首）、沈士遠（沒有作品）、陳世宜、吳梅、汪東、喬曾劬（2首）、唐圭璋 | 邵啟賢、夏仁沂、向迪琮、孫濬源、夏仁虎、吳白匋、壽鐧、吳錫永、程龍驤、蔡寶善、蔡嵩雲、周樹年 | 25 |
| 2 | 不詳 | 不詳 | 不詳 | 換巢鸞鳳（依梅溪四聲） | 不詳 | 廖恩燾、仇埰、石凌漢、林鷗翔（2首）、陳 | 18 |

〔註153〕吳白匋撰：〈金陵詞壇盛會——記南京如社詞社始末〉，頁5。
〔註154〕周濟撰：〈宋四家詞選目錄序論〉，載唐圭璋編：《詞話叢編》（北京：中華書局，2005年），第二冊，頁1643。

| | | | | | | | |
|---|---|---|---|---|---|---|---|
| | | | | | | 世宜、邵啟賢（2 首）、蔡寶善、喬曾劬、吳梅、夏仁沂、夏仁虎、孫濬源、唐圭璋、蔡嵩雲、周樹年、程龍驤 | |
| 3 | 1935 年 5 月 31 日 | 不詳 | 石淩漢、仇埰 | 綺寮怨（依清真四聲） | 廖恩燾、林鵾翔、陳世宜、吳梅、喬曾劬、程龍驤 | 石淩漢、仇埰、邵啟賢、夏仁沂（2 首）、吳白匋、向迪琮、孫濬源、唐圭璋、蔡寶善、蔡嵩雲 | 17 |
| 4 | 1935 年 6 月 20 日 | 夫子廟老萬全 | 喬曾劬、唐圭璋 | 玉蝴蝶 | 林鵾翔、石淩漢、陳世宜、吳梅、喬曾劬、唐圭璋、向迪琮、吳白匋（沒有作品） | 夏仁沂、仇埰、邵啟賢、蔡寶善、周樹年、孫濬源、蔡嵩雲 | 14 |
| 5 | 1935 年 9 月 28 日 | 不詳 | 陳世宜 | 惜紅衣 | 陳世宜、吳梅 | 林鵾翔、石淩漢、陳世宜、夏仁沂（2 首）、夏仁虎、喬曾劬、仇埰、向迪琮、邵啟賢、蔡寶善、周樹年、程龍驤、吳白匋、孫濬源、蔡嵩雲、唐圭璋、陳任中（1874～1945） | 20 |
| 6 | 1935 年 11 月 3 日 | 沁心居 | 不詳 | 水調歌頭（依東山四聲） | 吳梅、唐圭璋、吳白匋、程龍驤、盧前 | 夏仁沂（2 首）、夏仁虎（2 首）、仇埰、石淩漢、孫濬源、林鵾翔、向迪琮、蔡嵩雲、廖恩燾、陳世宜、楊玉銜、周樹年 | 16 |

| 7 | 不詳 | 不詳 | 盧前 | 高陽臺 | 盧前 | 石淩漢、林鷗翔、陳世宜、夏仁沂、夏仁虎、蔡嵩雲、仇埰、唐圭璋、廖恩燾（4 首）、孫濬源、吳梅、吳白匋、楊玉銜、周樹年、程龍驤 | 19 |
| 8 | 1935 年 12 月 21 日 | 不詳 | 不詳 | 泛清波摘徧（依小山四聲） | 程龍驤（沒有作品） | 蔡嵩雲、仇埰、石淩漢、陳世宜、林鷗翔、孫濬源、喬曾劬、夏仁沂、吳梅、吳白匋、唐圭璋、周樹年 | 12 |
| 9 | 1936 年 2 月 23 日 | 夫子廟老萬全 | 不詳 | 依風嬌近（依草窗四聲） | 吳梅 | 蔡嵩雲（2 首）、仇埰、林鷗翔、唐圭璋、汪東、廖恩燾（2 首）、夏仁沂、孫濬源、喬曾劬、石淩漢、程龍驤、吳白匋、陳世宜、楊玉銜、盧前、周樹年 | 19 |
| 10 | 1936 年 4 月 5 日 | 不詳 | 不詳 | 紅林檎近（依清真四聲） | 吳梅、喬曾劬（沒有作品）、吳白匋（沒有作品）、程龍驤（沒有作品） | 汪東、石淩漢、仇埰（2 首）、唐圭璋、孫濬源、夏仁沂（2 首）、夏仁虎（2 首）、陳世宜、蔡嵩雲（2 首）、林鷗翔（2 首）、廖恩燾、楊玉銜、邵啟賢、周樹年 | 20 |
| 11 | 1936 年 5 月 10 日 | 秦淮水榭 | 不詳 | 繞佛閣（依清真四聲） | 吳梅、吳白匋（沒有作品）、汪東 | 廖恩燾、楊玉銜、孫濬源、蔡嵩雲、石淩漢、林鷗翔、唐圭璋、夏仁沂、夏仁虎、周樹年、 | 15 |

| | | | | | | | |
|---|---|---|---|---|---|---|---|
| | | | | | | 邵啟賢、陳世宜、仇垛 | |
| 12 | 1936年6月14日 | 廖恩燾青雲巷居 | 廖恩燾 | 訴衷情（限用溫飛體） | 廖恩燾(2首)、吳梅、汪東、楊聖襃 | 蔡嵩雲、石淩漢、邵啟賢、陳世宜、孫濬源、夏仁沂、唐圭璋、周樹年、林鵾翔、仇垛、程龍驤 | 16 |
| | | | | 女冠子（限用牛松卿體） | 廖恩燾(2首)、吳梅、汪東、楊聖襃 | 蔡嵩雲、石淩漢、邵啟賢、陳世宜、孫濬源、夏仁沂、唐圭璋、周樹年、林鵾翔、仇垛 | 15 |
| 13 | 1936年6月14日 | 廖恩燾青雲巷居 | 廖恩燾 | 碧牡丹（效小山體） | 廖恩燾、吳梅、汪東、楊聖襃 | 不詳 | 不詳 |
| 14 | 1936年11月8日 | 夫子廟老萬全 | 喬曾劬、吳白匋 | 秋宵吟（依白石四聲） | 廖恩燾、林鵾翔、石淩漢、陳世宜、吳梅、喬曾劬、吳白匋、蔡嵩雲 | 不詳 | 不詳 |
| 15 | 1936年12月29日 | 吳宮 | 吳梅、汪東 | 解連環（依清真四聲） | 林鵾翔、石淩漢、仇垛、陳世宜、吳梅、汪東、喬曾劬、唐圭璋、吳白匋、程龍驤、楊聖襃、蔡嵩雲 | 不詳 | 不詳 |
| 16 | 1937年2月27日 | 不詳 | 陳世宜、程龍驤 | 引駕行（效柳永體） | 不詳 | 不詳 | 不詳 |
| 17 | 1937年4月6日 | 郭家巷 | 仇垛 | 卜算子慢（效子野體） | 仇垛 | 不詳 | 不詳 |
| 18 | 1937年6月5日 | 不詳 | 林鵾翔、唐圭璋 | 六醜（依清真四聲） | 林鵾翔、石淩漢、仇垛、陳世宜、吳梅、唐圭璋、汪東、蔡嵩雲 | 不詳 | 不詳 |

從上述表格觀之，社員及社外詞友的創作態度都非常積極。在前十二次
集會中，每次均彙錄得十二首或以上的作品，其中三次的社集（分別是第一
集、第五集和第十集）更得二十首或以上。

還有另一項容易引起讀者關注的，就是社作中依唐宋名家四聲，或效前
人體的作品非常多。在十八次社集，一共二十個詞調裡，便有六次效體限體
之作、十一次依四聲之作，對詞調的四聲格律非常嚴謹。吳白匋嘗說：

> 每次集會所選詞調，大都為難調、冷調、孤調。填詞則如南宋方千
> 里、楊澤民、陳西麓三和周清真，務求四聲相依，不易一字。〔註155〕

「冷調」即「冷僻之調，僅見於數詞，且字句各異，有不知何者為正格者；而
就其各異之處，正可以為襯字之確定，而並可以考見其本體焉。」〔註156〕而
「孤調」，今人馬興榮、吳熊和定義為唐宋詞調中，詞家們僅用過一次，而無
人繼作的詞調。〔註157〕但關於這些冷調如何守律，社友們間有疑惑。《吳梅
日記》中記載仇埰和蔡嵩雲詢問〈倚風嬌近〉一詞定格：

> （1936年3月3日）仇亮卿、蔡嵩雲皆詢〈倚風嬌〉一詞定格，為
> 籀討數四答之，如下。〈倚風嬌近〉，草窗（周密）倚楊紫霞詞譜《詞
> 律拾遺》分句不當，為重訂之。〔註158〕

後來，二人到訪吳梅家，以其所說為然。〔註159〕而在吳梅推敲之際，廖恩燾
卻與吳梅意見不同，吳氏認為亦無妨也。〔註160〕又吳梅與陳匪石在社集時討
論〈卜算子慢〉中一字用平用仄，各持己見：

> 匪石以末韻「浩嘆」之「浩」字，應平，據柳詞為證，且言子野「湖
> 城那見」之「那」，當作平讀，余未敢從也。〔註161〕

見出僻調守律之難，有時連詞律大家也莫衷一是。如社大部分成員都嚴守詞
律，主要因為他們均奉晚清四大家為圭臬，而四大家之持律極其嚴謹，明辨
四聲。但亦有反對死守四聲者，盧前就是其中之一。他在第七次社課擔當值

---

〔註155〕吳白匋撰：〈金陵詞壇盛會——記南京如社詞社始末〉，頁5。

〔註156〕佚名撰：〈詞通〉，龍沐勛主編：《詞學季刊》（上海：上海書店，1985年），
第一卷，第四號，頁110~111。

〔註157〕馬興榮、吳熊和主編：《中國詞學大辭典》（杭州：浙江教育出版社，1996年），
頁13。

〔註158〕《吳梅日記》，頁686。

〔註159〕《吳梅日記》，頁687。

〔註160〕《吳梅日記》，頁691。

〔註161〕《吳梅日記》，頁887。

課者，就選了〈高陽臺〉調，且不限依前人舊制。他說：

> 大抵如社社課，遇名家自度腔，亦以依四聲、用原題、步韻為主，
> 予舊所謂「捆起三道繩來打」是也。獨余值課用〈高陽臺〉調，近
> 日亦漸有用小令者。漚社每集兩題，一限題一不限題，如社視之尤
> 嚴。藉此用功則可，若如此鍛煉詞人則不可，以詞人之所以為詞人
> 者，所重在生活，不在此也。〔註162〕

指出詞人及詞作之生命源自生活的經歷，守律只可用來鍛煉填詞功夫，過分
斤斤執著四聲，只會束縛詞人的性靈。但吳白匋卻認為守律雖為苦事，卻是
一種很好的鍛練，而且先守四聲，再填常見詞調，運筆更加舒卷自如，說：

> 守律嚴至如此，可云在我國古典文藝中，無與倫比，誠大苦事。……
> 余當時努力追隨諸老，雖每感窮於一字，然苦盡甘來、因難見巧之
> 樂頗親嘗之，覺況老（況周頤）之言實不我欺。且經此磨練後，再
> 填習見詞調，乃覺用筆舒卷自如，凡耳目所接，情動於中者，無不
> 可形之於詞。此中甘苦，固非今之動言形式束縛內容者所能理會也。
> 〔註163〕

二人各有道理，各有領會。而填詞嚴守聲律亦成為了民國詞壇，尤其是金陵
詞人群體的特色。〔註164〕

　　現存之《如社詞鈔》，刊行時間在民國二十五年（1936）六月，裒輯如社
第一集至第十三集的詞作，計二百二十七闋。《詞鈔》扉頁有汪東篆書題「如
社詞鈔」四字，右上題款「民國二十五年六月」，左下題款「汪東署」。社稿由
唐圭璋負責校讎和剖劂，並於下一次雅集（第十四集）前已經刊成，分給十
二位社友，每人支付十四元半，取得三十五部。〔註165〕餘者分予社外詞侶、
國內大學、圖書館及同好戚友。〔註166〕最初，林鵾翔、唐圭璋在社集付梓前，
去函吳梅催促其繳交第十二集兩調詞稿，並請其為《如社詞鈔》撰一序文。
此見吳梅說：

---

〔註162〕盧前著：《冶城話舊》，載《盧前筆記雜鈔》（北京：中華書局，2006年），卷
　　　　二，頁421。
〔註163〕吳白匋撰：〈金陵詞壇盛會——記南京如社詞社始末〉，頁7。
〔註164〕關於嚴守聲律與清代金陵詞人的關係，詳參李桂芹撰：〈如社與民國金陵詞
　　　　學〉，頁198。
〔註165〕《吳梅日記》，頁782。
〔註166〕吳白匋撰：〈金陵詞壇盛會——記南京如社詞社始末〉，頁7。

（1936 年 7 月 3 日）得鐵尊、圭璋各函，催社作〈訴衷情〉、〈女
冠子〉二詞，並社刻一序。序，余曾辭謝，鐵老不允，因勉為之。
〔註 167〕

（1936 年 7 月 4 日）欲作《如社詞刊》序，未果，先思結構而已。
〔註 168〕

（1936 年 7 月 20 日）作《如社詞刊》序，中輟未成。〔註 169〕

（1936 年 9 月 13 日）林鐵尊至，示鳳書〈碧牡丹〉詞，殊不見佳。
又催我《如社詞刊》序。〔註 170〕

然而，從林、唐二人催促吳梅撰寫詞序起，吳梅嘗認真深思其內容結構，最
終中輟未成，詞鈔已經出版。今人尹奇嶺亦根據其查考結果說：

查南京大學古籍部館藏的《如社詞鈔》也是沒有序言的，筆者又查
找了《吳梅全集》序跋部分，也沒有找到如社序文，因此，在沒有
新材料的情況下暫時判定吳梅沒有寫出序言。〔註 171〕

因此，在未發現新資料之際，筆者只能暫時斷定《如社詞鈔》沒有序文。

自第十二、十三次社集後，如社第十四集舉行時間相距前次集會幾近五
個月，並於二十六年（1937）四月廿七日（6 月 5 日）抗日戰爭爆發前解散。
吳白匋在《如社詞鈔》刊印不久，曾說：

《如社詞鈔》出版之後，因日寇攻我益亟，局勢緊張，如社同仁已
不能如前之每月集會一次，然自一九三六年秋至三七年夏初，猶有
四次集會。〔註 172〕

除了未計算第十二、十三次合集外，吳氏的記載尚缺少了一次社集。其解釋
後來詞社聚會減少，乃緣於日本侵華，時局緊張，最終以七七事變為導火線，
如社諸老星散，逃亡四川、雲南、上海等，消息隔絕，詞社正式解散。此見吳
氏續說：

未幾而七七事變起，緊接八一三全面抗戰，詞社不得不自行解散。

〔註 167〕《吳梅日記》，頁 742。
〔註 168〕《吳梅日記》，頁 744。
〔註 169〕《吳梅日記》，頁 751。
〔註 170〕《吳梅日記》，頁 778。
〔註 171〕尹奇嶺著：《民國南京舊體詩人雅集與結社研究》，頁 149。
〔註 172〕吳白匋撰：〈金陵詞壇盛會——記南京如社詞社始末〉，頁 8。

> 諸老或流亡四川、雲南,或避地上海,消息隔絕。一九三九年三月,
> 吳瞿安師病逝於雲南大姚,首傳噩耗。不久又聞林半櫻先生繼殁於
> 上海。八年抗戰中,諸老零落殆盡。仇述庵先生竟於勝利前夕逝世,
> 抱恨終天。日寇投降之後,余所能親接者,唯周穀人先生、汪旭初
> 先生、喬大壯先生、與冀野兄、唐圭璋兄五人而已。〔註173〕

見出七七事變,平津陷落,繼而八一三淞滬會戰,導致如社被逼解散。最先是廖恩燾、林鷗翔和仇埰避地上海租界,得免日寇的侵擾,並於滬上成立午社,延續酬唱之意。午社舉行至第七集後,林鷗翔於民國二十九年(1940年1月16日)病逝。仇埰蟄伏上海一段時間後,復於三十一年(1942)返回南京,惜於抗戰勝利前(1945年)逝世。蔡嵩雲則逃難至揚州,其《柯亭詞論》云:

> 己卯(1939年)、辛巳(1940年)間,同學……同避兵海上,海上
> 猶桃源也。端居多暇,月課數詞以自遣。時予則遁跡竹西江村,亦
> 以讀詞遣日。諸友以予治詞有年,或寄篇章以相酬和,或舉疑義以
> 相商兌。〔註174〕

其時,汪東和喬大壯隨中央大學遷入四川重慶,汪氏改任國民黨政府監察院監察委員,三十二年(1943)出任復旦大學中文系教授,抗戰勝利後擔任國立禮樂館館長、國史館修纂。今人方見肘在〈學者、詩人喬大壯〉說:

> 抗戰時重慶物價飛漲,(喬)先生廉潔自守,工資不敷,為人治印以
> 補家用。〔註175〕

吳梅在抗戰爆發後,輾轉避難湘潭、桂林,最終停留於雲南大姚。在接連疲勞、驚恐、氣憤和風寒侵襲下,吳梅相繼得到症腫、哮喘等疾病,並趁中央大學遷往重慶時以病請辭,成為如社解散以還最早離世之社友。〔註176〕唐圭璋曾撰〈吳先生哀詞〉云:

> 溯自抗戰軍興,先師瞿安吳先生避地於後方,迢遙千里,一夕數驚,
> 最後定居於雲南大姚李一平同學兄家。一九三九年三月十七日,先
> 生不幸病逝。〔註177〕

---

〔註173〕吳白匋撰:〈金陵詞壇盛會——記南京如社詞社始末〉,頁8。
〔註174〕蔡嵩雲著:《柯亭詞論》,載唐圭璋編:《詞話叢編》(北京:中華書局,2005年),第五冊,頁4917。
〔註175〕方見肘撰:〈學者、詩人喬大壯〉,《文史雜誌》,2005年,第3期,頁56。
〔註176〕王衛民著:《吳梅評傳》(石家莊:河北教育出版社,2002年),頁36～37。
〔註177〕唐圭璋撰:〈吳先生哀詞〉,載《夢桐詞》,頁58～59。

至於唐圭璋，在七七事變後隨其任教之中央軍校西遷至成都，兩年後受聘重慶中央大學，直到戰事結束始返回南京，任南京通志館編纂。〔註178〕可見如社社事在日寇鐵蹄的踐踏下，不得不解散結束。詞人星散，避難各方。多數成員都能於艱困之際保持民族氣節，僅有個別社員一時迷失方向而附逆，如廖恩燾就在民國三十三年（1944）五月出任汪偽南京國民政府委員；又如吳錫永，於抗日初期已投誠日偽，歷任偽財政部秘書長、汪偽華北政務委員會財政總署署長、代理督辦、經濟總署署長。

抗戰勝利後不久，社員們亦相繼離世。吳白匋云：

> 一九四八年，喬（大壯）先生自沉於蘇州河，最足痛悼。解放後，冀野（盧前）歿於一九五一年春，家人將其藏書捐獻政府，聞抗戰中，圭璋兄曾將如社後四集詞稿移交之，至此下落不明。一九五二年春，周穀人先生病逝於揚州。五八年左右，汪先生病逝於蘇州。〔註179〕

段中還記述了抗戰時期，唐圭璋曾經把如社後四集詞稿交予盧前，盧前逝世後，其家人將藏書捐獻政府，卻未見如社後集詞稿，故筆者推斷大抵在抗戰時經已散佚。

## 四、詞作主題

如社社址在七大古都之一——南京。南京，古稱金陵，歷來與帝王州及王氣相關連。其位於中國東南，北控中原，南制閩粵，西扼巴蜀，東臨吳越；居長江流域之沃野，控沿海七省之腰膂，古有「龍蟠虎踞」、「負山帶江」之稱。地勢之雄偉險要、經濟之繁榮富裕、土地之肥沃、氣候之溫潤，使南京成為眾多王朝的都城。自戰國時期楚威王熊商在石頭城築金陵邑起，三國孫吳建都於此，名為建業。後來，晉武帝司馬炎率兵進攻建業，一統天下，定都洛陽。三國時期的結束，意味著建業的衰落。這座都城在五胡亂華、北方領土陷落異族之手後，再次成為晉室南渡後的王都，並歷經南朝宋、齊、梁、陳共一百四十九年的繁華盛世。隋文帝統一天下後，定都大興（長安），後遷都洛陽。南朝至五代十國，金陵一度成為唐代詩人緬懷前朝的地方。唐皇朝滅亡

---

〔註178〕詳見唐圭璋撰：〈自傳及著作簡述〉，載鍾振振編：《詞學的輝煌——文學文獻學家唐圭璋》（南京：南京大學出版社，2001年），頁6。

〔註179〕吳白匋撰：〈金陵詞壇盛會——記南京如社詞社始末〉，頁9。

後，中國再次進入南北分裂的狀態，金陵成為南唐國的王都，促使這個地方興盛繁華。到了宋朝又陷落，明朝再度復興，更名應天府。中國在滿州族統治的二百七十六年內，南京亦曾成為太平天國動亂之中心據點。民國建立後，南京是孫中山宣布民國政府成立之地，又是國民政府於北伐（1927 年）至遷台前（1949 年）的首都，卻在民國二十六年（1937），遭到日本強行侵佔和施虐屠殺，甚至成為日軍扶植傀儡政權的根據地。

如此幾度繁華和幾度衰落，令金陵這一城市在歷史洪流中不斷重覆著偏安短祚的命運。每一次的璀璨光榮，每一次的衰敗凋零，都勾起了一代又一代騷人墨客對金陵的歷史記憶。金陵之地理意象、歷史意象和自然意象，在他們的詩詞文集俯拾即是，這並非刻意模仿，而是那些風流文句自然而然地存活於作者心裡。正如宇文所安（1946～）在〈地：金陵懷古〉說：

> 後來的作家注定要通過已被接受的金陵的意象來談論金陵。——不是因為他們是沒有獨創性的奴性的模仿者，而是因為無論何時他們看到金陵，甚至是想到金陵，那些舊的文本的完美詩句就擠擠進了他們的腦袋裡。面對金陵就是回憶歷史，但卻是一種歷史的過去和文學的過去於其中無法分開地交織在一起的歷史。〔註 180〕

## （一）六朝懷古

金陵，原本只是一個實質的空間城市，歷經六朝百多年的繁華盛世後，累積了很多歷史、傳說、故事和虛構的事件。這些事件在唐朝開始反覆出現在文人雅士的筆觸裡，成為一組又一組的詩歌意象符號。意象是詩人的主觀意念和外界的客觀物象猝然撞擊的產物，是詩人為了表現自己的內心世界，把客觀的物象經過選擇、提煉，重新組合而產生的一種含有特定意義的語言形象。〔註 181〕意象要進一步成為藝術符號，必須達到象（客體）和意（主體）的圓滿統一，使其成為「理性的概念和永恆的形式」。〔註 182〕王、謝世家宅邸「烏衣巷」、陳後主詩歌「玉樹後庭花」、新亭對泣、秦淮煙月、臺城柳、雨花台、莫愁湖等，經過長久的積淀，並在不同作家的文本中被增加、潤飾，形

---

〔註 180〕 宇文所安撰：〈地：金陵懷古〉，載樂黛雲、陳珏編選：《北美中國古典文學研究名家十年文選》（南京：江蘇人民出版社，1996 年），頁 141。

〔註 181〕 翁光宇撰：《青年詩壇》，轉引自吳曉著：《意象符號與情感空間——詩學新解》（北京：中國社會科學出版社，1990 年），頁 9。

〔註 182〕 吳曉著：《意象符號與情感空間——詩學新解》，頁 22。

成了蘊含豐富意義和情感的意象符號。金陵既然成為如社雅集之地，社員們必然會注意懷古的主題，尤其是面對國家被日本侵略之危急艱難，更令他們想起治亂更替的循環，從而借助懷古所依賴之物——古蹟，並藉其貫穿今昔的時空體系，抒發歷史興盛衰亡、繁華消逝之感慨。詞云：

> 城郭此間古，六代戰爭區。新亭儔侶，一時環顧目中無。天塹苕嶢雄據，壁立東南誰懼，談笑破秦符。難道圍棋墅，不是隱君廬。　　踞胡牀，揮玉麈，學狂奴。畫船桃渡，淮波搖夢話南都。門巷烏衣甚處，江上青山無數，名士集如魚。啼鳥聲聲訴，冠蓋總華胥。（夏仁沂，頁345～346）

> 陳迹渺江潯，六代帝王居。浮漚吹雨，泊舟河畔覓珍珠。椒殿春移蓮步，狎客狂吟瓊樹，長夜醉中徂。曾是韓擒虎，一戰沼東吳。　　訪紅羅，歌白苧，騖迴車。埭難催曙，千年沉睡破華胥。依舊龍蟠虎踞，重見雲連星聚，彈指闢榛蕪。誰肯清談誤，天意整黃圖。（陳世宜，頁349）

> 形勝便爭戰，京口鎖雙丸。蓬瀛清淺，紅塵沿路漲金山。北固江流天限，南史衣冠人換，六代百年間。賸有澄江練，盡處著煙鬟。　　隱君廬，枯木館，草芊芊。華陽詞翰，鶴銘片石半磨刓。帶玉芝含鹿獻，卷墨草驚蛇綰，遺迹實叢殘。水汲中泠遠，茶夢繞闌干。（楊鐵夫，頁351）

身在失去昔日繁盛的金陵故都裡，詞人們眼見四野榛蕪之景，往往會追憶六朝的繁華。宇文所安曾經指出長久生活在金陵、熟悉金陵事蹟的人，總是以他們內心深處對這個地方的想象和理解來量度對自然地理的經驗。〔註183〕究竟在如社詞人們的眼中，金陵是如何的？開首「城郭此間古，六代戰爭區」、「形勝便爭戰，京口鎖雙丸」等句，明確點出金陵戰事頻繁，當中既隱含皇室貴冑爭奪帝位，父子兄弟相殘；又有南北兩地相爭，奪取一統天下的意思。繼而「天塹苕嶢雄據，壁立東南誰懼，談笑破秦符」、「曾是韓擒虎，一戰沼東吳」句，他們分別憶起東晉謝安圍棋賭墅的風神自若，談笑間以八萬兵力大勝前秦符堅的八十餘萬大軍；〔註184〕又想起南朝最後一個國家——陳朝，其

---

〔註183〕宇文所安撰：〈地：金陵懷古〉，頁154。

〔註184〕房玄齡等撰：《晉書》（北京：中華書局，1996年），卷七十九，頁2075～2076。

末代統治者陳後主，被隋朝開國功臣韓擒虎俘虜，南朝覆亡，盛世結束。〔註185〕然而，往事已逝，他們駐足舊地，尋訪昔日王謝世家烏衣巷、「十里秦淮」桃葉渡、隱君廬、枯木館等遺跡時，卻發現名士風流不再，只剩下龍蟠虎踞的地勢、雲連星聚的夜空、青山野草、澄澈江河、雲霧繚繞和鳥聲啼叫。在懷古的題材中，詞人們往往著意於今昔變化，關注著甚麼仍然在歷史的洪流中保存下來，甚麼已經銷聲匿跡。最後發現能夠屹立於天地之間的，只有自然界永恆的物象和現象——山、河、草、木；星、雲、霧、鳥，年復一年、不斷循環存在；他們為此充滿哀傷，面對殘存的廢墟感，借「陳迹渺江潯」、「遺迹寶叢殘」二句，表達周遭荒蕪凋零，甚且藉句末「誰肯清談誤，天意整黃圖」，隱含對當下時代的評論，寓有日本侵華，國共兩黨內戰，乃天意命運有重整中國版圖之意。

除了第六集主要以金陵懷古為題材外，在社員們的詞作裡，金陵的意象符號俯拾即是：

**新亭**

朗月自潔，託楚騷詞筆。……餘淚眼、鬱鬱新亭垂泣。（石淩漢〈傾杯〉，頁 279）

**南朝、六朝**

流鶯不管興亡事，道六朝如昨，千門萬戶。（喬曾劬〈傾杯〉，頁 279）

南朝舊恨。都付與、歷歷歸鴻雲翼。（汪東〈傾杯〉，頁 282～283）

六代山川，十年塵夢，都付落花啼鳥。宮羽頻聞有推移，古愁今恨縈懷抱。（蔡寶善〈換巢鸞鳳〉，頁 299）

雲涯望斷，故國渺南北。……料艤舟江上，猶識六朝山色。（林鵾翔〈惜紅衣〉，頁 329）

阡陌。閱慣興亡，憐南朝陳跡。（夏仁虎〈惜紅衣〉，頁 332）

**秦淮煙月**

似六朝人物，浮名換了。歌扇底，寂寞秦淮煙月。（夏仁沂〈傾杯〉，頁 280）

---

〔註185〕魏徵、令狐德棻等撰：《隋書》（北京：中華書局，1996 年），卷五二，頁 1339～1341。

**玉樹後庭花**

暗惜。紅桑閱盡，後庭花雨，零亂芳菲迹。指醉墨題襟，荒唐歡事老，瓊樓霜急。（程未安〈傾杯〉，頁288～289）

斷曲後庭猶唱，別夢幾時重歷。料謝堂今夜，愁說石城山色。（向迪琮〈惜紅衣〉，頁334）

## （二）秦淮感舊

「弔古秦淮，尋芳白下，南都小駐遊踪。」（頁362）周樹年一闋〈高陽臺〉，引領一眾詞侶駐足秦淮，尋找失落的秦淮舊夢。在他們的眼中，秦淮就是明末余懷（1616～1696）《板橋雜記》筆下王孫公侯、烏衣子弟筵宴流連的金粉歌舞之地。長板橋、曲中舊院、武定橋等才子佳人的邂逅場所如在面前：「長板橋在院牆外數十步，曠遠芊綿，水煙凝碧。……每當夜涼人定，風清月朗，名士傾城，簪花約鬢，攜手閑行，憑欄徙倚。忽遇彼姝，笑言宴宴，此吹洞簫，彼度妙曲，萬籟俱寂，游魚出聽，洵太平盛事也。」〔註186〕身在昔日風月香艷的氛圍中，社員們不禁回想起一幕幕美好艷情往事的片段。石淩漢〈換巢鸞鳳〉云：

風促飛軺。悵脂零粉墮，夢斷香銷。柳青吹玉管，酒綠換金貂。閑情排遣倩嬌嬈。最思綺年樓陰手招。尋芳遠，奈攬鏡，鬢霜堪笑。圍繞。欣窈窕。筵際舞歌，分占歡多少。誓筆畫鸞，淚衫司馬，休話傷心殘稿。權作哀鴻一般看，燕環肥瘦都娟好。春鵑啼，正羈人，驛路歸早。（頁296～297）

乘著飛快的小車路過秦淮河畔，青翠的柳樹、玉簫的聲音、金貂貰酒的豪情，嬌嬈柔美的女子，正與《板橋雜記》描摹的風韻相映成趣，一一勾起了詞人深處的遊覽記憶。而最令石氏思念的，就是年少時在樓房下向他招手的女子。「圍繞。欣窈窕。筵際舞歌，分占歡多少」，在一片熱鬧歡樂中，那女子在筵席間，唱歌起舞，詞人難免怦然心動。「誓筆畫鸞，淚衫司馬，休話傷心殘稿」，兩人一起畫和鸞之圖，誓言相托終生，卻落得曲盡人散的別離結局。石氏手執昔日定情殘稿，內心悲傷痛苦。回憶原本就會帶給人痛苦，因為不論過去的事是快樂還是悲傷，當被人們記起時，至少他們當刻都會湧現物是人非、時光飛逝感受。正如宇文所安在〈繡戶：回憶與藝術〉所說：

〔註186〕余懷著：《板橋雜記》（南京：南京出版社，2006年），頁10。

> 所有的回憶都會給人帶來某種痛苦，這或者是因為被回憶的事件本
> 身是令人痛苦的，或者是因為想到某些甜蜜的事已經一去不復返而
> 感到痛苦。〔註187〕

詞人和歌女相愛的點滴是甜蜜的，和歌女分別的剎那是痛苦的，今日再次回
憶起往日的甜蜜和痛苦，仍然是痛苦的。「悵脂零粉墮，夢斷香銷」，美好青
春的一去不返，舊情不再。今日照鏡的鬢髮斑白、年華老去，「尋芳遠，奈攬
鏡，鬢霜堪笑」，都足以令詞人感到無奈和悲痛。往昔已逝，為了盡力控制自
己的愁緒，他專注於欣賞眼前秦淮生氣勃勃的自然春景。「春鵑啼，正羈人，
驛路歸早」，然而聽到的卻是杜鵑不如歸去的聲音，他只好離開此傷心地，踏
上歸途。

　　正如石淩漢的經歷，久居南京的夏仁沂，同樣在夜遊秦淮河畔間，憶起
了舊日的一段艷情，並寫下了〈換巢鸞鳳·秦淮感舊〉一闋：

> 淮月猶嬌。恨無情碧水，瘦影紅橋。冶游思謝妓，矮屋話奎簫。迎
> 風衰柳尚彎腰。墜歡早隨春潮盡銷。啼鶯苦，料掩幔，鏡屏羞照。
> 樓悄。人縹緲。襟上酒痕，何處琵琶抱。夜泊空船，唱尋商女，惆
> 悵吳宮花草。香夢迷離莫重提，舊時巢燕天涯老。良宵長，問隣家，
> 笛意誰曉。（頁302）

開首「淮月猶嬌。恨無情碧水，瘦影紅橋」、「迎風衰柳尚彎腰」句，刻劃出秦
淮夜月，紅橋流水，柳條嬝嬝，迎風擺動的景致。在這一片醉人的氣氛中，昔
日和謝妓在小樓談天、觀星和吹簫的溫馨片段，浮現於夏氏的腦海裡。然而，
詞人卻明顯地察覺到舊情已逝，往日時光不再。「樓悄。人縹緲。襟上酒痕，
何處琵琶抱」，道出今日人去樓空，抱著琵琶奏曲歌唱的謝妓經已杳無影蹤。
詞人不息地尋尋覓覓，「夜泊空船，唱尋商女，惆悵吳宮花草」，最終依然聽
不到謝妓的聲音，只有一艘空船停泊遠處。過去的繁華已經消逝，這地方始
終也逃不過榮盛衰敗的反覆循環，惟有秦淮流水、紅橋、柳條、燕子這些自
然之物能夠抵禦時光的洗滌，可牠們絲毫無法感受到詞人的憂愁，所以詞人
認為牠們是「無情」、「瘦」、「衰」和「舊時」的。夏氏尋歡的美好願望早已隨
淮水流去，哀傷的心情無法排遣，不願重提昔日迷離香夢。「啼鶯苦，料掩幔，
鏡屏羞照」、「良宵長，問隣家，笛意誰曉」六句，點出外面傳來黃鶯啼叫的苦

---

〔註187〕宇文所安撰：〈繡戶：回憶與藝術〉，載宇文所安著，鄭學勤譯：《追憶：中
　　　　國古典文學中的往事重現》（臺北：聯經出版社，2006年），頁159。

聲和笛聲，長夜漫漫，更觸動他年華老去之感。

如社社友在秦淮河畔的艷情記憶，總是伴隨著今昔感慨與物是人非、年華逝去的感傷。例如：

**今昔感慨**

**舊痕忍看當年酒衫**。芳華老，算紫燕，畫梁猶占。……**還共游絲颭，記曲雲謠**，覆杯婺尾。應笑聽鶯歡減，山外蘼蕪碧無情。（仇埰〈換巢鸞鳳〉，頁296）

風塵知己鳳鸞交。**最憐往時登樓手招**。瓊漿飲，又把臂，玉京曾到。**人杳**。波淼淼。郎自負心，儂自情難了。（林鷗翔〈換巢鸞鳳〉，頁297～298）

淒絕嘵鵑。歎東風漸老，絮已飛綿。粉屏留夢影，**錦瑟誤華年**。……夭桃底，**記掩映，舊時人面**。（孫濬源〈換巢鸞鳳〉，頁303）

**還記**。鐙影裏。湖淨藕深，歌罷涼生袂。岸曲閒鷗，露橋菱女，**猶念當時人否**。惆悵芳辰客天涯，亂魂空度銀箏底。（唐圭璋〈換巢鸞鳳〉，頁304）

花弱鶯嬌。**記殘雲瀟岸**，淚雨河橋。遠行朝餞酒，訴別夜吹簫。……**音悄**。波渺渺。孤雁語空，偏動人離抱。（蔡嵩雲〈換巢鸞鳳〉，頁304～305）

**年華老去**

**夜月舊家山**。重門曾記閉春寒。更銷幾回歌闌酒闌。**華年感，漸攔鏡，鬢霜愁看**。（陳世宜〈換巢鸞鳳〉，頁298）

問南浦離愁誰與銷。蘭成晚，**試攬鏡，鬢絲愁照**。（夏仁虎〈換巢鸞鳳〉，頁302～303）

湛碧秦淮，**舊鯑潘鬢**，猶認飛霜黏草。天界常寬足鷗眠，**歲華容易空鶯老**。（廖恩燾〈換巢鸞鳳〉，頁295）

他們之所以在遊覽秦淮之時，有這樣的感嘆，主要因為秦淮意象這個符號，經過了杜牧〈泊秦淮〉「煙籠寒水月籠沙，夜泊秦淮近酒家。商女不知亡國恨，隔江猶唱後庭花」、〔註188〕李煜〈浪淘沙〉「想得玉樓瑤殿影，空照秦

---

〔註188〕杜牧著、吳在慶撰：《杜牧集繫年校注》（北京：中華書局，2008年），頁517。

淮」〔註189〕等膾炙人口的詩句,已經被後世作家們同化了,認為與艷情有關。
尤其看過《板橋雜記》對於明末艷迹的摹寫,以及他們當下遊覽秦淮時,與
往昔存在很大的縫隙,才會令他們一次又一次回顧過去,往復地感嘆今昔。
當日余懷筆下所寫「秦淮燈船之盛,天下所無。兩岸河房,雕欄畫檻,綺窗絲
障,十里珠簾。客稱既醉,主曰未歸,游楫往來,指目曰某姬在某河房,以得
魁首者為勝。薄暮須臾,燈船畢集,火龍蜿蜒,光耀天地,揚槌擊鼓,蹋頓波
心。自聚寶門水關至通濟門水關,喧闐達旦。桃葉渡口,爭渡者喧聲不絕」
〔註190〕的熱鬧景況,經歷二百多年後,已經消失殆盡。據黃濬(1891～1937)
《花隨人聖庵摭憶》的描述,秦淮在民國成立後,出現很大的變化:

> 秦淮近日已為鐵路橫截。南京城內諸水,多以人力鑿成,其終也,
> 亦往往為人力所遮斷。……此皆創造新工後之變遷,秦淮何能獨逃
> 此例?《板橋雜記》所記秦淮風景,已成史迹。……今則劃入一新
> 時期,其變化不易臆測,顧昔日之燈船,今日之游船,則必成廣陵
> 散,亦無可疑。〔註191〕

所謂人人傳誦的秦淮風景和艷史,已成陳跡,令社員們緬懷著過去,感慨當
下物是人非、年華老去。

### (三)南明風流

圖十二:秦淮八艷李香君故居媚香樓遺址

---

〔註189〕詹安泰校注:《李璟李煜詞》(北京:人民文學出版社,1998 年),頁 71。
〔註190〕余懷著:《板橋雜記》,頁 10。
〔註191〕黃濬著、霍慧玲點校:《花隨人聖庵摭憶》(太原:山西古籍出版社、山西教
育出版社,1999 年),第二冊,頁 811～812。

　　在夫子廟秦淮河南岸的鈔庫街三十八號，有一座青瓦紅檐、古色古香的花園，名曰「媚香樓」，據說它的主人就是清初孔尚任（1648～1718）《桃花扇》傳奇中，那個品行高潔、俠義美慧的秦淮名妓李香君。〔註 192〕李香君原名李香，侯方域（1618～1654）所撰〈李姬傳〉謂其「俠而慧，略知書，能辨士大夫賢否」，〔註 193〕加上余懷贈詩、魏學濂題字和楊文聰畫蘭，時有詩絕、書絕和畫絕的「三絕」之稱。〔註 194〕李香君與復社名士侯方域的一段悲歡離合的愛情故事，在孔尚任的妙筆下，穿插著晚明政治鬥爭，成就了一部家傳戶曉、盛行海內的《桃花扇》傳奇。據單汝鵬說，如社社友唐圭璋當時就住在夫子廟大石垻街秦淮河畔利涉橋和文德橋之間，當年（如社成立之年）石垻街就發現了李香君故居——媚香樓界碑，於是社員們就在集會中，以「媚香樓」為題，書寫侯、李情事，同時感嘆明朝奸佞當道，以致國家覆亡的歷史。〔註 195〕

　　李香君和侯方域，一個是秦淮名妓，一個是復社名流，兩人何以會在一個動盪的歷史風雲中邂逅？原來當時作為江南士子應考鄉試及會試考場的江南貢院，與十里秦淮的風月場所僅有一道秦淮河之隔。才子佳人，隔河傳情，一幕幕文士與藝妓的情緣就在這秦淮河畔上演。為了取悅名士墨客，舊院中的南曲名妓妝容淡雅，娉婷娟好，擅長詩詞、音樂、繪畫，言談舉止綽似大家閨秀，加上她們崇尚節操、機智勇敢、輕死重義的個性，得到無數文士的垂青。這樣，作家們很自然就利用這種關係，撮合了寓居秣陵的翩翩公子和流落秦淮的薄命女子，並串連一代王朝的治亂興亡。如社同人面對眼前荒落寂寞的媚香樓，感慨萬千：

> 香扇塵埋，板橋烟冷，小樓何處藏嬌。血跡桃花，倩他龍友輕描。閒門推出纏頭錦，聽琵琶、雪苑魂銷。鎮淒涼，淮水東邊，送盡南朝。　　彈詞漫訴興亡恨，恨倉皇幕燕，猶自爭巢。復社春燈，本來名士無聊。云亭妙筆憑裝點，累書癡、搜索蓬蒿。問當年，並峙眉樓，身價誰高。（夏仁沂〈高陽臺〉，頁 354～355）

---

〔註 192〕韓品崢、韓文寧編著：《秦淮河史話》（南京：南京出版社，2004 年），頁 131。
〔註 193〕侯方域撰：〈李姬傳〉，載侯方域著、王樹林校箋：《侯方域全集校箋》（北京：人民文學出版社，2013 年），頁 291。
〔註 194〕余懷著：《板橋雜記》，頁 21。
〔註 195〕單汝鵬撰：〈潛社‧如社‧詠媚香樓詞〉，《文教資料》，1995 年，第 2 期，頁 34。

柳媚春殘，塵香水冷，秦淮何處遺蹤。淪落當年，五陵公子憐儂。
金釵鈿合他生事，鎮誓盟、秋夜雍容。恨西風，無力癡雲，吹散匆
匆。　　　江山到底興亡慣，詎從來兒女，例付英雄。何物蝦蟆，屠
門等視天宮。杜鵑血濺桃花影，歌扇底、脂淚爭紅。付珠喉，一齣
傳奇，十里簾櫳。（楊鐵夫〈高陽臺〉，頁 362）

兩詞開首「香扇塵埋，板橋烟冷，小樓何處藏嬌」、「柳媚春殘，塵香水冷，
秦淮何處遺蹤」，描繪目今媚香樓人去樓空，長板橋人跡罕至，李香君的香
扇已埋沒於秦淮的塵土裡。「血跡桃花，倩他龍友輕描，閉門推出纏頭錦」
和「杜鵑血濺桃花影，歌扇底、脂淚爭紅」，點出桃花扇的來歷。原來桃花
扇乃侯方域送給李香君的定情信物，最先只是一柄宮扇，上面有侯氏題詩。
後來因為田仰逼娶李香君，李香君寧死不屈，以頭撞地，血濺詩扇。畫家楊
龍友感慨李氏的堅貞，借扇上幾點血痕，妙手丹青，畫成桃花，成為李氏死
後的遺物。「淪落當年，五陵公子憐儂」二句，娓娓道出李氏悲慘的身世。
明熹宗天啟年間，李香君父親因繫東林黨成員，被魏忠賢一夥閹黨治罪後家
道敗落。當年僅有八歲的李香君飄泊異鄉，並隨養母李貞麗改吳姓為李，成
為秦淮畔名妓。〔註 196〕明崇禎十二年（1639），侯方域應鄉試被黜落，於是
來到媚香樓尋覓紅顏知己聊以安慰，剛巧與李香君相遇，彼此一見傾心。「金
釵鈿合他生事」以下數句，敘述兩人相愛，訂下盟誓，可惜天意弄人，這段
戀情發生在明朝覆亡，朱氏王親倉皇南渡，南明政權成立之時。侯方域遭阮
大鋮逼害，投降清兵；李香君則在清兵攻陷南京後（1646 年），毅然削髮為
尼，遁入空門。

　　詞人們對於二人愛情的悲劇結局深感慨嘆，並責難晚明皇朝內部鬥爭不
斷，不思團結抗清。下片「彈詞漫訴興亡恨。恨倉皇幕燕，猶自爭巢」三句，
指出明末黨爭激烈，致使皇朝邁向覆亡。自魏忠賢拉攏齊楚浙黨官吏，與以
江南士大夫為首的東林黨互相抗衡開始，兩黨相爭一直持續到南明政權結束。
及李自成攻陷北京，崇禎帝自縊後（1644 年），諸臣已就擁立新君一事爭論不
已。其時分別有馬士英提倡擁立福王朱由崧、東林黨人擁立潞王朱常淓和史
可法擁立桂王朱常瀛。弘光帝（福王）被俘後，魯王朱以海監國紹興，唐王朱
聿鍵建立隆武政權，兩人代表的陣營不乘勢抗清，反而各自為戰，互相攻伐。

---

〔註 196〕趙梓伊著：《秦淮十里揚媚香──李香君》（北京：金城出版社，2004 年），
　　　　頁 3。

甚且在隆武帝遇害後，桂王朱由榔與隆武帝之弟唐王朱聿鐭又勢成水火，大動干戈，最後隨著永曆帝在雲南遇害，整片大陸國土遂淪入清人之手。詞人們站在昔日南明故都，想起當年人們在此地送別前朝，倍感淒涼，以「鎮淒涼、淮水東邊，送盡南朝」書寫內心的無奈。前朝已逝，流水依舊，映襯著生生不息的自然景象；復社風流、侯李愛情、甚至延續了二百七十多年的皇朝消失無痕，詞人對歷史興亡的感嘆更為深沉。國家傾覆，兒女私情相比之下，更顯渺小，所以楊鐵夫嘆喟：「江山到底興亡慣，詎從來兒女，例付英雄」。下三句「何物蝦蟆，屠門等視天宮」，諷刺明代之滅亡，與君臣沉醉風月，士風萎靡有關。江南貢院和風月場所的對河相望，令士人們只顧尋歡作樂，拋卻振興國家之大任，正如《秦淮河史話》一書所言：

> 一邊是莘莘學子趕考，一邊是風塵女子賣笑，確實是雅俗兩重天。
> 在這樣一種氛圍下，有些人經不起巨大的誘惑，拋棄個人前程，忘記家人囑託，跨過了那條不該逾越的河。〔註197〕

面對荒蕪凋零的媚香樓遺址，如社社員們均被昔日侯李愛情及明代皇朝覆亡所觸動，抒發對兒女豔情、家國興亡、時間流動不息的深刻思考：「銅駝誰令埋荊棘，問故宮、祗膩斜陽」（孫濬源，頁360）、「絕代佳人，古今遭遇難同。衣冠復社皆陳迹」（周樹年，頁363）、「總總三百年來事，笑南朝，鈎黨荒唐。……桃花數點相思血，甚齊紈、偏繫興亡」（程木安，頁363）和「弘光一夢憑誰問，膩如今、豔說羣釵」（盧前，頁364）等句，沉鬱悲涼，哀痛至極。

### （四）國土淪陷

葉兆言《老南京·舊影秦淮》曾經道出日本侵華之初，南京人民對戰爭的心態和看法：

> 南京人已經習慣了發生在北方的挑釁，自從1931年的九一八事變之後，日本人沒有安生過，他們在中國的領土上舉行軍事演習，各種各樣的軍事演習，從登錄到巷戰，司馬昭之心，路人皆知。在南京老百姓心目中，八一三淞滬抗戰（1937年8月13日），才真正地拉開了抗日戰爭的序幕。……當時南京人的心情如何，不妨用虎頭蛇尾來描述。……戰爭未到來之前，人心好戰，好像已經作好了一

〔註197〕韓品崢、韓文寧編著：《秦淮河史話》（南京：南京出版社，2004年），頁59。

切準備，戰爭一旦打響，卻又茫然若失，不知道怎麼辦。〔註 198〕

如社社員們當時身在南京，還有不少原籍南京的詞人，他們與一眾學生及各界人士一樣，僅空有一番慷慨激昂的情緒，實際卻只能依賴國民政府的決定。〔註 199〕民國二十年（1931）的九一八事變後，全國引起極大反響，特別是國民政府首都南京，迅速開展抗日救亡的運動，當時汪東任教的國立中央大學，吳梅和吳白匋任教的金陵大學學生們，紛紛走到國民黨中央黨部請願，強烈要求抗擊日本侵略者。如社同人們面對日本不斷擴大的侵略，以及政府軟弱不抵抗的行為，只能藉著激昂之文字，書寫神州陸沉、山河破碎的悲痛，並振奮即將上陣殺敵的將士和投入前線的學生。唐圭璋所填的一闋〈綺寮怨〉，慷慨悲涼，沉鬱頓挫，今人李桂芹評之為：「慷慨悲歌，低徊掩抑，以一介文人，道出對家國的忠悃。」〔註 200〕詞云：

> 滿眼神州沉醉，海風吹異腥。背水驛、照野旌旗，斜陽裡、浩氣填膺。牛羊紛馳塞北，英雄恨、解甲雙淚傾。歎杜鵑、濺血千山，銷凝久、故國空夢縈。　亂世寄身似萍。烽煙遍地，江關頓怨蘭成。畫角淒清。奈憔悴、懶重聽。追思漢時飛將，掃寇虜、萬方寧。樓高易驚。寒星映永夜，潮未平。（唐圭璋，頁 315）

正當國民安分守己地過著平穩的生活時，日本關東軍炸毀瀋陽柳條湖附近的南滿鐵路路軌，並栽贓嫁禍中國東北軍，藉口炮轟瀋陽北大營，成為了中日戰爭的肇端。兩個月後，東北形勢出現急劇的變化。民國二十一年（1932）一月二十八日爆發一二八事變，日本派出水上戰機和第三艦隊轟炸上海。硝煙瀰漫的淞滬戰場，距離南京僅咫尺之遙。二月一日，南京遭受日本軍艦從長江上投放的炮彈襲擊，戰事一觸即發，南京的民眾終於感受到戰火的威脅。開首「滿眼神州沉醉，海風吹異腥」兩句，描述淞滬戰爭爆發，第十九路軍奮起抵抗，雙方展開激戰。「背水驛」四句，寫我國將士憤氣填胸，連續擊敗日軍，氣勢如虹。然而，此時政府卻妥協退讓，不增派援兵，防線終被日軍突破。詞中「英雄恨、解甲雙淚傾」和「歎杜鵑、濺血千山」六句，痛恨我軍士氣高昂時，被政府強令撤退，簽下《淞滬停戰協定》，以致無數前線勇士解甲

---

〔註 198〕葉兆言著：《老南京·舊影秦淮》（南京：江蘇美術出版社，1998 年），頁 128～130。

〔註 199〕關於民國時期南京的政治及抗戰經過，詳參南京市地方志編纂委員會辦公室編：《南京通史·民國卷》（南京：南京出版社，2011 年）。

〔註 200〕李桂芹撰：〈如社與民國金陵詞學〉，頁 198。

歸還，無望收復失地。下片「亂世寄身似萍」三句，感嘆時局混亂，百姓四竄逃亡，流離失所。「烽煙遍地」五句，描述南京遭遇日軍襲擊，警報聲四起，戰火遍野。最終在中方失利的情況下，詞人不禁緬懷漢代屢次痛擊匈奴的飛將軍李廣，期望現時能夠有這樣無懼外敵的將領，掃除日寇，平定戰亂。可是，這個能擊退日軍的將士並沒有出現，即使雙方對峙場面暫得緩和，但眾人均意識到國家的前景黯淡，潛伏危機隨時引爆。

如社處於強敵犯境，國事日非的時代。面對山河殘破，國家積弱的局面，自然憂心忡忡，作品充滿憂時傷懷的情調。例如：

> 吳宮臨春舊跡，**傷心處**、戰血餘暗腥。……異國飄萍。只**憔悴**、沉初民。（吳梅〈綺寮怨〉，頁 312）

> **寄淚問天未醒**。昆明換漢，高踪近羨騎鯨。畫角宵鳴，散兵氣、滿江城。（吳白匋〈綺寮怨〉，頁 313）

> 頓是海翻波湧，幽州黯黯，日淡無光。婉語綿綿，**終感故國淒涼**。……忍凝望，耳邊蠻鼓，霎動漁陽。（石淩漢〈玉蝴蝶〉，頁 320）

> 應憶金甌缺久，海枯桑死，何處搏鵬翼。……鼓角宵沉，螢弧星散，一抹**傷心碧**。悵**宗國**，渾莫辨，**慘紅冤碧**。（蔡嵩雲〈傾盃〉，頁 290）

淞滬戰爭就這樣悲壯而屈辱地結束了，南京的威脅暫時得以解除。然而，社員們均明白到，日人的野心不會因此被遏止，所以內心無法平靜下來，詞作充斥著「傷心」、「憔悴」、「淒涼」、「淚」、「悵」、「冤」等悲涼的語彙。兩年後的初夏（1924 年 6 月 8 日），日本借機在南京挑起事端，觸發轟動一時的「藏本失蹤案」。次年（1935），又在華北發動一系列事變，再次激發全國反日愛國運動。直至七七事變（1937 年 7 月 7 日），日本轟炸蘆溝橋，中國投入全面抗戰，如社社員亦各散東西，社集活動宣告終止。

## 小結

民國時期的南京詞社，可以說是以吳梅為中心開展。他先在東南大學的校園發起潛社，又支援梅社，參與如社唱和，成為整個南京詞壇的領袖，更造就南京成為上海以外詞社最為鼎盛的地區。南京，在地理位置上「負山帶江」，依靠鍾山，傍著長江的優越環境，形勢險要，虎踞龍蟠，嘗為六朝帝王、世家大族的居所。作為南朝古都，南京的山山水水，人文景觀，閱盡世間滄

桑,蘊含了豐厚的歷史和傳說,為歷來文人騷客懷古抒情的勝地。詞人們身處其中,自然而然觸動懷古與想像,將金陵的地理意象、歷史意象和自然意象,與昔日文人的詩句鎔鑄一起,提煉出適合當時書寫國家困境的意象符號,寄託深沉的歷史情懷。尤其自三十年代起,國家不斷受到日本侵擾,他們以金陵歷史和古蹟入詞,貫穿今昔,抒發朝代興盛衰亡的感慨,同時賦予了金陵懷古題材在近代歷史的意義。